AMANHECER NA COLHEITA

SUZANNE COLLINS

AMANHECER NA COLHEITA

Tradução
Regiane Winarski

Rocco

Título Original
Hunger Games
SUNRISE ON THE REAPING

Copyright © 2025 *by* Suzanne Collins

Todos os direitos reservados. Nenhuma parte desta obra
pode ser reproduzida, ou transmitida por qualquer forma ou
meio eletrônico ou mecânico, inclusive fotocópia, gravação ou sistema
de armazenagem e recuperação de informação, sem a permissão escrita do editor.

A editora não tem nenhum controle e não assume qualquer
responsabilidade pela autora ou website de terceiros ou seu conteúdo.

Direitos para a língua portuguesa reservados
com exclusividade para o Brasil à
EDITORA ROCCO LTDA.
Rua Evaristo da Veiga, 65 – 11º andar
Passeio Corporate – Torre 1
20031-040 – Rio de Janeiro – RJ
Tel.: (21) 3525-2000 – Fax: (21) 3525-2001
rocco@rocco.com.br
www.rocco.com.br

Printed in Brazil/Impresso no Brasil

Tradução do poema "O Corvo", de Edgar Allan Poe,
por Machado de Assis.

Preparação de originais
BEATRIZ D'OLIVEIRA

CIP-BRASIL. CATALOGAÇÃO NA PUBLICAÇÃO
SINDICATO NACIONAL DOS EDITORES DE LIVROS, RJ

C674a

Collins, Suzanne
  Amanhecer na colheita / Suzanne Collins ; tradução Regiane Winarski. - 1. ed. - Rio de Janeiro : Rocco, 2025.
  (Prelúdio da saga jogos vorazes)

  Tradução de: Hunger games sunrise on the reaping
  ISBN 978-65-5532-520-1
  ISBN 978-65-5595-328-2 (recurso eletrônico)

  1. Ficção americana. I. Winarski, Regiane. II. Título. III. Série.

25-95930
CDD: 813
CDU: 82-3(73)

Meri Gleice Rodrigues de Souza - Bibliotecária - CRB-7/6439

O texto deste livro obedece às normas do Acordo Ortográfico da Língua Portuguesa.

Este livro é uma obra de ficção. Nomes, personagens, lugares e incidentes são produtos da imaginação da autora ou foram usados de forma fictícia. Qualquer semelhança com pessoas reais vivas ou não, estabelecimentos comerciais, acontecimentos ou localidades é mera coincidência.

Para Richard Register

Para Richard Register

"Toda propaganda é uma mentira, mesmo quando fala a verdade. Acho que isso não importa, desde que se saiba o que se está fazendo e por quê."
George Orwell

*"Uma verdade contada com má intenção
Vence todas as mentiras da sua invenção."*
William Blake

"Nada parece mais surpreendente para quem observa as relações humanas com um olhar filosófico do que a tranquilidade com que muitos são governados por poucos; e a submissão implícita com a qual os homens resignam os próprios sentimentos e paixões aos dos governantes. Quando perguntamos de que forma essa coisa espantosa é alcançada, descobrimos que, como a Força está sempre do lado dos governados, os governantes não têm nada para apoiá-los além de opinião. Portanto, é com base em opinião que o governo é fundado; e essa máxima se estende tanto aos governos mais despóticos e mais militares quanto aos mais livres e mais populares."
David Hume

"Que o sol não vai nascer amanhã não é uma proposição menos inteligível nem implica mais contradição do que a afirmação de que vai."
David Hume

PARTE I

"O ANIVERSÁRIO"

– *Feliz aniversário, Haymitch!*

O lado bom de ter nascido no dia da colheita é que dá para dormir até mais tarde. Depois disso, é só ladeira abaixo. Um dia sem aula não compensa o terror do sorteio dos nomes. Mesmo que se sobreviva a isso, ninguém fica com vontade de comer bolo depois de ver duas crianças serem arrastadas para o abate na Capital. Eu rolo para o lado e cubro a cabeça com o lençol.

– Feliz aniversário! – Sid, meu irmão de dez anos, me dá uma sacudida no ombro. – Você me disse para ser seu galo. Disse que queria estar no bosque antes que o sol nascesse.

É verdade. Quero terminar meu trabalho antes da cerimônia, para poder dedicar a tarde às duas coisas que mais amo: ficar à toa e passar um tempo com a minha garota, Lenore Dove. Minha mãe dificulta as duas coisas, já que anuncia com frequência que nenhum trabalho é difícil ou sujo ou complicado demais para mim, e até as pessoas mais pobres conseguem arrumar umas moedinhas para despejar sua infelicidade em algum outro infeliz. Mas, considerando os dois eventos do dia, acho que ela vai me dar uma colher de chá, desde que meu trabalho esteja feito. São os Idealizadores dos Jogos que podem estragar meus planos.

– Haymitch! – grita Sid. – O sol está nascendo!

– Tá bom, tá bom. Estou levantando.

Rolo para fora do colchão e visto um short feito com a estopa de um saco de farinha distribuído pelo governo. As palavras CORTESIA DA CAPITAL acabaram estampadas na minha bunda. Minha mãe não desperdiça nada. Ela enviuvou ainda nova, depois que meu pai morreu num incêndio em uma mina de carvão, e passou a sustentar a família lavando roupa para fora e tirando o máximo de cada coisinha. As cinzas que restam da fogueira são guardadas para fazer sabão de lixívia. As cascas dos ovos são moídas para fertilizar o jardim. Um dia, esse short vai ser cortado em faixas, que serão trançadas para formar um tapete.

Termino de me vestir e jogo Sid de volta na cama, e ele se esconde embaixo da colcha de retalhos. Na cozinha, pego um pedaço de pão de milho, um luxo pelo meu aniversário, em vez da porcaria grumosa e escura feita com farinha da Capital. No quintal, minha mãe já está mexendo com uma vara as roupas de molho num caldeirão fumegante, os músculos se contraindo quando ela vira um macacão de mineiro. Ela só tem trinta e cinco anos, mas as dores da vida já deixaram marcas em seu rosto, como costumam fazer.

Minha mãe me vê na porta e seca o suor da testa.
– Parabéns pelos dezesseis anos. Tem geleia no fogão.
– Obrigado, mãe.

Pego a geleia de ameixas na panela e passo um pouco no pão antes de sair. Eu encontrei as frutas no bosque outro dia, mas é uma boa surpresa comê-las quentes e açucaradas.

– Preciso que você encha a cisterna hoje – diz minha mãe quando passo.

Nós temos água encanada fria, só que vem num fluxo tão ralo que levaria um século para encher um balde. Temos um barril especial de água de chuva pura – pelo qual ela cobra mais caro porque as roupas ficam mais macias –, mas minha mãe usa a água do poço para a maior parte da lavagem. E com todo o bombeamento e o transporte, encher a cisterna é um trabalho de duas horas, mesmo com a ajuda de Sid.

– Não dá para esperar até amanhã? – pergunto.

– A água está acabando e tenho uma montanha de roupa pra lavar – responde ela.

– Hoje à tarde, então – digo, tentando esconder minha frustração.

Se a colheita se encerrar às 13h, e supondo que não sejamos parte do sacrifício deste ano, posso ajudar com aquilo até as 15h e ainda encontrar Lenore Dove.

Um manto de névoa envolve de forma protetora as casas velhas e empoeiradas da Costura. Seria tranquilizador, não fossem os gritos pontuais de crianças sendo perseguidas em seus sonhos. Nas últimas semanas, com a aproximação do Quinquagésimo Jogos Vorazes, esses sons ficaram mais frequentes, assim como os pensamentos ansiosos que eu me esforço para manter afastados. *O segundo Massacre Quaternário. O dobro de adolescentes.* Não adianta me preocupar, digo a mim mesmo, não tem nada que você possa fazer. *Como dois Jogos Vorazes em um.* Não há maneira de controlar o resultado da colheita nem o que vem depois. Então, não dê combustível aos pesadelos. Não se permita entrar em pânico. Não deixe que a Capital arranque isso de você. Eles já tomaram coisas demais.

Sigo a rua vazia e cinzenta de carvão até a colina do cemitério dos mineiros. Uma confusão de marcadores rústicos pontilha a subida. Há de tudo ali: de lápides com nomes e datas entalhadas a tábuas com tinta descascando. Meu pai está enterrado no lote da família. Uma área dos Abernathy, com uma placa de calcário servindo para todos nós.

Depois de conferir se não há testemunhas (ninguém vem muito aqui, ainda mais ao amanhecer), passo por baixo da cerca, vou para o bosque nos limites do Distrito 12 e começo a caminhada até a destilaria. Preparar destilados com Hattie Meeney é um negócio arriscado, mas é moleza em comparação a matar ratos ou limpar banheiros. Ela espera que eu dê duro, mas se esforça também e, apesar de ter sessenta e muitos anos, é mais capaz do que muita gente com a metade de sua idade. O trabalho é braçal. Coletar lenha, carregar grãos, pegar as garrafas cheias e trazer as vazias de volta para serem enchidas. É aí que eu entro. Sou a mula de Hattie.

Paro no que chamamos de depósito, um terreno baldio escondido pelos galhos pendentes de um salgueiro, onde Hattie deixa os suprimentos. Duas sacas de doze quilos de milho triturado aguardam, e coloco uma em cada ombro.

Levo cerca de meia hora para chegar à destilaria, onde encontro Hattie mexendo a papa em um caldeirão ao lado do que sobrou de uma pequena fogueira.

Ela me oferece a colher de madeira de cabo comprido.

– Por que não mexe um pouco?

Coloco as sacas de milho debaixo de um abrigo onde deixamos os suprimentos e levanto a colher num gesto de vitória.

– Opa, fui promovido!

Ter permissão para mexer a papa é novidade. Talvez Hattie esteja começando a me treinar para ser sócio um dia. Nós dois fermentando em tempo integral aumentaria a produção, e a demanda sempre é maior do que ela consegue suprir, mesmo da bebida ardida que ela faz com os grãos da Capital. Principalmente dessa, considerando que é barata o suficiente para os mineiros comprarem. A bebida boa vai para os soldados desregrados – ou seja, os Pacificadores – e para o pessoal mais rico da cidade. Mas contrabandear bebidas alcoólicas é ilegal de umas dez maneiras, e bastaria um Pacificador-Chefe novo, um que não gostasse de uma bebidinha potente, para irmos parar no tronco ou coisa pior. Mineração é trabalho pesado, mas ninguém é enforcado por isso.

Enquanto Hattie guarda garrafas de meio litro da bebida transparente numa cesta forrada de musgo, eu me agacho e fico mexendo. Quando esfriou um pouco, viro a papa num balde fundo e ela acrescenta a levedura. Coloco o balde embaixo do abrigo para que possa fermentar. Hattie não vai destilar hoje, porque não quer correr o risco de chamar atenção com a fumaça, se a névoa sumir. Nossos Pacificadores locais podem fingir não ver a destilaria de Hattie e a barraca dela no Prego, um velho armazém que serve como nosso mercado clandestino, mas ela tem medo de que os da Capital, com seus aerodeslizadores de voo baixo camuflados, nos vejam do ar. Também não vamos transportar bebidas hoje, então fico encarregado de cortar a lenha da semana. Quando a pilha está reabastecida, pergunto o que mais ela precisa que eu faça, e ela só balança a cabeça.

Hattie ganhou meu carinho me dando uma gorjeta de vez em quando. Não junto com o meu salário, que ela paga diretamente para a minha mãe, mas me dando uma coisinha por baixo dos panos. Um punhado de milho triturado, que posso levar para Lenore Dove dar aos gansos, um pacote de levedura que às vezes uso como escambo no Prego, e hoje uma garrafa de meio litro de bebida para uso próprio. Ela abre seu sorriso de dentes quebrados e diz:

– Feliz aniversário, Haymitch. Acho que, se você tem idade para fazer a bebida, então tem idade para tomar.

Tenho que concordar e, apesar de não ser de beber, fico feliz com o presente. Posso vender ou trocar facilmente, ou talvez dar para o tio de Lenore Dove, Clerk Carmine, para melhorar sua opinião a meu respeito. Era de imaginar que o filho de uma lavadeira seria considerado inofensivo, mas nós, os

Abernathy, fomos rebeldes famosos no passado, e ao que parece ainda carregamos o cheiro da insubordinação, tão assustador quanto sedutor. Boatos se espalharam depois da morte do meu pai, boatos de que o incêndio não tinha sido acidental. Alguns dizem que ele morreu sabotando a mina, outros que a equipe dele entrou na mira dos chefes da Capital por serem um bando de arruaceiros. Então, talvez minha família seja o problema. Não que Clerk Carmine goste dos Pacificadores, mas também não cria caso com eles. Ou talvez ele só não goste da sobrinha andando por aí com um contrabandista, mesmo que seja um trabalho estável. Bom, seja qual for o motivo, ele raramente me dá mais do que um aceno seco, e uma vez disse para Lenore Dove que eu era do tipo que morria jovem, o que acho que não era um argumento a meu favor.

Hattie solta um gritinho quando eu a abraço em um impulso.

– Ah, para com isso. Ainda está paquerando aquela garota do Bando?

– Estou tentando – digo, rindo.

– Vai atrás dela, então. Você não tem mais utilidade pra mim hoje.

Ela coloca um punhado de milho triturado na minha mão e me enxota. Enfio os grãos no bolso e me afasto antes que ela possa mudar de ideia quanto ao melhor presente: um tempo inesperado com a minha garota. Eu sei que devia voltar para casa e começar a encher a cisterna, mas não consigo resistir à ideia de roubar alguns beijos. É meu aniversário e, só por hoje, a cisterna pode esperar.

A névoa começa a se dissipar enquanto corro pelo bosque até a Campina. A maioria das pessoas comenta sobre a beleza do lugar, o chama de amiga dos condenados, porque dá para se esconder dos Pacificadores ali. Ela costuma ter uma visão sombria das coisas, mas talvez seja de esperar de uma pessoa batizada em homenagem a uma garota morta. Bom, metade em homenagem à garota morta de um poema antigo, chamada Lenore, e metade pelo tom de cinza, o que eu descobri no dia em que a conheci.

Foi no outono depois do meu aniversário de dez anos, e a primeira vez que passei por baixo da barreira que cerca o distrito. Até então eu tinha sido dissuadido pela lei e pela ameaça de predadores selvagens, que são raros, mas existem. Meu amigo Burdock tinha finalmente me convencido, dizendo que atravessava o tempo todo e não tinha nada de mais, e que ainda havia maçãs para quem conseguisse escalar as árvores. E eu sabia subir em árvores e amava maçã. Além do mais, por ele ser mais novo, acabei me sentindo um medroso de não ir.

– Quer ouvir uma coisa? – perguntou Burdock quando nos aventuramos mais para dentro do bosque.

Ele inclinou a cabeça para trás e cantou com aquela sua voz incrível. Aguda e doce como a de uma mulher adulta, límpida, sem nenhuma vibração. Tudo pareceu ficar imóvel, e aí os tordos começaram a captar o som. Eu sabia que eles cantavam para outros pássaros, mas nunca os ouvira cantarem para uma pessoa. Foi bem impressionante. Até que uma maçã caiu bem na cabeça de Burdock e o interrompeu.

– Quem está grasnando para os meus pássaros? – perguntou uma voz de garota.

E ali estava ela, a uns seis metros de altura, sentada no galho como se morasse lá. De marias-chiquinhas tortas, pés descalços sujos, comendo uma maçã, um livrinho encapado em pano na mão.

Burdock inclinou a cabeça e riu.

– Oi, prima. Te deixaram vir pra cá sozinha? Porque eu não tenho permissão.

– Bom, eu não te vi – disse ela.

– Eu também não te vi. Joga umas aqui pra nós, por favor?

Em resposta, ela se levantou no galho e começou a pular, fazendo chover maçãs ao nosso redor.

– Espera, eu trouxe um saco junto com o arco – disse Burdock, e saiu correndo.

A menina desceu pelos galhos até o chão. Não era uma das primas de Burdock da família Everdeen, mas eu sabia que ele tinha uns primos distantes pelo lado da mãe. Eu a tinha visto na escola – meio tímida, pensei, mas não a conhecia a ponto de falar com ela. Ela não pareceu com pressa de mudar a situação, só ficou parada me olhando até eu romper o silêncio.

– Oi, eu sou Haymitch.

– Eu sou Lenore Dove.

– Dove, tipo pombo?

– Não. Dove, tipo a cor.

– E que cor é essa?

– Igual à do pombo.

Isso fez minha cabeça girar, e acho que nunca mais parou. Pouco depois, na escola, ela me chamou com um aceno para ver um dicionário de páginas marcadas e apontou: *Dove, cor: cinza quente com um leve tom arroxeado ou rosado.* A cor dela. O pássaro dela. O nome dela.

Depois disso, comecei a reparar em coisas a respeito dela. Que seu macacão desbotado e a camisa escondiam vislumbres de cor, um lenço azul despontando do bolso, uma fita vermelha costurada dentro da manga. Que ela terminava os deveres rápido, mas não falava nada, só ficava olhando pela janela. Aí notava os dedos dela se movendo, apertando teclas imaginárias. Tocando músicas. O pé saía do sapato, o calcanhar coberto pela meia marcando o tempo silenciosamente no piso de madeira. Como todos do Bando, havia música no seu sangue. Mas ela era diferente também. Menos interessada em melodias bonitas, mais em palavras perigosas. Do tipo que leva a atos rebeldes. Do tipo que a fez ser presa duas vezes. Ela só tinha doze anos na época, então a soltaram. Hoje seria diferente.

Quando chego à Campina, passo por baixo da cerca e paro para recuperar o fôlego e absorver a imagem de Lenore Dove empoleirada em sua pedra favorita. O sol capta o ruivo sutil do seu cabelo enquanto ela se curva sobre um velho acordeão. Ela extrai uma melodia do instrumento antigo e barulhento, fazendo uma serenata para uns dez gansos na grama, a voz suave e assombrosa como o luar.

> *A mulher é açoitada; o homem, enforcado,*
> *Se um deles roubar um ganso do gramado,*
> *Mas deixam o grande vilão em descanso,*
> *Aquele que rouba o gramado do ganso.*

É um prazer ouvi-la cantar, já que ela nunca faz isso em público. Ninguém do Bando canta. Os tios dela são mais músicos do que cantores: só tocam as melodias e deixam a cantoria para a plateia, se as pessoas quiserem. Lenore Dove gosta que seja assim. Diz que fica nervosa de cantar na frente das pessoas. Que a garganta dela fecha.

Clerk Carmine e o outro tio dela, Tam Amber, a criaram desde que sua mãe morreu no parto, porque o pai dela sempre foi meio que um mistério. Eles não são parentes de sangue, uma vez que ela é da família Baird, mas o Bando cuida de quem é do Bando. Eles fizeram um acordo com o prefeito, cuja casa contém o único piano de verdade do Distrito 12.

Lenore Dove pode praticar lá, se tocar durante um ou outro jantar ou reunião. Ela num vestido verde desbotado, uma fita marfim prendendo o cabelo e os lábios pintados de um tom alaranjado. Quando sua família faz apresentações no Distrito 12, ela se vira com o instrumento que está tocando agora, que ela chama de caixa de música.

> *A lei exige que a gente pague*
> *Se pegamos o que não nos cabe,*
> *Mas com senhores e senhoras é indulgente*
> *Se pegam coisas que são da gente.*

Essa não é uma das músicas que os tios deixam que ela toque na casa do prefeito. Nem em qualquer outro lugar do Distrito 12. Há o risco de algumas pessoas entenderem a letra e começarem uma arruaça. É rebelde demais. E tenho que dizer que concordo com Clerk Carmine e Tam Amber. Por que sair por aí arrumando confusão? Já tem tanta, sem precisar atrair mais.

> *Os pobres e malditos não vão escapar*
> *Se para violar a lei decidem conspirar.*
> *É sempre assim, mas eles suportam*
> *Os que conspiram para a lei criar.*

Passo os olhos pela Campina. É isolada, mas todos sabem que há olhos em toda parte. E olhos costumam vir acompanhados de um par de orelhas.

> *A mulher ou o homem pela lei é trancado*
> *Se roubar um ganso do gramado.*
> *E os gansos sem gramado seguirão*
> *Até resolverem que de volta o tomarão.*

Lenore Dove me explicou uma vez que o gramado era uma terra de uso comunitário. Às vezes, os Pacificadores botam ela e os gansos para correr da Campina sem motivo. Ela diz que isso é só uma pitada de problema numa montanha de erros. Ela me deixa preocupado, e olha que eu sou um Abernathy.

Alguns gansos grasnam para anunciar minha chegada. O rosto de Lenore Dove foi o primeiro que eles viram ao saírem dos ovos, e eles não amam mais ninguém além dela. Mas, como eu tenho milho, vão me tolerar hoje. Jogo o milho meio longe para afastar os guarda-costas dela e me curvo para lhe dar um beijo. E outro. E outro. E ela retribui todos.

– Feliz aniversário – diz ela quando paramos para respirar. – Achei que só fosse te ver depois.

Ela quer dizer depois da colheita, mas prefiro não falar sobre isso.

– Hattie me liberou cedo. E me deu isso. Um presente pelo meu grande dia. – Eu mostro a garrafa.

– Bom, não vai ser difícil de trocar. Principalmente hoje. – Fora o ano-novo, hoje é o dia em que mais gente fica bêbada. – Quatro pessoas... Vai ser um golpe duro para muitas famílias.

Acho que vamos falar sobre isso, então.

– Vai ficar tudo bem – digo, e as palavras soam vazias.

– Você não acredita mesmo nisso, né?

– Talvez não. Mas eu tento. Porque a colheita vai acontecer, não importa no que acredite. Com a mesma certeza de que o dia vai amanhecer amanhã.

Lenore Dove franze a testa.

– Bom, você não tem provas de que isso é certo de acontecer. Não pode contar que as coisas vão acontecer amanhã só porque aconteceram desse jeito no passado. Essa lógica é falha.

– Ah, é? – pergunto. – Porque é assim que as pessoas planejam a vida.

– E isso é parte dos nossos problemas. Pensar que as coisas são inevitáveis. Não acreditar que uma mudança seja possível.

– Pode ser. Mas não consigo imaginar o sol não nascendo amanhã.

Uma ruga surge entre as sobrancelhas dela enquanto pensa numa resposta.

– Você consegue imaginá-lo nascendo num mundo sem colheita?

– Não no meu aniversário. Nunca fiz aniversário sem ter uma colheita junto.

Tento distraí-la com um beijo, mas ela está determinada a me fazer compreender.

– Não, escuta – diz ela, direta. – Pensa bem. Você está dizendo: "Hoje é meu aniversário e também tem colheita. Ano passado, no meu aniversário, também teve colheita. Então, todo ano vai haver a colheita no meu aniversário." Mas você não tem como saber isso. Quero dizer, a colheita só começou a existir cinquenta anos atrás. Me dá um bom motivo pra que ela continue acontecendo só porque é seu aniversário.

Para uma garota que é calada em público, ela fala sem parar quando estamos a sós. Às vezes, é difícil acompanhar. Lenore Dove é sempre paciente quando explica coisas, sem bancar a superior, mas talvez seja inteligente demais para mim. Porque, embora um mundo sem colheita seja uma bela ideia, eu não consigo ver uma coisa dessas acontecendo. A Capital tem todo o poder e pronto.

– Eu não falei que era *só* porque era meu aniversário. Eu falei... – O que foi que falei mesmo? Nem consigo lembrar. – Desculpa, eu me perdi.

O rosto dela murcha.

– Não, *eu* que peço desculpas. É seu aniversário, e eu aqui falando um monte de coisas nada a ver.

Ela enfia a mão no bolso e pega um pacotinho embrulhado num pedaço de tecido cinza-dove, amarrado com uma fita do mesmo verde sarapintado dos olhos dela.

– Feliz aniversário. Tam Amber que fez. Eu troquei ovos pelo metal e ajudei a criar.

Além de tocar bandolim muito bem, Tam Amber é o melhor forjador do Distrito 12. Ele é o ferreiro que todo mundo procura para aparelhagens novas ou peças quebradas para máquinas velhas. Fez mais de dez pontas de flecha para Burdock que ele que trata como se fossem de ouro, e algumas das pessoas mais ricas da cidade têm joias que Tam Amber fez com ouro ou prata de verdade, derretidos a partir de heranças e remoldados. Não consigo imaginar o que pode ter feito para mim, mas desamarro a fita com avidez.

Não identifico de primeira o objeto que desliza para a palma da minha mão. É uma tira fina de metal, com o formato de um C. Meus dedos seguram instintivamente a parte curva enquanto examino os animais coloridos na abertura. A cabeça de uma cobra sibila para o bico de um pássaro de pescoço longo. Abro a mão e vejo que as escamas e penas esmaltadas cobrem a peça até se mesclarem e se tornarem indistinguíveis. Tem dois aros soldados, um atrás de cada cabeça. Para uma correntinha, talvez?

– Que lindo – digo. – É para usar, né?

– Bom, você sabe que eu gosto de coisas bonitas e úteis – responde Lenore Dove de forma enigmática, me obrigando a descobrir sozinho.

Eu viro o objeto na mão, seguro o C outra vez e cubro as cabeças dos animais com os dedos, e é então que entendo o propósito. A borda de aço liso não é só decorativa.

– É para fazer faíscas – concluo.
– Isso mesmo! Só que não precisa nem de uma pederneira. Qualquer pedra decente que faça faíscas, tipo quartzo, serve.

Em casa, temos um acendedor velho e gasto, passado de geração em geração pela família da minha mãe. Feio e cego. Nas noites longas de inverno, ela me fez treinar até conseguir acender um fogo com segurança, para não desperdiçarmos dinheiro com fósforos. Cada centavo faz diferença.

Passo o dedo pelo belo desenho do pescoço com penas.
– Eu não quero estragar.
– Nem vai. É feito pra isso. – Ela toca a cabeça da cobra e depois a do pássaro. – É difícil quebrar esses dois. Eles são sobreviventes.
– Adorei. – Dou um beijo longo e suave nela. – E eu te amo feito chama-ardente.

Chama-ardente é um jargão do Bando, mas essa expressão é nossa. Normalmente, ela sorri quando digo isso, mas está seríssima agora.
– Eu também.

Nós nos beijamos até eu sentir gosto de sal. Não preciso perguntar por quê.
– Olha, está tudo bem – digo para tranquilizá-la. – Nós vamos ficar bem. – Ela assente, mas as lágrimas continuam caindo. – Lenore Dove, nós vamos passar pelo dia de hoje, assim como fizemos no ano passado e no ano anterior, e uma hora vamos superar.
– Mas não vamos superar, não de verdade – diz ela com amargura. – Ninguém no 12 vai. A Capital faz com que os Jogos Vorazes fiquem gravados no nosso cérebro. – Ela bate na garrafa. – Acho que Hattie está no ramo certo. O de ajudar as pessoas a esquecerem.

– Lenore Dove. – Clerk Carmine não berra, mas ele tem uma daquelas vozes que ecoa sem que precise falar alto. Ele está nos limites da Campina, os punhos enfiados no macacão remendado. Ele é violinista e sempre protege as mãos. – Hora de se aprontar.

– Estou indo – diz ela enquanto seca os olhos.

Clerk Carmine não comenta sobre ela estar chorando, só me olha de um jeito que diz que me considera responsável por isso, depois vira e se afasta. Ele nunca me deu muita atenção, até as coisas entre mim e Lenore Dove ficarem mais sérias. Desde então, nada que eu faço parece certo. Uma vez, eu disse a Lenore Dove que achava que ele odiava o amor. Foi quando ela me revelou que ele está há uns trinta anos com o vidraceiro da cidade. Eles só precisam ser discretos, porque um amor diferente pode atrair perturbação dos Pacificadores, demissões e até encarceramento. Considerando os desafios que ele próprio encara, era de imaginar que Clerk Carmine torceria pelo nosso amor – eu certamente apoio o dele –, mas acho que ele acredita que Lenore Dove poderia arrumar alguém melhor.

Ela odeia que a gente não se dê bem, então eu digo apenas:

– Acho que estou começando a conquistar o cara.

Isso a faz rir a ponto de quebrar o clima ruim.

– Eu posso passar lá depois. Tenho umas coisas pra fazer, mas devo estar livre às 15h. E aí vamos para o bosque, está bem?

– Vamos para o bosque. – Ela confirma o plano com um beijo.

Em casa, tomo um banho de balde com água gelada e visto a calça que meu pai usou quando se casou e uma camisa que a minha mãe costurou a partir de lenços da loja da Capital, onde os mineiros fazem compras. É preciso ao menos tentar se arrumar para a colheita. Se alguém aparece com roupas maltrapilhas, os Pacificadores batem na pessoa ou prendem os pais dela, porque não é assim que se mostra respeito aos cidadãos da Capital que morreram na guerra. Não importa que muitos dos nossos tenham morrido na guerra também.

Minha mãe me dá meus presentes de aniversário: cuecas de estopa suficientes para um ano e um canivete novinho, com instruções rigorosas de não usar em nenhuma brincadeira de atirar facas ou coisa parecida. Sid me dá uma pederneira embrulhada num pedaço de papel pardo sujo.

– Encontrei na estrada de cascalho perto da base dos Pacificadores – conta. – Lenore Dove disse que você ia querer.

Eu pego meu acendedor e experimento com a pederneira, gerando fagulhas perfeitas. E, apesar de não gostar muito de Lenore Dove, por considerá-la uma distração, minha mãe gosta do acendedor o bastante para amarrar um cadarço de couro nos aros de metal e pendurá-lo no meu pescoço.

– É um belo acendedor – diz Sid, e toca no pássaro com certa tristeza.

– Que tal eu te ensinar a usar hoje à noite? – sugiro.

Ele se anima com a promessa de fazer coisas de gente grande, combinada à promessa de que não vou a lugar algum.

– Sério?

– Sério! – Bagunço o cabelo dele, e os cachos ficam todos desgrenhados.

– Para! – Sid ri e bate na minha mão. – Agora vou ter que me pentear de novo!

– Melhor ir logo! – digo.

Ele sai correndo e eu boto o acendedor para dentro da camisa, ainda não preparado para compartilhá-lo com o mundo, não no dia da colheita.

Estou alguns minutos adiantado, então vou para a cidade fazer negócios. O ar está pesado e parado, com uma promessa de tempestade. Sinto um nó no estômago quando vejo a praça, cheia de pôsteres e de Pacificadores armados até os dentes em seus uniformes brancos. Ultimamente, o tema tem sido "Sem Paz", e os bordões nos bombardeiam de todos os lados. *SEM PAZ, SEM PÃO! SEM PAZ, SEM SEGURANÇA!* E, claro, *SEM PACIFICADORES, SEM PAZ! SEM CAPITAL, SEM PAZ!* Atrás do palco montado na frente do Edifício da Justiça está pendurada uma faixa enorme com a cara do presidente Snow e as palavras *O PACIFICADOR Nº 1 DE PANEM*.

No fundo da praça, os Pacificadores registram os participantes da colheita. Como a fila ainda está curta, vou logo resolver essa parte. A mulher não me encara, então acho que ainda é capaz de sentir vergonha. Ou talvez seja só indiferença.

O boticário está com uma bandeira de Panem na vitrine, o que me irrita. Ainda assim, é onde consigo o melhor pagamento pela minha bebida. Lá dentro, o odor intenso de produtos químicos faz meu nariz coçar. Em contraste, um aroma doce e leve emana de um ramo de flores de camomila num vaso, esperando para virar chá e remédio. Eu sei que foi Burdock quem as colheu na floresta. Ultimamente, ele começou a lucrar com o forrageio de plantas silvestres, além da sua caça de sempre.

A lojinha está vazia, exceto pela minha colega de escola Asterid March, que arruma pequenos frascos numa prateleira atrás do balcão. Uma trança loira e comprida cai pelas suas costas, mas o calor úmido soltou fios que emolduram seu rosto perfeito. Asterid é a beldade da cidade e é rica pelos padrões do Distrito 12. Eu costumava pensar mal dela por isso, mas ela apareceu uma noite na Costura, sozinha, para cuidar de uma vizinha que tinha sido açoitada depois de dar uma resposta atravessada a um Pacificador. Ela levou uma pomada que tinha feito e saiu discretamente, sem nunca mencionar pagamento. Desde então, é ela que as pessoas procuram quando um ente querido sofre com o chicote. Acho que Asterid não é tão fútil quanto seria de imaginar pelo seu grupinho de amigos arrogantes. Além do mais, Burdock é doido por ela, então eu tento ser legal, apesar de ele ter tanta chance de conquistá-la quanto um tordo com um ganso. Garotas da cidade não se casam com garotos da Costura, a menos que algo saia muito dos trilhos.

— Oi. Isso tem alguma utilidade pra você? — Coloco a bebida no balcão. — Para fazer xarope para tosse ou algo do tipo?

— Com certeza posso achar algum uso. — Asterid oferece um preço bom e inclui um raminho de camomila. — Para hoje. Dizem que dá sorte.

Eu enfio o cabo em uma casa de botão.

— Quem diz? Burdock?

Ela cora um pouco, e me pergunto se estou enganado sobre as chances dele.

— Talvez. Não lembro.

— Bom, um pouco de sorte hoje não faz mal a ninguém.

Olho para a bandeira na janela. Asterid baixa a voz.

— A gente não queria. Os Pacificadores insistiram.

Senão fariam o quê? Prenderiam a família? Quebrariam a loja? Fechariam-na de vez? Eu me sinto mal por ter julgado os March mais cedo.

— Então não tem escolha. — Eu indico a camomila. — Usa também, tá?

Ela abre um sorriso triste e assente.

Passo na loja de doces dos Donner ao lado e compro um saquinho de papel branco com jujubas multicoloridas — as favoritas de Lenore —, para comermos juntos depois. Ela chama de jujubas de arco-íris e jura que consegue identificar os sabores, apesar de todas terem exatamente o mesmo gosto. Merrilee Donner, que é da minha turma, me atende com um vestido rosa engomado e fitas da mesma cor no cabelo claro. Ninguém vai prender os Donner por estarem malvestidos. Foi sorte Asterid ter me pagado em dinheiro, porque os Donner não aceitam título, que é como a Capital paga os mineiros. Tecnicamente, só é aceito na loja da Capital, mas muitos comerciantes da cidade aceitam, e a minha mãe recebe muitos deles como lavadeira.

Quando saio, sorrio por um segundo ao ver a etiqueta bonita de doces dos Donner, pensando em me encontrar com Lenore Dove no bosque. Aí, vejo que está na hora. A tela gigantesca ladeando o palco está iluminada com uma bandeira ondulante em homenagem aos Jogos Vorazes. Uns cinquenta e poucos anos atrás, os distritos se rebelaram contra a opressão da nossa Capital, o que iniciou uma guerra civil sangrenta em Panem. Nós perdemos e, em punição, todo dia 4 de julho, cada distrito tem que enviar dois tributos, uma menina e um menino, com idades entre doze a dezoito anos, para lutar até a morte numa arena. O último sobrevivente é coroado vencedor.

A colheita é o momento em que os nomes são sorteados para os Jogos Vorazes. Dois cercados, um para as garotas e o outro para os garotos, foram criados usando cordas cor de laranja. Tradicionalmente, as crianças de doze anos ficam na frente, e as idades vão aumentando até chegar às de dezoito, no fundo. A presença da população inteira é obrigatória, mas sei que minha mãe vai manter Sid em casa até o último momento possível, então nem me dou o trabalho de procurar por eles. Como Lenore Dove não está por perto, vou para a área designada para garotos de catorze a dezesseis anos, pensando nas minhas chances.

Hoje, eu tenho vinte pedaços de papel com meu nome na colheita. Cada adolescente automaticamente recebe um por ano, mas eu tenho mais do que isso porque sempre pego três tésseras para complementar o mercado da família. Uma téssera dá direito a uma quota por pessoa de farinha e óleo em lata, as embalagens marcadas com um carimbo de CORTESIA DA CAPITAL, a ser retirada mensalmente no Edifício da Justiça. Em troca, seu nome é adicionado mais uma vez por téssera na colheita daquele ano. Esses acréscimos continuam válidos e se acumulam. Quatro pedaços de papel por ano vezes cinco anos... é assim que tenho vinte. Mas, para piorar as coisas, como este ano é o segundo Massacre Quaternário, para marcar o quinquagésimo aniversário dos Jogos Vorazes, cada distrito tem que mandar o dobro do número habitual de adolescentes. Concluo que, para mim, é como ter quarenta pedaços de papel num ano normal. E não gosto dessas chances.

A multidão cresce, mas consigo ver um dos garotos de doze anos ali na frente tentando disfarçar que está chorando. Em dois anos, Sid vai estar ali. Eu me pergunto se vou ser eu ou minha mãe quem vai se sentar com ele antes para explicar sobre o papel dele na colheita. Que ele tem que ficar apresentável e de boca fechada, sem arrumar problemas. Mesmo se o impensável acontecer e o nome dele for sorteado, ele tem que se controlar, fazer a cara mais corajosa que conseguir e subir no palco, porque resistir não é uma opção. Se for preciso, os Pacificadores vão arrastá-lo até lá ainda que esteja esperneando e gritando, então é melhor tentar manter a dignidade. E nunca se esquecer de que, não importa o que aconteça, nossa família sempre vai amá-lo e sentir orgulho dele.

E se Sid perguntar "Mas por que eu tenho que fazer isso?", só poderemos responder: "Porque é assim que as coisas são." Lenore Dove odiaria essa parte. Mas é a verdade.

— Feliz aniversário.

Alguém esbarra no meu ombro; é Burdock, com um terno puído, e nosso amigo Blair, vestindo uma camisa três vezes maior do que ele, herdada do irmão mais velho.

Blair bate com um pacote de amendoim torrado da loja da Capital no meu peito.

— E que todos os seus desejos se realizem.

— Obrigado. — Guardo o amendoim e a jujuba. — Vocês não precisavam se arrumar por minha causa.

— Bom, a gente queria que seu dia fosse especial — diz Blair. — Que tipo de idiota nasce no dia da colheita, né?

— O tipo que gosta de um desafio — responde Burdock num tom elogioso.

— Só estou jogando com as cartas que me deram. Mas você sabe o que dizem: azar no jogo, sorte no amor. — Eu arrumo o ramo de camomila. — Ei, olha o que a sua namorada me deu, Burdie.

Nossa atenção se volta para o cercado das garotas, onde Asterid conversa com Merrilee e a gêmea idêntica dela, Maysilee, a garota mais metida da cidade.

— As amigas dela sabem de você, Everdeen? — pergunta Blair.

— Não tem nada pra saber — diz Burdock com um sorriso. — Bom, ainda não, pelo menos.

O sistema de som estala e desperta, o que nos deixa sérios. Nessa hora, vejo Lenore Dove dar a volta em um Pacificador e entrar no cercado. Ela está bonita, com o vestido vermelho de babados que às vezes usa para se apresentar, o cabelo preso com pentes de metal que Tam Amber fez para ela. Bonita e solene.

Uma gravação do hino toca na praça e faz meus dentes tremerem.

Pérola de Panem,
Cidade grandiosa

Era para a gente cantar junto, mas só murmuramos qualquer coisa. É só mexer os lábios na hora certa. A tela projeta imagens do poder da Capital: exércitos de Pacificadores marchando, frotas de aerodeslizadores no ar, tanques desfilando pelas avenidas largas da Capital até a mansão presidencial. Tudo é imaculado e caro e mortal.

Quando o hino termina, a prefeita Allister vai até o pódio e lê o Tratado da Traição, que é basicamente os termos de rendição da guerra. A maioria das pessoas do Distrito 12 nem estava viva na época, mas é claro que somos nós que temos que pagar. A prefeita tenta manter um tom neutro, mas sua voz exala reprovação de um jeito que garante que será substituída em pouco tempo. Os prefeitos decentes sempre são.

Em seguida, direto da Capital, surge Drusilla Sickle, uma mulher de cara plastificada que acompanha nossos tributos aos Jogos Vorazes todos os anos. Eu não tenho ideia de quantos anos Drusilla tem, mas ela é responsável pelo Distrito 12 desde o primeiro Massacre Quaternário. Talvez tenha a idade de Hattie? É difícil saber, porque ao redor do resto dela há uma linha do que parecem tachinhas chiques, que puxam a pele para trás e a seguram no lugar. No ano passado, cada uma estava decorada com uma minilâmina de serra circular. Este ano, parece que o número cinquenta é o tema. Quanto às roupas, fica claro que ela tentou incorporar dois estilos, militar e irreverente, e o resultado é o traje da vez: uma jaqueta militar, botas até as coxas em um tom de amarelo-limão e uma cartola com aba de viseira. Tem penas saindo do alto do chapéu, que fazem com que ela pareça um narciso desgrenhado. Mesmo assim, ninguém ri, porque aqui ela é a face do mal.

Dois Pacificadores posicionam globos gigantescos com os nomes das pessoas nas laterais do pódio.

— Primeiro as damas — diz Drusilla, e enfia a mão no globo à direita para tirar uma única tira de papel. — E a garota de sorte é... — Ela faz uma pausa de efeito, gira o nome nos dedos, dá um sorrisinho e crava a faca. — Louella McCoy!

Meu estômago está embrulhado. Louella McCoy mora a três casas da minha, e não existe garota de treze anos mais inteligente e corajosa do que ela. Um murmúrio zangado se espalha pela multidão, e sinto Blair e Burdock ficarem tensos ao meu lado quando Louella sobe os degraus até o palco, jogando o cabelo preto preso em marias-chiquinhas por cima dos ombros e fazendo cara feia para tentar parecer corajosa.

— E, em segundo lugar, este ano, as damas também! Quem vai se juntar a Louella é... — Drusilla mexe as tiras de papel dentro do globo com os dedos e pega outro nome. — Maysilee Donner!

Meus olhos encontram os de Lenore Dove, e a única coisa que consigo pensar é: *Não é você. Pelo menos por mais um ano, você está segura.*

A multidão volta a reagir, porém mais de surpresa do que de raiva, porque Maysilee é uma garota da elite, mora na cidade e é das mais pomposas que existem, uma vez que os Donner são comerciantes e o consenso geral é de que o pai dela será escolhido para substituir a prefeita Allister. Os adolescentes da cidade raramente viram tributos porque não costumam ter tésseras, não como a gente da Costura.

No cercado das garotas, Maysilee está apertando a mão de Asterid, enquanto Merrilee, aos prantos, a abraça, as cabeças louras encostadas, bem juntas. Maysilee se afasta com cuidado e ajeita o vestido, idêntico ao rosa da gêmea, só que de um tom de lilás. Ela está sempre de nariz empinado, mas o ergue ainda mais enquanto anda para o palco.

Agora é a vez dos garotos. Eu me preparo para o pior quando Drusilla pega outra tira de papel do globo da esquerda.

— E o primeiro cavalheiro que vai acompanhar essas damas é... Wyatt Callow!

Eu não vejo Wyatt Callow na escola há algum tempo, o que provavelmente significa que ele fez dezoito anos e começou a trabalhar nas minas. Não o conheço muito bem. Ele mora do outro lado da Costura, um cara que fica na dele. Eu me odeio pelo alívio que sinto ao vê-lo se aproximar do palco, os passos calculados e a expressão vazia e inescrutável. Também me sinto mal por ele. Wyatt deve estar perto de fazer dezenove anos, uma data importante nos distritos, porque é quando se fica velho demais para a colheita.

Quando Drusilla enfia a mão no globo de novo, parece exagero torcer para que tanto Lenore Dove quanto eu escapemos desse terror. Para que, em poucas horas, estejamos longe da praça, nos braços um do outro, nas sombras frescas da floresta. Eu inspiro fundo e me preparo para a minha sentença de morte.

Drusilla olha para o último nome.

— E o garoto número dois é... Woodbine Chance!

Um suspiro involuntário me escapa dos lábios, ecoado por vários garotos ao meu redor. Lenore Dove olha para mim, tenta sorrir, mas não consegue deixar de encarar a vítima mais recente.

Woodbine é o mais novo e mais bonito dos garotos malucos da família Chance. Eles ficam tão selvagens quando bebem que Hattie não vende bebida para eles por medo de atrair os Pacificadores, então eles precisam comprar do velho Bascom

Pie, que não tem escrúpulos e vende birita vagabunda para quem tiver como pagar. Se os Abernathy têm cheirinho de insubordinação, os Chance fedem a ela, e perderam mais pessoas da família para a forca do que consigo lembrar. Dizem que Lenore Dove talvez seja parente deles pelo lado do pai. Eles parecem gostar muito dela, mesmo que não haja nada oficial. De uma forma ou de outra, tem uma ligação aí que Clerk Carmine desencoraja.

Vejo Woodbine, que está algumas fileiras à minha frente, projetado na tela. Ele faz que vai seguir Wyatt, mas aí seus olhos cinzentos faíscam em desafio, e ele se vira e corre para uma viela. Seus parentes gritam para encorajá-lo, e corpos bloqueiam instintivamente os Pacificadores. Quando começo a achar que talvez ele consiga fugir – porque todos os Chance correm como quem tem sebo nas canelas –, um tiro soa de cima do Edifício da Justiça, e a parte de trás da cabeça de Woodbine explode.

As telas ficam escuras por um segundo e depois a bandeira reaparece. É óbvio que eles não querem que o resto do país testemunhe a desordem aqui no Distrito 12.

A praça vira uma bagunça quando algumas pessoas se apressam pelas ruas laterais, enquanto outras correm para ajudar Woodbine, apesar de isso ser impossível. Os Pacificadores continuam atirando, mais como um aviso, acertando alguns infelizes no meio do tumulto. Não sei para onde ir. Procuro Sid e minha mãe? Tiro Lenore Dove da praça? Só corro para me proteger?

– Quem fez isso? Quem fez isso? – pergunta Drusilla.

Um jovem Pacificador atordoado é levado até a beira do terraço do Edifício da Justiça.

– Seu imbecil! – repreende Drusilla lá de baixo. – Não dava para ter esperado ele chegar na viela? Olha essa confusão!

Está mesmo uma confusão. Vejo minha mãe e Sid mais para trás e dou um passo na direção deles quando uma voz masculina rouca explode nos alto-falantes.

– No chão! No chão, todo mundo! Agora!

Automaticamente, caio de joelhos e me deito no chão, com as mãos unidas na nuca, a testa encostada nos tijolos sujos de fuligem da praça. Pelo canto do olho, vejo quase todo mundo ao meu redor fazer o mesmo, mas Otho Mellark, um sujeito grandão, filho dos donos da padaria, parece perdido.

Suas mãos grandes pendem frouxas ao lado do corpo e os pés se mexem para a frente e para trás, e reparo que o cabelo louro dele está sujo com o sangue de alguém. Burdock dá um empurrão forte na parte de trás do joelho dele, e isso basta para Otho se abaixar e sair da linha de fogo.

O microfone de Drusilla faz a voz dela ecoar pela praça quando grita para a equipe:

– Nós temos cinco minutos! Uma janela de cinco minutos, e vamos ter que terminar essa transmissão ao vivo! Tirem os ensanguentados daqui!

Pela primeira vez entendo que, quando eles mostram a colheita ao vivo, não é ao vivo de verdade. Deve haver um intervalo de cinco minutos na transmissão para o caso de coisas assim acontecerem.

As botas dos Pacificadores marcham pela plateia enquanto os soldados pegam qualquer pessoa suja de sangue, inclusive Otho, e as escondem nas lojas próximas.

– Precisamos de outro garoto! Aquele morto não serve mais! – diz Drusilla, descendo os degraus até a praça.

Há um choro agudo seguido de Pacificadores dando ordens. Ouço a voz de Lenore Dove e levanto a cabeça como se não tivesse controle. Ela está tentando ajudar a mãe de Woodbine, que agarra a mão do filho morto enquanto um par de Pacificadores tenta levá-lo embora. Lenore Dove está puxando os braços de um soldado, suplicando para que eles deixem a mãe ficar com o garoto, para que a deixem vê-lo por um minuto. Mas eles não parecem ter um minuto.

Isso não vai acabar bem. Devo ir até lá? Tirar Lenore Dove dali? Ou só vou piorar a situação? Sinto como se meus joelhos estivessem grudados no chão.

– Qual é o problema aí? – Ouço Drusilla dizer. – Tirem esse corpo da praça!

Um grupo de mais quatro Pacificadores se aproxima.

Ouvir Woodbine ser chamado de "corpo" faz a mãe dele surtar. Ela começa a berrar, passa os braços ao redor do peito do filho, tenta puxá-lo para longe dos soldados. Lenore Dove se junta a ela e segura as pernas de Woodbine para ajudar a libertá-lo.

Minha mãe vai me dar uma bronca por me intrometer, mas não posso ficar encolhido no chão enquanto Lenore Dove está em perigo. Eu me levanto e corro na direção dela, na esperança de fazê-la soltar Woodbine. Vejo um dos Pacificadores que estão se aproximando erguer o rifle para bater nela.

– Para!

Eu pulo para protegê-la, bem a tempo de interceptar a coronha do rifle, que me acerta na têmpora. Uma dor explode pela minha cabeça e luzes surgem na minha vista. Eu nem chego ao chão porque mãos de ferro prendem meus braços e me puxam para a frente, meu nariz a centímetros dos paralelepípedos. Sou largado de cara no chão na frente de um par de botas amarelas. A ponta de uma delas ergue meu queixo antes de permitir que bata no chão novamente.

– Bom, acho que encontramos nosso substituto.

Lenore Dove está atrás de mim, suplicando.

– Não levem ele, não foi culpa dele! Foi minha! A punição tem que ser minha!

– Ai, alguém atira nessa garota, por favor – diz Drusilla.

Um Pacificador próximo aponta o rifle para Lenore Dove, e Drusilla bufa de exasperação.

– Aqui não! Já tem sangue demais para limpar. Será que não dá para arrumar um local discreto?

Quando o soldado dá um passo na direção de Lenore Dove, um homem de macacão roxo aparece e o segura pelo braço.

– Espera. Se possível, Drusilla, gostaria de usar a garota para uma despedida chorosa. O público ama esse tipo de coisa e, como você sempre nos lembra, é um desafio fazer com que sequer prestem atenção no 12.

– Tudo bem, Plutarch. Tanto faz. Só faz essa gente se levantar. Levantem! De pé, seus porcos de distrito!

Quando eles me erguem, reparo que Drusilla tem um chicote de montaria preso na lateral da bota e me pergunto se é só decorativo. O bafo de peixe morto dela me atinge em cheio.

– Se comporta ou eu mesma atiro em você.

– Haymitch! – Ouço Lenore Dove gritar.

Faço menção de responder, mas Drusilla segura meu rosto com seus dedos longos.

– E ela pode ficar olhando.

Plutarch gesticula para uma pessoa da equipe.

– Mantenha uma câmera naquela garota, por favor, Cassia. – Ele vai atrás de Drusilla. – Sabe, nós temos imagens dos Pacificadores controlando a multidão. Pode ser uma oportunidade para usar o ângulo de "Sem Pacificadores, sem paz".

– Eu não tenho tempo, Plutarch! Praticamente não tenho tempo nem para manter o básico do status quo! Coloca o primeiro garoto... Qual era o nome dele?

– Wyatt Callow – diz Plutarch.

– Coloca Wyatt Callow de volta no cercado. – Drusilla bate na testa. – Não! – Ela pensa por um momento. – Isso! Eu vou chamar os dois. Vai funcionar melhor.

– Vai levar mais trinta segundos.

– Então, sem enrolação. – Ela aponta para mim. – Qual é seu nome?

Meu nome soa estranho quando sai dos meus lábios.

– Haymitch Abernathy.

— Haymitch Abernanny — repete ela.

— Haymitch Abernathy — corrijo.

Ela se vira para Plutarch com irritação.

— É comprido demais! — reclama para ele, escreve no bloco sobre sua prancheta e arranca um pedaço de papel que Drusilla pega e lê. — Wyatt Callow e Haymitch... Aber... nathy. Wyatt Callow e Haymitch Abernathy.

— Você é mesmo profissional — diz Plutarch. — Melhor ir para o seu lugar. Eu o coloco em posição. — Enquanto Drusilla sobe a escada correndo, ele segura meu ombro e sussurra: — Não seja burro, garoto. Ela vai te matar num estalo se você fizer besteira de novo.

Não sei se ele quer dizer num estalo de dedos ou se está falando de alguma forma mais horrível de morrer com um estalo. Seja como for, eu não quero morrer num estalo.

Plutarch me leva para mais perto do palco.

— Aqui está bom. Fica aqui, e quando Drusilla chamar seu nome, você sobe até o palco com calma. Tudo bem?

Eu tento fazer que sim. Minha cabeça está latejando e meus pensamentos rolam de um lado para outro como pedras dentro de uma lata. O que acabou de acontecer? O que está acontecendo agora? Em algum lugar dentro de mim, eu sei. Sou um tributo dos Jogos Vorazes. Em poucos dias, vou morrer na arena. Eu sei de tudo isso, mas parece que está acontecendo com outra pessoa enquanto observo de longe.

Os membros restantes da plateia se levantaram, mas não recuperaram a compostura. As pessoas sussurram com urgência com quem está ao lado, tentando entender o que está acontecendo.

— Ao vivo em trinta — diz alguém pelos alto-falantes. — Vinte e nove, vinte e oito, vinte e sete...

– Calem a boca! – grita Drusilla para a multidão enquanto um maquiador passa pó em seu rosto suado. – Calem a boca ou vamos matar cada um de vocês!

Como se para enfatizar isso, um Pacificador ao lado dela dispara uma saraivada de balas no ar e um aerodeslizador passa logo acima da praça.

O silêncio se espalha rápido, e sinto meu coração acelerar. Tenho um impulso de fugir, como Woodbine fez, mas me lembro da massa encefálica dele escorrendo do crânio.

– ... dez, nove, oito...

Todos no palco voltaram ao lugar em que estavam antes do tiro: Louella e Maysilee, os Pacificadores e Drusilla, que rasga rapidamente o pedaço de papel que Plutarch deu a ela em dois pedaços e bota na pilha dentro do globo de vidro.

Estendo a mão para Burdock e Blair só para me firmar, mas, claro, eles não estão ali. Só tem uns garotos mais novos, mantendo distância de mim.

– ... três, dois, um, e estamos ao vivo.

Drusilla finge sortear um nome.

– E o primeiro cavalheiro que vai acompanhar as damas é... Wyatt Callow!

Numa repetição estranha, vejo Wyatt, tão impassível quanto antes, se adiantar e obedientemente tomar seu lugar no palco.

A mão de Drusilla paira sobre o globo e retira um pedaço de papel com precisão cirúrgica.

– E nosso segundo garoto será... Haymitch Abernathy!

Fico imóvel, caso aquilo tudo seja um pesadelo e eu esteja prestes a acordar na minha cama. Está tudo errado. Minutos atrás, eu tinha me livrado dessa. Eu ia para casa e depois para o bosque, a salvo por mais um ano.

— Haymitch? — repete Drusilla, olhando diretamente para mim.

Meu rosto ocupa a tela acima do palco. Meus pés começam a se mover. Vejo no telão Lenore Dove, que tapa a boca com a mão. Ela não está chorando, então Plutarch não vai ter a despedida lacrimosa que queria. Nem dela, nem de mim. Eles não vão usar nossas lágrimas como entretenimento.

— Senhoras e senhores, vamos dar as boas-vindas aos tributos do Distrito 12 da Quinquagésima Edição dos Jogos Vorazes! — Drusilla nos indica com um gesto. — E que a sorte esteja SEMPRE com vocês!

Ela começa a aplaudir, e pelos alto-falantes ouço um estrondo enorme da plateia, apesar de só ver poucas pessoas batendo palmas no 12.

Encontro Lenore Dove na multidão e nos olhamos, o desespero batendo. Por um momento, tudo ao redor some e só restamos nós dois. Ela abaixa a mão e a pressiona ao coração enquanto os lábios formam as palavras em silêncio: *Eu te amo feito chama-ardente*. Eu respondo da mesma forma: *Eu também*.

Canhões acabam com o momento. Uma chuva de confete cobre a mim, o palco, a praça toda. Perco Lenore Dove de vista em meio aos pedacinhos de papel colorido.

Drusilla abre bem os braços.

— Feliz segundo Massacre Quaternário, pessoal!

— E corta — diz a voz no alto-falante.

A transmissão passou para a colheita do Distrito 11. Os aplausos gravados são cortados, e Drusilla solta um grunhido e se apoia dramaticamente no pódio.

A equipe de TV da Capital solta uma comemoração alta quando Plutarch aparece na lateral do palco, gritando:

— Brilhante! Bravo, pessoal! Foi simplesmente perfeito, Drusilla!

Drusilla se recupera e arranca o chapéu de narciso pela tira que o prende no queixo.

– Eu não tenho ideia de como consegui fazer isso. – Ela tira um maço de cigarros da bota e acende um, exalando a fumaça pelo nariz como se fosse uma chaminé. – Bom, é uma ótima história para contar em jantares!

Um dos assistentes aparece com uma bandeja com taças cheias de um líquido amarelo pálido. Sem querer, ele oferece uma para mim – "Champanhe?" – antes de se dar conta do erro.

– Ops! Não para as crianças!

Drusilla pega uma taça e repara no povo do Distrito 12 parado, mudo e infeliz, enquanto os últimos confetes caem.

– Oras, o que eles estão olhando? Animais imundos. Vão para casa! Todos vocês! – Ela se dirige a um Pacificador. – Tire essa gente daqui antes que o cheiro fique grudado no meu cabelo. – Ela cheira uma mecha e faz uma careta. – Tarde demais.

O Pacificador faz um sinal e os soldados começam a empurrar a multidão para trás. Enquanto vejo Burdock e Blair resistirem, a maioria das pessoas corre para as ruas laterais, feliz por escapar do martírio da colheita, por poder ir para casa, abraçar os filhos e, para os clientes da barraca da Hattie, ficar bem bêbado.

Fico em pânico ao ver um Pacificador do Distrito 12 segurando Lenore Dove. Por que não me intrometi antes? Por que esperei até não ter escolha além de desafiar aquele soldado? Eu estava com medo? Confuso? Ou só impotente perante os uniformes brancos? Agora, nós dois estamos condenados. O Pacificador ergue um par de algemas, mas Clerk Carmine e Tam Amber aparecem e conversam com ele rápido e baixo, e acho que um dinheiro troca de mãos. Para o meu alívio, o Pacificador olha em volta, solta Lenore Dove e se afasta. Ela se vira na minha direção, mas os tios a conduzem para uma rua menor.

Os outros azarados entes queridos dos tributos deste ano permanecem na praça.

O sr. Donner corre até o palco segurando um maço de dinheiro, na esperança de comprar a liberdade de Maysilee, enquanto a esposa e Merrilee se abraçam perto da fachada da loja.

– Não, papai! – grita Maysilee, mas o pai segue balançando o dinheiro na cara das pessoas.

Tem uma família, acho que são os Callow, na qual uma mulher chora histericamente e os homens começam a brigar.

– Você amaldiçoou ele! – um acusa o outro. – A culpa é sua!

Nossos vizinhos, os McCoy, estão com os braços em volta da minha mãe, que mal aguenta ficar de pé. Sid está agarrado na mão dela, puxando-a para a frente enquanto grita:

– Haymitch! Haymitch!

Já estou com tanta saudade de casa que poderia morrer. Sei que preciso ser forte, mas vê-los assim acaba comigo. Como vão sobreviver sem mim?

O roteiro manda que em seguida os tributos entrem no Edifício da Justiça para se despedirem de familiares e amigos. Eu já fiz isso uma vez. Minha mãe e meu pai me levaram quando Sarshee Whitcomb, a filha do chefe da antiga equipe do meu pai, foi tributo. Ela tinha ficado órfã naquele ano, quando o pai, Lyle, morreu de pulmão preto. Minha mãe disse para os Pacificadores que éramos parentes de Sarshee e eles nos levaram até uma sala com um monte de móveis desconfortáveis que precisavam de uma limpeza. Acho que fomos os únicos visitantes.

Eu sei que deveria esperar a hora oficial de despedida, mas a única coisa que importa agora é abraçar minha mãe e Sid. Com o sr. Donner e Maysilee fazendo um circo, me aproximo da beira do palco, me agacho e estendo as mãos para eles, que correm até mim.

– Nada disso! – Sou puxado para trás por um Pacificador enquanto Drusilla continua: – Nada de despedidas para essa gente. Eles perderam esse privilégio depois do comportamento absurdo de hoje. Levem todos direto para o trem e vamos sair desse buraco.

Dois Pacificadores jogam o sr. Donner para fora do palco. Enquanto cai, ele solta o dinheiro, que flutua e se mistura com o confete no chão. Em seguida, eles pegam algemas.

Louella está se controlando, mas então ela me encara, os olhos arregalados de medo. Coloco a mão no ombro dela para acalmá-la, mas quando o metal frio toca sua pele, ela solta um gritinho, como um bichinho numa armadilha. Ao ouvir o som, as famílias avançam, desesperadas para nos tomarem de volta.

Os Pacificadores seguram as pessoas enquanto Plutarch se manifesta.

– Sem querer atrapalhar, Drusilla, mas acabei com poucas imagens de reação das famílias para o resumo. Será que posso filmar algumas?

– Se for mesmo necessário. Mas, se você não estiver no trem em quinze minutos, vai ter que voltar para casa andando – diz Drusilla.

– Te devo uma. – Plutarch faz uma avaliação rápida das famílias e aponta para mim e para Louella. – Deixem esses dois.

Os Pacificadores levam Maysilee e Wyatt para o Edifício da Justiça e batem nos parentes deles com cassetetes quando eles tentam ir atrás. De alguma forma, Merrilee passa por eles e, por um momento, as gêmeas Donner se tornam uma, os braços ao redor do pescoço uma da outra, testas e narizes encostados. Uma imagem espelhada que os Pacificadores rasgam em duas. Vejo Wyatt lançar um último olhar para a mulher histérica da família Callow antes de passar pela porta.

Louella e eu saímos correndo até nossos pais, mas Plutarch interfere.

— Vamos fazer a gravação.

A equipe varre o confete na frente das lojas. Um câmera se posiciona enquanto Plutarch ajeita os pais de Louella e seus seis irmãos e irmãs diante da padaria.

— Espera, quem estava na colheita tem que sair.

Dois irmãos saem da frente da câmera.

— Ótimo — diz ele. — Muito bom. Agora, o que eu preciso que vocês façam é reagir exatamente como reagiram quando ouviram o nome de Louella. Em três, dois, um, ação.

A família McCoy fica olhando para ele, atordoada.

— Corta! — Plutarch vai até os McCoy. — Perdão. Obviamente, eu não fui claro. Quando vocês ouviram Drusilla chamar Louella, foi um choque enorme, né? "Ah, não!" Vocês talvez tenham perdido o ar ou gritado o nome dela. Bom, alguma coisa vocês fizeram. E agora eu preciso que façam a mesma coisa para a câmera. Tudo bem? — Ele recua. — Então, em três, dois, um, ação!

Se há alguma mudança, é que os McCoy ficam mais pétreos do que antes. Não é confusão; eles se recusam terminantemente a dar um show para a Capital.

— Corta. — Plutarch esfrega os olhos e suspira. — Levem a garota para o trem.

Os Pacificadores levam Louella para o Edifício da Justiça e os McCoy enfim desmoronam e gritam o nome dela, angustiados. Plutarch faz sinal para a equipe filmar a reação. Quando os familiares percebem que ele capturou sua consternação, ficam furiosos, mas os Pacificadores simplesmente os tiram à força da praça.

Plutarch se vira para a minha mãe e Sid.

– Olha, eu sei que não é fácil, mas acho que podemos ser úteis um para o outro. Se eu conseguir uma boa imagem de reação, posso dar a vocês um minuto com Haymitch. Entenderam?

Vejo os olhos de Sid se desviarem para o céu quando um ruído baixo de trovão ecoa feito um aviso. Olho para o rosto pálido da minha mãe, para o queixo trêmulo do meu irmão. As palavras escapam dos meus lábios de forma espontânea:

– Não faz isso, mãe.

Mas ela me ignora e se dirige a Plutarch.

– Não, eu faço. Nós dois vamos gravar, se você deixar a gente abraçar meu filho mais uma vez.

– Combinado. – Plutarch os coloca lado a lado, mas minha mãe vai para trás de Sid e passa os braços em volta dele. – Ótimo. Gostei. Bom, estamos no meio da colheita, Drusilla está sorteando os garotos. Ela acabou de dizer "Haymitch Abernathy". E três, dois, um, ação.

Minha mãe faz um ruído de surpresa e Sid, confuso, como sem dúvida ficou na hora, vira a cabeça para olhá-la.

– Corta! Maravilha. A gente pode tentar mais uma vez e, desta vez, talvez fazer um barulho mais alto? Certo, em três, dois, um...

Mas não é só uma vez. Plutarch fica pedindo reações cada vez mais dramáticas. "Grite o nome dele!" "Esconda o rosto no vestido dela!" "Você consegue chorar?" No fim, Sid está chorando de verdade e a minha mãe parece prestes a desmaiar.

— Para! — explodo. — Já chega! Você já conseguiu o suficiente!

O walkie-talkie no cinto dele chia, e ouço a voz impaciente de Drusilla.

— Cadê você, Plutarch?

— Estou encerrando. Chego aí em cinco minutos. — Plutarch faz sinal para minha mãe e Sid se aproximarem de mim, e eles correm para os meus braços. — Vocês têm dois minutos.

Eu os aperto com força pelo que sei que é a última vez. Mas o tempo está passando, e nós não somos o tipo de família que aceita desperdícios.

— Fiquem com isso.

Esvazio meus bolsos nas mãos deles; o dinheiro e os amendoins para a minha mãe, a faca e o saco de jujubas para Sid. Entrego a eles tudo o que resta da minha vida no 12.

Sid ergue as jujubas.

— Para Lenore Dove?

— É. Entrega para ela, tá? — peço.

A voz de Sid está rouca de chorar, mas soa determinada.

— Ela vai receber.

— Sei que vai. Porque sempre posso contar com você.

Eu me ajoelho na frente do meu irmãozinho e estendo a manga da camisa, como fazia quando ele era pequenininho, para ele poder limpar o nariz.

— Você é o homem da casa agora. Se fosse qualquer outra pessoa, eu ficaria preocupado, mas sei que você é capaz. — Sid começa a balançar a cabeça. — Você é duas vezes mais inteligente do que eu e dez vezes mais corajoso. Você consegue. Ouviu? Ouviu? — Ele assente, e bagunço seu cabelo. Fico de pé e abraço a minha mãe. — Você também consegue, mãe.

— Eu te amo, filho — sussurra ela.

— Eu também te amo — respondo.

Em meio à estática do walkie-talkie de Plutarch, ouço a voz impaciente de Drusilla.

— Plutarch! Não pense que não vou embora sem você!

— Temos que ir, pessoal — diz Plutarch. — Drusilla não espera por ninguém.

Os Pacificadores se aproximam para nos separar, mas minha mãe e Sid me abraçam com força.

— Lembra o que seu pai disse para a menina Whitcomb? — diz minha mãe com urgência. — Continua valendo.

Eu me lembro do Edifício da Justiça, da garota chorosa e do cheiro enjoativo de flores em decomposição que empesteava o local. Meu pai está falando com Sarshee e diz para ela: "Não deixe que te usem, Sarshee. Não..."

— Plutarch! — berra Drusilla. — Plutarch Heavensbee!

Os Pacificadores nos separam. Sou erguido do chão enquanto Sid implora:

— Por favor, não levem meu irmão! Por favor, não levem ele. A gente precisa dele!

Não consigo evitar. Eu devia dar um bom exemplo, mas tento me soltar.

— Está tudo bem, Sid! Vai ficar...

Eletricidade percorre meu corpo e fico inerte. Sinto os calcanhares das minhas botas baterem nos degraus da escada, serem arrastados pelos carpetes do Edifício da Justiça, passarem pelo cascalho do caminho nos fundos. No carro, deixo que me algemem sem protestar. Meu cérebro está confuso, mas sei que não quero levar outro choque. Com as pernas bambas, subo os degraus de metal do trem e sou jogado num compartimento com uma única janela gradeada. Encosto o rosto no vidro, mas não tem nada para ver além de um vagão sujo de carvão.

Apesar de todas as reclamações de Drusilla, passamos mais uma hora sem sair do lugar. O céu fica escuro e a tempestade cai. Granizo bate na minha janela, seguido de uma chuvarada. Quando enfim as rodas do trem começam a girar, minha cabeça está mais lúcida. Tento memorizar cada imagem fugaz do 12: os raios iluminando os velhos armazéns, a água descendo pelas pilhas de escória e o brilho das colinas verdes.

É nessa hora que vejo Lenore Dove. Ela está num cume, o vestido vermelho grudado ao corpo, uma das mãos segurando o saco de jujubas. Quando o trem passa, ela inclina a cabeça para trás e despeja toda a sua tristeza e sua raiva num grito ao vento. E, apesar de acabar comigo, apesar de eu bater com os punhos no vidro até doerem, fico agradecido por esse presente final. Que ela tenha negado a Plutarch a chance de transmitir nossa despedida.

O momento em que nossos corações se despedaçam... pertence somente a nós.

3

Depois de um tempo, escorro pela parede e aninho minhas mãos inchadas no colo, ofegante. Sinto uma pontada no peito e me pergunto se o coração de uma pessoa pode se partir de verdade. Provavelmente. A expressão *de coração partido* tinha que vir de algum lugar. Imagino meu coração partido em uns dez pedaços vermelhos e reluzentes, as bordas afiadas e irregulares cortando minha carne a cada batimento. Pode não ser científico, mas combina com o que estou sentindo. Parte de mim pensa que vou morrer agora, sangrando por dentro. Mas não vai ser tão simples assim. Por fim, minha respiração desacelera, e um desespero geral me domina.

Eu nunca mais vou ver Lenore Dove. Nunca mais vou ouvir a risada dela vinda dos galhos lá no alto. Nunca mais vou sentir seu calor nos meus braços, nós dois deitados numa cama de agulhas de pinheiro, meus lábios na base do seu pescoço. Nunca mais vou tirar uma pena de ganso perdida do cabelo dela, nem ouvir sua caixa de música, nem encostar o dedo na ruga que surge entre suas sobrancelhas quando ela está pensando. Nunca mais vou ver o rosto dela se iluminar diante de um saco de jujubas ou de uma lua cheia ou do som do meu sussurro dizendo "Eu te amo feito chama-ardente".

Tudo foi tirado de mim. Meu amor, minha casa, minha mãe, meu doce irmãozinho... Por que fui dizer que ele é o homem da casa agora? Não foi justo. É peso demais para alguém tão jovem e tão cheio de esperanças. Minha avó paterna dizia que Sid tinha nascido virado para o sol. Acho que ele não viu um monte de problemas aqui na terra porque está sempre estudando o céu. Ele é fascinado pelo sol, pelas nuvens, pelos astros que aparecem à noite. Tam Amber ensinou Lenore Dove tudo sobre as estrelas porque o Bando se orientava por elas, muito tempo atrás, e ela ensinou a Sid. Em noites claras, ele nos leva para fora e ficarmos vendo os desenhos que elas formam.

– Aquela ali é a Caçarola, que parece a concha que temos no balde. Aquela ali é o Arqueiro. Parece Burdock, não acham? Aquela ali é um cisne, mas Lenore Dove chama de ganso. E aquela é a sua, mãe. Está vendo o *W*? É a sua. *W* do seu nome, Willamae, e cabeça pra baixo é um *M* de mãe!

E minha mãe sempre parece feliz, porque quando é que ela ganha coisas boas, principalmente algo tão lindo quanto um grupo de estrelas só dela? O tempo todo é ela quem nos dá coisas. Eu fingi não ver o frango que ela levou para casa na noite passada, que sei que tinha planejado fritar para o meu aniversário. Deve ter lavado mais roupa ainda para poder comprar. Ela vai conseguir se virar sem o dinheiro do meu trabalho para Hattie? Vai, ou vai morrer tentando. Mãe... ah, mãe...

Plutarch tinha razão. Eu fiz besteira. Uma besteira enorme. E vou pagar por isso com a minha morte e com os corações e vidas partidas de todo mundo que me ama.

Olho para as árvores que passam depressa. Sempre achei que, se um de nós fosse se livrar do 12, seria Lenore Dove. Seu pessoal costumava viajar, antigamente, indo de distrito em distrito para fazer suas apresentações. Tam Amber lembra, pois ele tinha minha idade quando a guerra terminou e os Pacificadores prenderam o Bando, mataram os adultos e confinaram as crianças ao nosso distrito. Não tem nada que

Lenore Dove ame mais do que essas histórias de antigamente, dos parentes viajando por aí numa picape acabada. Quando os combustíveis ficaram escassos, eles passaram a puxá-la com cavalos. Na época em que foram levados para o 12, os cavalos já puxavam uma carroça velha e a maioria das pessoas do Bando andava a pé, dando seu jeito. Cozinhavam em fogo aberto, visitavam cidades, tocavam em armazéns parecidos com o Prego ou, se não houvesse um disponível, em campos, e de certa forma eram famosos entre os residentes. Tenho certeza de que a vida deles tinha suas dificuldades, mas Lenore Dove tem uma visão tão romântica disso tudo que nunca menciono essa parte. Voltar para aquela época é impossível, já que ninguém pode sair do 12, e os tios dela nunca alimentariam a ideia de pegar a estrada de novo. Mas Lenore Dove está convencida de que deve haver gente fora de Panem, mais para o norte. Às vezes, ela desaparece na floresta, e tenho medo de que não volte. Não de verdade, mas um pouco. Acho que posso parar de ter esse medo agora.

    Nós ultrapassamos a tempestade, ou talvez seja ela que nos ultrapasse. As gotas de chuva que restam na janela me fazem pensar na cisterna, e que eu fugi para ver Lenore Dove em vez de voltar para casa e enchê-la. Não me arrependo daquele último e precioso encontro com o meu amor, mas queria poder ter deixado Sid e a minha mãe com o tanque cheio, não só com os poucos galões que o barril de chuva pode oferecer. Não que eu ache que minha mãe vá conseguir lavar roupa esta semana. Ou, sei lá, talvez consiga. Ela nem hesitou quando meu pai morreu. Simplesmente fez um panelão de sopa de feijão e joelho de porco, como fazemos na Costura quando alguém morre, e voltou ao trabalho. Eu me lembro de estar sentado perto do fogão, as lágrimas pingando no chão a poucos centímetros de uma poça formada sob uma camisa de mineiro.

No inverno, as roupas precisam ser penduradas dentro de casa para secar, então sempre tem alguma coisa pingando.

O trem continua a viagem, aumentando os quilômetros entre mim e tudo que já conheci, amei ou desejei. Sonhos de um dia permitir que minha mãe abandonasse o trabalho de lavadeira. De pegar no pé do Sid por causa dos estudos, para que ele pudesse conseguir um desejado emprego de superfície, lá na mina – como cuidar dos livros contábeis ou carregar os trens –, no qual ele poderia continuar de olho no céu. E uma vida com Lenore Dove, amando-a, me casando com ela, criando nossos filhos, ela ensinando música para eles e eu fazendo qualquer coisa, fosse carvão ou bebida. Não teria importado, se ela estivesse comigo. Tudo se foi, tudo perdido.

Woodbine não parece mais um inconsequente, porque pôde morrer no 12 e não numa arena sádica a oeste, como vai acontecer comigo. Alguns anos atrás, a arena ficava escura sem aviso, e umas doninhas gigantes, pretas feito carvão, surgiam das sombras e atacavam os tributos. Penso naqueles dentes pontudos arrancando a cara da garota do Distrito 5...

Eu devia ter corrido. Devia ter deixado os Pacificadores explodirem minha cabeça na praça. Tem muitas coisas piores do que uma morte rápida e indolor. Agora, eu poderia estar enrolado em linho, dormindo com meus parentes debaixo da lápide dos Abernathy. Nós não deixamos os corpos apodrecerem no calor.

Várias horas se passam até que uma chave gira na fechadura e Plutarch enfia a cabeça no compartimento.

– Quer se juntar aos outros?

Ele fala como se eu estivesse me recuperando de uma dor de barriga, não de levar choque de um taser e ser arrancado da minha vida. Não sei como interpretar Plutarch. Eu o odeio por ter obrigado minha mãe e Sid a interpretarem para as câmeras.

Mas ele me deixou abraçá-los depois de Drusilla ter me negado essa possibilidade. E provavelmente salvou a vida de Lenore Dove ao pedir para que ela ficasse para a despedida lacrimosa. Ele é imprevisível como um relâmpago. Talvez seja bom permanecer nas graças dele.

Além do mais, preciso ver Louella. Eu sou tudo que ela tem agora.

– Claro – digo.

Plutarch ordena que os Pacificadores tirem minhas algemas e me leva pelo corredor sacolejante do trem até outro compartimento. Assentos de plástico numa variedade de cores néon ocupam as laterais do vagão. Eu me sento ao lado de Louella, em frente a Wyatt e Maysilee.

– Alguém com fome? – pergunta Plutarch. Ninguém responde. – Vamos ver o que tem.

Ele sai e tranca a porta do vagão. Eu cutuco Louella com o cotovelo.

– Oi, garota. – Ofereço a mão a ela, que me estende a sua, gelada.

– Oi, Hay – sussurra Louella. – Não foi justo como eles te pegaram.

Pela primeira vez, penso nisso. Justo? Não foi mesmo. Minha colheita foi irregular, talvez até ilegal. Mas o número de pessoas na Capital com quem eu poderia me queixar sobre isso é exatamente zero. Não sou nada além de uma história engraçada para Drusilla contar entre o caviar e os sonhos de creme.

– Nem comigo, nem com ninguém – digo para Louella. O rostinho dela está tão tenso que, antes mesmo de pensar direito, eu pergunto: – E aí, você vai ser minha aliada ou não vai, queridinha?

Ela chega a sorrir. É uma piada antiga. Quando Louella tinha cinco anos e eu, oito, ela decidiu que era minha namorada, só porque uma vez a chamei de "queridinha", e ficava andando atrás de mim contando isso para quem quisesse ouvir. Durou cerca de uma semana, aí ela transferiu seu afeto para um garoto chamado Buster, que lhe deu um sapo. Acho que o coração dela teria passado para o próximo de qualquer modo, porque ninguém se apega demais ao seu parceiro de concursos de arroto, mas ainda somos bons amigos. Se eu tivesse uma irmãzinha da idade dela, ia querer que fosse como Louella, e sempre alimentei a esperança de que ela esperaria Sid crescer antes de arrumar um namorado de verdade. Agora, claro, as chances de ela crescer são zero. Ela está congelada para sempre nos treze anos.

– Eu vou ser sua aliada – diz ela. – Você e eu, nós podemos confiar um no outro.

Seria de imaginar que haveria uma aliança geral do Distrito 12, mas, quando considero os outros candidatos, não sei se isso é desejável. Não sei o que pensar de Wyatt. Por um lado, seu olhar vazio não sugere uma mente das mais ativas. Por outro, ele é grandão, e eu nunca ouvi nada de ruim a seu respeito, o que é mais do que posso dizer sobre Maysilee. Não me faltam informações sobre ela, a maioria obtida por experiência própria, e nenhuma lisonjeira.

Maysilee Donner... por onde começar? Quando começamos na escola, ela e Merrilee chamaram minha atenção. Não só pelo seu jeito de garotas da cidade, mas porque a minha mãe tinha perdido gêmeas pouco antes. Duas garotinhas, coisinhas pequenas que nasceram cedo demais. Minha mãe passou por um luto intenso, do jeito dela, esfregando roupas na tábua de lavar até elas se desfazerem, e, embora meu pai não fosse de demonstrar sentimentos, eu o ouvia chorando alto quando ele achava que eu estava dormindo. As gêmeas Donner sempre exerceram certa fascinação sobre mim, pois eu me perguntava como teriam sido as minhas irmãs. Não como as Donner, espero. Merrilee até que não é ruim, só que ela costuma seguir tudo que Maysilee faz. E Maysilee agiu como se fosse superior a todos nós desde o primeiro dia. Fica andando toda empertigada com seus sapatos reluzentes e esmalte nas unhas, sempre com algum tipo de acessório. Como aquela garota ama um penduricalho.

Observo-a agora, olhando pela janela do trem, os dedos entrelaçados nos fios dos vários colares. Alguns de contas, alguns de corda trançada, alguns com pingentes pendurados e pelo menos um de ouro de verdade. Embora o pessoal da Costura possua um ou outro acessório de valor sentimental, ninguém tem seis colares. E, se tivesse, não se exibiria usando todos de uma vez.

Plutarch abre a porta de correr e recua para deixar passar um funcionário da Capital carregando uma bandeja cheia de sanduíches. Cada um tem carne suficiente para custar o salário de um dia de trabalho – presunto fresco ou rosbife ou finas fatias de frango empilhadas – e exibe uma bandeirinha de papel de Panem em cima. Minha boca começa a salivar e me dou conta de que não como desde o café da manhã.

O funcionário oferece a bandeja a Louella, que hesita, perdida com a quantidade de coisas na frente dela. Os McCoy às vezes passam semanas sem comer carne, e a que comem em geral vem de uma lata. O funcionário percebe o desconforto dela e adota um tom condescendente.

– Algum problema, senhorita?

Louella fica vermelha, pois todos os McCoy são orgulhosos, mas, antes que ela possa responder, Maysilee diz:

– Claro que tem um problema! Você espera que ela coma com as mãos? Ou vocês não têm pratos e talheres na Capital?

Agora é a vez do funcionário corar.

— São só sanduíches. As pessoas... comem com as mãos.

— Sem nem um guardanapo? — pergunta Maysilee. — Duvido muito.

O atendente se vira para Plutarch, abalado.

— Eles podem usar guardanapo?

— Certamente. Eles são nossos convidados, Tibby — responde Plutarch, calmo. — Eu preciso verificar uma coisa na cozinha. Vamos ver se conseguimos uns pratos também. Com licença.

Quando a porta se fecha, não consigo deixar de rir.

— Cala a boca — diz Maysilee. — Escuta, Louella, se você deixar que eles te tratem como um animal, é isso que vão fazer. Então, não deixa.

Isso é demais para Louella. Ela estreita os olhos e rebate:

— Eu não estava planejando deixar. Só fui interrompida.

— Tudo bem — diz Maysilee. — Você não precisa da minha ajuda.

— Eu não preciso da ajuda de alguém que disse que a minha irmã usa pó de carvão como maquiagem — responde Louella.

Maysilee sorri um pouco, lembrando.

— Ela ficou bem mais limpinha depois disso.

Isso me faz pensar em quando eu tinha seis anos e tive bicho-de-pé, e Maysilee me apelidou de "Haymitch Coça Coça". Ninguém quis chegar perto de mim por duas semanas, apesar de eu ter explicado que não era contagioso. O apelido ainda me deixa nervoso dez anos depois.

Qualquer vontade de ficar ao lado de Maysilee desaparece.

— Ela está facilitando a história dos aliados para nós — digo para Louella.

— Está mesmo.

Louella cruza os braços, mas algo chama sua atenção e ela franze a testa.

Sigo o olhar dela até Wyatt, que parece tão distante quanto sempre, os olhos fixos numa placa na porta que diz CUIDADO COM O DEGRAU. Algo brilha sob o sol do fim do dia; ele está rolando uma moeda nos dedos, de um jeito fluido e treinado. Ao ouvir o clique da chave na fechadura, a moeda some.

Tibby entra com um carrinho cheio de coisas de jantar. Tudo parece feito de plástico neste trem: o vagão, os bancos, os talheres, os copos, os pratos. Mais fácil de borrifar e limpar depois que formos embora, imagino.

– Eu verifiquei. E tem uma surpresa para a sobremesa – provoca Plutarch da porta.

Como se precisássemos de mais surpresas hoje.

Tibby para na frente de Louella.

– O que posso lhe servir? As opções são frango, presunto e rosbife.

– Presunto – responde Louella.

– Tem certeza de que não quer experimentar o rosbife também? O chef usa uma marinada que deixa a carne bem especial – diz Tibby.

– Por que não? – Louella pega o prato, um guardanapo, talheres e uma garrafa de limonada.

Quando Tibby se vira para Maysilee, sua gentileza some.

– E você?

Maysilee não se apressa ao avaliar a bandeja.

– Rosbife, o mais malpassado que tiver. – Ela abre o guardanapo para proteger a saia e arruma os talheres em cima. – Uma bandeja não faria mal, mas tudo bem.

Depois que Wyatt e eu recebemos pratos carregados (eu peço um sanduíche de cada), o garçom e Plutarch saem. Olho para Maysilee, que está cortando o sanduíche dela delicadamente em pedacinhos e espetando com o garfo. Pode acreditar, mais ninguém em Panem, seja na Capital ou nos distritos, come sanduíche assim. Decido começar pelo de presunto e dou uma mordida. Nossa, como é gostoso. Defumado, salgado e salpicado com uma coisa que parece o picles que minha mãe faz. Reparo em Louella espiando embaixo da fatia de pão.

– Vai, come – digo a ela.

Minha aliada precisa ganhar uns músculos. Ela come.

Não demoro para acabar com meus sanduíches e com a garrafa de limonada. A comida me anima um pouco. Talvez haja um jeito de sair dessa situação. Tipo tentar pular do trem. Enquanto penso sobre como poderíamos fazer isso, Plutarch reaparece e nos convida para ir até o vagão de descanso com ele. No corredor, procuro rotas de fuga, mas os Pacificadores bloqueiam todas as saídas em potencial.

Vamos para o final do trem, onde tem uma área arrumada como uma sala de estar. Os móveis forrados de plástico são mais macios e mais grudentos do que os assentos do nosso compartimento. O *Notícias da Capital* passa numa tela embutida na parede, e a recapitulação da colheita do dia já começou quando nos acomodamos.

– Eu passei a tarde toda trabalhando no segmento do Distrito 12 – diz Plutarch. – Dei a ele o velho toque Heavensbee. Vocês quatro estão passando uma ótima imagem.

Drusilla entra pela porta, segurando um copo alongado cheio de uma bebida vermelha enfeitada com verduras. A parte da frente da jaqueta militar amarela, agora desabotoada, fica se abrindo e revelando a roupa de baixo.

Plutarch oferece uma cadeira a ela.

– Guardei o melhor lugar para você.

Ela se larga no assento, puxa um talo de aipo da bebida e dá uma mordida.

– Que idade eu estava aparentando hoje, Plutarch?

– Nem um dia além dos trinta – garante Plutarch. – Todo mundo comentou.

– Bom, a gente recebe o que a gente compra – diz ela, cuidadosamente cutucando sua bochecha com o aipo, então aponta para a tela e ri. – Rá! Olha só Juvenia! A srta. Perfeitinha ficou torrando debaixo do sol. Ela está horrorosa, você não acha?

Juvenia, uma mulher minúscula usando saltos de quinze centímetros e roupas de bolinhas cor-de-rosa, começa a chamar os nomes do Distrito 1. O programa continua e todos os tributos são exibidos. Além de nós, quarenta e quatro jovens foram sorteados hoje, vinte e duas meninas, vinte e dois meninos, de todas as formas e tamanhos. Como sempre, os tributos dos Distritos 1, 2 e 4 são dignos do apelido de Carreiristas, o que significa que parecem estar treinando para os Jogos Vorazes desde que nasceram. Aqui e ali, a sorte escolheu alguns outros musculosos, mas tem muitos magrelos para equilibrar. No espectro de musculoso a magrelo, eu até me saio bem, em grande parte por causa dos sacos de grãos que carrego para Hattie. Mas alguns daqueles Carreiristas me esmagariam como um inseto. E Louella ainda nem passou pelo estirão de crescimento.

Quando um garoto robusto sobe no palco do Distrito 11, Drusilla declara o óbvio:

– Espero que vocês sejam bons corredores.

Ela nem fala de um jeito cruel, o que torna tudo mais assustador.

– Outros fatores além do tamanho contam. Inteligência, habilidade, estratégia. E nunca descartem a sorte – comenta Plutarch. – Seus mentores vão orientar vocês sobre tudo isso.

Nossos mentores. Nossos guias, nossos orientadores, nossos protetores nos Jogos Vorazes. Só que os tributos do Distrito 12 não têm mentores automáticos, nenhunzinho, porque somos o único distrito sem vitoriosos vivos, e essa função tradicionalmente é deles.

Em cinquenta anos, só uma pessoa do 12 venceu os Jogos, e isso faz muito tempo. Uma garota a respeito da qual ninguém sabe nada. Na época, quase ninguém do distrito tinha televisão e os Jogos eram mais contados oralmente. Eu nunca vi essa garota nos clipes dos programas antigos, mas aqueles jogos iniciais quase nunca são mostrados, já que dizem que eram mal filmados e nada espetaculares. Meus pais ainda não tinham nascido, e nem a vovó conseguiu me contar muito sobre a garota. Eu mencionei a nossa campeã para Lenore Dove algumas vezes, mas ela nunca queria falar no assunto.

– Quem são nossos mentores, afinal? – pergunto.

– Eles ainda estão sendo selecionados a partir do grupo de vitoriosos que não estão designados a supervisionar os tributos dos próprios distritos – explica Plutarch. – Não se preocupem, temos candidatos bem talentosos aí.

Até parece. Qualquer mentor que levasse um tributo do Distrito 12 à vitória enquanto os do próprio distrito morrem se tornaria um pária. Na maioria dos anos, eu nem fico sabendo quem é escolhido para orientar os tributos do 12. A verdade é que estamos por conta própria.

Drusilla arfa de repente.

– A luz do dia está me matando!

Cortaram para o Distrito 12, para o momento em que nossos destinos foram selados.

– E, ainda assim, você está luminosa – garante Plutarch.

Fico olhando, ao mesmo tempo fascinado e nauseado pela transição perfeita entre o sorteio de Maysilee e o de Wyatt e o meu. Não há o menor sinal do tiro que acertou Woodbine nem da confusão que veio depois. E ali está meu nome, e ali estou eu, e ali está minha mãe arfando, Sid chorando, Lenore Dove com a mão na boca.

– Não foi isso que aconteceu – digo.

– As filmagens não foram alteradas... não havia tempo para fazer isso direito – diz Plutarch. – Eu só dei uma pequena embaralhada para ajudar vocês.

– Você fez o quê? – pergunta Louella.

Antes que ele possa responder, Wyatt, que não abriu a boca sem ser para comer desde que saímos do 12, se manifesta.

– Ele organizou as cartas a nosso favor. Distribuiu as mãos para nos dar vantagem.

Plutarch sorri para ele.

– Exatamente!

Um canto da boca de Louella se vira para baixo.

– Como nos jogos de cartas. Quando as pessoas apostam. Isso não é trapaça?

– É e não é – diz Plutarch. – Olha, temos que vender vocês para os patrocinadores. Se eu mostrasse ao público o que realmente aconteceu... a cabeça daquele garoto sendo estourada, a multidão tendo que ser controlada, Haymitch atacando os Pacificadores...

– Eu não ataquei ninguém – eu protesto. – Eles atacaram a minha garota e eu tive que agir.

– Dá no mesmo – diz Drusilla. – Você não tem permissão de interferir na ação dos nossos Pacificadores.

– Eu estou tentando mostrar vocês na melhor luz possível – explica Plutarch.

Maysilee revira os olhos.

– Como quando a gente chama marshmallows velhos de "cremosos" na loja. E cobra mais caro por eles.

Olho para ela de cara fechada. Já caí no golpe do marshmallow "cremoso" mais de uma vez.

– Enfatizar o positivo, ignorar o negativo – diz Plutarch.

– Em vez de quatro porquinhos de distrito violentos que odeiam a Capital... – Drusilla começa a dizer.

– Agora são um quarteto de jovens atraentes subindo naquele palco com o incentivo do seu distrito, ansiosos para partirem! – conclui Plutarch.

– Vocês deviam estar de joelhos beijando os pés desse homem. Pode ser que não consigam nenhum patrocinador, mas pelo menos não vão assustá-los. Ele fez uma repaginação total em vocês – comenta Drusilla.

– Você quer dizer que ele fez uma repaginação na Capital – retruca Maysilee com deboche. – Fez vocês parecerem competentes depois de nem conseguirem cuidar da colheita direito.

– Eu gosto de pensar que foi mutuamente benéfico – diz Plutarch. – E os espectadores não sabem de nada. Eu garanti isso.

Eu sou um brinquedinho da Capital. Eles vão me usar para entretenimento próprio e depois vão me matar, e a verdade não vai ter papel algum nessa história. Plutarch age com simpatia, mas as indulgências dele – a despedida da minha família, os sanduíches chiques – são só um método para me controlar, porque é mais fácil lidar com brinquedos felizes do que com raivosos. Para conseguir as imagens que quer, ele vai me bajular até eu estar na arena.

Como se para confirmar isso, a porta da sala se abre e revela Tibby, o rosto iluminado por dezesseis velas num bolo de aniversário gigantesco.

4

Na minha casa, nunca tem bolo de aniversário. Parece errado, no dia da colheita, e a minha mãe acha injusto que ela e Sid ganhem bolo e eu não. Então ela faz alguma coisa gostosa no café da manhã, tipo pão de milho com molho, e guarda toda a energia para fazer o bolo do ano-novo.

Ela começa a separar o material meses antes: as maçãs desidratadas, o xarope de sorgo, a farinha branca. As especiarias – gengibre, canela e coisas do tipo – são tão caras que ela compra as porções embrulhadas em pedacinhos de papel no boticário da família March. Dois dias antes do ano-novo, ela faz o recheio de maçã, assa seis camadas de bolo e alterna: bolo, recheio, bolo, recheio, até virar uma pilha enorme e linda. Ela embrulha tudo num pano para descansar, o recheio doce de maçã penetrando na massa. Aí, no jantar de ano-novo, ela serve para todo mundo um copão de leite e nós comemos o quanto aguentamos do bolo em camadas.

Por isso, o bolo na minha frente, com as flores chiques de glacê, parece tão errado. As velas têm a cara da Capital. E a música que Tibby puxa junto com os Pacificadores, embora seja comum no 12, nunca é cantada na minha casa, porque seria tão inadequada quanto um bolo de aniversário.

Feliz aniversário
Para alguém especial!

E desejamos muitos mais!
Uma vez por ano
Comemoramos
Hay-ay-ay-mitch!
Feliz aniversário!

O câmera da equipe de Plutarch posicionando a lente por cima do ombro de Tibby para filmar minha reação é a cereja do bolo naquele fiasco. Plutarch quer capturar meu deleite para poder transmitir a toda Panem. *Vejam como a Capital trata bem os tributos. Como é generosa com os inimigos. Como é superior a esses porquinhos de distrito em seus buracos imundos.*

Já vi clipes similares antes, dos tributos sendo tratados como animais de estimação mimados. Sendo penteados e alimentados e lisonjeados, e caindo nisso como patinhos. Contribuindo para a propaganda da Capital. Talvez isso ajude a conseguir patrocinadores, mas, se eles vencerem, não vão ser bem-recebidos na volta para casa.

"*Não deixe que te usem, Sarshee. Não deixe que pintem os pôsteres deles com seu sangue. Não se puder evitar.*"

Foi isso. Foi isso que meu pai disse para Sarshee no Edifício da Justiça. Era o que minha mãe queria que eu lembrasse. Embora tivesse acabado de deixar que Plutarch usasse a ela e a Sid como marionetes, ou talvez justamente por isso. Ela falhou, mas queria que eu fosse forte.

Plutarch manipulou minha família quando estávamos desesperados por um último abraço, mas agora não tem nada que eu queira. Eu me levanto enquanto avalio as opções. Posso derrubar o bolo no chão, cuspir nele, ou enfiá-lo na cara idiota de Tibby. Mas banco a Maysilee Donner, me viro de costas e vou olhar pela janela.

No reflexo, vejo Tibby murchar.

– O recheio é de abacaxi... – diz ele.

Balanço a cabeça de leve.

– Um erro de cálculo da minha parte – diz Plutarch. – Leva embora, Tibby. Desculpe, Haymitch.

Um pedido de desculpas? De um cara da capital? Aí entendo o que aquilo é na verdade: uma tentativa de me manipular fingindo que sou um ser humano, digno de um pedido de desculpas. Eu nem dou atenção.

Mas fico me sentindo muito mal por aquele bolo. A última coisa que eu precisava era de um lembrete da Capital de que esse é meu último aniversário. O mesmo vale para todos nós. E embora não sejamos todos aliados, fico satisfeito por ninguém gritar: "Espera aí, eu quero um pedaço!"

Depois que o bolo e as felicitações da Capital se vão, Plutarch continua:

– De volta ao trabalho. Além de seus mentores, o Distrito 12 vai ter um estilista próprio.

– Bem necessário, aliás. – Drusilla faz um ruído debochado e olha de modo crítico para o vestido xadrez de Louella. – Sinceramente, onde vocês arrumam essas coisas?

– Minha mãe que fez – responde Louella calmamente. – Onde você arrumou o seu?

Louella está se defendendo bem, mas Maysilee capricha no insulto.

– Eu bem que queria saber. Parece que cruzaram um Pacificador com um canário e... deu nisso aí.

– O quê? – diz Drusilla.

Ela se levanta da cadeira, mas oscila um pouco antes de se equilibrar nos saltos agulha.

– Cuidado – sugere Maysilee, seu tom bem doce antes de partir para a jugular. – Talvez seja hora de repensar essas botas.

Algo mais próximo do chão não seria mais seguro para uma pessoa da sua idade?

Drusilla se adianta e dá um tapa na cara de Maysilee, que, sem hesitar nem por um segundo, devolve o golpe. Um tapa de mão cheia. Drusilla é derrubada e cai sentada na cadeira da qual acabei de me levantar. Todo mundo fica paralisado e me pergunto se seremos executados ali mesmo.

– Nunca mais encoste em mim – diz Maysilee.

A cor sumiu do rosto dela, exceto pela marca da mão de Drusilla. Preciso tirar o chapéu para Maysilee; ninguém vai usar imagens dela como propaganda.

– Por que a gente não para e respira fundo? – sugere Plutarch. – O dia foi difícil. Todo mundo está com as emoções à flor da pele e...

Drusilla fica de pé num salto, arranca o chicote de montaria do cano da bota e começa a bater em Maysilee, que grita e ergue os braços para proteger a cabeça. Mas os golpes não param e a obrigam a se encolher no chão.

– Drusilla! Para! Drusilla, a gente precisa colocar a garota na frente das câmeras amanhã! – avisa Plutarch.

Ele precisa chamar dois Pacificadores do corredor para tirá-la de cima de Maysilee.

– Criatura nojenta, repugnante – ofega Drusilla. – Eu vou acabar com você antes mesmo de chegar à arena.

Já há vergões aparecendo nos braços e no pescoço de Maysilee, mas ela os ignora. Duvido que tenha apanhado antes, que dirá com um chicote. Eu também nunca passei por isso. Minha avó me dava uns cascudos, mais para chamar a minha atenção do que para me machucar. Maysilee se levanta lentamente, usando a parede como apoio, antes de responder:

– É mesmo? Como? Você não é uma Idealizadora dos Jogos. Não é nem uma estilista. Você não passa de uma acompanhante barata se agarrando com unhas e dentes ao distrito mais lixo de Panem.

Isso toca num ponto sensível. Drusilla faz uma expressão de medo antes de se recuperar.

– E você está a caminho de uma morte sangrenta e agonizante.

Maysilee solta uma gargalhada amarga.

– Pois é. Estou mesmo. Então, por que me importaria com o que você diz? A menos que eu ganhe, é claro. Mas aí quem você acha que vai ser mais popular? A campeã do Massacre Quaternário... ou você?

Drusilla oferece a ela uma expressão de desprezo.

– Eu espero que você vença. Não tem ideia do que te espera se vencer. Você não sabe de nada.

Ela manca até a porta.

– Eu sei que a minha avó tinha uma jaqueta igual à sua, mas a gente não deixava que ela usasse fora de casa – completa Maysilee.

Drusilla fica tensa, mas tenta ir embora com dignidade.

Há uma longa pausa, então Plutarch diz:

– Vocês podem achar Drusilla ridícula, mas sejam inteligentes. Vocês quatro não têm um mentor do próprio distrito. O trabalho do seu estilista começa e termina na aparência de vocês. Pode não ser justo, mas Drusilla talvez seja a melhor defensora que vocês terão na Capital. Pensem nisso antes de queimarem essa ponte de vez.

Ele sai e fecha a porta com cuidado atrás de si.

– Você está bem? – pergunto a Maysilee.

– Nunca estive melhor.

Ela toca com cuidado os vergões, os olhos cheios de lágrimas. Não consigo deixar de sentir pena dela nem de me impressionar com a forma como enfrentou Drusilla. Apesar de ser rica, ela não está tentando cair nas graças do pessoal da Capital. Nós somos todos igualmente inferiores a ela.

— Eu ali tentando agir com superioridade em relação ao bolo, e aí vem você e resolve bancar um felino selvagem.

Maysilee abre um sorrisinho.

— Bom, eu tenho opiniões fortes sobre moda.

— É o que parece — diz Louella.

— Já estava mais do que na hora de alguém dizer para a Dona Combinandinha o quanto ela é horrenda — afirma Maysilee. — Mas você está ótima, Louella. Sua mãe costurou seu vestido muito bem.

As garotas se olham. Sinto uma leve aproximação, mas Louella responde apenas:

— Eu também acho.

Uma Pacificadora nos chama até a porta, e nós a seguimos pelo trem até um compartimento com dois beliches nas paredes. Uma porta leva a um banheirinho com um vaso e uma pia.

— Tem escovas de dentes e toalhas no banheiro, e cada um fica com uma cama.

Ela espera, como se devêssemos agradecer, mas a única pessoa que responde é Maysilee.

— Esse lugar cheira a repolho cozido.

— Antigamente, a gente botava vocês nos vagões de gado — responde a Pacificadora, e tranca a porta.

Em cima dos travesseiros tem pijamas, que distribuímos entre nós com base nos nossos tamanhos. Cada um usa o banheiro e depois vamos para a cama. As persianas descem automaticamente nas janelas e as lâmpadas acima da porta ficam mais fracas, nos deixando na penumbra. Wyatt pega no sono quase que de imediato, a julgar pelos roncos, e Louella logo em seguida. Maysilee fica sentada na cama de cima, em frente à minha, com um pano molhado nas feridas. Eu fico deitado de costas, olhando para o teto, tentando entender aquele dia.

Envolvo com os dedos o acendedor pendurado no meu pescoço. A imagem de Lenore Dove aos prantos, encharcada pela tempestade, me surge na mente, e meu coração volta a se partir. Fecho os olhos com força e busco por ela através dos quilômetros que nos separam, sabendo que ela também está pensando em mim. Ouço a voz dela cantando um trecho do seu poema, a canção do nome dela.

> *Com longo olhar escruto a sombra,*
> *Que me amedronta, que me assombra,*
> *E sonho o que nenhum mortal já há sonhado,*
> *Mas o silêncio amplo e calado,*
> *Calado fica; a quietação quieta;*
> *Só tu, palavra única e dileta,*
> *Lenora, tu, como um suspiro escasso,*
> *Da minha triste boca sais*

Sei a letra da música toda, porque aprendi para o aniversário de Lenore Dove, em dezembro. Não foi tão difícil, por ser o que ela chama de música chiclete, o que significa que gruda na sua cabeça, quer você queira, quer não. É verdade, a canção é viciante, rimada e repetitiva de uma forma que te desafia a parar de cantar, o tempo todo contando uma história assombrosa. Eu cantei para ela numa casa velha junto ao lago, na frente de uma fogueira. Estávamos brindando com marshmallows velhos depois de matar aula, o que nos deu um problema danado depois. Ela disse que foi seu presente favorito de toda a vida...

E o eco, que te ouviu, murmurou-te no espaço

— O que é isso aí?
Eu tento ignorar Maysilee.

Foi isso apenas, nada mais.

— Essa coisa no seu pescoço?
A conexão foi rompida. Lenore Dove sumiu. Olho para o lado e vejo Maysilee me encarando, os olhos arregalados no escuro.
— Presente de aniversário. Da minha garota.
— Posso ver? Eu coleciono joias.
Não se ouve muito isso no Distrito 12, mas o sr. Donner mima demais as filhas. Lenore Dove me contou que, no aniversário de treze anos delas, ele deu às duas broches de ouro puro que pertenceram à mãe dele. Tinham sido feitos por Tam Amber, mais de trinta anos antes. Eu nunca vi os broches, mas o de Merrilee era um beija-flor e o de Maysilee, um tordo, porque os pássaros são um dos grandes amores do Bando. Ao que parece, Merrilee usou o dela por cinco minutos e o perdeu num poço. Maysilee deu um chilique por causa do dela, dizendo que um tordo era uma coisinha muito feia, e por que Tam Amber não podia derreter e fazer uma coisa bonita, como uma borboleta? Quando ele se recusou, ela enfiou o broche no fundo de uma gaveta e nunca mais o usou.

Lenore Dove ficou furiosa quando soube dessa história, por achar que nenhuma das gêmeas apreciava ou merecia a arte de Tam Amber, e, por um tempo, falou em invadir a casa dos Donner e pegar de volta o broche de tordo. Burdock e eu a convencemos a não fazer isso. Com duas prisões recentes, não parecia inteligente. Mas isso ainda a consome. Eu sei que ela não ia querer as patas manicuradas de Maysilee no meu colar.

– É meio pessoal – digo. – Quero dizer, não pretendo tirar nunca mais. E nem é uma joia de verdade.

Ela concorda com a cabeça e não insiste. Só pendura o pano na grade da cama, se enfia debaixo da coberta e rola de lado, de frente para a parede. Sinto frio no ar refrigerado do trem e puxo o cobertor da Capital, que é áspero e tem um odor químico. Bem diferente da colcha de retalhos macia que minha mãe bota para secar no sol aos domingos, quando a mina está parada e a fuligem é mínima, para que fique com cheiro de ar fresco. Mãe... Sid...

Não acho que vou conseguir dormir, mas o dia foi tão exaustivo que o movimento do trem me leva a um estado semiconsciente. Algumas horas depois, acordo com um sobressalto e sinto alguém sacudindo a minha perna.

– Hay. Hay! – Louella me chama baixinho em meio aos roncos de Wyatt.

Eu me apoio em um cotovelo e estreito os olhos para encará-la na luz fraca.

– O que está acontecendo?

– Eu não quero Wyatt. Não quero ele como aliado, tá?

– Wyatt? Tudo bem, mas posso saber o motivo? Ele parece forte e...

Ela me interrompe.

– Ele é um Garoto de Apostas. O pai dele é, pelo menos.

No 12, chamamos mineiros que atendem a quem gosta de apostar de Garotos de Apostas. Eles aceitam apostas de várias coisas – rinhas de cachorro, compromissos da prefeita, partidas de boxe – e organizam eventos de jogos. Nas noites de sábado, se reúnem numa garagem velha atrás do Prego, organizando jogos de dados e cartas para ganhar um dinheiro.

Se as coisas ficam tensas com os Pacificadores, como quando alguém botou fogo num jipe, eles somem por um tempo e se escondem em becos e casas condenadas.

Pessoalmente, eu nunca jogo. Se minha mãe ouvisse dizer que andei gastando dinheiro em cartas, ela me mataria, e, além disso, não entendo a emoção do jogo. A vida em geral já me parece bem arriscada. Mas, se as pessoas querem desperdiçar o dinheiro delas, não é problema meu.

— Bom, eu faço aguardente, então não posso sair atirando pedras — digo para Louella. — Nós dois operamos fora da lei. E Cayson não gosta de uns dados?

Cayson é o irmão mais velho dela e, quando não está nas minas, está atrás de algum tipo de prazer.

Louella balança a cabeça de um jeito impaciente.

— Não só de dados. Eu estou falando de agora. Estou falando da gente.

Aí, eu entendo. Todo ano, por volta dessa época, alguns desses Garotos começam a aceitar apostas sobre os tributos dos Jogos Vorazes. Tipo quantos anos as pessoas vão ter, se serão da Costura ou da cidade, o número de tésseras que terão. As apostas continuam durante os Jogos, sobre as possíveis mortes, os distritos e o vencedor final. Supostamente é ilegal, mas os Pacificadores não ligam. É uma imitação do sistema de apostas deles na Capital. A maioria dos Garotos de Apostas não se envolve com isso, por ser macabro demais, mas alguns conseguem um bom lucro. Esses são uma gente doentia e degenerada, do tipo que não dá para confiar nos Jogos Vorazes.

— Tem certeza, Louella? — pergunto.

— Quase absoluta. Eu não tinha me dado conta até ver Wyatt brincando com aquela moeda — responde ela. — Cayson me contou que todos os apostadores aprendem aquele truque, para sinalizar para as pessoas que está tendo jogo, quando eles não podem dizer em voz alta.

– Ele pareceu saber muito sobre cartas...

– E teve uma vez que alguém mencionou o sr. Callow, e Cayson cuspiu e disse que não negociava com gente que ganhava dinheiro às custas de crianças mortas.

Bom, Wyatt ser escolhido na colheita é o auge da ironia. Penso nos Callow tentando freneticamente chegar até ele na praça. Sem poder se despedir. É difícil sentir pena deles agora.

– Você acha que ele aceitou apostas sobre nossa colheita com o pai dele?

– Meu palpite é que sim – diz ela.

– O meu também. Os Garotos de Apostas mantêm os negócios dentro da família. Eu também não quero Wyatt, Louella. Somos só você e eu. Tenta dormir mais um pouco, tá?

Mas eu não consigo. Ao amanhecer, as persianas se abrem e olho para montanhas desconhecidas, o que só piora as coisas. O que está acontecendo nas *minhas* montanhas? Hattie está preparando outra leva de esquecimento? Minha mãe está esfregando a tristeza na tábua de lavar enquanto Sid enche a cisterna sob um céu sem nuvens? Os gansos estão montando guarda ao redor do coração de Lenore Dove? Por mais que as pessoas que amo estejam sofrendo, quanto tempo vai demorar até que eu seja só uma lembrança?

Plutarch enfia a cabeça no compartimento para anunciar o café da manhã, usando uma voz alegre que sugere que o dia anterior não aconteceu. Nós nos vestimos e vamos para o vagão compartilhado, onde comemos sanduíches de ovo e bacon e tomamos mais limonada. Maysilee pede café, uma bebida que no Distrito 12 só pessoas ricas tomam, e Tibby leva uma xícara para cada um. Eu não gosto dessa coisa amarga.

O trem sobe sem parar. De repente estamos em um túnel completamente escuro e Plutarch diz que não falta muito, mas parece uma eternidade. Quando enfim paramos na estação, a luz do sol que entra pelas vidraças fere meus olhos antes que eu consiga ver outro trem do outro lado da plataforma.

Reconheço Juvenia, a acompanhante do Distrito 1 de quem Drusilla falou com desprezo, descendo com hesitação os degraus do trem com suas botas de couro de cobra. Atrás dela seguem seus quatro tributos, algemados e acorrentados, maiores do que os Pacificadores. Quando a porta do vagão se fecha, o garoto que vem por último de repente se vira e chuta a janela. O vidro se estilhaça como uma casca de ovo.

Uma voz baixa fala atrás de mim:

— Panache Barker, tributo do Distrito 1, Carreirista treinado, cerca de 140 quilos. O sobrenome sugere parentesco com Palladium Barker, que levou a coroa quatro anos atrás. As chances dele no momento devem ser de cinco para duas, o que na arena se traduziria numa média de duas refeições por dia dos patrocinadores. Ele parece ser canhoto, o que pode servir como uma vantagem ou uma desvantagem, mas também é cabeça quente, o que pode custar caro. Com base nas estatísticas de colheita, que incluem treino, peso e linhagem, ele é um dos favoritos da plateia, enquanto nós somos no máximo azarões.

Todos nos viramos para Wyatt, que mantém os olhos nos concorrentes enquanto reflete.

— Vocês podem até não me querer, mas podem apostar que precisam de mim.

5

— Além de Garoto de Apostas, é xereta também – comenta Louella.

— Eu não sou Garoto de Apostas – responde Wyatt. – Sou um calculador de probabilidades. Determino as chances num evento em que as pessoas estão apostando. Só isso. A minha família é que cuida das apostas. São eles que aceitam os lances.

— Dá no mesmo. E você continua sendo xereta, de qualquer modo – insiste Louella.

— O que você esperava da gente, Louella? – intervém Maysilee, indicando que ela também ouviu nossa conversa. – Vai ver Wyatt e eu também não queremos ser seus aliados. Já pensou nisso?

— Então está tudo resolvido – responde Louella.

Plutarch nos chama da porta.

— Pronto, pessoal, vamos embora daqui.

Apesar de o trem não ter sido exatamente aconchegante, descer para as luzes fortes da estação me faz sentir pequeno e vulnerável. Nós quatro nos reunimos, apesar de não estarmos em bons termos. Os Pacificadores nos algemam de novo e imagino que seremos acorrentados um ao outro, mas, quando alguém traz a corrente, o encarregado só faz sinal para levarem embora e diz:

— Não precisa.

— Os azarões – murmura Wyatt.

Isso reforça o que eu já sei, que nós não temos ar de vitoriosos. Por outro lado, pode ser uma oportunidade para fugir. Mas onde um tributo foragido poderia encontrar proteção na Capital? Penso na névoa das minhas montanhas, que Lenore Dove chama de amiga dos condenados, e não vejo equivalente ali.

Então fico parado como o azarão insignificante que sou, vendo as faixas que enfeitam a estação. *SEM PAZ, SEM PROSPERIDADE! SEM JOGOS VORAZES, SEM PAZ!* É a mesma campanha que usaram na nossa praça, no Distrito 12, mas com slogans adaptados para os residentes da Capital. Parece que a Capital também precisa convencer os próprios cidadãos.

Drusilla desce a escada com estrépito, usando botas plataforma e um macacão colado ao corpo decorado com a bandeira de Panem. Seu chapéu, um pilar de sessenta centímetros de pelica vermelha, cobre um dos olhos casualmente. Ela está com uma mancha de glacê amarelo no canto da boca. Alguém não teve o menor problema em comemorar meu aniversário.

– O bolo estava bom? – pergunta Maysilee, sem recuar um centímetro.

Drusilla parece confusa, e Plutarch sinaliza para o próprio rosto.

– Tem uma coisinha aqui.

Na falta de um espelho, Drusilla olha o reflexo na janela do trem e limpa a cobertura com a língua. Sua bochecha, onde Maysilee a acertou, parece estar meio roxa debaixo da camada grossa de maquiagem.

– Está linda – diz Plutarch.

Acho que ela é outro brinquedinho que ele precisa manipular, só que é controlada por elogios.

– Tudo bem, pessoal, vamos – conclui Drusilla antes de avançar pela plataforma.

Do lado de fora, temos uns trinta segundos de ar fresco até sermos enfiados numa van sem janelas de Pacificadores. Estive poucas vezes dentro de um automóvel: no carro até a estação de trem, no dia anterior, e num caminhão em dois passeios da escola até as minas. Nunca sem uma vista para o lado de fora. Nunca sendo levado para a minha morte. Sem luz, sem ar. Como se já tivessem me enterrado.

Louella se encosta no meu ombro, e isso me acalma. Sinto que vai ser através dela que vou conseguir suportar os pesadelos dos dias por vir. Cuidar dela vai me dar um motivo para seguir em frente; ter ela cuidando de mim vai afastar o terror de encarar a morte sozinho. Só espero que nós dois deixemos o mundo juntos.

– Você está bem, queridinha? – pergunto.

– Já estive melhor.

– A gente vai ficar junto, tá?

– Tá.

Quando as portas da van são abertas, por um segundo fico atordoado outra vez por causa da luz. A secura do ar me faz desejar a água fria do riacho da montanha, onde Hattie me manda encher baldes. O que ela vai fazer agora que não estou lá? Arrumar outra mula, acho. Uma com mais sorte.

Drusilla e Plutarch não estão por perto. Pacificadores nos mandam sair da van. Minhas botas velhas parecem estranhas no pavimento de mármore branco da calçada que se abre numa ampla área de prédios imponentes, cheios de pessoas apontando e nos olhando de longe. Não são adultos. São da nossa idade, usando uniformes. Estudantes.

Eu me sinto como um animal selvagem em exposição, algemado e mudo, arrastado das colinas para a diversão deles. Todos nos encolhemos um pouco. Maysilee mantém a cabeça erguida, mas suas bochechas ficam coradas de vergonha.

— Ainda não acho uma boa ideia trazê-los para a Academia — murmura um dos Pacificadores.

— O ginásio está vazio há quase quarenta anos — comenta outro. — Melhor usar para alguma coisa.

— Era melhor derrubar — diz o primeiro. — É feio de doer os olhos.

A van se afasta e revela o ginásio, uma estrutura alta e dilapidada com uma faixa na entrada que diz CENTRO DE TRIBUTOS em letras de um dourado metálico. Os Pacificadores abrem as portas de vidro rachadas e um cheiro de limpador de piso e mofo nos atinge.

Nós somos os últimos tributos a chegar. Nossos concorrentes estão sentados em grupos de quatro, em estações marcadas com os números dos distritos. Os Pacificadores nos levam até a placa na qual está escrito 12, no canto mais afastado do ginásio, em meio a assovios e provocações. Os Carreiristas deste ano são bem falastrões.

Cada estação contém quatro mesas forradas separadas por cortinas finas. Duplas de assistentes de jaleco branco ladeiam as mesas, usando cintos cheios de equipamentos de beleza, como tesouras, navalhas, essas coisas.

Os Pacificadores mandam os garotos para um vestiário e as garotas para outro. Não gosto de deixar Louella, mas não tenho escolha. Talvez, numa situação complicada, Maysilee a proteja. Ela está com cara de problema, com os vergões e a expressão fechada. Parece alguém capaz de devolver um tapa, o que, no fim das contas, é exatamente o caso.

No vestiário, enfileiram os garotos pelo número do distrito, então Wyatt e eu não precisamos vigiar nossa retaguarda, só ficar de olho nos tributos musculosos do Distrito 11 à frente. Mas eles são uma dupla carrancuda, desinteressada nos arredores.

Lá dentro, nos mandam tirar a roupa, o que é fácil da cintura para baixo, mas impossível acima do cinto, por causa das mãos algemadas. Os Pacificadores se aproximam e cortam nossas camisas com facas. Se alguém protesta, eles riem e dizem que não faz diferença para o incinerador. Dói vê-los cortando os pontos cuidadosos da minha mãe. Eu me lembro dela juntando com toda a atenção os lenços para aproveitar cada centímetro do tecido que agora está em tiras aos meus pés.

Um Pacificador bate com a ponta da faca no meu acendedor.

– Isso é seu símbolo?

Meu símbolo? Aí lembro que os tributos têm permissão de levar um item de casa para a arena, desde que não seja uma arma. Meu acendedor pode ser visto como uma vantagem injusta, mas não vou ajudar ninguém a chegar a essa conclusão.

– Sim, é um colar – respondo.

O Pacificador esfrega o metal entre os dedos e admite, contrariado:

– É bonito. Vão pegar depois para avaliar.

Eu faço que sim. Mesmo que examinem, pode ser que não percebam o potencial da peça. Não aqui, onde há fósforos e isqueiros à vontade e ninguém precisa de fagulha para acender fogo.

Somos levados para uma sala grande e aberta com ladrilhos azuis no chão e chuveiros nas paredes. Não sou puritano, já nadei pelado muitas vezes no lago com Burdock, mas não estou acostumado a ficar nu olhando para outros vinte e três caras. No começo, só encaro o ralo no chão, mas aí me dou conta de que não tem lugar melhor para avaliar a concorrência, então olho em volta. A meia dúzia de Carreiristas parece passar todo o seu tempo livre posando como modelos para estátuas. De resto, uma dúzia de nós pode ter alguma chance, se soubermos usar bem um machado, enquanto a meia dúzia restante é lastimável, com peitos magros e perninhas de palito.

Panache, que reconheço do trem, anda ao redor balançando suas partes íntimas para as pessoas e grunhindo, para a diversão dos outros Carreiristas. Ele comete o erro de fazer isso com um dos tributos do Distrito 11 e acaba levando um chute rápido na barriga. Panache está prestes a retaliar quando os chuveiros são ligados e nos encharcam com água fervente.

Todo mundo pula para fugir da água. A situação piora quando a água é substituída por um spray com sabão fedido que me dá ânsia de vômito e faz meus olhos arderem como pó de pimenta. A água volta, mas dessa vez brigamos por ela para tentar tirar o sabão. Quando o fluxo dos chuveiros se reduz a pingos esparsos, ainda estou com a sensação de estar coberto de gosma ardida da cabeça aos pés.

Uma toalha viria a calhar, mas o que recebemos é um sopro de ar quente, que piora a situação infeliz e faz a gosma grudar na minha pele, provocando uma coceira do caramba. Qualquer instinto de resistência em nós foi esmagado. Somos apenas um bando de garotos se coçando e choramingando, com olhos úmidos e cabelo espetado. No vestiário, entregam para cada um de nós uma folha de papel crepom para enrolar no corpo, por uma questão de recato, e somos instruídos a voltar para a área do nosso distrito no ginásio.

Espero que Louella tenha sido poupada disso, mas quando vejo suas tranças arrepiadas como um cata-vento quebrado, sei que ela também passou pelo mesmo sofrimento. Deve ter sido uma agonia para Maysilee, com todos aqueles machucados. Todos nós somos instruídos a ir até uma mesa, recebemos a ordem de nos sentarmos e, dessa vez, como os Carreiristas, nossas algemas são presas a correntes.

Isso é tudo que eu vejo dos outros tributos por um tempo, pois os Pacificadores fecham as cortinas brancas do meu cubículo. Uma garota de cabelo magenta preso em dois coques altos e redondos e um cara com piercings de metal em formato de maçãs nas bochechas se aproximam, nervosos. Nenhum dos dois parece ser muito mais velho do que eu.

– Oi, Haymitch – fala a garota, sem fôlego. – Eu sou Proserpina e este é Vitus. Nós somos sua equipe de preparação e estamos aqui pra deixar você lindo!

– Isso! Isso! – diz Vitus. – Lindo, mas feroz! – Ele mostra os dentes e rosna. – Para assustar os concorrentes!

– E conseguir muitos patrocinadores! – A voz de Proserpina cai para um sussurro. – Nós não podemos te enviar coisas, claro, porque somos da sua equipe. Mas minha tia-avó já disse que vai patrocinar você. E não é só para ajudar na minha nota.

Na nota dela?

– Vocês são alunos? Desta escola?

– Ah, não, somos alunos da *Universidade*, não da Academia. Quero dizer, não somos do último ano nem nada – explica Vitus. – Os mais velhos todos quiseram distritos melhores.

– Mas nós gostamos muito de você. Você é uma graça! – garante Proserpina. – De qualquer modo, temos mais dois anos para conseguir uma promoção.

Então minha equipe é formada por Drusilla, que me odeia, um mentor que vai estar torcendo por outro tributo, dois calouros e...

– Quem é o meu estilista?

A expressão deles murcha e os dois trocam um olhar.

– O Distrito 12 ficou com Magno Stift de novo – conta Vitus. – Mas ele *não* é tão ruim quanto dizem.

Solto um grunhido. Magno Stift é o cara que veste o Distrito 12 desde que me lembro. E ele é, sim, tão ruim quanto dizem. Enquanto os outros estilistas criam trajes novos todos os anos para o desfile e as entrevistas que acontecem antes dos Jogos, ele parece ter um suprimento ilimitado dos mesmos macacões de mineiro em todos os tamanhos possíveis e imagináveis.

— Ele prometeu um belo visual novo para o Massacre Quaternário! – garante Proserpina.

— O que é bom, porque ninguém vai patrocinar vocês se estiverem usando aquela velharia – diz Vitus.

— E não devemos ter nenhum acidente hoje, porque baniram trajes com répteis vivos nos bastidores – acrescenta Proserpina. – Não só da parte de Magno, mas de todo mundo. Apesar de que ele é o único que usa.

— Ano passado, a fivela do cinto dele caiu e mordeu Drusilla – sussurra Vitus. – Era uma tartaruga muito zangada. E Drusilla ficou com tanta raiva que mordeu de volta. Magno, não a tartaruga. E nós vimos tudo, mas não podemos falar no assunto, embora todo mundo...

— Bom, isso não vai se repetir! – exclama Proserpina, lançando a ele um olhar. – Vamos começar com os pelos? Já se livrou dos piolhos?

Então, o produto químico era isso. Inseticida. Se eu fosse sobreviver o bastante para ter que me preocupar com os efeitos de longo prazo, talvez ficasse com raiva.

— Espera! – grita Vitus. – Nós precisamos fazer as fotos do antes!

Proserpina pega uma pequena câmera, e eles me fotografam da cabeça aos pés.

— Essa foi por pouco. A gente acabaria ganhando um Incompleto sem as fotos do antes.

A equipe de preparação depila todos os meus pelos visíveis com barbeadores elétricos. Eu não tenho muita barba, mas eles decidem tirar mesmo assim. Me sinto um esquilo esfolado, sensível e exposto. Depois cortam as minhas unhas, acatando o meu pedido de que as deixem grandes o suficiente para lutar, porque, como Proserpina diz: "Você pode precisar das suas garras." Eu me pergunto se ela vê meu nariz como um focinho, meu cabelo como pelagem e meus pés como patas.

Vitus passa uma mão cheia de gosma pelo meu cabelo de porco-espinho e massageia até não parecer mais que os fios estão prestes a se quebrar. Ele é bom mesmo com o cabelo: traz meus cachos de volta e elimina a coceira. Convenço-o a me deixar passar a gosma no corpo e finalmente consigo parar de me coçar.

Colaboro na hora das fotos do depois, considerando que minha equipe de preparação acatou os meus pedidos e que ter um ou dois amigos na Capital não seria má ideia. Sou recompensado com uma nova folha de papel e uma balinha de hortelã tirada das profundezas do bolso de Proserpina, um presente que não sou orgulhoso demais para aceitar. Tira o gosto de inseticida da boca e me lembra de dias mais felizes. Eles saem em seguida, porque a irmã de Proserpina quer fazer retoques em seus pompons magenta, para o caso de ela aparecer nas câmeras, e Vitus prometeu à mãe que ia ajudar na decoração para a festa dos Jogos Vorazes à noite.

Fico aliviado quando eles se vão e grato pela privacidade atrás das cortinas brancas. Tudo parece surreal, como um terrível sonho febril que não acaba nunca. O banho químico, minha equipe de preparação bizarra, olhar minhas pernas lisas enquanto espero por um homem que usa um réptil vivo para prender a própria calça.

Meus dedos encontram a cabeça de serpente em meu pescoço e acompanham as escamas que se transformam em penas, indo até o bico pontudo do pássaro. Viajo de volta a um dia nublado, dentro do bosque, numa área que chamamos de nossa, meus braços em volta de Lenore Dove, a noite caindo sem que nenhum de nós se importasse. Num galho próximo há um lindo pássaro preto.

– É um corvo. O pássaro do poema com o meu nome – diz ela baixinho. – É a maior ave canora que há.

– Ele é um sujeitinho impressionante – comento.

– *Ela*. E muito esperta também. Você sabia que corvos usam lógica para resolver as coisas?

– Já me venceram nisso – admito.

– E ninguém diz a eles o que falar. Eu quero ser como esse pássaro quando crescer. Alguém que diz o que acha certo, em qualquer circunstância.

Em qualquer circunstância. É com essa parte que me preocupo. Que ela acabe dizendo algo precipitado. Ou até que faça algo além de usar palavras perigosas. Algo que faça a Capital açoitá-la sem nem aviso. No ano em que ela fez doze anos, Lenore Dove cruzou esse limite duas vezes.

Primeiro, na noite anterior ao enforcamento de Clay Chance na praça, alguém escalou a estrutura da forca e lixou metade da corda. Na manhã seguinte, na frente de uma plateia, a corda arrebentou e Clay caiu no chão, onde umas dez balas dos Pacificadores enfim o mataram. Como a noite tinha sido bem escura e com neve, a câmera não captou muita coisa, mas alguém na cidade tinha visto Lenore Dove saindo da praça e a denunciou. Ela foi levada para a prisão da base para ser interrogada e passou o tempo todo repetindo que não tinha feito nada de errado. Os Pacificadores não souberam o que fazer com ela. Aquela coisinha pequena sentada ali, os pés balançando sem tocar o chão, os pulsos finos demais para as algemas. Aí, a irmã de Clay, Binnie, que já estava com os dias contados havia mais de um ano por causa de um problema do coração, confessou que tinha sido ela. Três dias depois, Binnie morreu na cela, e os tios puderam buscar Lenore Dove sob a promessa de que ela não sairia mais de casa à noite.

Depois disso, Clerk Carmine manteve a rédea curta. Mas, na manhã do Quadragésimo Sexto Jogos Vorazes, nosso primeiro ano de colheita, uma fumaça começou a sair de debaixo do palco temporário enquanto o povo se reunia. Os Pacificadores tiraram um pedaço de pano fumegante e descobriram que era a bandeira de Panem. Queimar a bandeira dá dez anos na prisão, ou provavelmente mais, se o ato for transmitido para a nação inteira, mas todos os sinais daquilo foram removidos antes de as câmeras serem ligadas. O palco tinha sido montado na noite anterior, e os Pacificadores não pensaram em instalar câmeras de segurança na parte de baixo. Sob a plataforma, uma grade que levava a uns dutos foi arrombada. Ao que parecia, uma vela, acesa horas antes, tinha queimado até o fim e botado fogo na bandeira encharcada de querosene. Podia ter sido qualquer pessoa. Sem provas nem testemunhas, eles prenderam todos que tinham histórico de comportamento suspeito, e Lenore foi levada de novo. Ela disse que estava em casa, escrevendo seu testamento para o caso do seu nome ser chamado na colheita. Ela leu o tal documento para eles, sete páginas nas quais a maioria dos seus pertences eram deixados para os gansos. Talvez todo esse preparo tenha sido exagero. Talvez os Pacificadores tenham sentido que estavam sendo manipulados. Eles a soltaram de novo, mas dessa vez com um aviso rigoroso de que estariam de olho.

Mas foi ela. As duas vezes. Eu sei no fundo do coração, apesar de Lenore Dove nunca ter admitido para mim nem para os tios. Ela diz que todas as garotas do Bando são um mistério, que é parte do charme delas. Quando eu pressiono, ela apenas ri e diz que, se for verdade, é uma informação que pode me botar em perigo, e, se não for, que importância tem?

– Não adiantou nada, né? Clay morreu e a colheita continua bem vivinha.

Desde aquele ano, o registro dela está limpo. No último ano-novo, o Bando até tocou na festa do comandante da base, apesar de Lenore Dove não ter ficado animada com isso. Clerk Carmine disse que trabalho é trabalho, e que a música pode ser uma ponte para as pessoas se compreenderem melhor, porque quase todo mundo ama uma boa melodia. Lenore Dove disse que a maioria das pessoas também ama respirar, mas que importância isso tinha? Alguns amores não significam nada.

Comentários assim me fazem achar que ela ainda tem potencial de arrumar confusão, e que esse seu lado só está adormecido.

Não sei o que eu teria feito ontem se os papéis estivessem invertidos. Eu ia querer seguir Lenore Dove, talvez tivesse entrado escondido no trem para ajudá-la a fugir ou morreria tentando. Ou pelo menos teria botado fogo na base dos Pacificadores. Mas, na verdade, qualquer plano que eu pudesse elaborar teria sido abandonado assim que eu pensasse na minha mãe e em Sid tentando sobreviver sem mim. Provavelmente, eu só teria enlouquecido em silêncio. É diferente para ela. Ninguém depende de Lenore Dove para sobreviver. Ela pode ser selvagem como o vento.

Depois de uma hora, mais ou menos, Pacificadores me entregam dois sanduíches de creme de nozes e minha primeira banana. Eu não chamaria algo assim de fruta – é meio dura e nada suculenta –, mas o gosto é bom. Bebo uma garrafa de água cheia de bolhas, o que parece uma coisa idiota de se fazer com água, porque acabo arrotando tudo mesmo.

Os Pacificadores puxam as cortinas e vejo que todo mundo passou pela mesma preparação. Alguns dos Carreiristas tinham barbas cheias e agora parecem mais jovens e menos assustadores de rosto liso. Perder os pelos do peito também ajudou.

Juvenia e outra mulher chegam empurrando uma arara cheia de roupas chiques, e as equipes de preparação do Distrito 1 entram atrás delas no vestiário masculino, para aprontar os tributos para a procissão de carruagens que é o ápice da cerimônia de abertura. Os Pacificadores tiram as correntes dos tributos e os levam para dentro. Em poucos minutos, a mesma coisa acontece com o Distrito 2 e o vestiário das garotas. Meia hora depois, os tributos do Distrito 1, quase parecendo gente da Capital em vestidos de baile verdes e ternos cintilantes, desfilam pelo ginásio.

Quando passam por nós, Maysilee comenta bem alto:
— Está linda, Silka! Espero que todos nós possamos usar verde-meleca!

Risadas ecoam por todo o ginásio. Silka, que deve ser uns vinte centímetros mais alta e uns quarenta e cinco quilos mais forte do que Maysilee, parte para cima dela, mas recebe uma rápida porrada de cassetete nas costelas, dada por um Pacificador. Silka olha para Maysilee e passa o dedo pelo pescoço.

Maysilee faz beicinho.
— Nossa, mas que comportamento feio. Que tal um sorriso?

Louella sorri para mim da mesa em que está e comenta:
— Elas não se deram bem no vestiário.
— Também não sou fã do Distrito 1 — admito, vendo-os seguirem para a van enquanto o Distrito 2 aparece usando couro roxo e tachas.

— Aonde eles vão? — Ouço alguém perguntar.

— Para a sessão de fotos — responde um Pacificador. — Depois, para as carruagens.

As equipes do 3 e do 4 aparecem em seguida, e sei que seremos os últimos. O local vai esvaziando aos poucos. Proserpina, com seus pompons recém-pintados, e Vitus, mal-humorado porque a mãe transformou o quarto dele em um bar para a festa, retornam. Os tributos do Distrito 11 são levados pelos estilistas bem na hora em que Drusilla entra, as botas plataforma estalando no piso do ginásio, o chapéu de pelica debaixo do braço.

— Cadê aquele idiota do Magno? — pergunta ela à minha equipe.

Eles dão de ombros, impotentes.

— Ele está nos atrasando para uma das maiores festas do ano!

Ela só quer saber de festas, nossa acompanhante.

Mais dez minutos se passam.

— Eu preciso mijar — digo.

Os Pacificadores soltam nossas algemas e nos levam para o vestiário das garotas, onde podemos nos aliviar. Nada de Magno ainda. Eu me sento ao lado de Louella num banco. Eles arrumaram as tranças dela e pintaram suas sobrancelhas de maneira dramática. Os cabelos louros de Maysilee estão em um chafariz de cachinhos, que de alguma forma cai bem nela, e Wyatt continua idêntico, como se não tivesse passado pela preparação.

— Se ele não aparecer, a gente pode pular a parte das carruagens? — pergunta Louella. — Ou vamos enrolados em papel?

Ninguém parece ter pensado nisso. De repente, todo mundo entra em pânico, inclusive eu. Por mais que despreze tudo isso, não quero fazer minha grande entrada enrolado numa folha de papel. Se eu quiser ter alguma chance, se quiser arrumar patrocinadores, não posso sair por aí com o traseiro ao léu.

– Cadê o vestido que eu estava usando quando cheguei? – pergunta Maysilee. – Consigo juntar os pedaços.

– Já foi queimado – diz um Pacificador.

Com o tempo se esgotando, Drusilla ordena que as equipes de preparação nos emprestem as roupas deles. Estou tentando me espremer no short de veludo azul de Vitus quando nosso estilista chega desfilando com um saco plástico no ombro.

A pele queimada de sol de Magno Stift foi tatuada com uma estampa de pele de cobra. Ele usa uma camisa comprida feita de chapas de metal em formato de diamante e aparentemente está sem calça. As sandálias são amarradas até a altura da pelve, e de cada orelha pende uma minúscula cobrinha viva se contorcendo, infeliz.

– Você sabe que isso foi proibido! – reclama Drusilla, furiosa. – Vou te denunciar.

– Ah, Drusie, elas vão morrer em poucas horas, de qualquer jeito – retruca Magno.

Ele joga o conteúdo do saco no chão, revelando seis dos mesmos trajes que vejo os tributos do Distrito 12 usarem desde que me entendo por gente, então levanta os braços em falso triunfo.

– Agora, quem está pronto para arrasar?

Estamos todos tão estressados que até esses trajes de segunda mão são bem-vindos, o que tenho certeza de que era o plano de Magno desde o início. Me enfio num macacão de mineiro preto e fedorento, preso com alfinetes, e coloco um capacete preto e vagabundo sem reclamar. As botas apertam meus dedos, mas eu as amarro, aliviado por ter algo para calçar.

Só Drusilla reclama.

— O que aconteceu com o belo visual novo?

Com um floreio, Magno acende a luz no capacete de Maysilee. O raio fraco mal aparece.

— Tchá-ram! Eu troquei as pilhas.

— E foi isso que você preparou para o Massacre Quaternário? Se isso não te render uma demissão, nada mais renderá — diz Drusilla com satisfação.

Magno apenas ri.

— Ninguém liga para o Distrito 12. Muito menos você. Acorrenta logo essas pestes e leva para o estábulo. Meu trabalho aqui já acabou.

Nós saímos de lá e vamos para a van que nos aguarda. O veículo dispara pelas ruas da Capital, a buzina ecoando. Não é suficiente para abafar uma versão altíssima do hino, que deve estar tocando por toda a cidade. A cerimônia de abertura dos Jogos Vorazes começou sem nós. Enquanto o hino termina, nós paramos subitamente e as portas da van são abertas, revelando o interior de um estábulo amplo, o teto alto sustentado por pilastras de concreto. Domadores tentam levar quarenta e oito tributos com seus figurinos para doze carruagens enquanto prendem os cavalos que vão nos puxar pelas ruas. Todo mundo está gritando e ninguém está se entendendo.

A música do desfile começa, as portas enormes do estábulo se abrem e os tributos do Distrito 1 posam para fotógrafos antes de seguirem para a avenida sob o barulho da multidão. Um fotógrafo se aproxima e tira mil fotos nossas, depois some. Essa foi nossa sessão de fotos? Acorrentados na van?

Drusilla aparece para dar ordens aos funcionários.

— Preparem a carruagem do Distrito 12!

Nós somos libertados das algemas e levados para uma carruagem caindo aos pedaços, puxada por um quarteto de cavalos cinzentos e ariscos. Passo os olhos pelo estábulo e confirmo minhas suspeitas. Todo mundo está com uma aparência melhor do que a nossa. Os outros tributos estão com trajes novos, seguindo o tema dos distritos: roupas de caubói vermelhas e sensuais para o Distrito 10; trajes de sereia azul-escuros e cintilantes para o Distrito 4; macacões cinza iridescentes, com coroas em forma de roda, para o Distrito 6. As carruagens estão decoradas, algumas de forma ameaçadora, outras elegantes, mas todas chamativas. Os cavalos reluzentes exibem plumas e flores combinando, enquanto os nossos não têm nenhum enfeite.

A carruagem é pequena demais para nós quatro. Os cavalos se remexem, nervosos, sacudindo o veículo e dificultando a subida. Quando um deles empina, Louella cambaleia para trás.

– Calma – digo, segurando-a. – Você consegue.

– Acho que não consigo, não.

Os joelhos dela cedem, e Louella cai no chão.

– De pé, mocinha! – grita Drusilla.

Eu a levanto.

– Olha para mim – peço. – Você é mil vezes melhor do que qualquer pessoa da Capital em todos os quesitos. É mais amada, tem modos melhores e é uma companhia muito mais interessante. Você é a melhor aliada que eu podia desejar. Entendeu, queridinha?

Ela assente e se empertiga.

– Você e eu até o fim. Né, Hay?

– Você e eu até o fim – prometo.

– Garotas na frente! – instrui Drusilla.

Maysilee e Louella sobem na carruagem e se seguram no suporte da frente. Wyatt e eu vamos atrás e nos apoiamos nas laterais. Ligamos menos para a aparência e mais para a sobrevivência enquanto tentamos manter o equilíbrio. Um dos nossos cavalos dá um coice, bate com um casco na carruagem e solta um relincho agudo. Deveríamos estar avançando, mas o máximo que dá para fazer é manter o controle do nosso grupo. A carruagem do Distrito 11 desaparece pela porta antes de finalmente nos soltarem.

Estamos atrasados, mas o que podemos fazer? Os cavalos supostamente foram treinados para cobrir a rota do desfile num ritmo imponente e sem um guia. Os nossos disparam noite adentro sem pausa e passam direto pela segunda estação de fotógrafos.

Nos primeiros cem metros, os cavalos se acalmam e trotam no ritmo da música. Olho para uma das telas gigantescas acima das arquibancadas lotadas que ladeiam a avenida e me vejo naquele traje ridículo, encolhido sobre o suporte. *Os azarões*, penso, e me obrigo a ficar mais ereto.

A multidão parece toda embriagada, gritando e berrando, os rostos vermelhos e suados. Eles entornam o conteúdo de garrafas e as jogam em nós. Alguns vomitam na barricada montada pelo caminho do desfile. Apesar de todo o refinamento, a plateia tem o mesmo cheiro da galera no Prego numa noite agitada de sábado: uma mistura de suor, bebida e vômito.

Um cara tentando cutucar Maysilee com a bengala cai de cara na avenida e perde o dente da frente. Uma mulher seminua faz gestos obscenos para mim. É difícil ignorar a multidão, mas o Distrito 12 aguenta firme, até que alguém solta fogos de artifício que espiralam bem na frente da nossa carruagem e explodem num brilho azul.

Nossos cavalos se descontrolam, pulam para o lado e lutam para ficar na vertical. Sou derrubado de joelhos, mas consigo me segurar no suporte quando disparamos. A plateia enlouquece enquanto contornamos a carruagem do Distrito 11 e quase colidimos com a do Distrito 10, cujos cavalos também ficam enlouquecidos. Quero proteger Louella, mas preciso dedicar todas as minhas forças a me segurar conforme descemos desabalados a avenida.

Tudo é um borrão: a plateia, o chão, as outras carruagens tentando sair da nossa frente. Uma sirene toca e vejo luzes vermelhas girando, mas isso parece apenas deixar nossos cavalos em frenesi. Lembro que o desfile termina em uma rotatória que leva à mansão do presidente Snow e sei que não podemos correr para sempre, mas como vamos parar?

Olho para baixo conforme as rodas cravejadas com estacas da carruagem do Distrito 6 se aproximam de nós, e a resposta fica evidente. Vejo as fagulhas, sinto os eixos se desfazendo e pulo na direção de Louella, na esperança de protegê-la. Ela está estendendo os braços para mim quando a roda desaba e somos catapultados no ar. Quando me dou conta, estou caído no chão, a mão numa poça de sangue enquanto as luzes da Capital piscam como vagalumes acima de mim.

Assim é melhor, digo a mim mesmo. *Melhor do que morrer na arena. Melhor do que doninhas e fome e espadas.*

Estou aceitando essa ideia quando me dou conta de que o sangue não é meu. Esse destino não é meu. E o tributo que escapou da arena foi Louella.

6

Um filhote de tordo morto, os olhos ainda brilhando, as penas preto-azuladas no sol, as pequenas garras vazias, num leito de musgo. Lenore Dove acariciando a plumagem com a ponta do dedo.

– Coitadinho... coitado do passarinho... Quem vai cantar suas músicas agora?

Louella parece tão pequena, tão imóvel no caos à nossa volta. Que belo trabalho eu fiz em protegê-la. Morta antes mesmo de chegarmos à arena. Quem vai cantar suas músicas agora, Louella?

Estou sem fôlego pelo impacto da queda, machucado com certeza, mas nada parece estar quebrado.

– Louella? – chamo ao me curvar sobre ela.

Mesmo sabendo que é inútil, tento despertá-la, tento encontrar sua pulsação, mas ela já se foi. Os olhos vazios confirmam isso quando fecho suas pálpebras. Uma das tranças está caída no sangue que vaza da parte de trás de seu crânio, que se abriu quando ela bateu no asfalto. As sobrancelhas pretas desenhadas se destacam no rosto pálido. Arrumo as tranças, lambo o polegar e limpo uma gota de sangue de sua bochecha.

O eixo que conectava nosso vagão aos cavalos aparentemente se quebrou, e nossos cavalos sumiram, deixando um rastro de destruição. Wyatt e Maysilee, que conseguiram se segurar ao suporte, saem das ruínas da carruagem, machucados, mas vivos. Wyatt pega o capacete de Louella, que deve ter caído quando fomos arremessados. Quando eles se aproximam, ninguém precisa perguntar se Louella está morta.

Maysilee tira um de seus colares, um fio pesado com contas trançadas em flores roxas e amarelas.

– Eu ia dar isso pra ela. Como símbolo. Pra ela ter alguma coisa de casa.

Maysilee se ajoelha, e eu levanto o crânio esmagado de Louella enquanto ela coloca as contas ao redor de seu pescoço. Sangue fresco molha a minha mão.

– Obrigado – digo. – Ela gosta de flores.

Não consigo falar dela no passado, não com ela ainda quente e tão próxima.

– Estão vindo buscá-la – avisa Wyatt.

Vejo quatro Pacificadores vindo às pressas na nossa direção em meio aos médicos e domadores e tributos atordoados. Eles querem levar Louella, escondê-la dentro de uma caixa de madeira junto com os crimes deles e enviá-la para casa, para o Distrito 12. Não querem mostrar isso na cobertura da Capital, essa morte que não foi planejada e que acentua a incompetência deles. Esse não é o sangue com o qual querem pintar seus pôsteres.

Pego Louella nos braços e começo a recuar.

– Não adianta – diz Wyatt. – Eles vão levá-la de qualquer jeito.

– Ela não pertence a eles – argumenta Maysilee. – Não entrega ela assim de mão beijada. Faz com que lutem por ela. Corre!

Então eu corro. E sou rápido. O único garoto que consegue me vencer nas corridas da escola é Woodbine Chance.

Bom, conseguia. Eu corro por Louella, mas por Woodbine também, porque ele nunca mais vai correr. Não tenho ideia de para onde vou. Só sei que não quero entregar Louella para a Capital. Maysilee está certa. Ela não pertence a eles.

Desvio de qualquer uniforme branco de Pacificador e contorno corpos manchados de sangue, assim como a carruagem destruída do Distrito 6. Parece que os cavalos deles pularam a barricada e adentraram a plateia. Médicos estão indo de lá para cá, gritando e carregando macas com gente da Capital, deixando os tributos feridos do Distrito 6 caídos no chão.

Minha rota de fuga me leva pela avenida na direção da mansão do presidente. Várias das carruagens estão paradas ao longo do trajeto do desfile. O caminho está livre até a mansão, mas de jeito nenhum vou conseguir chegar lá. Os gritos dos Pacificadores estão mais próximos. Louella está ficando pesada. Meus dedos dos pés estão cheios de bolhas por causa das botas apertadas. Meu peito dói e não respiro direito desde que caí no chão. Que diferença faz se eu entregá-la agora ou depois?

Algumas das telonas acima da multidão estão transmitindo agora a bandeira ondulando, mas outras ainda filmam o trajeto do desfile. Eu me vejo de relance na imagem. Louella parece tranquila, como se estivesse dormindo nos meus braços. Se isso ainda estiver sendo gravado e talvez transmitido, pelo menos na Capital, é capaz de fazer diferença se eu resistir o máximo que puder. Talvez seja o momento em que pinto meu próprio pôster.

À frente, vejo a carruagem do Distrito 1, uma coisa dourada e cintilante puxada por cavalos brancos como neve. Os tributos desceram e estão ao lado, exceto por Panache, que puxa as rédeas dos cavalos.

– Vamos – grita ele. – Andem!

Ele sem dúvida quer continuar o desfile, ser o único tributo a chegar à mansão do presidente na carruagem. Uma grande entrada para um futuro campeão. Mas os cavalos resistem, batem os cascos e jogam a cabeça para trás. Silka tira um dos sapatos chiques de salto agulha e começa a bater no flanco do cavalo mais próximo, a ponto de tirar sangue. O bicho relincha de dor e dá um coice, o que causa uma confusão generalizada. Silka cai no chão e Panache precisa pular para o lado para não ser pisoteado.

Com os Pacificadores na minha cola, meus braços cedendo, aproveito o momento e pulo na carruagem bem na hora que a agitação supera o treinamento dos cavalos. Panache teve uma ótima ideia, e estou roubando-a bem na cara dele. Quero ser o tributo que chega de carruagem e quero que Louella esteja comigo, para todos verem.

Quando os cavalos avançam, sou jogado contra a amurada da carruagem e deixo que ela sustente um pouco do peso de Louella. Ouço o uivo de raiva de Panache atrás de mim, mas ignoro. Os cavalos retomam o ritmo normal e consigo me empertigar. Perdi aquela imitação brega de um capacete de mineiro no acidente e, sem o acessório de cabeça, nossos trajes se tornam apenas macacões pretos, neutros e esquecíveis. Nossos símbolos chamam atenção, o colar de contas coloridas de Louella e meu acendedor exótico. Pela primeira vez, na linda carruagem, com nossos belos ornamentos, parecemos tributos de valor. Não azarões. Ou pelo menos azarões que merecem ser considerados para um patrocínio. Pena que uma de nós está morta.

Os cavalos param diretamente embaixo da sacada. Olho para cima e fico paralisado, intimidado demais para respirar. O presidente Snow. Não em uma tela, mas em carne e osso.

A pessoa mais poderosa de Panem e, portanto, a mais brutal. Ele está calmo e empertigado, observando a calamidade que se tornou a cerimônia de abertura. Ele baixa a cabeça de leve e um cacho louro-prateado cheio de laquê cai sobre sua testa. Nossos olhares se encontram, e um sorriso brinca em seus lábios. Não de raiva nem de ultraje, e certamente não de medo. Eu não o impressionei com meu show. O garoto inconsequente das montanhas com uma garota morta nos braços parece bobo, meio engraçado, nada mais.

Algo endurece dentro de mim e eu penso: *Você está num pedestal, senhor. E um dia alguém vai derrubá-lo direto para o túmulo.* Desço da carruagem e coloco Louella no chão, recuando um passo para que Snow não possa fingir que não vê o corpo delicado e quebrado dela. Faço um sinal na direção dele e começo a aplaudir, para dar o crédito a quem merece.

Contorna isso, Plutarch, penso.

De repente, a expressão do presidente muda. Ele volta a atenção para a tela à direita, que exibe uma imagem minha da cintura para cima, aplaudindo. Os dedos de Snow vão até a rosa branca que sempre usa na lapela, e ele se empertiga quando olha para baixo de novo. Os olhos azuis se estreitam, mas o presidente não está concentrado no meu rosto. Está olhando para o acendedor?

Sou agarrado por trás e arrastado para longe. Médicos se aproximam de Louella, mas sei que não dá para reanimá-la. Odeio abandoná-la, mas o que eu faria com ela, mesmo que não a largasse? Será que a família dela viu sua despedida? Será que a minha viu? Mas não mostrariam essas coisas no 12. Devem ter cortado quando nossos cavalos dispararam.

Resisto um pouco, mas sinto que estou me esforçando demais. Então fico inerte, de modo que os Pacificadores precisam me arrastar pela longa rua até o estábulo. Eles percebem o que estou fazendo e me viram, me algemam e me obrigam a andar. É nessa hora que percebo a plateia, ainda nas arquibancadas, e ouço os gritos.

— Ei, você, de onde você é?
— Aqui, garoto! Qual é seu nome?
— Do 12, né? Você é do 12, garoto?

Isso me chama a atenção. Eu? Estão falando comigo? Viro a cabeça de um lado para outro.

— Fala, garoto! Não podemos te patrocinar se não soubermos quem você é!

Essas pessoas querem me patrocinar? Me mandar comida e suprimentos na arena? Depois querem apostar em mim como em um cachorro faminto numa rinha? Talvez eu devesse ficar agradecido, ou pelo menos manter a cabeça no lugar, mas é impossível com o sangue de Louella manchando minhas mãos. Eu puxo o catarro e cuspo na cara de um homem que falou comigo, que está inchada e brilha com espelhinhos cravados na pele. O escarro acerta a bochecha dele, e a multidão morre de rir.

— Mostra pra ele!
— Gostei do seu jeito!
— Haymitch ou Wyatt? Qual é você?

Esse último comentário vem de uma mulher com um ninho de pássaro na cabeça. Ela balança o folheto com o programa dos Jogos Vorazes, que tem na capa um *50* dourado contra uma bandeira de Panem no fundo. Estou puxando catarro de novo quando um dos guardas avisa:

— Pode parar.

Eu cuspo mesmo assim. O guarda me dá uma cotovelada forte na lateral do corpo e a multidão dá vivas, nem sei direito por quem.

De saco cheio, os Pacificadores me jogam numa carruagem que já está abarrotada com os tributos do Distrito 4, e sou levado até o estábulo me segurando no tridente falso de um cara para não ser jogado longe de novo. Ele não gosta disso, e assim que chegamos ele golpeia meu peito com o cabo do tridente, me derrubando no chão.

– Boa, Urchin – diz uma garota do Distrito 4, rindo e virando a cauda de peixe para mim quando eles se afastam.

Não parece haver nenhum motivo específico para eu me levantar, então fico deitado, sem me importar se vou ser pisoteado ou não. A lembrança do corpo sem vida de Louella debaixo da sacada de Snow está gravada nas minhas retinas. Parece que nunca mais vou enxergar outra coisa.

Tudo se acalma quando o local começa a esvaziar. Mas ninguém está com pressa de buscar um tributo rebelde do Distrito 12. Depois de um tempo, Maysilee aparece ao meu lado, sua cascata de cachos caindo para um lado da cabeça.

– Bom, a última palavra hoje foi sua, sr. Abernathy.

– Foi? E o que exatamente eu disse, srta. Donner?

– Não se metam com o Distrito 12.

Metade da minha boca consegue se curvar num sorriso.

– Acha que a gente deixou todo mundo com medo?

– Não. Mas pelo menos agora eles sabem que estamos aqui. – Ela me ajuda a levantar. – Eu prefiro ser desprezada a ser ignorada.

Wyatt se aproxima.

– Belo trabalho com a plateia. Capaz de você ganhar alguns patrocinadores. Nossas chances aumentaram um pouquinho com o acidente. Todo mundo do Distrito 6 está ferido. O pessoal do 10 também se machucou.

Resisto ao impulso de bater nele.

— E Louella está morta.

— É, mas era improvável que Louella fosse matar qualquer um de nós. E, sendo uma garota magrela de treze anos do Distrito 12, ela mal entrava no ranking – diz Wyatt.

Apenas o encaro, impressionado com sua frieza.

— E quais as probabilidades que você acha que seu pai está dando pela sua vitória, Wyatt?

O rosto dele é tomado de vergonha, mas Wyatt só responde:

— De uns quarenta para um.

— Então, se você for o campeão e eu tivesse apostado um dólar em você, eu receberia quarenta?

— Quarenta e um, menos a taxa do Garoto de Apostas.

— Parece que você é bem azarão, para o seu pai te colocar tão barato – digo.

— Nunca fingi que não era.

Wyatt se vira e anda até a nossa van, uma das poucas que ainda estão no estábulo.

— Nossa, isso foi cruel, até para os meus padrões – diz Maysilee. – Ninguém escolhe os próprios pais.

— Mas a gente não precisa tocar o negócio deles – comento.

— Eu precisaria – responde Maysilee. – Passaria o resto da vida atrás daquele balcão de doces, por mais que odiasse. E acho que você usaria um macacão de mineiro até morrer. Nós nunca tivemos escolha. Nenhum de nós.

Maysilee segue Wyatt até a van e me deixa pensando na possibilidade de ter sido mais cruel que ela. Não é algo de que eu possa me orgulhar. Mas calcular nossas chances após a morte de Louella também não é. O corpo dela ainda nem esfriou, e ele já a reduziu a um número. Mas ela não era um número, era uma garotinha que conheci no dia em que nasceu, quando o sr. McCoy, com o rosto iluminado de alegria, a ergueu na janela para todas as crianças verem. Uma dor terrível e sombria começa a crescer dentro de mim, ameaçando me afogar, mas eu a enterro. Engulo a tristeza, boto uma tampa em cima, seguro tudo. Não vão usar minhas lágrimas para o entretenimento deles.

O esforço me deixa tonto, e eu me sento encostado num pilar e observo os pássaros voando perto das vigas. Os cavalos e as carruagens desaparecem nas profundezas do estábulo. Os tributos voltam andando da avenida e se juntam aos seus distritos. Dois Pacificadores circulam pelo ambiente e algemam os retardatários. Eles me olham de cara feia, mas me deixam em paz.

Eu me pego olhando para um painel eletrônico que lista todos os tributos. Parece que não merecemos ter sobrenomes.

SEGUNDO MASSACRE QUATERNÁRIO
LISTA DE TRIBUTOS

DISTRITO 1
Garoto Panache
Garota Silka
Garoto Loupe
Garota Carat

DISTRITO 2
Garoto Alpheus
Garota Camilla
Garoto Janus
Garota Nona

DISTRITO 3
Garoto Ampert
Garota Dio
Garoto Lect
Garota Coil

DISTRITO 4
Garoto Urchin
Garota Barba
Garoto Angler
Garota Maritte

DISTRITO 5
Garoto   Hychel
Garota   Anion
Garoto   Fisser
Garota   Potena

DISTRITO 6
Garoto   Miles
Garota   Wellie
Garoto   Atread
Garota   Velo

DISTRITO 7
Garoto   Bircher
Garota   Autumn
Garoto   Heartwood
Garota   Ringina

DISTRITO 8
Garoto   Wefton
Garota   Notion
Garoto   Ripman
Garota   Alawna

DISTRITO 9
Garoto   Ryan
Garota   Kerna
Garoto   Clayton
Garota   Midge

DISTRITO 10
Garoto   Buck
Garota   Lannie
Garoto   Stamp
Garota   Peeler

DISTRITO 11
Garoto   Hull
Garota   Chicory
Garoto   Tile
Garota   Blossom

DISTRITO 12
Garoto   Wyatt
Garota   Maysilee
Garoto   Haymitch
Garota   Louella

Quarenta e oito pessoas. Menos uma. Nunca vou me lembrar de todos os nomes. Duvido que eles se lembrem do meu. Nós somos muitos.

Um garoto com um macacão azul-elétrico, mais ou menos do tamanho de Sid, se aproxima de mim, as algemas tilintando um pouco. Outra ovelha para o abate.

– Oi. Meu nome é Ampert. Sou do Distrito 3.

Olho para além dele, mas o menino está sozinho. Deve ser ainda mais azarão do que eu. Não consigo imaginar o que ele quer, mas gostaria que alguém fosse simpático com meu irmão numa circunstância como essa, então digo:

— Oi, Ampert. Sou Haymitch. Quantos anos você tem?

— Doze. E você?

— Fiz dezesseis ontem.

— Que droga. — Ele se agacha ao meu lado e mexe as algemas. — Eu poderia abrir isso aqui num segundo, se tivesse um grampo de cabelo.

Sorrio ao ouvi-lo se gabando.

— Ou uma chave.

— Falou igual o meu pai. Ele vai rir quando eu contar isso pra ele.

Eu poderia comentar que Ampert nunca mais vai ver o pai, mas já excedi a minha cota de crueldade do dia. É mais gentil ignorar esse fato. Pego um alfinete no meu macacão e ofereço a ele.

— Tenta com isso, amigão.

O rosto dele se ilumina como se tivesse ganhado um brinquedo novo. Ele abre o alfinete e começa a enfiar a ponta na fechadura da algema.

— Não ensinam isso pra gente na escola. Só falam da tecnologia que usamos nas fábricas. Mas a minha mãe me ensinou. Ela é mecânica. Eu sei muita coisa que deve ser útil na arena. Se você quiser ser meu aliado.

Então é isso. Os outros tributos do distrito dele o rejeitaram, e Ampert está caçando alguém mais patético do que ele. Um mineiro do Distrito 12 parece um bom candidato.

— Eu tinha uma aliada, e ela já morreu — digo.

– Sinto muito. Achei que ela tivesse só desmaiado. Louella McCoy, né? Foi ela que você jogou na cara do presidente Snow?

Uma coisa eu tenho que admitir em relação a Ampert: ele não é de meias palavras.

– A questão, Ampert, é que não sei se sou um bom aliado. Acho que você pode arrumar alguém melhor. Por que não volta e pede aos tributos do seu distrito para se juntarem a você?

– Ah, nós já estamos juntos. Mas estou tentando construir uma aliança contra os Carreiristas. Já estou com todo o 7 e o 8 a bordo, e o 11 está pensando no assunto. – Ele dá um giro final e a algema esquerda cai do seu pulso. Ampert ergue o alfinete com uma expressão de triunfo. – Não falei?

– Nossa! Como você fez isso?

– Eu te ensinaria, se a gente tivesse mais tempo. – Ampert coloca a algema de volta antes que outra pessoa repare e guarda o alfinete no bolso. – Se você mudar de ideia, vou estar por perto.

Ele se afasta e vejo-o contando a conversa para os tributos do Distrito 3, que esticam o pescoço para me olhar. Não sei por que o garoto precisa de mim. Não é pelo meu cérebro. Talvez, como Hattie, ele ache que eu daria uma boa mula de carga. Mas meus dias de fazer alianças começaram e terminaram com Louella.

Quando sou o último tributo restante, uma Pacificadora me manda entrar na van. Ela me acorrenta junto a Maysilee e Wyatt, olha ao redor e franze a testa.

– Cadê a sua acompanhante e o seu estilista? Seus mentores?

Ninguém responde. Nós não sabemos, e como saberíamos?

Outra Pacificadora se manifesta.

– Drusilla sumiu rapidinho depois do acidente. Magnus Stift nem apareceu. – Ela consulta uma prancheta. – E não vejo nenhum mentor listado para o 12.

– E o que a gente faz com eles? – pergunta a primeira. – Meu turno termina em dez minutos. Tem uma festa do meu pelotão, e sou a única que sabe fazer um ponche de rum que presta.

– A gente não pode largar eles aqui. Vamos levar para o alojamento, acho. Eles que se virem.

A porta se fecha e o motor ganha vida. Na escuridão da van, encosto a cabeça na parede. Todas as desgraças dos dois últimos dias não podem mais ser ignoradas: a dor de cabeça latejante da coronhada que levei na colheita, o terror do taser, a dor no coração de ter me despedido de todos que amo, o banho tóxico, o desfile humilhante perante Panem, o acidente de carruagem e, pior de tudo, o horror de estar encharcado com o sangue de Louella. Tudo dói, por dentro e por fora.

Somos deixados numa rua cheia de prédios de apartamentos de cores pastel. A Pacificadora insatisfeita nos conduz por entre guardas armados até um saguão com painéis de madeira falsa e um elevador fedendo a meias usadas e perfume vagabundo. Ela gira uma chave no buraco marcado como 12 e tira nossas algemas na subida.

– Avisaram pra gente que seus mentores estão esperando aqui. Vamos tirar as algemas, mas saibam que tem Pacificadores a um toque de campainha e câmeras por toda parte.

Ela indica uma no canto do elevador. Não houve nenhuma tentativa de disfarçá-la. Eles querem que a gente saiba que estão observando. Ou que a gente ache isso, mesmo que não seja verdade.

– Sem Pacificadores, sem paz – murmuro.

A Pacificadora assente com rigidez.

– Exatamente.

Quando a porta se abre, ela nos empurra para um hall de entrada. Tem um quadro emoldurado de um poodle branco de smoking pendurado acima de uma mesinha com uma tigela cheia de laranjas de cera.

– São todos seus! – grita ela, e a porta do elevador se fecha.

Ficamos largados ali, sob o olhar crítico do poodle, esperando a próxima leva de humilhações. No silêncio, percebo um cheiro familiar. É a sopa de feijão e joelho de porco que a minha mãe faz quando alguém morre. Não pode ser, claro. Mas, ainda assim, com a perda de Louella tão recente, algo começa a desmoronar dentro de mim. As lágrimas que eu estava contendo desde a colheita enchem meus olhos. Isso me enfurece, e pisco com força para dissipá-las.

Passos suaves se aproximam e uma jovem baixinha aparece. Reconheço-a na mesma hora. É a garota de cabelo preto do Distrito 3, que venceu os Jogos Vorazes do ano passado.

– Oi, meu nome é Wiress. Uma das mentoras de vocês.

Era uma arena cheia de superfícies brilhantes. Lagos que refletiam o céu, nuvens que retribuíam o favor, e, por toda parte, rochas e cavernas e penhascos cobertos de espelhos. Quando os tributos chegaram à arena, não conseguiam se orientar. Para todo lado que se viravam, outros tributos com túnicas reluzentes os encaravam de volta.

Enquanto assistíamos, lá do 12, Sid tinha sussurrado:

– Não consigo nem ficar olhando. Me deixa vesgo.

Se era desorientador visto de fora, de dentro era incompreensível. Uma Cornucópia prateada gigante guardava suprimentos, mas até encontrar o caminho até ela foi difícil. Um tributo estendia a mão para pegar uma arma e só encontrava ar, pulava numa clareira e dava de cara com uma parede, ou se desviava de um ataque apenas para correr direto para uma espada.

A maioria dos tributos ficou maluca, mas não Wiress. Ela observou tudo, depois se afastou cuidadosamente da Cornucópia, de algum modo encontrando pacotes de suprimentos onde não parecia haver nada. Por fim, um desajeitado banho de sangue aconteceu, mas ela já estava bem longe e foi explorando a arena aos poucos, até se acomodar numa pedra que despontava acima de um lago, bem visível para os concorrentes. Só que... eles não conseguiam vê-la. Wiress tinha encontrado um ponto cego e, apesar de terem chegado bem perto, furiosos, ela conseguiu não ser detectada. Só ficou lá, bem quietinha, comendo, bebendo água do lago e dormindo encolhida em posição fetal.

O engraçado – se é que alguma coisa pode ser chamada de engraçada nos Jogos Vorazes – foi ver os Idealizadores dos Jogos tentando entregar a ela as dádivas dos patrocinadores e fracassando repetidamente. Eles estavam tão cegos em relação à localização dela quanto os tributos. E embora fizessem piada do assunto, deu para ver que ficaram constrangidos porque uma garota do Distrito 3 entendeu a arena melhor do que eles mesmos.

Quando a arena esvaziou, os únicos que sobraram foram Wiress e um garoto do Distrito 6. Wiress finalmente se levantou e se revelou, e o garoto pulou onde pensou que ela estava, bateu a cabeça e se afogou no lago. O aerodeslizador do campeão voou por uma hora tentando localizá-la antes que ela voltasse para a Cornucópia para pegar a carona. Depois, quando perguntaram como ela criou sua estratégia, Wiress respondeu:

– Eu segui os raios de luz.

Ela não soube ou não quis dizer mais do que isso. Dava vontade de torcer por ela, considerando que tinha sido mais inteligente do que os Idealizadores dos Jogos, mas Wiress era perturbadora demais.

Então é claro que a gente ficou com ela. Nós sempre acabamos com os restos. Trajes imundos, cavalos problemáticos e agora ela. Tento não me importar, mas isso me irrita. Não quero Wiress como mentora. Ela é só mais uma pessoa bizarra com quem lidar quando já estou destruído. Como uma garota que segue raios de luz pode me ajudar? Como uma garota que saiu da arena sem nem um arranhão pode me ensinar a me proteger? Como uma garota que não lutou com ninguém, não matou ninguém, não foi mentora de ninguém, pode me mentorear? Ela não pode, e ponto-final.

Estou me preparando para dizer isso quando uma segunda mulher chega. Levo um momento para identificá-la. Ela é mais velha, deve ter quase a idade de Hattie. Aí me lembro de um dos Jogos de quando eu era pequeno, de um garoto histérico, usando um terno feito de conchas, que tinha acabado de ser coroado na frente de toda a nação de Panem. A histeria teve início quando fizeram a recapitulação dos Jogos e mostraram as mortes dos vinte e três competidores. E aquela mulher abraçou o garoto e fez tudo que pôde como mentora para protegê-lo das câmeras, que estavam devorando cada momento daquela situação horrível.

É Mags, uma campeã do Distrito 4. Ela me olha com tristeza e compreensão, abre os braços e diz:

– Sinto muito por Louella, Haymitch.

Por um momento, oscilo entre a raiva e a dor. Mas a barreira finalmente se rompe. Aceito o abraço, apoio a cabeça em seu ombro e começo a chorar.

7

Eu não sou de chorar. Só quando as pessoas morrem, e aí eu choro muito, feio e rápido, como agora. Porque Louella está morta, e eu devia ter cuidado dela e não cuidei. E embora Lenore Dove vá continuar sendo meu verdadeiro amor para sempre, Louella é a minha primeira e única queridinha.

Mags me abraça enquanto soluços sacodem meu corpo, e lágrimas e catarro escorrem no ombro dela. Wiress leva Maysilee e Wyatt a outro lugar do apartamento, para nos dar um momento de privacidade.

– Desculpa – digo, meio engasgado, mas Mags balança a cabeça e continua dando tapinhas nas minhas costas.

Quando me acalmo um pouco, me leva até um banheiro, onde uma banheira cheia de água fumegante espera. Ela me dá uma sacola e diz:

– Coloque seu traje aqui. Magno quer de volta. Depois, tome um banho e se junte a nós.

Quando Mags sai e fecha a porta, jogo uma toalha sobre a câmera para ter alguma privacidade, sem me importar se vou ser punido por isso. Tiro o macacão horrível e o enfio na sacola. Banhos quentes são um ritual de domingo na minha casa, enquanto no resto da semana temos que usar baldes de água fria, porque dá muito trabalho bombear e aquecer água suficiente para encher nossa banheira de metal. Uma como essa, funda e de porcelana, cheia quase até a borda, o sabonete cremoso e o xampu líquido são luxos com que nunca sonhei. Eu me afundo na banheira e deixo o calor envolver meu corpo enquanto filetes do sangue de Louella mancham a água de rosa.

Fecho os olhos e tento não pensar em nada, de forma que só haja o calor, o murmúrio de vozes distantes e o cheiro de sopa misturado com o aroma levemente floral do sabonete. O mundo é só isso. Mais nada. Passo muito tempo assim, porque quando abro os olhos de novo a água está fria e meus dedos, enrugados. Esvazio a banheira e me esfrego bem embaixo do chuveiro para me livrar do inseticida, da sujeira da rua e dos últimos vestígios da vida de Louella.

Depois de me secar com a toalha grande e macia, me visto, primeiro a cueca, depois a calça e a camisa pretas lisas que deixaram para mim, e por fim enfio os pés num par de botas novo. Quando abro a porta do banheiro, me pergunto se devia me sentir constrangido pela reação de antes e percebo que não estou nem aí para o que pensam.

O apartamento, que é meio estranho e impessoal, foi decorado por alguém que gostava de coisas fofinhas e da cor laranja-queimado. Os enfeites de gatinhos e cachorrinhos parecem não combinar com as grades nas janelas. Meu nariz me leva à cozinha, onde Mags, Wiress e Wyatt estão sentados em torno de uma mesa, comendo.

– Vem sentar com a gente – diz Mags. – Sua amiga está no banho agora.

Estou cansado demais para corrigi-la sobre o status do meu relacionamento com Maysilee. *Colega de escola* parece mais apropriado. Ela serve uma tigela enorme do que no fim das contas é mesmo sopa de feijão e joelho de porco.

– Mags pediu para a cozinha preparar essa receita específica – diz Wiress.

— Pedi. É reconfortante, acho. — Mags coloca a tigela na minha frente.

— É.

Inspiro o vapor e penso nas minhas irmãs gêmeas e no meu pai e na minha avó. E, agora, em Louella. Tomo uma colherada e deixo o gosto de casa descer pela garganta, me fortalecendo para o que está por vir.

— Que lugar é este, afinal? — pergunto.

— É um apartamento feito para aluguéis de temporada. Este ano foram reservados para os tributos — diz Mags.

— Nós ficamos num alojamento ano passado, todos os vinte e quatro tributos. Aqui é mais privado — acrescenta Wiress.

— Eu não chamaria o banheiro de privado. Pendurei a minha toalha na câmera.

— Elas foram instaladas só por causa dos tributos. É impossível saber quando estão olhando — diz Mags. — Mas tudo vai estar gravado.

Wyatt se afasta da mesa.

— Acho que vou tomar meu banho agora.

Sinto vontade de dizer "sinto muito pelo que falei mais cedo, sobre seu pai aceitar apostas sobre você". Mas não tenho energia, então deixo que ele vá sem dizer nada.

Minhas mentoras me deixam comer em silêncio: sopa, pão branco com manteiga e uma fatia grande de torta de pêssego para terminar. Tenho medo de que elas queiram começar uma conversa sobre estratégia, mas Mags diz apenas:

— Por que não vai dormir, Haymitch? A gente pode conversar de manhã.

Ela me leva até um quarto com duas camas cobertas por colchas laranja felpudas, cada uma com um pijama em cima, e me dá um boa-noite. Eu me troco, entro debaixo do lençol pensando que não vou conseguir pegar no sono nunca, e apago como uma lâmpada.

Lenore Dove diz que os sonhos são como janelas para a minha mente, evidentes demais para precisarem de interpretação. Isso é um jeito simpático de dizer *muito óbvios*. Esta noite, eles se concentram em coisas assustadoras que aconteceram – cabeças estouradas e acidentes de carruagem – e em coisas assustadoras que temo que aconteçam nos dias por vir. Como não sei exatamente o que vou encontrar quando o gongo anunciar o início dos Jogos, meu cérebro tira informações de arenas anteriores. Armas. Fome. Bestas. Os dois primeiros são males antigos, mas os bestantes, ou bestas, como chamamos, são atrocidades genéticas criadas em laboratório para entreter a plateia sedenta de sangue da Capital. Como as doninhas que devoravam rostos ou, na arena de Wiress, os besouros prateados e brilhantes que cobriam os tributos e os sufocavam. Meu cérebro se fixa nesses últimos.

Quando os besouros sugam o oxigênio dos meus pulmões, acordo ofegante. Wyatt está roncando na outra cama. Isso por si só me faz pensar que eu estava certo sobre não me aliar a ele. Como vai dormir escondido na arena, se parece uma serra elétrica? É verdade que, no trem, ele fingiu roncar enquanto escutava minha conversa com Louella. Observo com atenção, mas Wyatt parece estar realmente apagado.

Eu poderia me levantar, mas fico debaixo da coberta, agradecido de ter um tempo para organizar meus pensamentos. As coisas aconteceram rápido demais. Ainda não consigo aceitar que Louella se foi. E agora tenho uma proposta de Ampert, de quem gostei de imediato. Estou intrigado com essa ideia de uma aliança não Carreirista. Eu me pergunto se ele aceitaria Wyatt e Maysilee também. Ele não parece muito seletivo. Os tributos dos Distritos 7 e 8 não têm nada de especial. Ampert deve estar preferindo quantidade a qualidade. Se bem que o 11... isso pode fazer diferença...

Ainda assim, não sei se é uma boa me juntar a eles. Talvez eu pergunte a Mags o que ela acha. É engraçado ter alguém do Distrito 4, uma Carreirista, como mentora. Se bem que ela deve ter sido tributo no começo dos Jogos, quando talvez nem houvesse Carreiristas. Quanto a Wiress... Eu não devia julgá-la tanto assim. Se conseguisse ser mais esperto do que todo mundo, como ela foi, sem precisar levantar um dedo, claro que faria isso. Mas esse parece mais o tipo de coisa da qual Ampert seria capaz.

O cheiro de fritura me tira da cama. Visto a roupa da noite anterior e vou para a cozinha. Mags e Wiress estão sentadas como se nem tivessem se mexido, mas a comida mudou. Tem pratos grandes cheios de ovos, bacon e discos crocantes de batata que me deixam salivando.

– Bom dia, Haymitch – diz Mags. – Por favor, se sirva.

Eu encho o primeiro prato e empilho torradas com manteiga e geleia em outro, sirvo um copo de suco e um segundo de leite, mas dispenso o café. Como antes, elas me deixam comer em paz, felizmente. Comida sempre me dá ânimo, e, depois de repetir algumas vezes, acho que talvez consiga sobreviver ao dia. Vai ser preciso muita energia para enfrentar os Carreiristas, principalmente Panache. Tenho quase certeza de que ele acha que lhe devo uma carruagem.

Estou tomando chá quente com açúcar quando Maysilee chega, vestida exatamente como eu, exceto pelos colares. Toda de preto, com o cabelo preso longe do rosto e as marcas de chicotada, ela parece durona. Ou talvez sempre tenha sido assim, mas os babados e laços a fizessem parecer arrogante. Ela pareceria deslocada atrás do balcão de doces que claramente abominava. O que sonhava em fazer de verdade?

– Bom dia, Maysilee. Dormiu bem? – pergunta Mags.

– Melhor do que na noite anterior.

Maysilee se serve de café preto e fecha as mãos em volta da xícara.

– Você não vai comer? – pergunto.

– Não ligo para café da manhã.

Dá para ver por que ela irrita as pessoas. Se tem café da manhã disponível na Costura, todo mundo fica feliz. Passo geleia em outra torrada.

– Isso vai ser útil na arena. Principalmente se você também não ligar para almoço e jantar.

– Se conseguir comer um pouco mais nos próximos dias, seria bom – sugere Mags.

Maysilee pensa no assunto, se serve de uma tira de bacon e come um pedacinho. Não com os dedos, claro. Aposto que os Donner comem pipoca de garfo e faca.

Wyatt se junta a nós, o rosto marcado pelo lençol, também vestido de preto.

– Bela roupa – digo, tentando aliviar um pouco o clima entre nós.

– É igual à sua – diz ele na defensiva.

– Nós precisamos andar por aí vestidos como trigêmeos? – pergunta Maysilee. – Já é bem ruim ser gêmea.

As garotas Donner têm uma ampla seleção de roupas iguais.

– Pensei que você gostasse – falo.

– Minha *mãe* gosta – corrige ela.

Ah. Talvez ela se encha de acessórios por ser o único jeito que encontrou de se expressar.

– A Capital forneceu as roupas – diz Mags. – Todo mundo vai estar vestido igual no treinamento e na arena. Mas Magno deve trazer seus figurinos de entrevista. Ano passado, ele enviou os tributos do seu distrito com as roupas do treinamento. Ele está em observação por isso, então espero que arrume algo digno para vocês. Vocês precisam ir para o treinamento em breve. Vamos começar?

Tento me concentrar. Essa provavelmente vai ser a única ajuda que vamos ter.

– Eu fui mentora várias vezes ao longo dos anos – continua Mags. – Nos primeiros Jogos, eu não perguntava aos tributos o que eles queriam, porque a resposta parecia óbvia. Vocês querem viver. Mas aí me dei conta de que há muitos desejos além desse. Os meus tinham a ver com proteger meu parceiro de distrito.

– Eu lembro que não queria morrer à noite – comenta Wiress. – Não queria morrer no escuro. O pensamento me apavorava.

– Então vamos perguntar a vocês agora: o que vocês querem? – diz Mags.

Ficamos sentados em silêncio, cada um tentando formular uma resposta. Ontem, o meu desejo tinha a ver com proteger Louella. Agora, penso principalmente nas pessoas que amo, em tornar minha morte o mais fácil possível para elas.

– Eu não quero que a minha namorada e a minha família me vejam sofrer uma morte longa e horrível. Fico pensando naquelas doninhas bestantes de uns anos atrás... Eles nunca superariam isso – respondo.

– É, se eu vou partir, quero que seja rápido – concorda Wyatt. – Não quero que as pessoas que apostaram que eu teria uma morte demorada ganhem dinheiro com isso.

É um pensamento chocante.

– Sua família aceitaria esse tipo de apostas? – pergunto.

Wyatt dá de ombros.

– Alguém aceitaria. Tenho certeza de que alguém já aceitou. Na sua também. É assim que funciona.

– Eu não quero suplicar – diz Maysilee. – Nem implorar pela minha vida. Quero morrer de cabeça erguida.

Depois de uma pausa, Mags pergunta:

– Tudo bem. Mais alguma ideia?

Tem outra coisa que fico remoendo no fundo do meu cérebro. Relacionada a Sarshee e a meu pai, ao amanhecer de Lenore Dove, aos vergões de Maysilee e a entregar Louella para o presidente. O que foi que Ampert disse sobre Louella, ontem à noite? *"Foi ela que você jogou na cara do presidente Snow?"*

– Eu quero isso tudo também. O que vocês falaram. Mas, se pudesse, eu também gostaria de...

Lanço uma olhada para a câmera no canto. Como dizer isso quando a Capital pode estar assistindo? Que quero jogar na cara deles o que estão fazendo com a gente?

– Quero lembrar às pessoas que estou aqui porque a Capital ganhou a guerra e acha que, cinquenta anos depois, esse é um jeito justo de punir os distritos. Mas eu gostaria que eles pensassem que cinquenta anos é o suficiente.

Soou bastante diplomático. Espero que todos riam e revirem os olhos, mas ninguém faz isso.

– Então você quer que acabem com os Jogos Vorazes de vez. Como? – pergunta Maysilee.

– Ainda não sei – admito. – Acho que, para começar, fazendo os espectadores lembrarem que somos seres humanos. O jeito como falam sobre nós... porquinhos... animais. Chamaram minhas unhas de garras. Você viu como aquele pessoal do lado de fora do ginásio olhou para a gente. Como se nos considerassem animais, e eles fossem superiores. E aí tudo bem nos matar. Mas as pessoas da Capital *não são* melhores do que nós. Nem mais inteligentes.

— Na verdade, são mais burros — diz Maysilee, que obviamente não está nem aí para as câmeras. — Olha a confusão que fizeram na colheita. No desfile de carruagens. Ou nos Jogos da Wiress, ano passado. Não conseguiam nem entregar as dádivas para ela. Mostrar algo assim.

— É, forçá-los a admitir que nós também somos pessoas — diz Wyatt. — E que *eles* são os animais por nos matarem.

— Certo. Mas eu não sou inteligente que nem Wiress. Não consigo ser mais esperto do que a arena — digo.

— Talvez consiga — retruca Wiress, me encorajando. — A arena é só uma máquina. Uma máquina de matar. É possível superá-la.

Wyatt rola a moeda nos dedos.

— O difícil seria fazer com que mostrassem isso nas câmeras.

— Se envolver matar outra pessoa, eles mostram — diz Maysilee.

— Ou se matar — acrescenta Wyatt.

— É algo a se pensar com cuidado. Vocês poderiam facilmente botar a si mesmos e a seus aliados em risco — avisa Mags, assentindo para Wyatt e Maysilee.

— Ah, Haymitch não nos quer como aliados — diz Wyatt.

É sério? É por aí que ele vai?

— Legal, Wyatt. Então eu sou o babaca? Não a garota mais cruel da cidade nem o cara que determina as probabilidades para que filhos da mãe possam apostar em adolescentes mortos?

Mags me olha com preocupação.

— É bom ter aliados. Vocês talvez acabem se aproximando de qualquer jeito, quando forem treinar.

Maysilee se dirige a Wyatt.

— Eu posso ser sua aliada. Se você não for seletivo demais.

— Tudo bem — diz ele.

Apesar de tudo que eu falei ser verdade, me arrependo de ter dito. Não sou perfeito nem nada. Os dois me irritam, mas estou culpando eles por coisa demais. Eles não mataram Louella nem me escolheram na colheita, tampouco criaram os Jogos Vorazes. Eu preciso me acalmar. Além do mais, se quero pintar uma imagem decente na arena, vou precisar de tempo, coisa que aliados podem me dar.

— Tudo bem, olha só — digo a eles. — Tem um garoto do Distrito 3, Ampert, que quer que eu entre na aliança dele. Ele já tem o 7 e o 8. Talvez o 11. Eu não sei se vou participar, mas posso perguntar se eles aceitariam vocês. Posso dizer que vocês dois são espertos.

Maysilee dá de ombros. Wyatt assente e diz:

— Membros de bandos têm mais chance. Pelo menos no começo. Alguém para cuidar da retaguarda.

Eu queria que ele parasse de falar de chances.

— Vou me lembrar disso. E como é o treinamento?

— Vai ser no ginásio onde vocês foram arrumados — diz Mags. — Vai haver estações para permitir que se preparem para o que vão enfrentar na arena. Não se distraiam com o que os outros estão escolhendo. Priorizem o que vão precisar pra sobreviver.

— Algum jeito de me defender — digo.

— Ou uma boa maneira de me esconder — opina Maysilee.

— O que é mais importante? — pergunta Wyatt.

Wiress começa a cantar uma musiquinha estranha:

> *Primeiro, o banho de sangue evitar,*
> *Arrumar armas, água procurar.*
> *Encontrar comida e onde dormir,*
> *Fogo e amigos podem servir.*

— Eu que inventei. Em ordem de importância. Para eu ter um plano na arena. Eu sabia que não tinha condições de lutar no banho de sangue inicial, o que significava que eu precisava me afastar rápido da Cornucópia. Acabei não precisando de outra arma além do meu cérebro, mas vocês provavelmente vão. A Cornucópia pode ser sua chance de pegar uma. Se não, inventem alguma coisa, mesmo que seja só uma vara pontuda. Depois, encontrem água. Água antes de comida. Vão morrer de sede bem mais rápido do que de fome. Então, depois, comida. Fogo pode ser bom para iluminar, cozinhar e se aquecer, se estiver frio, mas talvez não seja necessário, e pode ser perigoso, porque talvez revele sua posição. Amigos, para mim, teriam sido bem arriscados.

— Mas estavam no topo da minha lista — comenta Mags. — Vocês precisam decidir por conta própria.

— E construir um abrigo? — pergunta Wyatt.

— É muito provável que vocês precisem ficar em movimento — responde Mags. — Seu local de dormir pode mudar toda noite. Na minha experiência, aliados para ficar de vigia são bem mais importantes do que um teto.

— Você ronca — digo para Wyatt.

— Não ronco, não. Eu estava fingindo, no trem.

— Tenho uma notícia ruim para te dar. Você ronca de verdade também.

— Feito um urso — confirma Maysilee. — Ouvi você através da parede.

— Tente encontrar um lugar barulhento para dormir — aconselha Mags. — Perto de água corrente. Ou abafe o som numa caverna.

— Vou cobrir a sua cabeça — sugere Maysilee. — Ou te acordar, se estiver muito alto.

— Esqueci que você vai estar junto — diz Wyatt. — Acho que amigos estão no topo da minha lista também. O que mais acontece no treinamento?

— Vai haver especialistas para ensinar vocês a usarem as armas, para mostrar como fazer fogo — conta Mags. — Procurem pistas quanto à natureza da arena. Os Idealizadores dos Jogos às vezes escondem alguns pequenos sinais sobre isso no treinamento. Não faziam isso no começo. Meus jogos foram tanto tempo atrás. O treinamento, se é que podemos chamar assim, era mínimo. Nós não tínhamos pistas, nem dentro nem fora da arena.

— Ano passado, algumas das estações de sobrevivência tinham itens refletores. Cobertores de alumínio. Tigelas de metal. E, na estação de fazer fogo, um espelhinho redondo. Acho que eram pistas, mas só me dei conta disso quando vi a arena — diz Wiress. — Lá dentro, quando entendi a natureza do local, meu instinto foi andar na direção do perigo, porque, na verdade, era só um reflexo do perigo, não o perigo real. Confiem nos seus instintos.

— Isso é um bom conselho em geral — afirma Mags.

O interfone estala e uma voz anuncia que é hora de ir para o treinamento. Mags prende quadrados de pano com o número 12 nas nossas costas. Pacificadores nos encontram no elevador, nos colocam na van e nos transportam até o ginásio.

Quando saímos para o sol, Maysilee olha Wyatt de cima a baixo.

— Você precisa de mais atitude, Wyatt.

Ele tenta parecer mais durão.

— Não, assim está pior. Empina o queixo. Ajeita a postura. Agora, estufa o peito. — Ela bagunça o cabelo dele e arregaça suas mangas. — Você tem músculos das minas. Mostra isso.

– É, assim está melhor – admito. – As roupas pretas não atrapalham.

– Nós somos do Distrito 12. O pior buraco de Panem – comenta Maysilee. – Nós somos selvagens como os cavalos das nossas carruagens. Eu bati na nossa acompanhante, e Haymitch deu uma dura no presidente Snow. Ninguém peita a gente.

– Nós somos imprevisíveis – diz Wyatt.

– Um bando de descontrolados – concordo.

Os Pacificadores abrem as portas e nós entramos, exalando toda a energia de maluco que conseguimos reunir.

O local está totalmente diferente. As cabines de antes foram substituídas por estações de habilidades de sobrevivência – fazer fogo, dar nós, esfolar animais, se camuflar –, supervisionadas por treinadores com macacões brancos justos. A área nos fundos do ginásio foi reservada para instrução no uso de vários tipos de armas. Os outros tributos rodeiam as cabines, usando as mesmas roupas que nós, mas em cores diferentes. Estou feliz de termos ficado com o preto, porque qualquer um parece doente usando verde-meleca (azar o seu, Distrito 1), e o amarelo-manteiga do Distrito 9 faz com que eles pareçam tão ameaçadores quanto uma ninhada de pintinhos.

Cordas de náilon separam as arquibancadas à direita em doze seções marcadas com os números dos distritos. A nossa área fica mais perto da porta. Somente os tributos do 11 ocupam a arquibancada no momento, reunidos num amontoado de trajes verde-escuros, discutindo alguma coisa acaloradamente.

– Nós sempre somos os últimos a chegar em tudo? – reclama Maysilee.

– Eles que esperem.

Mas somos constantemente esquecidos, deixados de lado. E ninguém estava nos aguardando.

— Um bando de descontrolados — lembra Wyatt.

Nós nos empertigamos e entramos a passos largos na confusão.

Mags tem razão. Ali no ginásio, ficamos próximos, já que não conhecemos mais ninguém. E, nos Jogos, é improvável que a gente tente se matar.

— Seria bom arremessar facas — decide Maysilee.

Não é má ideia. Apesar do que prometi à minha mãe, já fiz isso algumas vezes, embora meu apreço pelos meus dedos dos pés me mantenha longe da brincadeira de ficar de joelhos e arremessar facas por cima do ombro. Um alvo num velho abrigo ou numa árvore... é disso que eu gosto. Blair é muito bom e eu até que não sou ruim. Penso no canivete novinho que ganhei de aniversário e que não pude arremessar nem uma vez, e espero que Sid se divirta com ele.

Quando seguimos para a área das facas, reparo em algumas equipes de câmeras cobrindo o treinamento e que há um monte de Pacificadores patrulhando o ginásio. À esquerda, a seção superior da arquibancada está cheia de Idealizadores dos Jogos usando trajes brancos. Eles andam de um lado para o outro tomando café e fazendo anotações sobre os tributos. Em poucos dias, cada um de nós vai receber uma nota, que vai de um a doze, para classificar nossa probabilidade de ganhar os Jogos. As pessoas vão usar isso como guia para decidir se vão nos patrocinar ou não.

Nós nos juntamos a um grupo com os tributos do 7, vestidos de marrom-ferrugem. Todo mundo se avalia enquanto uma mulher da Capital, Hersilia, nos instrui sobre o arremesso de facas. Ampert disse que o 7 já tinha concordado com a aliança, e eles passam uma boa impressão. Parecem confiantes, mas não arrogantes. Uma das garotas, uma menina magra com o cabelo cheio de tranças pretas brilhosas e um pequeno broche de árvore na camisa, me diz seu nome, Ringina, e eu digo o meu.

Quando entendemos o básico – como segurar a lâmina, o movimento de braço reto, sem girar o pulso –, fazemos fila para arremessar. Num suporte, tem uma cesta com uma dúzia de facas diferentes, mas só um tributo pode botar a mão numa arma por vez. O tributo arremessa, então um cara de branco recolhe a faca e a devolve ao lugar. Hersilia seleciona um modelo para o tributo seguinte. Muitas facas batem no alvo e caem, mas Maysilee acerta mais do que erra, e, sem querer me gabar, eu acerto todas as vezes. Os arremessos me deixam um pouco menos tenso, pois me relembram de bons momentos, de brincar com meus amigos na floresta. Quando Ringina acerta na mosca, esqueço onde estou e solto um elogio:

– Belo arremesso.

Quando ela aceita o elogio com um sorrisinho rápido, a energia muda. Eu sei que nunca vou matar essa garota, assim como não vou matar Maysilee e Wyatt. Então é melhor eu me aliar ao 7 e me juntar ao bando de Ampert de vez.

Abro a negociação dizendo:

– Ampert disse que vocês estão...

De repente, há um borrão verde-meleca à esquerda, a barulheira metálica de facas quando a cesta é remexida, e tenho a sensação de que uma marreta acerta minhas costelas.

Quem já levou um soco de surpresa sabe que a raiva é dupla, por causa da dor e da injustiça do ataque. Enquanto estou caído no chão, ofegante, vendo Panache se aproximar, meus dedos se fecham no cabo de uma faca. Antes que possa me levantar, um Pacificador acerta Panache com um taser e outros três o arrastam para longe. Wyatt oferece a mão para me ajudar a ficar de pé enquanto os outros tributos juntam as facas.

Tem um momento, na hora que me levanto, em que olho em volta. Eu estou armado e eles estão armados. Uns seis de nós têm facas afiadas e mortais. E vejo que não há muitos Pacificadores aqui hoje. Não mesmo. Estamos em quatro para um. E, se fôssemos rápidos, provavelmente conseguiríamos pegar alguns tridentes e lanças e espadas das outras estações e formar um belo arsenal. Eu encaro Ringina e posso jurar que ela está pensando a mesma coisa. Quando Hersilia estende a cesta, Ringina precisa se esforçar para colocar sua faca lá dentro.

Nós dois voltamos ao nosso lugar no fim da fila e ficamos só um pouco para trás, longe o suficiente para não sermos ouvidos, enquanto o treinamento prossegue.

– Levanta os braços – diz Ringina.

Levanto os braços devagar, e ela tateia pelas minhas costelas no local onde Panache me acertou.

– Não tem nada quebrado, acho. – Ringina dá um passo para trás, os lábios apertados em consternação. – A gente podia ter enfrentado eles.

Quanto mais penso nisso, mais abatido fico. Todo ano, nós deixamos que eles nos coloquem em sua máquina de matar. Todo ano, eles não pagam pelo banho de sangue. Só dão uma festança e encaixotam nossos corpos como presentes para nossas famílias abrirem nos nossos distritos.

– A gente poderia ter feito um estrago – digo para Ringina.

– Alguma coisa, pelo menos. Talvez muita – diz alguém atrás de mim.

Eu me viro e encontro Plutarch. Ele acena para a equipe de câmeras filmar o treinamento de facas, mas sua atenção permanece em mim.

– A pergunta é: por que não fizeram?

8

Mesmo com as costelas doendo, penso em arrancar a pergunta da cara de Plutarch com um soco. Porque a implicação está clara: ele não está perguntando só por que não começamos uma minirrebelião no ginásio. Ele está falando do Distrito 12 também. Por que deixamos os brutamontes da Capital nos governarem? Porque somos covardes? Porque somos burros?

– Por que vocês se submetem a tudo isso? – insiste ele.

– Porque vocês têm armas – diz Ringina secamente.

– Mas a questão é mesmo as armas? Eu admito que isso é uma vantagem. Por outro lado, se você considerar a diferença numérica... entre distrito e Capital... – reflete Plutarch.

Sim, nós estamos em maior quantidade do que os Pacificadores no 12. Eu penso nas armas que poderíamos usar. Machadinhas, facas, alguns explosivos, talvez. Mas para enfrentar rifles automáticos, bombardeio aéreo, gases e a variedade de bestas da Capital?

– Eu não acho que a gente "se submeta" – digo.

– Está implícito. Vocês aceitam as condições da Capital.

– Porque não queremos morrer! – rebato. – Você não enxerga mesmo isso?

– Não, eu enxergo. Vejo os enforcamentos e os tiros e a fome e os Jogos Vorazes. Eu vejo, sim – diz Plutarch. – Ainda assim, não acho que o medo que eles inspiram justifique esse arranjo no qual entramos. E vocês?

Nós o encaramos. Ele não está nos provocando nem debochando, está perguntando sinceramente.

— Por que vocês concordam com isso tudo? Por que eu concordo? Na realidade, por que as pessoas sempre concordaram?

Como não respondemos, ele dá de ombros.

— Bom, é algo em que pensar.

— Sua vez, Haymitch.

Hersilia me estende uma faca. Eu poderia: (a) arremessá-la, ou (b) enfiá-la no coração de um Pacificador, o que garantiria minha morte imediata. Estou meio trêmulo, mas acerto o alvo mesmo assim.

Plutarch me espera no fim da fila. Tento ignorá-lo, mas ele não cala a boca.

— Você deu um belo show ontem à noite.

— Ah, bom, aposto que você transformou tudo num elogio ao presidente.

— Nem precisei. A transmissão ao público terminou quando aqueles fogos estouraram. Segundo a cobertura do *Notícias da Capital*, a cerimônia de abertura foi impecável.

— Duvido que as pessoas que levam o *Notícias da Capital* a sério passem muito tempo questionando isso — respondo. — Elas não ligam para o que acontece com os tributos, mortos ou vivos.

Eu me pergunto o que fizeram com o corpo de Louella. Espero que tenha sido enviado para os McCoy. O túmulo deles fica ao lado do nosso, então Louella e eu estaremos juntos de novo em breve.

Faço menção de dar as costas, mas Plutarch coloca a mão no meu braço.

— Eu sinto muito por Louella, Haymitch. Ela era uma pessoa de muitas camadas. Percebi isso de imediato.

Ele está mesmo me prestando condolências?

— Por que você fica me seguindo? — pergunto com rispidez. — Tem um ginásio cheio de gente querendo aparecer. Por que não dá uma volta por aí?

— Fui designado para cobrir o Distrito 12. — Ele levanta as mãos e recua. — Mas vou tentar dar um tempo para você.

Irritado com essa importunação, chamo Maysilee e Wyatt de lado.

— Olha, se a gente se juntar à aliança de Ampert, esse pessoal do 7 vai estar no nosso bando. Vou apresentar vocês para Ringina, ali. — Olho intensamente para Maysilee. — Você precisa ser simpática. Não fale do cabelo dela, não fale das unhas dela, não fale de como ela fica de marrom, não peça para examinar o broche dela só porque é uma autoridade em joias.

Maysilee funga.

— Eu gosto do cabelo dela.

— E, Wyatt, não seja esquisito. Não comece a comentar as chances das mortes deles.

— Posso comentar as das outras pessoas?

— Não! Ainda não. Talvez nunca. É bizarro! Se tiver que falar de chances, que seja de dádivas ou de patrocinadores, sei lá — respondo. — Esqueça essa história de descontrolados. Temos que parecer o tipo de gente que os outros iam querer como aliados. Pessoas que você gostaria de ter ao seu lado num acidente de mina. Firmes. Inteligentes. Confiáveis.

Ampert, reluzente em um traje azul-elétrico, vem correndo, girando um laço de corda preta acima da cabeça.

— Ei, Haymitch! O Distrito 10 está dentro. São os de vermelho. Conheci eles na amarração de nós. Um dos caras, Buck, fez esse laço para mim. Estou pensando em transformar isso num símbolo, já que não trouxe nenhum. — Ele enrola a corda em faixas largas em volta da mão, passa pela cabeça e abaixa a voz. – Aí eu posso desenrolar e usar na arena.

Maysilee torce os lábios de leve.

– Bom, você não pode usar assim. Não está servindo de enfeite. Você parece uma doninha presa em um alambrado de galinheiro.

– Pareço? – Ampert não parece ofendido, mas me olha de um jeito curioso.

– O que a gente acabou de falar? – digo para Maysilee.

Ela me ignora e, sem pedir licença, desenrola a corda do pescoço de Ampert.

– Esta é Maysilee, do meu distrito. Tentando virar sua aliada.

Maysilee examina a corda, testa a flexibilidade e a torce entre os dedos.

– Você pode fazer um colar trançado. É um fio só. Ficaria parecido com isso. – Ela puxa um dos seus colares, um cordão preto com um trançado elaborado que tem um medalhão brilhante entalhado com uma flor inserida nele. – Sem a flor, obviamente.

– Legal – diz Ampert. – Você pode fazer para mim?

– Acho que sim, mas não tenho fita adesiva, então você vai ter que segurar enquanto faço.

– Eu seguro – responde ele.

– E não tem nada para prender atrás, a gente vai ter que amarrar, o que nunca é minha primeira opção.

Ampert enfia a mão no bolso e pega o alfinete da noite anterior.

– Eu tenho isso aqui.

Ela avalia o alfinete.

– Tudo bem. Só toma cuidado se for tirar, senão o trançado pode se soltar todo. Vem.

Maysilee vai até a arquibancada sem nem verificar se Ampert está indo atrás.

– Meu pai quer te conhecer. Ele está na cabine com a batata – diz ele, e sai correndo atrás dela.

O pai dele? Uma batata? Dúvidas ressurgem. O que eu estou fazendo? Ampert é só uma criança iludida que vive num mundo de fantasia? Antes de me comprometer, preciso saber. Então, apresento Wyatt a Ringina – torcendo para que ele aja de forma minimamente normal – e vou em busca do homem com a batata.

Depois de dar uma volta pelas cabines lotadas, de fato eu encontro um. É um homenzinho de cabelo preto, de costas para mim, encostado num balcão que tem uma batata solitária, sem ninguém interessado na habilidade dele. Mexo com um pedaço de atadura na cabine de primeiros socorros ao lado enquanto o examino. Quando ele se vira, reparo nos óculos de aro de aço. Apesar de ser muito parecido com Ampert, não é por isso que o acho familiar. O homem é Beetee, um campeão do Distrito 3.

Um medo gelado toma conta de mim quando as peças do quebra-cabeça se encaixam. Ampert não é maluco nem mentiroso. O pai o acompanhou até a Capital porque é um campeão. E, portanto, um mentor, designado para preparar o próprio filho para a morte nos Quinquagésimos Jogos Vorazes.

Por que Beetee foi colocado numa barraca com uma batata, eu não faço ideia, porque em teoria ele é um gênio da tecnologia. A verdadeira pergunta é: como Ampert veio parar aqui com ele? Dois tributos da mesma família... Seriam eles a família mais azarada de Panem?

Desisto de disfarçar e me aproximo dele.

– Você é o pai de Ampert?

– Sou. E sem dúvida você está se perguntando por que estou aqui, Haymitch. – Beetee retira os óculos e os limpa na camisa. – É porque estou sendo punido por elaborar um plano para sabotar o sistema de comunicação da Capital. Eu sou valioso demais para morrer, mas meu filho é descartável.

Isso responde à minha pergunta.

– Que horror. Sinto muito. Ele é um ótimo garoto.

– É mesmo.

Beetee olha na direção de Ampert, que está sentado diante de Maysilee na arquibancada, falando sem parar enquanto ela trança a corda.

– E fizeram você ser o mentor dele? – pergunto.

– É parte da punição. Ficar assistindo às prováveis últimas horas de vida do meu filho. Até me deram uma cabine aqui no centro de treinamento, algo a que os mentores normalmente não comparecem, só para eu não perder nem um minuto. Se eu não estivesse aqui para testemunhar, não haveria sentido.

Não consigo pensar em nada para dizer que vá reconfortá-lo, mas tento mesmo assim.

– Não é culpa sua.

– É, sim. Totalmente. Eu assumi o risco. Nem desconfiei que tinha sido descoberto até a colheita. O momento foi muito bem calculado. Se eu soubesse, poderia ter me matado, e Ampert estaria em segurança em casa. É assim que Snow trabalha. – Ele abaixa a cabeça e apoia a ponta dos dedos no balcão de madeira para se firmar. Fico esperando que ele desmorone, mas Beetee diz apenas: – Você quer aprender como transformar uma batata numa bateria? Luz pode ser importante na arena.

Não estou muito a fim, Beetee, penso. *Eu gostaria mesmo é de fugir do caos que é a sua vida*. Mas isso parece covardia. É o que o pessoal lá do 12 deve estar fazendo com a minha mãe e Sid agora. Então respondo:

— Claro. Vai ter batatas na arena?

— Não sei. Desconfio que esse trabalho tenha sido pensado para me humilhar, mas não é o caso. Talvez seja o único propósito. Mas, se você não encontrar uma batata, outras coisas, como um limão, por exemplo, podem funcionar também. Só não coma nada que tenha sido usado como bateria.

Ele pega uma bandejinha com pequenos pacotes de plástico. Cada um contém dois pregos, duas moedas de cobre, pequenos rolinhos de fio e duas lâmpadas bem pequenas.

— Duas batatas dariam mais energia.

— Acho que, se eu conseguir encontrar uma batata, tem boa chance de encontrar duas.

— Se não, pode tentar cortar uma no meio. — Ele pega uma segunda batata e a coloca na minha frente, depois me oferece uma coisa que parece um lápis, mas com uma pequena lâmina na ponta. — Por enquanto, vamos usar as duas. Veja.

Beetee abre um pacote e espalha o conteúdo na bancada. Então ergue os olhos por um momento. Tem um Pacificador atrás de mim, bem próximo. A faca fina treme na minha mão. Aqui estou eu de novo. Armado e na área de alcance. "*Bom, é algo em que pensar...*"

— Olha, essa bateria é feita de cobre, zinco e do ácido fosfórico encontrado no sumo da batata, que é uma solução condutora de eletricidade. Ela possibilita que os íons se movimentem entre os dois metais. Nosso objetivo é criar um circuito para acender essa lâmpada.

Eu já me perdi, mas faço que sim como se estivesse entendendo tudo.

— Primeiro, precisamos de um espaço para a moeda. — Beetee faz um corte vertical do tamanho da moeda na lateral da batata e eu o imito. — Aí, enrolamos uma das moedas de cobre com o fio e inserimos lá dentro, deixando uma boa parte para fora.

Enfio minha moeda com o fio enrolado na batata.

— Isso significa que vai estar escuro na arena?

— Ah, eu não tenho nenhum conhecimento factual sobre a arena. Dizem que, se você ferver a batata, a potência pode aumentar, então é algo para se ter em mente.

— Mas, se eu pudesse ferver a batata, já teria conseguido fazer fogo. Então...

Um sorriso brinca nos lábios dele.

— Você teria conseguido uma fonte de luz alternativa, e esse projeto com a batata seria uma perda de tempo.

— Eu não quis dizer isso. Desculpe.

— Não precisa pedir desculpas por ser astuto. Estou feliz só de você estar prestando atenção.

Sinto o Pacificador se afastar.

— Wiress disse que haveria pistas sobre a arena no treinamento.

— Bom, eu daria atenção ao que ela diz. Fui mentor dela e sei como Wiress é inteligente. — Ele ergue um prego. — Isso aqui é galvanizado. Coberto de zinco. Não deixe que toque na moeda. Não precisa usar exatamente uma moeda e um prego. Você só precisa de cobre e zinco. Tiras de metal funcionam também. Talvez seja possível encontrar algo assim na arena, se conseguir se colocar embaixo do cenário.

Ele enfia o prego na batata, a alguns centímetros da moeda. Eu faço o mesmo.

— Ela também disse que as arenas são só máquinas.

— Sim, elas são uma espécie de máquina.

Penso na nossa conversa na cozinha, quando falei que queria ser mais inteligente do que a máquina e fazer a Capital parecer burra. Agora, isso só parece um gesto vazio. Wiress passou uma edição inteira dos Jogos fazendo isso, bem melhor do que eu seria capaz, e do que adiantou? Além do mais, mesmo que eu conseguisse qualquer coisinha, seria fácil deixar fora das imagens das câmeras. O verdadeiro golpe seria...

– Então, se é uma máquina, ela pode ser quebrada, né? Beetee olha para Ampert.

– Sim, em teoria. A prática sempre é um pouco mais complicada. Agora, vamos conectar nossas batatas.

Ele prende o fio da moeda no meu prego e liga um terceiro fio ao prego dele. De repente, eu me lembro de um vídeo dos Jogos de Beetee. Ele conseguiu arrancar peças da arena e eletrocutou todos os competidores que restavam. Percebo que, se eu estiver falando sério sobre quebrar a máquina, vou precisar deste homem, que não apenas foi mais inteligente do que a arena, mas a usou a seu favor. Porque, mesmo que eu seja esperto por natureza, ainda sou um garoto das montanhas com pouco estudo que não tinha ideia de que dava para transformar uma batata numa bateria.

– Como, Beetee? Como posso quebrá-la? – pergunto baixinho. – Eu não sei nada sobre máquinas.

– Tenho certeza de que sabe, mesmo sem perceber. Um parafuso é uma máquina simples. Uma roda e um eixo. Uma alavanca. Você está familiarizado com uma bomba de água?

– Até demais.

– Isso é uma alavanca. Ajuda a criar um vácuo parcial e a água é puxada para cima. Algumas máquinas exigem mais conhecimento do que outras.

– Eu sei como um alambique de destilados funciona. Isso conta?

Percebo o esboço de um sorriso.

— Não vejo por que não. — Beetee pega o fio da minha moeda e o do prego dele e os prende nos fiozinhos saindo da base de uma lâmpada pequena. — E prontinho.

A lâmpada emite um brilho fraco.

Minha mãe adoraria isso. Imagina o dinheiro que poderíamos economizar com velas. Mas isso não vai destruir a arena.

— O que quebraria, Beetee? — insisto.

Beetee se inclina, levanta os óculos e espia por baixo deles enquanto avalia a bateria.

— O circuito? Bom, você só precisa desconectar uma peça, como tirar um fio, por exemplo, e a bateria toda morre. — Percebo que tem outra Pacificadora atrás de mim, e as palavras de Beetee são para ela. — Não se esqueça de que estamos convertendo energia química em energia elétrica para acender a lâmpada. Você precisa manter o caminho circular intacto.

A Pacificadora se aproxima, o nariz a centímetros da bateria agora, e o interesse dela atrai um quarteto de tributos com roupas cor de pêssego. Distrito 8. Meus aliados extraoficiais, se tudo der certo.

— A gente pode tentar isso aí? — pergunta um deles.

— Claro — diz Beetee. — Bem, obrigado por passar aqui, Haymitch. Volte, se quiser praticar. E feliz aniversário atrasado.

Ampert deve ter contado para ele. Beetee estende a mão para apertar a minha.

— É curioso. Eu fui sorteado na colheita no mesmo dia em que você nasceu.

Quando aperto a mão dele, sinto uma coisa contra a palma, pego-a e escondo no bolso.

— Obrigado, senhor — digo antes de me afastar.

Meus dedos investigam o pacotinho de plástico cheio de moedas e pregos. Um presentinho de aniversário de Beetee.

Se eu arrumar um jeito de levar isso para a arena, convencer as pessoas de que arrumei tudo lá – as moedas talvez sejam mais complicadas de justificar, mas pode ser que eu consiga arrumar outra coisa de cobre – e encontrar uma batata, já estarei a meio caminho de acender uma lâmpada fraca. Tenho certeza de que meu acendedor é um caminho mais rápido para conseguir luz, mas talvez o pessoal do 8 possa usar a ideia.

Nas arquibancadas, Maysilee dá os toques finais num cordão trançado com maestria. Poderia mesmo se passar pelo símbolo de alguém. Ela ergue a trança e a inspeciona.

Ampert toca no cordão, admirado.

– Ficou lindo. E perfeitamente simétrico. Eu não acreditaria que é um fio só. Você é muito inteligente!

– E você tem bom gosto – diz Maysilee, colocando o cordão no pescoço dele.

– Eu queria que você fosse minha irmã – comenta Ampert.

Uma expressão engraçada surge no rosto dela. Tenho certeza de que nunca tinha ouvido essas palavras. Espero um comentário mordaz, mas Maysilee responde apenas:

– Eu vou ser sua irmã.

– Legal. Vou mostrar para o meu pai!

Ampert dá um abraço nela, que retribui com o corpo rígido, e se afasta correndo.

Ela franze a testa.

– Pai?

– É o pai dele mesmo – conto. – Se lembra de Beetee, o vencedor do Distrito 3? Ele aprontou. E a punição dele é ser o mentor de Ampert.

– Isso é especialmente cruel. Você ia querer que sua família estivesse aqui?

– Não consigo pensar em nada pior.

Um Idealizador dos Jogos anuncia o almoço, e somos direcionados para nossas arquibancadas, onde um Pacificador entrega quatro caixas. Ainda estou cheio do café da manhã, minha barriga está doendo por causa do ataque de Panache, e ver o almoço de Louella mata o que resta do meu apetite.

Um desfile de uniformes azuis, marrons, pêssego e vermelhos chega ao pé da nossa arquibancada. Reconheço os Distritos 3, 7, 8 e 10.

– Podemos nos juntar a vocês? – pergunta Ampert.

– Claro – respondo.

Se eles vão ser nossos aliados, seria bom nos aproximarmos um pouco. Eles sobem para o nosso lado e todo mundo se apresenta, mas esqueço a maioria dos nomes logo em seguida. O pessoal do 10 ainda está machucado depois da confusão das carruagens, mas eles parecem fortes.

Na seção ao lado, o Distrito 11 finge nos ignorar, mas, como todos ficaram calados, acho que estão prestando atenção. Avaliando que tipo de aliados seríamos.

– Ampert, o show é seu – digo. – Por que não nos diz o que tem em mente?

Gosto do fato de que, apesar de só ter doze anos, ele não hesita.

– É o seguinte. Numa quantidade desproporcional de vezes, os Carreiristas ganham. Mas eles são só um quarto dos tributos. Nós temos três vezes mais gente. Então, a ideia é juntar todo mundo e, só para variar, nós irmos atrás eles, em vez de deixar que eles venham atrás de nós.

– Você acha que a gente consegue fazer isso, então? – pergunta uma garota do 10.

– Por que não, Lannie? – responde Ampert.

Por que não? Penso no fato de que os distritos ultrapassam os números da Capital em bem mais do que três para um.

— Nós não precisamos cair na manipulação deles, na ideia de que, de alguma forma, eles vão sempre nos derrotar — declara Ampert. — Todo mundo age como se as chances não estivessem a nosso favor, mas tenho certeza de que podemos superar essas chances!

Ao ouvir a palavra *chances*, Wyatt parece despertar.

— Bom, a gente teria que levar em conta a estatura deles, o treinamento, o temperamento, as dádivas dos patrocinadores. Mas, mesmo com isso, se nosso grupo for grande o bastante... — Os olhos dele ganham uma expressão distante.

— É, ele é assim mesmo — aviso ao grupo. — Ele está calculando as chances de doze Carreiristas contra o resto de nós.

Todo mundo espera de forma respeitosa.

— Sim, dá para fazer. A gente poderia conseguir. Ainda não é provável, mas é uma possibilidade sólida — declara Wyatt. — Principalmente se todos os outros nove distritos concordarem.

— Se a gente matar todos os Carreiristas — pergunta Ringina —, o que acontece depois?

— Outra reunião — diz Maysilee. — Pelo menos essa aliança nos dá alguma coisa para fazer além de surtar.

— No momento, nós não temos nove distritos — lembra Wyatt. — Só cinco.

— Eu falei com os outros, mas nem todo mundo quer participar — diz Ampert.

Nossa atenção se volta para as arquibancadas do outro lado do ginásio. Lá no fundo, os Carreiristas também se reuniram para almoçar. O verde-meleca está misturado com o roxo do Distrito 2 e com o azul-marinho do Distrito 4. Os distritos 11, 9, 6 e 5 continuam independentes. Nós vemos alguns Carreiristas jogarem suas caixas do almoço vazias no chão do ginásio, andarem até a área do Distrito 6 e roubarem o almoço de dois tributos. Com ou sem Jogos, qualquer pessoa minimamente decente odeia valentões.

Os tributos do Distrito 6 são quatro adolescentes franzinos cujos membros magricelos passam a impressão de que nunca viram a luz do sol. Vítimas do acidente de carruagem da noite anterior, estão com tantas ataduras que daria para enforcar um cavalo. Um está com o pé torcido, e lembro que outro caiu no chão do chuveiro e ficou arfando por causa do inseticida. Fico tentado a descartá-los de cara. O que poderiam oferecer à aliança, e não exigir dela? Mas me agarro ao tom do traje deles. Um cinza-dove. Parece um sinal.

– O 6 disse não? – pergunto a Ampert.

– Eles disseram que querem ficar neutros para os Carreiristas não irem atrás deles.

– Dá para ver que está funcionando.

Uma garotinha magrela usando a cor de Lenore Dove desaba na arquibancada, chorando de soluçar. Pego meu almoço intocado e o de Louella, então desço a arquibancada. A garota chorando se encolhe quando me aproximo e ofereço o almoço de Louella.

– Toma. A gente tinha uns sobrando.

Ela hesita, mas pega a caixa com a mão trêmula. O garoto que ficou arquejando no chuveiro aceita a outra.

– Vocês estão bem, depois do acidente?

A garota assente.

– Nós sentimos muito que a nossa carruagem tenha machucado sua amiga.

Ela é frágil, mas tem compaixão.

– Não foi culpa de vocês. Não pensei nem por um minuto que fosse.

– Obrigada por não nos culpar – diz ela.

— Culpar vocês? Me parece que estamos nisso juntos — respondo. — Sabe, nós estamos formando uma boa aliança. Eu soube que estão tentando ficar neutros, mas isso só torna vocês um alvo para todo mundo. Enfim, o convite continua valendo.

Quando volto para o meu grupo, tem quatro pombinhas machucadas me seguindo. Os tributos do 6 se sentam e sussurram seus nomes: Wellie, a garota que estava chorando; Miles, o garoto asmático; os outros dois são Atread e Velo. Então eles começam a comer.

— Com o 6, somos seis — comenta Wyatt.

— Nós precisamos de um nome — opina Ringina. — Se eles são os Carreiristas, quem somos nós?

As pessoas dão suas sugestões. Agora que somos aliados, o Distrito 12 oferece Descontrolados como opção, o 10 propõe Azarões e o 7 acha que deve ser Invasores.

— Não — diz Wellie, muito séria. — Todos esses nomes fazem parecer que estamos tentando ser durões. Mas nós não somos durões em comparação aos Carreiristas. Somos inexperientes, não fomos treinados desde bebês pra ganhar os Jogos.

— Mas isso é um ponto a nosso favor? — pergunta Lannie.

— De certa forma — responde Ampert. — Primeiro porque significa que não passamos a vida toda vendo os Jogos como algo desejável.

— Não somos cúmplices — completa Ringina.

— Isso. Mas vamos lutar, se for preciso — completa Ampert. — Nós precisamos de um bom nome para pessoas que estão começando uma coisa difícil. Um nome típico dos distritos.

— Tipo Neddie Novato — digo sem hesitar. Os outros riem. — Não, é sério. Nas minas, quem acabou de começar é chamado de Neddie Novato. Meu pai me chamava assim sempre que ia me ensinar uma coisa nova. Tipo "Vem, Neddie Novato, vamos aprender a amarrar os cadarços".

– Gostei – comenta Wellie, um sorriso transformando seu rosto manchado de lágrimas. – Nós somos os Novatos.

Ringina pensa um pouco e sorri.

– E temos orgulho disso.

Tudo parece melhor depois do almoço. Fico grato por não precisar temer metade dos tributos, e mais grato ainda por não ter que pensar em matá-los, o que é bem pior. Agora posso me juntar aos meus aliados nas cabines e saber que eles estão do meu lado enquanto aprendemos a fazer armadilhas, arremessar machados e fazer curativos em uma perna quebrada.

Os quatro tributos do 6 ficam grudados em mim. Meu pequeno bando cinza-dove. Espero que não pensem que posso protegê-los quando entrarmos na arena, porque não posso.

Wyatt parece ter encontrado sua turma. Os colegas de Ampert do Distrito 3 ficam fascinados pelo seu sistema de cálculo de chances, e Wyatt parece feliz em dividi-lo com eles. Fãs de números se reconhecem, acho.

É Maysilee que me surpreende. Em casa, ela não é popular, é conhecida. Não é respeitada, é temida. Não é reverenciada, é evitada. Ali, seguindo a dica de Ampert, os outros tributos levam a ela os símbolos de seus distritos e pedem que os torne especiais, e ela concorda. A garota deve saber uns cinquenta jeitos de trançar, torcer e enrolar uma corda em peças delicadas. Ela une as modestas oferendas dos distritos deles em padrões elaborados. O orgulho do povo dos distritos é profundo. Do 6, que cobre os transportes, Wellie tem um sino velho de bicicleta, e Miles, um apito de trem feito de latão. O Distrito 10, que cuida de pecuária, trouxe ferraduras; os lenhadores do 7 trouxeram enfeites de madeira entalhada. As garotas do Distrito 8 têm bonequinhas com roupas lindas. Um garoto do 3 trouxe uma maçaneta, mas não sei de que forma isso tem a ver com tecnologia. Não importa o que eles apresentem, Maysilee dá dignidade aos símbolos, e, apesar de ainda oferecer uma boa quantidade de conselhos de moda não solicitados (duas garotas mudam o penteado, e um garoto promete parar de roer as unhas), nossos aliados a adoram.

Ao final do treinamento, o Distrito 11 não disse sim, mas também não disse não. Se eles estão dentro, queria que dissessem. Os músculos deles viriam a calhar. Eu vi Hull, o cara que chutou Panache no chuveiro, arremessar um forcado e decapitar um boneco. Por que fingir que não é para isso que estamos aqui?

Todos nós, Novatos, estamos mais empertigados quando voltamos para os nossos transportes. Mesmo trancados no escuro, Maysilee, Wyatt e eu continuamos fazendo planos, compartilhando informações sobre nossos aliados e bolando uma estratégia. Em pouco tempo, o carro para.

– Isso foi rápido – diz Maysilee.

As portas se abrem, e um Pacificador faz sinal para eu sair. Wyatt faz menção de me seguir, mas o Pacificador levanta a mão.

– Não, só Abernathy.

Isso não é bom. Eu saio na frente de um edifício de mármore, bem mais imponente do que o prédio dos tributos. Ocupa todo um quarteirão, uma estrutura única cujo acesso é por um par de enormes portas de madeira com desenhos de estrelas douradas. Vejo a testa franzida de Wyatt quando a porta é fechada e a van vai embora. O que está acontecendo? Onde estou?

Dois homens de uniformes violeta montam guarda na entrada. Como se respondendo a um sinal mudo, eles abrem as portas e revelam Plutarch Heavensbee. Ele se aproxima de mim, sua expressão ilegível.

— Oi, Haymitch. Infelizmente, houve uma mudança de planos de última hora.

— Só para mim?

— Só para você. Parece que o presidente pensou melhor sobre a sua... performance.

Louella debaixo da sacada. Snow lá em cima. Meus aplausos diante dos olhos de toda a Capital.

Plutarch não precisa explicar mais. É agora que vou pagar por ter passado a minha mensagem.

9

Uma coleção frágil de músculos e ossos, alguns litros de sangue, tudo embrulhado em um invólucro de pele fino como papel. Isso é tudo que eu sou. Nunca me senti tão frágil quanto ao passar pelas portas dessa fortaleza de mármore.

Meus olhos sobem pelas paredes até o teto alto da entrada. Não tem poodles nem nada laranja ali. Só mais mármore e urnas enormes cheias de buquês de flores do tamanho de arbustos.

Uma criada de avental engomado passa um espanador de penas por uma estátua nua. Quando ela me encara, seus lábios se entreabrem de pena. Ela não tem língua. É uma Avox, uma prisioneira mutilada e obrigada a servir à Capital por toda a vida sem dizer uma palavra. Será que vão tirar minha língua? O pensamento me deixa de boca seca. Morrer na ponta da espada de Panache passa a parecer sorte.

– Por aqui – diz Plutarch.

O carpete é suave como musgo e absorve meus passos como se eu já tivesse morrido e não fosse mais capaz de fazer sons. Nada além de um dos fantasmas que habitam as canções de Lenore Dove. Uma vez, ela me contou sobre quando foi presa pelos Pacificadores, do medo que sentiu no começo. Aí, ela se lembrou de que tinha lido que às vezes a única coisa que se pode controlar em determinadas situações é sua atitude.

– Eu podia decidir ficar com medo ou não, não importava o que acontecesse. Assim, continuei com medo, mas ajudou ter isso em que pensar – disse ela.

Tento fazer o mesmo, mas tem adrenalina demais correndo nas minhas veias. *Me ajuda, Lenore Dove*, penso. Mas ela não pode. Ninguém pode.

Plutarch me leva por um longo corredor em arco ladeado com pinturas em tamanho real de pessoas com roupas elegantes e antigas. Cada uma segura um objeto – uma balança, uma harpa, um cálice cravejado de rubis – que parece servir para defini-las.

Ele faz um gesto indiferente enquanto fala:

– Conheça os Heavensbee.

Espera... Os Heavensbee? Essa é a família dele? Será que essa é a casa dele?

Não há poucos Heavensbee; eles nos vigiam ao longo de vários corredores, exibindo seus bens característicos: um galho cheio de folhas, um brilhoso pássaro branco, uma espada, aquilo é uma coxa de peru? Exalando riqueza, cada um deles. Nós passamos por portas, algumas bem fechadas, outras abertas, revelando aposentos cheios de móveis elegantes e lustres cintilantes de cristal. Fora um ou outro Avox nas sombras, a casa está deserta.

Penso em quantas pessoas passaram a vida construindo este lugar, quantas morreram antes de ficar pronto, para que os Heavensbee pudessem ter onde pendurar seus quadros. Seus quadros arrogantes, satisfeitos, ridículos. Bom, os Heavensbee não riram por último. Agora também estão mortos.

Finalmente, entramos em uma sala onde um velho de barba branca segurando um livro aberto sorri no retrato acima da lareira.

— Trajan Heavensbee — diz Plutarch. — Eu sou o tatara-tatara... nunca me lembro de quantos tatara. Enfim, ele foi um dos meus avôs. O único que prestou para alguma coisa. Essa biblioteca era dele. É um bom lugar para conversar.

Conversar não é torturar, então me acalmo um pouco. As paredes entram em foco. Não estão cobertas de ferramentas para causar dor, mas de estantes altíssimas com livros. Milhares e milhares de exemplares, do chão ao teto. No canto, uma escada dourada espirala por uma coluna de mármore e leva a um mezanino que percorre toda a sala. Tem uma águia dourada empoleirada no corrimão no alto da escada.

É o sonho de Lenore Dove. Um mundo de palavras onde se esconder. Cada livro é tão precioso quanto uma pessoa, ela diz, pois preserva os pensamentos e sentimentos de alguém bem depois de ele ter morrido. O Bando tem uma coleção, coisas antigas com lombadas de couro já rachadas e papel delicado como as asas de uma mariposa. O tesouro da família.

Apesar de a maioria de nós aprender a ler e escrever na escola, não há muitos livros no Distrito 12. Às vezes, algum aparece no Prego e, se eu tiver algo para trocar, eu compro e guardo para o aniversário de Lenore Dove, não importa qual seja o assunto, considerando como é difícil conseguir um. Apareceu um guia para a criação de aves uma vez e, apesar de praticamente falar só de galinhas e ela gostar mais de gansos, Lenore Dove amou. Em outra ocasião, encontrei uma coleção de mapas de antes dos Dias Escuros, inúteis agora. Mas ganhei na loteria ano passado, com um livrinho de poemas de gente morta. Alguns ela transformou em música.

Lembro a alegria no rosto de Lenore Dove quando entreguei os poemas, os beijos que vieram em seguida, e me sinto mais forte. Eles não podem destruir o que realmente importa.

– Você lê, Haymitch? – pergunta Plutarch.

– Eu sei ler.

– Não, eu quis dizer se você gosta de ler.

– Depende do quê.

– Eu sou igual – diz Plutarch. – Ler em geral não é um passatempo popular na Capital. É uma pena. Tudo que é necessário saber sobre as pessoas está aqui nesta sala.

Ele gira uma maçaneta com formato de cabeça de bode no que achei que fosse uma escrivaninha embutida em uma das estantes. A parte de cima se abre no meio e uma bandeja cheia de garrafas cintilantes surge. Plutarch se serve de uma taça de um líquido âmbar.

– Posso te oferecer alguma coisa?

– Eu não bebo.

Mas a curiosidade profissional vence (sou produtor de aguardente, afinal), e vou examinar as bebidas. O que chamamos de destilado branco é transparente como água, mas o bar exibe todas as cores do arco-íris. Não sei se essas bebidas foram tingidas, envelhecidas ou misturadas com outras coisas, como ervas. É tudo destilado, mas cheio de firulas. As garrafas têm plaquinhas prateadas penduradas com correntinhas. Vodca. Uísque de centeio. Conhaque.

Vejo um nome que reconheço, apesar de nunca ter visto o produto. Levanto a garrafa e deixo que a luz dance pelas profundezas rosadas.

– Chama-se nepente – diz Plutarch. – Você não deve ter ouvido falar.

Engano seu, Plutarch. Não só ouvi falar, como o conheço do poema que deu nome ao meu amor. Estou cansado de serem condescendentes comigo, então decido colocá-lo em seu lugar.

— Você quer dizer como em "*Sorve o gentil nepente! Sorve-o agora...*"?

Plutarch ergue as sobrancelhas, surpreso, e completa o verso.

— "*Esquece a distante Lenora!*"

Agora eu que estou surpreso e um pouco abalado. Acho que, com tantos livros, o poema dela poderia estar por aqui. Mas ele não só ter lido, mas também decorado, me irrita. Não gosto do nome dela saindo dos lábios dele.

— Claro, não é explicado no poema se nepente é a bebida ou a droga colocada na bebida – continua ele.

Eu me lembro de ter tido essa mesma discussão com Lenore Dove. Ela disse que *sorver* significa *beber*, normalmente algo alcoólico. E o cara contando a história está tentando parar de pensar que perdeu seu verdadeiro amor.

— Acho que a parte importante é que faz você esquecer coisas horríveis – digo.

— Exatamente. Sem dúvida isso aí é só uma imitação fraca. Álcool de cereais tingido com frutas silvestres. No passado, continha de fato morfina, mas era uma coisa tão viciante que foi banida. Posso perguntar como você conhece o poema, Haymitch?

— Todo mundo conhece, no 12.

É uma grande mentira, mas quero que ele pense que nós todos aprendemos num livro, como ele.

— É mesmo? Ora. Bom, eu tenho uma coisa que você vai querer ver. Está no jardim de inverno.

Claro, no jardim de inverno. Que não faço ideia do que seja. Ele me leva por uma porta lateral, passando por um corredor estreito até um aposento cujo teto abobadado emoldura um pedaço do céu noturno. Vidro curvado forma as paredes também, e vejo um jardim com flores coloridas e árvores lá fora. Parece exagero, porque o local já é cheio de plantas que brilham no ar úmido. Pássaros voam entre as vigas, cantando loucamente. Mesinhas e cadeiras cobertas de arabescos cercam um chafariz que jorra água numa piscina. Em uma mesa, há um telefone com formato de cisne adormecido, a cabeça e o pescoço curvo formando o fone. Algo zumbe perto da minha orelha e dou um tapa para afastar.

Parece que tentaram trazer o lado de fora para dentro. Para quê? Abrir uma porta e passar por ela dá trabalho demais? O dinheiro de um trouxa nunca fica no bolso, como minha mãe diria.

– Venha dar uma olhada nisso.

Plutarch me chama até uma planta numa cesta pendurada na viga perto do telefone de cisne. De folhas verdes, compridas e brilhantes pendem casulos rosados que parecem tampinhas. Há um pouco de líquido acumulado no fundo de cada casulo. Quando inspiro o odor meio doce e meio podre, Plutarch aponta para um.

– Elas produzem um néctar. Os insetos adoram. Mas a superfície é escorregadia, de forma que eles caem no casulo e não conseguem sair. Eles se afogam e são consumidos pela planta.

– Acho que estou deixando passar alguma coisa.

Ele toca uma placa gravada na lateral do vaso. Deve ter alguém por aqui cujo único trabalho é colocar placas com os nomes das coisas. Aquela diz NEPENTE. Demoro um segundo para entender.

– Bom, não deixa de ser um jeito de afogar as mágoas – concluo.

Plutarch ri.

– Você é a primeira pessoa que entende a piada.

Lá vai ele de novo. Tentando me fazer sentir humano.

— Por que estou aqui, Plutarch? – pergunto.

Antes que ele possa responder, outra pessoa interrompe:

— Por minha causa.

Não reconheço a voz de imediato, porque sua tradicional suavidade se deteriorou até virar um som rouco e áspero. Eu me viro e vejo o presidente Snow encostado no batente da porta, secando a testa com um lenço. Novamente, fico abalado por estar na presença dele. Pelo poder de sua posição. Pelo histórico de suas crueldades. A maldade encarnada. Meu crime foi mesmo tão grande que exige um encontro em pessoa? Principalmente porque, ao observar melhor, vejo que ele não está nada bem. Está suando e ofegante, pálido como papel. Sua postura majestosa some quando ele se curva para a frente. Esta noite, apesar dos tratamentos cosméticos, ele parece ter os cinquenta e oito anos que tem.

— Ah, senhor presidente – diz Plutarch. – Está se sentindo bem? É o calor. Vamos pegar uma cadeira. – Ele corre e posiciona uma cadeira junto ao chafariz. – Minha ideia era o senhor usar a biblioteca. Está mais fresco lá. O que acha?

O presidente parece doente demais para responder. Ele dá passos instáveis na direção do chafariz e seu corpo todo se contrai por um segundo. Sangue escorre pelo canto da boca e pinga na camisa branca quando ele se senta na cadeira.

— Quer alguma coisa? Uma bolsa de gelo, talvez? – pergunta Plutarch. – Tem um toalete logo ali... – Snow se curva para a frente e um jorro nojento de vômito cai no chafariz. – Ah, tudo bem.

Que bom que não sou eu que precisará limpar isso.

Suor escorre pelo rosto pálido de Snow, mas ele não parece constrangido nem pede desculpas. Não faz nenhum esforço para disfarçar o momento de fraqueza. É quase como se quisesse que víssemos. Eu provavelmente estarei morto em breve. Será que ele está se exibindo para Plutarch?

O presidente se recosta na cadeira, ofegante.

– Quente demais.

– Certo, vamos para a biblioteca. – Plutarch levanta o presidente e passa o braço dele por cima dos próprios ombros. – Haymitch.

Não é um pedido, é uma ordem. Vou para o outro lado de Snow e prendo a respiração para não inspirar o fedor de vômito e do perfume floral que emana dele. Encostar nele nesse estado me dá um pouco de coragem. Ele é só um homem, mortal como o resto de nós. Até onde sei, pode estar com o pé na cova agorinha mesmo.

Plutarch e eu o levamos para a biblioteca e o colocamos num sofá bordado.

– O senhor precisa de um médico, sr. Presidente – aconselha Plutarch.

– Nada de médico – grunhe Snow, agarrando o braço dele. – Leite.

– Leite? Haymitch, cheque o bar. Tem leite lá, para fazer batidas. A geladeira fica à direita.

Eu não me apresso, bancando um caipira de distrito confuso que não sabe a diferença entre esquerda e direita e, mesmo depois de descobrir, não entende como abrir a porta que esconde a geladeira. Quando finalmente faço isso, vejo o leite numa jarrinha de porcelana branca. O cilindro é estampado com uma escada dourada ao redor do corpo e uma águia empoleirada na tampa. Uma réplica da escada no canto da biblioteca.

Olho por cima da porta da geladeira quando Snow tem um ataque de tosse e Plutarch o cerca.

Acho que é a melhor chance que vou ter de resistir a Snow diretamente. *Essa é para você, Louella.* Abro a tampa de águia, bebo todo o leite e limpo o bigode que se forma no lábio superior. Fecho a tampa e mostro a jarra com uma expressão de impotência.

— Está vazia.

Plutarch arregala os olhos, sem acreditar; ele sabe muito bem o que fiz. Espero que me dedure. Mas ele só murmura, exasperado:

— Esses criados!

E desaparece pela porta, gritando para que tragam mais leite. Como falei, imprevisível como um raio.

Fico sozinho com Snow, que continua tendo ânsias de vômito. É assustador ficar olhando enquanto ele parece prestes a morrer. É ainda mais assustador conseguir resistir a ajudá-lo. Antes da colheita, tenho certeza de que correria até ele. A morte de Louella mudou algo em mim. Talvez eu tenha potencial para ser campeão, afinal.

Snow engasga, vira as peras de cera de uma tigela de cristal sobre a mesa de centro e vomita de novo, agora um líquido mais preto do que sangrento. Eu me pergunto o que o velho Trajan Heavensbee acha disso. Continue sorrindo, Trajan. Ele é o presidente, afinal. A respiração de Snow se acalma. Expelir aquele último jato parece ter melhorado sua condição. Ele observa o ambiente, o retrato, a mim. Seca a boca com o lenço e o enfia no bolso.

— Às vezes, a cura é pior do que a doença — reflete ele.

— Que doença?

— Incompetência. Não se pode ignorar, senão ela se espalha.

Plutarch volta carregando outra jarra de leite.

— Tinha na sala de bilhar.

Snow toma o leite e devolve a jarra vazia.

— Mais. E pão.

Plutarch olha a tigela, agora nojenta.

— Tem certeza, senhor presidente? Às vezes, com doenças do estômago, é melhor...

— Não é uma doença. É intoxicação alimentar. Ostras estragadas. Mas estou bem melhor do que Incitatus Loomy.

— Loomy, que era o mestre do desfile? — pergunta Plutarch, fazendo uma expressão peculiar.

— Ele era? — Snow entrega a tigela a ele. — Traga-me o que pedi.

Quando Plutarch sai, Snow olha para a parede de livros à frente.

— Olha só para tudo isso. Sobreviventes. Durante os Dias Escuros, as pessoas queimavam livros para sobreviverem. Minha família certamente o fez. Mas não os Heavensbee. Eles continuaram podres de ricos, mesmo quando as melhores famílias foram reduzidas à miséria.

Snow tira uma garrafinha do bolso, abre a rolha e engole o conteúdo com um tremor.

— Tive um colega de escola, Hilarius, que era um Heavensbee. Um chorão inútil. — Ele seca os lábios inchados na manga. — Pelo menos Plutarch é útil de vez em quando, não acha?

Plutarch, útil para mim? O que Snow sabe?

— Acho que ele acredita que dá para pegar mais moscas com mel do que com vinagre — respondo.

Snow ri com deboche.

— Ah, os aforismos rústicos do Distrito 12 seguem firmes e fortes.

Não sei o que é um aforismo... algum tipo de ditado? Lenore Dove saberia. Mas dá para perceber que Snow está debochando do meu jeito de falar, mesmo não sabendo muito bem o que quer dizer.

– Eu ficaria surpreso se as coisas tivessem mudado muito por lá – continua ele. – Nada além de pó de carvão e mineiros embriagados com bebida vagabunda do Prego. Todo mundo esperando para ser tomado por aquele matagal horrível.

O insulto dele me perturba menos do que sua familiaridade com o Distrito 12. Mineiros embriagados com bebida vagabunda do Prego... isso é a nossa cara mesmo. Nosso pior lado, pelo menos.

– Venha se sentar onde eu possa vê-lo.

Novamente, não é um convite, mas uma ordem. Coloco a jarra de leite ao lado do nepente no bar e dou uma volta para me sentar em um sofá de frente para o presidente. A almofada sob o braço dele tem a mesma imagem da escadaria dourada bordada. Tudo combinadinho, como diria Maysilee.

Snow repara no acendedor, como fez na noite passada.

– É um cordão muito chamativo.

Chamativo... como um acendedor de chamas... Talvez ele tenha reconhecido o verdadeiro propósito e mande bani-lo da arena.

Ele estende a mão.

– Posso ver?

Eu pude negar isso a Maysilee, mas não ao presidente. Desamarro o nó do cadarço de couro, aperto o acendedor para o caso de ser uma despedida e o entrego.

Snow acaricia com o polegar a cabeça do pássaro e da serpente.

– Que belo par. – Ele o vira. – E tem uma inscrição.

Inscrição? Devo ter deixado isso passar na confusão do dia da colheita. Sem pedir permissão, ele tira um par de óculos do bolso do peito e inclina o acendedor para capturar melhor a luz.

— Ah, que adorável. De L.D. Quem é essa pessoa?

Mentir para protegê-la não vai adiantar. Apesar de não ter sido transmitido para todo o país, aposto que Snow viu o que aconteceu durante a colheita. Eu tentando salvar uma garota dos Pacificadores. A reação dela à minha colheita. O 12 é um distrito pequeno. Se ele quiser, vai encontrar minha namorada.

— Lenore — digo.

— Mas Lenore o quê? Não, não me diga. Vou adivinhar. D... D... Essa é difícil. Imagino que não vá ser nenhuma das possibilidades óbvias. Raramente é. Não tem muitas cores que começam com essa letra. Dourado. Damasco. Mas não, não é bem por aí. Talvez algo inspirado na natureza? Como *Amber* ou *Ivory*. Dália... dente-de-leão... diamante? Não, nada disso é cor também. Tudo bem, não faço ideia. Lenore o quê?

O leite azedou no meu estômago com as reflexões dele e o que elas revelam. Snow sabe que Lenore Dove é do Bando; só eles batizam as crianças dessa forma. O primeiro nome vem de uma cantiga, o segundo de uma cor. Amber e Ivory são sobrenomes que existem de verdade. Como ele está familiarizado com esse fato obscuro sobre um grupo de músicos no distante Distrito 12? Informantes da Capital?

— Dove — respondo.

— Dove! — Ele bate na testa. — Dove. Mas sempre ouvi "cinza-dove". É meio que uma trapaça. Mas quem poderia resistir, quando dá para fazer referência à cor e ao pássaro? E nós sabemos como eles são com pássaros.

Ele volta a olhar o acendedor. Atrás, em caligrafia minúscula, estão as palavras que deixei passar. *Para H. Eu te amo feito chama-ardente. L.D.*

— Você sabe algo sobre pombas, Haymitch?

— Elas são tranquilas.

— Se forem, são a exceção. Todos os pássaros que conheci são cruéis. — Um filete de saliva com sangue escorre da boca de Snow. — Aposto que sei uma ou outra coisa sobre a sua pombinha.

— Tipo o quê?

— Que ela é uma coisinha linda de se olhar, que anda por aí usando cores fortes e canta como um tordo. Você a ama. E, ah, ela parece te amar muito. Só que às vezes você fica na dúvida, porque os planos dela não o incluem.

Não exatamente, mas chegou bem perto. Penso no seu olhar que fica fora de foco quando fala sobre a estrada, a vida do Bando e uma espécie de liberdade que não tem nada a ver comigo. Pior, penso em Clay Chance e o fogo debaixo do palco da colheita, e no fato de que existe uma parte de Lenore Dove que ela se recusa a compartilhar comigo. Ela diria que era para me proteger, mas talvez só não confie seus segredos a mim.

— Ela me ama — insisto.

— Sem dúvida ela diz que sim. Mas, acredite, romanticamente falando, você está se livrando de uma boa com os Jogos.

— Então eu deveria agradecer a você?

Snow ri.

— Deveria. Embora talvez não por isso.

— Pelo quê? Você está me mandando para morrer nos Jogos.

— Sim, seu comportamento garantiu isso.

Aí está, caso eu ainda tivesse algum fiapo de esperança. Direto da fonte. Com ou sem aliados, meus dias estão contados.

— O lado bom é que, com você fora da jogada, Lenore Dove e a sua família devem ficar livres para ter vidas longas e felizes.

Mesmo que a segurança deles seja minha maior preocupação, o lembrete de Snow de que o futuro deles não vai me incluir é, como Maysilee diria, "especialmente cruel".

Snow seca a saliva com o punho da camisa.

– Mas há muitas maneiras de morrer na arena. Você pode levar uma facada, ser estrangulado ou morrer de sede. As mortes nas garras de um bestante tendem a ser as mais memoráveis. Nós temos algumas belezinhas este ano. Programáveis para ir atrás de tributos específicos. E bem mais assustadoras do que as doninhas.

Ele viu, então. Nossa conversa na cozinha, onde revelamos nossos últimos desejos.

– Eu não tenho poder sobre isso.

– Não, mas eu tenho. E vou orquestrar a sua morte com base no seu comportamento daqui em diante. Você decide o que quer que Lenore Dove, sua mãe e aquele seu irmãozinho adorável vejam. Pode morrer de uma forma rápida e justa, ou podemos abrir os Jogos com a morte mais lenta e agonizante que qualquer tributo já teve. E sim, você deveria me agradecer por lhe dar uma escolha.

Eu encaro aqueles olhos azul-claros.

– Acho que você me pegou.

– Não se sinta mal. Você está em boa companhia. Sabe, a minha família tem o próprio aforismo.

– E qual é?

– Snow cai como a neve, sempre por cima de tudo. – Sem tirar os olhos de mim, ele chama: – O pique-esconde acabou! Pode se juntar a nós agora!

Quem ele está chamando? Meus torturadores, para reforçar a ameaça?

– Portanto, chega de passeios de carruagem não autorizados, eu diria. Chega de debochar de mim, na frente ou longe das câmeras – continua ele. – E tenho um presente de aniversário atrasado para você. Quero que seja recebido com a devida gratidão.

Ele inclina a cabeça na direção da estufa.

Parada na porta está Louella McCoy.

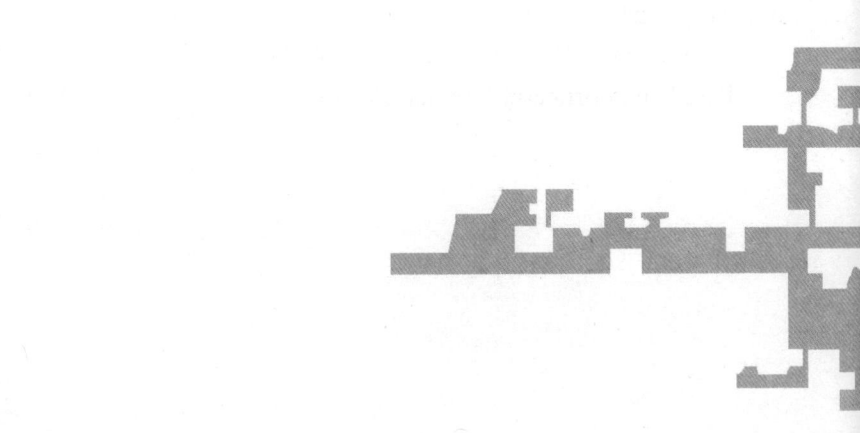

PARTE II

"O MALANDRO"

10

Meu coração dá um salto, depois afunda como uma pedra. Sinto o crânio afundado de Louella vazando sangue quente na minha mão. Vejo seus olhos vazios. Ela estava morta, de um jeito que não tinha volta. Então, quem é essa garota na porta?

Ela realmente se parece com Louella. Mesmo tamanho, mesma altura. Rosto em formato de coração, grandes olhos cinzentos, tranças escuras compridas. As unhas estão roídas, e tem uma cicatriz na testa que é igual à que a verdadeira Louella conseguiu ao cair da nossa cisterna. Está usando o traje de treino do Distrito 12, como se tivesse se vestido no apartamento com a gente hoje de manhã. O colar de contas roxas e amarelas de Maysilee pende do seu pescoço. Todos os itens se encaixam.

Mas ela não é Louella. Assim como sabemos só de olhar que as peras de cera na mesa não têm sumo, essa garota não tem a essência de Louella.

– Pode entrar. Você conhece Haymitch – diz o presidente.

A falsa Louella vai até a ponta da mesa.

– Olá, Haymitch.

O sotaque é só um pouco estranho, mas o cumprimento a entrega. Louella é o tipo de garota que diz "Oi, Hay" ou "Como tá?". Suas bochechas também são estranhas. Parece que injetaram alguma coisa no rosto dela para deixá-lo mais arredondado. O principal é que ela não me olha nos olhos, coisa que a minha queridinha nunca deixava de fazer.

– Quem é você? – pergunto.

Ela olha para as peras espalhadas na mesa com olhos desfocados.

– Meu nome é Louella McCoy. Eu sou do Distrito 12.

– Não é, não – digo, e me dirijo a Snow. – Ela não é a Louella. Qualquer um consegue ver.

– Duvido. A família, talvez alguns amigos próximos. Ninguém exceto a plateia bêbada no desfile testemunhou o acidente. As pessoas vão acreditar que ela é Louella. Principalmente porque você vai estar ao lado dela, orientando-a, como o bom aliado que é. Uma dupla perfeita no que estou determinado que seja um Massacre Quaternário perfeito.

Agora eu entendo. As pessoas que viram o acidente ao vivo vão ouvir que Louella se recuperou. Incitatus Loomy, o mestre do desfile, foi morto por sua incompetência. Envenenado por um prato de ostras ao qual Snow, de alguma forma, conseguiu sobreviver. E depende de mim e dessa falsa Louella acobertar a história da pior vítima da noite.

Plutarch entra apressado na sala com um copo de leite e um prato de pãezinhos. E para quando vê Louella.

– Essa é...?

– Louella McCoy – completa Snow. – Ah, o meu pão.

Ele dá uma mordida e solta um grunhido de aprovação.

– Fresco. Acho que acabamos aqui. Queira levar nossos tributos de volta ao alojamento deles. Louella, esse é Plutarch.

– Olá, Plutarch.

– Olá.

Ele não consegue parar de encará-la.

– Ela é uma boa dublê. Nós tivemos sorte – comenta Snow.

– Sim, senhor presidente. É mesmo. Por aqui, pessoal.

A falsa Louella e eu seguimos Plutarch por alguns corredores cheios de ancestrais antes de voltarmos a falar.

– Eu não sabia de nada disso. Ele só falou que queria conversar com você.

– Certo. Quem é ela?

– Se eu tivesse que apostar... filha de traidores. Pode ser de algum distrito ou da Capital. Talvez nem ela saiba. Sem dúvida a programaram. Deve estar drogada também.

A falsa Louella se manifesta.

– Olá, Plutarch. Meu nome é Louella McCoy. Eu sou do Distrito 12.

– Então, ele vai mandar essa garota para a arena, e ela vai morrer nos Jogos? – pergunto.

– Parece ser este o plano – admite Plutarch. – Eu não aprovo.

– Meu herói. Espero ser que nem você quando crescer. Ah, peraí, isso não vai acontecer.

Uma van de Pacificadores está esperando na entrada. Entro antes que possam me algemar. A falsa Louella entra a seguir e se senta no chão.

– Olá, Haymitch. Meu nome é Louella McCoy. Eu sou do Distrito 12.

– Ela vai fazer um sucesso danado na entrevista – comento com Plutarch, e bato a porta eu mesmo.

Durante todo o caminho de volta, no escuro, fico morrendo de medo de ela me tocar. Eu a odeio, e odeio o que sua presença vai exigir de mim, apesar de saber que nada disso é culpa dela.

No apartamento, Maysilee, Wyatt e nossas mentoras esperam por mim na sala. Quando entro com a falsa Louella, há um arfar geral de surpresa.

Eu a apresento a cada pessoa.

— Esses são Maysilee e Wyatt. E aquelas ali são as nossas mentoras, Mags e Wiress.

A falsa Louella fixa o olhar na ponta das próprias botas.

— Olá, Maysilee, Wyatt, Mags e Wiress.

— Mas eles não podem ter... — começa Wyatt. — Quem é você?

— Meu nome é Louella McCoy. Eu sou do Distrito 12.

Depois de uma longa pausa, Maysilee diz:

— Essa coisa aí não vai dormir no meu quarto.

Mags gesticula para que Maysilee se cale.

— De onde ela veio?

— O presidente Snow nos apresentou na biblioteca de Plutarch Heavensbee. Ela foi drogada ou programada, ou sei lá. Nós temos que fingir que ela é a Louella de verdade para as câmeras. Não tenho a menor ideia de quem ela é.

— Ela é um marshmallow velho — diz Maysilee. — E nós temos que vendê-la.

— Está com fome? — pergunta Mags, tocando no ombro da falsa Louella. A garota se encolhe, depois a encara, confusa. — Vamos comer alguma coisa, todo mundo.

Nós nos reunimos em volta da mesa da cozinha, onde Wiress serve um ensopado em pratos fundos. Mags coloca uma colher na mão da falsa Louella, que a pega com a mão fechada, passa o braço em volta do prato num gesto protetor e começa a devorar o ensopado enquanto sons baixos e chorosos escapam dos seus lábios.

— Fizeram a menina passar fome — comenta Wiress. — Entre outras coisas.

Ela tem razão. Os pulsos de Louella eram finos, mas os da falsa Louella estão mais para esqueléticos. Não me admira que tiveram que preencher o rosto dela. A raiva irracional que senti por essa garota se dissolve em pena quando ela ergue o prato para lamber o fundo que nem um cachorro.

– Quer mais um pouco? Tem bastante – diz Mags.

– Pão? – Wiress oferece a ela uma cesta de pães variados.

A falsa Louella olha com fascinação para o que lhe é oferecido e pega um pão escuro em formato de meia-lua pontilhado de grãos. Ela o leva ao nariz e inspira o aroma, sua respiração curta e rápida.

Wiress e Mags trocam um olhar.

– Você é do Distrito 11, criança? – pergunta Mags com uma voz suave.

A falsa Louella começa a chorar, apertando o pão nos lábios e tentando proteger a orelha.

– Está tudo bem, pequena. Venha comigo. – Mags passa o braço em volta da garota e a leva para fora da cozinha.

– Não importa quem ela seja, acho que está com a gente agora – diz Wyatt.

Fico surpreso por ouvir uma coisa tão gentil vindo de alguém que calcula probabilidades de apostas, mas todos nós sentimos a mesma coisa. Não podemos causar mais sofrimento à falsa Louella. Acho que vou me esforçar para cuidar dela, tentar pensar nela como outra pombinha do Distrito 6.

– Você tem razão – respondo. – Mas não consigo chamar ela de Louella.

– Algo muito diferente pode deixar ela mais confusa – avisa Wiress.

– Que tal Lou Lou? – sugere Maysilee. – Eu tinha um canário com esse nome.

Eu já sabia disso porque Lenore Dove ouviu falar e ficou furiosa por prenderem um pássaro numa jaula, especialmente um pássaro canoro. Mas isso não parece motivo para rejeitar o nome.

— Acho que consigo usar esse — respondo.

Louella McCoy não combinava nada com Lou Lou.

Mags volta, perturbada.

— Eu a coloquei na cama. Tem um dispositivo preso no peito dela, aplicando alguma droga, acho. Fiquei com medo de tirar. Poderia matá-la. Já vi uma coisa parecida.

— Por que você achou que ela era do 11? — pergunta Maysilee.

— O pão que ela escolheu. De sementes. É de lá.

A chegada de Lou Lou acabou com o ânimo que ganhamos com a formação dos Novatos. Duas horas atrás, tínhamos uma direção clara, mas o presente de Snow nos lembrou de como somos frágeis e de que é inútil nos opormos a ele. Não consigo lembrar qual era nosso plano fugaz, nem por que ele importava. Jantamos em silêncio, cada um ocupado com os próprios pensamentos lúgubres.

Lúgubre. Lenore Dove que me ensinou essa palavra. Está no primeiro verso da canção dela. O que eu não daria para vê-la mais uma vez...

Houve um momento, quando Snow disse que tinha um presente para mim, em que achei que seria Lenore Dove. Pensei nisso por tudo que ele falou sobre o acendedor e o Bando. Mas que bom que não era. Ela está muito mais segura naquele "matagal horrível" do 12.

Mags e Wiress tentam nos botar de volta nos eixos. Depois do jantar, nos reunimos na sala e contamos como foi o dia. Mags parece satisfeita com a aliança e nos encoraja a continuar. Me sinto melhor de ter me juntado a Wyatt e Maysilee também. Wyatt é mais honrado do que seria de esperar, considerando sua família, e Maysilee ganhou muitos pontos ao ajudar os outros tributos com seus símbolos.

Wiress pergunta se captamos alguma pista sobre a arena no treinamento.

– Lonas – responde Wyatt sem hesitar.

– Tipo... panos de plástico? – pergunto.

– É. Você viu a barraca daquela mulher? Ela só ficava mostrando um monte de coisas que dá para fazer com uma lona. Usar como poncho, coletar água de chuva, transformar em mochila. Me fez pensar que vai ser molhado lá dentro. Porque, nas minas, nós usamos lonas para deixar as coisas secas.

– Eu acho que você pode estar no caminho certo – diz Wiress. – E você, Maysilee?

– Eu não fui a muitas barracas. Fiquei ocupada fazendo símbolos. Tentando combinar com as roupas das pessoas. Mas sabe isso de todo mundo usar cores diferentes? São as mesmas cores das carruagens de ontem. O 10 usa vermelho, o 8, pêssego. E, se eles nos vestirem assim na arena, o que talvez façam, para ajudar o público a nos identificar, estar de preto pode ser bem positivo. Principalmente à noite. Talvez a gente consiga se deslocar para pegar comida ou outras coisas enquanto o pessoal dos outros distritos vai ter que se esconder.

– Isso também é bom – comenta Wiress. – Haymitch, você reparou em alguma coisa?

– Bom, agora estou reparando em como Wyatt e Maysilee são bons em reparar nas coisas. Eu preciso prestar mais atenção. Mas tem uma coisa. – Eu conto sobre Beetee e as batatas, explicando tudo errado na parte da ciência. – A única coisa que tiro disso é que pode estar escuro e tubérculos podem ser úteis.

– Se estiver molhado, como Wyatt acha, pode não haver madeira seca, e acender uma fogueira para nos iluminar não seria uma opção, o que nos levaria a usar as batatas – comenta Maysilee.

Wyatt pensa no assunto.

— Ou talvez a gente vá precisar cavar para encontrar comida.
— Essa é uma conexão interessante — aponta Mags.
Ele dá de ombros.
— Não é nada de mais. Meu trabalho é cavar.
Na hora de dormir, paramos diante do quarto das meninas e observamos Lou Lou dormir, sem saber o que fazer.
— Eu posso trocar de cama com você — digo para Maysilee.
— Não. Tudo bem.
— A gente pode dormir no chão — oferece Wyatt. — Provavelmente vai ser mais parecido com a arena mesmo.
Então é isso que fazemos. Mags ajuda Wyatt e eu a levarmos nossa roupa de cama e algumas almofadas do sofá para lá, e montamos camas no chão.
— Vocês acham que a gente devia treinar ficar de vigia? — pergunta Maysilee quando estamos prontos para apagar as luzes.
— Boa ideia. Eu vou primeiro — digo, e me sento de pernas cruzadas com um cobertor no colo.
Mags vê como Lou Lou está uma última vez, nos deseja uma boa noite e apaga as luzes antes de fechar a porta.
Depois de um tempo, Wyatt pega no sono e começa a serra elétrica. Maysilee está tão coberta que não dá para ver seu estado. Minhas costelas estão doendo, e me recosto na cama de Lou Lou, estico os braços e os apoio no colchão dela.
Lou Lou se remexe com agitação, e eu a ouço murmurando alguma coisa, mas não identifico as palavras. E nem quero saber. Coisa boa não vai ser. Exausto, começo a cochilar, mas levo um susto quando sinto dedos gelados segurando os meus. Dormindo, Lou Lou rolou de lado. Ela se agarra à minha mão com força, a pulsação acelerada como o coração de um filhote de passarinho.

Eu me lembro de Louella segurando a minha mão no trem e resisto ao impulso de me afastar.

– Está tudo bem, Lou Lou – sussurro, dando uns tapinhas leves na lateral do corpo dela. – Ninguém aqui vai te machucar.

Eu poderia tentar uma cantiga para acalmá-la, mas não quero acordar os outros. Também não canto muito bem, e deveria estar treinando a vigília para a arena. Penso em como Lenore Dove canta para mim às vezes. Com saudades dela, fecho os olhos por um momento e deixo que sua voz me encontre...

> *Eu, caindo de sono e exausto de fadiga*
> *Ao pé de muita lauda antiga,*
> *De uma velha doutrina, agora morta,*
> *Ia pensando, quando ouvi à porta*
> *Do meu quarto um soar devagarinho,*
> *E disse estas palavras tais:*
> *"É alguém que me bate à porta de mansinho;*
> *Há de ser isso e nada mais."*

Acordo num sobressalto. Aquilo foi uma batida? Ou um sonho?

A faixa de luz pela fresta da porta, os números no relógio da mesa de cabeceira, até a luz verde piscante do dispositivo na parede (uma câmera? Um detector de fumaça? Um termostato?) sumiram. Só o brilho suave das luzes da Capital que passa pelas persianas quebra a escuridão total. O zumbido constante do apartamento silenciou; o silêncio não é rompido por máquinas vibrando nem por correntes suaves. Ao longe, um carro buzina. E mais nada. Debaixo do cobertor, estou suando. O ar quente e estagnado tem cheiro de cisterna vazia e de comida velha.

E tem mesmo alguém batendo na porta do quarto. Baixinho. Ouço a maçaneta girando, a madeira roçando no carpete.

Uma figura aparece na porta, segurando uma coisa que emana um fino raio de luz. É um par de batatas cozidas, conectadas a uma lâmpada minúscula. Beetee leva o indicador aos lábios e me chama com um gesto da cabeça. Tomando o cuidado de não acordar ninguém, solto a mão de Lou Lou e saio do quarto. Quando nos afastamos da porta, Beetee e eu falamos em sussurros.

– O que você está fazendo aqui? – pergunto.

Ele está meio sem fôlego.

– Eu subi pela escada de serviço do terceiro andar. Wiress cortou a energia do prédio. As câmeras de segurança estão desligadas. Ela estima que temos uns dez minutos. Você estava falando sério sobre quebrar a arena?

– Estava! Só me diz o que preciso fazer. O que quebra uma máquina?

– Em geral, o tempo. Com ele, vem fadiga, desgaste, erosão, deformação. Mas não temos o privilégio do tempo, então precisaremos de uma abordagem diferente. Você viu a arena de Wiress, ano passado. Já se perguntou como ela era controlada?

– Da Capital, certo? A sala de controle aparece durante os Jogos...

– É, eles mostram os comandos sendo emitidos, e alguns podem ser acionados remotamente. Mas, hoje em dia, existe também um andar na própria arena para os Idealizadores dos Jogos, no qual eles podem executar certas ordens. Um andar subterrâneo inteiro, apelidado de Sub-A, que nunca mostram para a audiência, porque destrói a ilusão de que a arena é controlada remotamente. No Sub-A, eles executam tarefas manuais, como soltar as bestas ou organizar um banquete. Vocês serão levados para a arena a partir de lá, daqui a alguns dias.

Mas tudo isso é secundário em relação ao trabalho principal: gerenciar um computador que é essencial para o controle dos Jogos. Esse é o alvo da nossa equipe. O cérebro da arena.

Durante toda a vida, assisti aos Jogos sem questionar como as arenas funcionavam. Não sei como eu achava que poderia quebrar uma: cortar um cabo ou alguma outra coisa com um machado? De qualquer modo, não envolvia um computador subterrâneo que, mesmo que eu pudesse alcançar, não saberia quebrar... a menos que pudesse partir para cima dele com o tal machado.

Mas Beetee mencionou uma equipe. Talvez eu possa ser a força bruta, e Ampert possa executar a outra parte.

– Então nós vamos tentar encontrar esse computador e tirar da tomada? Inserir comandos fajutos?

Beetee balança a cabeça.

– Seria praticamente impossível qualquer um de vocês chegar até lá. O computador fica numa área restrita, protegida por sistemas de segurança de alta tecnologia. Mas o cérebro só pode funcionar se as outras partes do corpo estiverem saudáveis. Como esse prédio, hoje. Sem eletricidade, o local morre.

– Nós vamos cortar a energia?

– Ah, não, Haymitch. Mesmo se conseguíssemos, eles têm um gerador de emergência enorme, fora da arena em si.

– O que vai ser, então?

– Nós vamos inundá-la.

11

— Inundar? — Acho que Wyatt estava certo sobre a arena ser molhada. — Como?

— A arena tem a capacidade de inundar a si mesma. Criar aquele ecossistema exige eletricidade, sistemas hidráulicos, aquecimento, resfriamento, ventilação, tudo que a sua casa teria — diz Beetee.

— A minha casa não tem metade dessas coisas. A sua tem? — pergunto.

— Eu moro na Aldeia dos Vitoriosos agora, então sim, tem.

Há uma Aldeia dos Vitoriosos no Distrito 12 também. Uma dúzia de casas chiques onde as pessoas que vencerem os Jogos podem morar pelo resto da vida. Burdock e eu costumávamos ir até lá e espiar pelas janelas, em noites de verão. Ao luar, dava para ver o suficiente para perceber que havia móveis, lustres e banheiras como as da Capital. Mas a aldeia foi construída depois da nossa única campeã, então ninguém nunca morou lá.

— O que quero dizer — continua Beetee — é que, por pelo menos algumas semanas, a arena tem que ser capaz de sustentar os tributos e manter o cenário. Eu não vi o projeto da arena em si, mas, um ano atrás, quiseram que eu desse uma olhada na planta do Sub-A. Na parte norte da arena, há um tanque de água enorme logo abaixo da superfície. Arenas precisam de muita água para formar lagos, criar tempestades, apagar incêndios. Esse reservatório parece ser especialmente volumoso.

— Então, se o computador é o cérebro, isso aí seria a bexiga — digo.

Ele solta uma risada.

— Sim. Exatamente. E, quando a bexiga rompe, o cérebro é inundado e fica inoperável.

Meu cérebro também está começado a ficar inundado.

— Mas... se eu não posso alcançar o cérebro, como vou alcançar a bexiga?

— Por toda a arena, alçapões conectam a superfície a corredores de serviço abaixo. Você mesmo vai entrar na arena por um desses. Os alçapões são usados pelos Idealizadores dos Jogos para introduzir elementos na arena. Você vai chegar aos corredores de serviço passando por um portal das bestas.

— Um portal das bestas — repito.

— Sim. A planta mostrava dezenas deles. O programa deste ano deve ter o foco em bestas.

Tento não pensar nas doninhas.

— Tudo bem, então tenho que encontrar um portal das bestas, descer para o corredor de serviço...

— Localizar o tanque e fazer um buraco nele para liberar a água. A gravidade deve cuidar do resto. Vai inundar o Sub-A de forma natural.

Eu me sinto atordoado.

— Tudo bem, espera aí. Isso é coisa à beça. Como vou fazer um buraco no tanque? Você vai me mandar lá para dentro com explosivos?

— Não vai ser só você. Ampert vai ajudá-lo.

Ao mencionar o filho, a voz dele enfraquece e um espasmo de dor surge em seu rosto.

177

— Esse plano parece... bem perigoso – comento. – Talvez eu consiga fazer isso sem ele.

Pela primeira vez, o sofrimento rompe a fachada controlada de Beetee.

— Ele foi colhido para ser morto, Haymitch! Para me punir! Não consigo pensar num cenário realista em que isso não aconteça. Só posso torcer para que a morte dele seja rápida e que não seja em vão.

Eu sei que ele tem razão. Mesmo sem esse plano louco de quebrar a arena, Ampert está marcado para morrer, assim como eu. Se os Carreiristas não o matarem, os Idealizadores dos Jogos vão fazer isso.

— Sinto muito. Vou tentar cuidar dele lá dentro.

— Não deixe que ele sofra – sussurra Beetee.

— Vou fazer o que puder – prometo.

— Isso já é um grande consolo para mim. Obrigado. – Ele limpa os óculos e os coloca no lugar com firmeza. – Então, você sabe usar explosivos?

Por mais estranho que pareça, sei alguma coisa a respeito. Temos aula de produção de carvão. Normalmente é um saco. Mas, como somos os futuros mineiros de Panem, aprendemos como o carvão é minerado, o que pode envolver colocar explosivos num buraco na pedra, inserir um detonador com um longo pavio embutido e acender. Treinamos com explosivos falsos. Inertes, é como chamam. Os de verdade podem matar.

— Eu sei o básico – respondo. – Para as minas de carvão. Mas onde vou conseguir pavio e...

— Estamos trabalhando nisso agora. Em como contrabandear materiais e passar pela segurança. Mas, diferentemente dos componentes usados nas suas minas, que, como tenho certeza que você sabe, podem ser mortais, criei esses para serem seguros. Não podem ser detonados acidentalmente, nem por você nem por nada. Para detoná-los, você vai precisar montar a bomba inteira de forma exata e acender o pavio com fogo.

– Isso me deixa um pouco mais calmo. Não quero um detonador explodindo em cima de mim antes da hora de fazer o buraco no tanque.

Meus dedos encontram o acendedor. A voz de Lenore Dove ecoa da Campina. *"Só que não precisa nem de uma pederneira. Qualquer pedra decente que faça faíscas, tipo quartzo, serve."*

– Você acha que vai ter pedras lá dentro? Sílex ou quartzo? – pergunto.

– Possivelmente. Posso tentar descobrir. Por quê?

– Se tiver, eu consigo cuidar dessa última parte. – Pego o cordão e exibo meu presente. – Um acendedor.

Beetee parece impressionado.

– Muito inteligente. Nunca subestime o 12, é o que sempre digo.

– É mesmo?

Seria legal se alguém dissesse algo positivo sobre nós, para variar.

– Sim. Vocês não pensam como o resto de nós. Conseguiram manter sua identidade melhor do que nós, apesar da Capital.

– Eles nos consideram animais. Isso ajuda.

Wiress aparece, nos dando um susto.

– Melhor encerrar a conversa. Uma equipe de manutenção acabou de chegar. A luz pode voltar a qualquer momento agora.

– Depois nos falamos mais. Não conte a ninguém o que conversamos.

Beetee some no escuro.

– Melhor você voltar para a cama – diz Wiress.

Retorno à minha vigília no quarto. Depois de alguns minutos, a energia elétrica volta com um sopro de ar frio e uma constelação de luzes. As instruções de Beetee se misturam no meu cérebro. Com o que acabei de concordar? Portal das bestas... bexiga... explosivos...? Como vou conseguir fazer isso? A dúvida me consome. Acho que eu devia só cuidar do fogo, e Ampert, dos explosivos. Mas ele tem força física para dar conta do portal das bestas e da subida? E se eu conseguir mesmo? E se quebrar a arena?

Lenore Dove amaria ficar sabendo que superei a Capital e impedi os Jogos, ao menos este ano. Há certa glória nisso. Dignidade. E se eu usasse o acendedor dela para isso? Seria como se tivéssemos feito juntos. Pintado um pôster que ninguém pode ignorar. Levado a melhor sobre a Capital e forçado seus cidadãos a nos verem como algo além de animais irracionais.

– Haymitch? – Maysilee se mexe. – Eu fico de vigília agora.

– Tudo bem. Obrigado.

Ela não parece sonolenta. Ou acordou num sobressalto ou nem adormeceu.

– Está tudo bem? – pergunta ela.

Eu me pergunto se ela me viu sair, se tentou ouvir minha conversa com Beetee, mas não posso falar sobre isso. Quanto menos gente souber do plano, melhor e, embora eu goste mais de Maysilee na Capital do que gostava no 12, não somos confidentes.

– Bom, a energia acabou, mas parece que já consertaram – respondo. – Boa noite.

Eu me encolho nos meus cobertores e finjo dormir até realmente pegar no sono.

De manhã, me vejo tentado a compartilhar o plano de Beetee com os outros. Parece desonesto não contar. Lou Lou, porém, é distração suficiente para me impedir de confessar tudo. Nós decidimos que o jeito mais simples de lidar com a situação é fingir que, embora a Capital tenha conseguido milagrosamente curar Louella, ela ficou ruim da cabeça. Estamos contando com o fato de que nenhum dos outros tributos passou tempo suficiente com ela para perceber a diferença entre a nossa verdadeira Louella e sua dublê.

Lou Lou parou de desviar os olhos de nós e passou a nos observar constantemente, como se estivesse tentando montar um quebra-cabeça. Ela puxa muito a própria orelha, o que me faz questionar se está sentindo dor, porque era o que Sid fazia quando tinha dor de ouvido. Quando ela vai ao banheiro, Wiress diz:

– Eu acho que ela tem um implante de áudio. Provavelmente um transmissor de via dupla.

– Por quê? – pergunta Wyatt.

– Para que possam dizer a ela o que falar. Orientar seu comportamento.

– E ouvir o que ela ouve – completa Mags.

Ela não precisa explicar as ramificações disso. Não devemos contar nenhum segredo a Lou Lou. Mas tem um lado positivo nisso. Podemos ganhar alguma vantagem contando mentiras. Durante os Dias Escuros, a Capital nos espionava com gaios tagarelas, bestantes que pareciam pássaros comuns, mas gravavam as conversas dos rebeldes e as repetiam palavra por palavra. Nós descobrimos isso e fornecemos informações falsas. A Capital soltou os gaios tagarelas no fim da guerra, pensando que morreriam, o que acabou acontecendo mesmo, mas não antes de terem criado uma nova espécie ao cruzarem com tordos puros, o que gerou os preciosos tordos de Lenore Dove. Agora, acho que Lou Lou é nossa pequena gaio tagarela.

Quando nos juntamos aos outros Novatos no ginásio, Lou Lou atrai alguns olhares confusos, mas todos parecem acreditar que ela é a nossa garota, só que com danos cerebrais. Ninguém conhecia Louella nem deu mais do que uma rápida olhada nela, afinal.

– Vocês precisam tomar cuidado com o que dizem perto dela – avisa Maysilee a todos. – Ela não é mais a mesma, e pode repetir o que foi dito para qualquer um.

Quando nos separamos para treinar, Wyatt aceita ficar com Lou Lou. Isso ajuda, porque não preciso de um gaio tagarela no momento.

Ampert chama a minha atenção e nos afastamos do resto do grupo. Não sei quanto Beetee contou a ele sobre o plano da arena. Mas, antes que eu possa tocar nesse assunto, ele diz:

– Meu pai falou que temos que fazer o Distrito 9 entrar na nossa aliança.

Vemos os tributos de amarelo ali perto, na cabine que ensina a construir abrigos.

– Por algum motivo específico? O 5 e o 11 ainda não se comprometeram, e parecem mais fortes.

– Meu pai só disse que eles eram essenciais. Tentei no primeiro dia, mas eles me dispensaram. Não sei se me acham metido.

– Você? Por que achariam isso?

– Porque sou do Distrito 3. Porque sei coisas de tecnologia, talvez. O pessoal do 9 é do campo. Acho que eles não têm muito estudo, e todo mundo sabe que a gente tem. As pessoas nos chamam de cabeçudos.

– Cabeçudo não é tão ruim.

– Também não é bom. De qualquer modo, não consegui chegar a lugar nenhum com eles. Eles não são de conversar.

Que nem o meu pai, penso. Ele era bem inteligente, só não sentia necessidade de compartilhar todos os pensamentos que surgiam em seu cérebro. E também não confiava muito em pessoas que faziam isso. Muitos mineiros são assim.

– Eu vou tentar – digo a Ampert. – Por que você não tenta de novo com o pessoal do 11?

Na metade do caminho até a cabine, Maysilee me intercepta.

– O que está acontecendo?

Ela poderia estar perguntando de muitas coisas, principalmente se tiver ouvido a conversa da noite passada. Decido ser direto.

– Estou indo falar com o Distrito 9.

– Eles precisam de ajuda com os símbolos?

Nós olhamos para lá, avaliando a situação dos símbolos deles. Cada um usa um colar de grama trançada com um pingente de girassol do tamanho de um punho.

Maysilee responde à própria pergunta.

– Ah, minha nossa, sim. Aqueles negócios são horríveis. Mas precisamos admitir que pelo menos eles tentaram, coitadinhos. Acho que só tinham acesso a massa de modelar de sal.

Eu sei o que é. Uma vez, na casa de Burdock, a mãe dele misturou farinha, sal e água e fez uma massa, e nós, crianças, modelamos animais e estrelas e outras coisas. Era desperdício demais para a minha família, mas os Everdeen podiam se dar àquele luxo por serem caçadores e terem uma renda um pouco maior. Mas nada que chegasse perto dos Donner.

– É – digo. – Acho que o ouro deles acabou.

Maysilee vai na direção do 9, mas entro na frente dela.

– Para. Nós precisamos deles, Maysilee. E não posso correr o risco de você insultar todo mundo achando que está ajudando. Os símbolos deles não são tão ruins, também. Só meio...

Tenho dificuldade de descrever as flores nodosas e de cores fortes.

– Espalhafatosos. Pesados. Vagabundos.

– Aham. E é por isso que eu vou sozinho.

Ela dá de ombros e se afasta, mas não muito. Só vai até uma cabine próxima, que ensina preparação de comida. Esfolar esquilos, fazer pão no carvão da fogueira, assar coisas num espeto. Como se estivéssemos indo para um acampamento.

Chego à cabine que ensina a fazer abrigos a tempo de participar de uma sessão com os quatro tributos do Distrito 9. Não consigo deixar de pensar no que Mags disse, que é provável que a gente não possa ficar parado no mesmo lugar por muito tempo. Mas talvez eu consiga montar alguma coisa depressa no caso de tempestade.

Apesar de a estação não ser dedicada apenas a lonas, elas realmente têm destaque. Dá para fazer um abrigo amarrando uma entre duas árvores. Ou prendendo uma corda entre duas árvores, botando a lona por cima e prendendo a barraca com pedras. Ou encontrando uma árvore caída, encostando galhos nela e cobrindo com a lona. Ou construindo um triângulo de galhos e jogando a lona por cima. Duas lonas? Cubra o chão com uma delas. Se não houver lonas na arena, os tributos vão ficar bem decepcionados.

Outras dicas incluem usar sua arma, de preferência um machado ou uma faca, para cortar arbustos e galhos ao redor, então procurar uma superfície plana para esticar sua lona, de forma que, se chover, a água escoando não te deixe encharcado.

A ideia é trabalharmos sozinhos, então cada um recebe uma lona e tenta. Uns seis postes verticais e uma coluna grossa caída no chão fazem as vezes das árvores. Construo uma barraca prendendo uma corda entre dois troncos e botando uma lona por cima enquanto observo silenciosamente o Distrito 9.

Seus rostos ainda estão cicatrizando da última queimadura de sol adquirida no distrito deles. Suas mãos são calejadas, capazes. Os braços, esguios e musculosos. Eles têm uma eficiência silenciosa. Mesmo sem a diretiva de Beetee, vejo que seriam bons aliados.

Bem quando estou me aproximando de dois deles na pilha de pedras, Panache surge do nada. Todo cheio de si, ele pega uma lona e alguns gravetos, apesar de sequer ter assistido à aula, e ocupa o meio da floresta falsa. A instrutora franze a testa, porque também o odeia na hora, e sinto o Distrito 9 se deslocar, de forma a não ficar na linha direta dos olhos dele.

Eu o ignoro, levo minhas pedras para o canto e começo a prender as bordas da lona no chão. Panache escolhe o maior cara do Distrito 9, claramente por acreditar que seja o líder do grupo, e o encurrala junto ao tronco caído.

— Nós estamos pensando em deixar vocês entrarem para o bando dos Carreiristas.

O rosto do garoto não demonstra qualquer emoção.

— Não.

Nada de "não, obrigado" ou "agora não, mas depois a gente conversa". Só um simples e definitivo "não". Então ele volta a apoiar galhos no tronco.

Isso não é bem recebido por Panache, que obviamente pensa que ofereceu a lua a eles.

— Não?

Ele dá um passo ameaçador na direção do cara, mas repara em um Pacificador com a mão no taser e hesita.

— Está olhando o quê? — pergunta para a menor garota do 9, que estava fazendo uma cama de agulhas de pinheiro, sem sequer olhar na direção dele.

Ela continua se recusando a encará-lo, o que o deixa louco.

— Tudo bem. A gente vai matar vocês primeiro, então!

Panache dá um passo à frente, arranca o girassol do cordão de grama trançada dela e o joga no chão. O símbolo se espatifa em vários pedaços. Panache ruma para o meio da multidão antes que o Pacificador possa reagir.

Um gritinho sofrido escapa dos lábios da garota, que se agacha perto dos pedaços. O girassol era importante, acho, e não só por ser a última coisa que ela tinha de casa. Aposto que foi um presente de alguém próximo. A mãe ou o pai? Um irmão ou irmã? Alguém que ela ama. A pessoa fez o girassol para ser uma proteção e uma lembrança de como ela é preciosa, para lhe dar algo a que se agarrar, no final, se o impensável acontecesse e o nome dela fosse chamado na colheita. E agora são cacos de massa de sal com tinta amarela. Os outros tributos do 9 se reúnem em volta da menina, olhando a destruição enquanto lágrimas silenciosas descem pelas bochechas dela.

Não sei o que fazer. Queria reconfortá-la, mas nem sei seu nome. E não dá para abordá-los agora, mesmo que Beetee tenha dito que o 9 é essencial. Estou revirando o cérebro quando de repente Maysilee aparece e se ajoelha na frente da garota, usando um graveto para misturar uma gosma branca numa folha. Ela não pede permissão, só junta com cuidado os pedaços quebrados na forma original e começa a passar a gosma nas bordas, então vai colando de volta o girassol. E todo o Distrito 9 fica ali olhando, em silêncio, permitindo que ela continue.

Reparo em um pedacinho amarelo perto da minha bota e o pego, depois vou acrescentá-lo ao quebra-cabeça de girassol. Eu me agacho ao lado de Maysilee e pergunto:

– O que é isso aí?

– É cola. Eu fiz com farinha, água e sal da barraca de comida. É o melhor que deu para fazer. – Ela se vira para a garota do Distrito 9. – Depois que estiver colado, você vai ter que tomar muito cuidado, porque não deu para aquecer a mistura. Talvez seu mentor possa arrumar cola de verdade no alojamento, mas, por enquanto, isso deve segurar.

A garota seca as lágrimas e assente. Considerando a falta de comunicação, vejo isso como uma oportunidade.

– Isso é um girassol?

Ela assente outra vez.

– Adoro isso aí. Todo ano minha mãe tenta plantar no jardim, mas acho que os girassóis de vocês são melhores, com o tanto de sol que faz lá no 9.

Há uma pausa longa o bastante para eu pensar que fracassei, mas então ela responde baixinho:

– Nós temos campos enormes cheios de girassóis.

– Ah, é? Deve ser bem bonito. – Espero um minuto, como se contemplasse a ideia. – A minha garota, lá no meu distrito, canta uma música sobre girassóis. É bem antiga.

Como os quatro tributos parecem meio interessados, eu canto, apesar de isso ser meio estranho.

Ah, Girassol, que o tempo exaure!
Que medes do sol a passada;
E buscas aquele áureo clima
Que é o rumo de nossa jornada

Bom, talvez tenha sido estranho demais. Maysilee está com os lábios bem apertados, como se estivesse tentando não rir. O resto do grupo não reage. Ampert tem razão, essa gente do Distrito 9 não é muito de conversa, mas eu insisto:

– Bom, soa bem melhor quando ela canta.

A menina ri um pouco, mas não com maldade.

– Meu nome é Haymitch, aliás. E essa é Maysilee.

– Kerna. Você está com Ampert.

– Ah, sim – digo, como se nem estivesse pensando nisso. – Nós juntamos um grupo. Estamos nos chamando de os Novatos.

Não repito o convite para se juntarem a nós. Melhor deixar que nos procurem.

– Ele também chamou a gente – conta Kerna. – A gente disse que não queria.

– Eu falei a mesma coisa de primeira, mas depois pensei: a união faz a força.

Valeu pelo aforismo rústico, vovó. Estou com medo de soar como bobagem, considerando as circunstâncias, mas todos parecem refletir sobre o que eu falei.

– Pronto – diz Maysilee, botando a última peça no lugar.

Parece novinho em folha. Ela reamarra a trança de grama e coloca o colar com cuidado no pescoço de Kerna.

– Não se esquece de ver se consegue cola de verdade no apartamento, para reforçar.

– Obrigada, Maysilee – diz Kerna.

A instrutora nos pede para abrir espaço para um novo grupo. Estamos ficando sem assunto, de qualquer forma. Eu sei que, se eles estiverem reconsiderando, vão ter que conversar entre si antes de aceitar.

Maysilee e eu nos juntamos ao Distrito 11 na cabine que ensina a fazer nós, onde batalho com meu nó direito enquanto ela replica tudo que mostram na primeira tentativa, até as armadilhas.

– Agora você só está se exibindo – comento.

Ela revira os olhos.

– Sim, tenho certeza de que os Carreiristas estão tremendo nas bases por causa do meu nó volta do fiel. Vamos lá arremessar uns machados.

Na hora do almoço, sem dizer nada, os quatro pintinhos do Distrito 9 se sentam conosco. Ampert trouxe o 11 também. Estamos agora com oito distritos. Na outra ponta da arquibancada, o Distrito 5, de laranja, se juntou aos Carreiristas. As linhas estão traçadas. Eles têm mais lutadores treinados, mas nós temos o dobro de pessoas. Wyatt mal consegue se conter enquanto calcula as chances. Os Idealizadores dos Jogos cochicham a respeito desse novo desenvolvimento, gesticulando na nossa direção e conversando animadamente, enquanto contabilizam as duas alianças nos Jogos.

Quando terminamos nossos sanduíches, o Distrito 12 se reúne na seção de comestíveis, que parece se concentrar em especial na identificação de cogumelos venenosos. Lou Lou não para de enfiá-los na boca, o que confunde o treinador.

– Eu não sei o que ela vai fazer na sessão particular com os Idealizadores dos Jogos – comenta Wyatt. – Mas acho que não vão esperar muita coisa. Eu também não sei o que vou fazer.

– Você é um especialista nos Jogos, com esses cálculos de chances e tudo mais. Pode falar disso – sugere Maysilee. – É mais impressionante do que qualquer coisa que eu saiba fazer.

– Você devia mostrar a eles todas as coisas que sabe fazer com um pedaço de corda – digo a ela. – Você subestima isso porque acha fácil, mas eu considero bem impressionante.

– Hum, é uma ideia. Pelo menos me diferenciaria dos outros. O que você vai fazer, Haymitch? Arremessar facas?

– Talvez. Ou machados.

Todo mundo é enviado para seus respectivos vestiários enquanto os Idealizadores dos Jogos começam as sessões particulares. Essa vai ser nossa última chance de influenciar a pontuação que cada um recebe diante do público geral. Muitos Pacificadores monitoram a tensão entre os Carreiristas e os

Novatos, mas tenho que dizer que me sinto mais seguro com meus aliados do que nos chuveiros.

Estou escalado para ir por último, o que é uma sorte, porque não tenho ideia de como lidar com os Idealizadores dos Jogos. Eles devem ter imagens do que aconteceu na colheita. Eu "atacando" o Pacificador e sendo punido com uma viagem aos Jogos. E testemunharam meu ato subversivo na cerimônia de abertura ao vivo. Não dá para saber se eles têm conhecimento do ultimato do presidente Snow na biblioteca de Plutarch. Tenho evitado pensar naquele encontro, e em como Snow ameaçou me matar de modo lento e agonizante na frente dos meus entes queridos, na abertura dos Jogos. Não estou planejando fazer mais nada para provocá-lo antes de os Jogos começarem, agora que sou parte do plano para quebrar a máquina, e só posso esperar que isso me mantenha vivo por tempo suficiente para cumprir a minha missão.

Então, o que posso mostrar aos Idealizadores que garanta que agora sou inofensivo à Capital? Vai ser difícil convencê-los de que me transformei tão rápido em um tributo complacente. Outro problema é Lou Lou. Eles devem imaginar que eu sei que ela não é real. Principalmente porque Louella era tão importante para mim que carreguei seu corpo sem vida até o presidente.

Talvez ela seja a chave. Talvez possa dizer que Louella era a única coisa que eu queria proteger nos Jogos e agora estou completamente concentrado em mim mesmo... Que estou usando a aliança com um único objetivo... Que estou determinado a ganhar os Jogos e voltar para a garota por quem arrisquei tudo e para a família com quem tive uma despedida emocionante. Vou convencê-los de que quero ser o primeiro tributo do 12 a morar na Aldeia dos Vitoriosos. Sou só um garoto rebelde que tentou escapar dos Pacificadores, confrontou Snow e ainda por cima cuspiu na plateia. Um cara que só se importa consigo mesmo. Esse é o único jeito com o qual eu talvez consiga convencer os Idealizadores dos Jogos do meu potencial sem despertar desconfianças sobre minhas verdadeiras ambições. Me pintar como um arruaceiro egoísta que está determinado a voltar para casa e viver como um vitorioso rico e famoso.

O ginásio está vazio quando eu entro, meus passos ecoando nas paredes, exceto pelas fileiras de Idealizadores dos Jogos nas arquibancadas. A Chefe dos Idealizadores, Faustina Gripper, uma mulher baixa e gorda com cachos curtinhos em tons de prateado e dourado, se distingue pela gola de pele roxa na túnica branca como neve. Ela me avalia e ordena:

– Nos conte sobre você.

Eu inclino a cabeça, olho bem nos olhos dela e digo:

– Sou Haymitch Abernathy, do Distrito 12. Eu não deveria estar aqui. Minha colheita foi ilegal, mas ninguém se importa com isso. Minha vizinha, Louella McCoy, era a única pessoa aqui para quem eu dava a mínima, mas vocês a mataram e arrumaram uma dublê. Assim, estou meio que livre para vencer esses Jogos.

– E o que te faz pensar que você conseguiria? Nós não notamos nenhuma habilidade de destaque em você – diz a Chefe dos Idealizadores.

– É mesmo? – Eu abro um sorrisinho. – Porque, do meu ponto de vista, parece que eu me uni a trinta e uma pessoas que prometeram me defender. Mas talvez essa estratégia seja sutil demais para vocês.

Ela cerra os lábios.

– E você está disposto a deixar que elas morram?

– Por que não, moça? Você está.

Eles me dispensam. Estou torcendo para ter passado a imagem de garoto desagradável, mas concentrado em ganhar. Se conseguir uma pontuação mediana, talvez ainda arrume alguns patrocinadores.

A caminho da porta, os Pacificadores pegam meu símbolo para inspeção. Passo os dedos pela inscrição e beijo o pássaro antes de colocá-lo numa cestinha marcada com meu nome. Ter que deixá-lo ali me destrói, por saber que podem classificá-lo como injusto e se desfazerem dele. E, além da dor, perdê-lo significaria ter que achar outro jeito de fazer fogo para executar o plano de Beetee. Por outro lado, é a Capital, e talvez só vejam um colar bonito. De qualquer modo, meu pescoço parece vazio sem ele.

Nenhum de nós fala muito no trajeto de van para casa. Depois de um jantar de frango assado e purê de batata, nos reunimos em volta da televisão na sala para o anúncio especial das nossas pontuações. Em uma escala de um a doze, os Carreiristas ficam, em geral, com notas entre oito e onze. Com a exceção do Distrito 11, que recebe números similares, os Novatos conseguem ficar entre quatro e sete. Nós somos anunciados por último. Maysilee e Wyatt ganham um seis, Lou Lou consegue um três.

E eu? Eu recebo nota um.

12

Não me lembro de ninguém jamais ter tirado uma nota um antes. Nunca. Na verdade, não consigo nem me lembrar de um dois. Até um três é raro, e reservado aos muito azarões, como Lou Lou. Como o público vai interpretar isso? As pessoas vão pensar que sou fraco? Excluído? Covarde? Seja como for, não vai resultar em patrocinadores para mim. Eu vou estar por conta própria na arena no que diz respeito a suprimentos.

– Você deve ter mexido com eles – argumenta Maysilee com satisfação. – Com a confusão na colheita, e Louella e a cuspida na multidão. Você chamou mesmo a atenção.

– Bom, essa é uma interpretação otimista – respondo.

– Talvez ela tenha razão – diz Mags. – No mínimo, é diferente. As pessoas vão fofocar sobre isso. Com quarenta e oito tributos, só se destacar já é uma vantagem.

Wyatt balança a cabeça.

– Não sei nem como levar isso em conta nas suas chances. O que você fez, afinal?

Boa pergunta.

– Eu acho... Não com essas palavras, mas... Eu os acusei de nos assassinar.

– Sim! – diz Lou Lou, me atravessando com o olhar.

Ela faz uma careta e passa a mão pela orelha. Ouvimos um ruído baixo e agudo, que deve ser ensurdecedor na cabeça dela. Quando passa, lágrimas escorrem dos seus olhos, e Lou Lou está ofegante. Wyatt leva o dedo aos lábios e a abraça com força.

Na hora de dormir, fico com o primeiro turno de vigília de novo, a mente dominada por estratégias. Os Idealizadores dos Jogos, sem dúvida sob orientação de Snow, fizeram de mim um exemplo, e esse desagrado pode me seguir até a arena. Eu posso ter me condenado a uma morte violenta na abertura. Minha mão procura o acendedor em busca de conforto, mas só encontra pele. Não me deixaram nem o último símbolo do amor de Lenore Dove. O que será que ela pensou quando anunciaram minha pontuação hoje? Como não pôde testemunhar todos os meus comportamentos imprudentes aqui na Capital, deve se culpar por eu ter sido chamado na colheita. Mas como vai saber que aquilo foi só a ponta do iceberg de problemas no meu mar de erros?

Sinto que me tornei um grande risco para o plano de quebrar a arena, mas tenho certeza de que Beetee já se deu conta disso. Fico acordado por três turnos de vigília, achando que ele pode me fazer outra visita. Por fim, chega uma hora que minhas pálpebras ficam tão pesadas que acordo Wyatt para tomar meu lugar.

Nossas mentoras nos deixam dormir até mais tarde, e eu me sinto melhor quando encontro meu precioso cordão me esperando na mesa da cozinha. Os nossos quatro símbolos foram liberados, e nós os pegamos com mãos ávidas.

— Posso ver o seu agora? Já que você precisou tirar mesmo? — pergunta Maysilee.

O que posso dizer? *Não, porque a minha namorada te odeia*? Nós temos que agir como aliados agora, e concluo que Lenore Dove nunca vai ficar sabendo, então passo meu símbolo para ela.

Maysilee o estuda meticulosamente, examinando cada parte do entalhe e lendo a inscrição, que não passa despercebida para ela como passou para mim.

– Bom, o Bando tem bom gosto, sem dúvida.

– Ouvi falar que você tem um dos broches de Tam Amber – digo.

Ela torce o nariz.

– Ah, aquilo. É bem-feito, mas não gosto muito de tordos. Uma ave que é meio bestante não me parece natural.

Nunca tinha pensado por esse lado.

– Algumas pessoas consideram uma vitória pássaros terem escapado da Capital e sobrevivido.

– É mesmo? – diz Maysilee. – Bom, se eu escapar da Capital e sobreviver, talvez dê uma segunda chance àquele broche.

– Se não, sei que Lenore Dove ia gostar de ficar com ele – respondo.

– Lenore Dove... – Maysilee abre um sorriso astuto. – Ela não gosta de mim, aquela sua namorada. E não é por causa do broche.

– Será que não é porque você é cruel? – pergunto com um tom inocente.

Maysilee ri.

– Em parte, talvez. Mas é mais porque sei o segredo dela, e Lenore Dove odeia estar à minha mercê.

Segredo?

– Como assim?

– Por que ela estava com tinta laranja nas unhas quando apareceu para tocar na festa de aniversário do prefeito? – Ela devolve meu símbolo. – Pergunta para ela, se voltar para casa.

Eu olho para o cordão, sem entender. Algumas das penas são cor de laranja. Ela devia estar ajudando Tam Amber. Ou talvez tenha tentado pintar as unhas para combinar com seu batom. Acho que Maysilee fez alguma piada sobre Lenore Dove ter unhas feias. Mas por que isso é um segredo que a colocaria à mercê de Maysilee? Esmalte de unha é caro. Maysilee estava dando a entender que Lenore Dove tinha roubado?

— Me conta agora.

— Já falei, é segredo. Precisa ser respeitado.

Maysilee rearruma com cuidado seus colares — ao que parece, os Idealizadores dos Jogos viram o conjunto como um símbolo só — e prende o de flores roxas e amarelas no pescoço de Lou Lou.

— A menos, claro, que você tenha um segredo para me contar em troca — completa ela. — Aí nós teríamos algo a conversar.

— Essas coisas de menina — comenta Wyatt enquanto coloca o próprio símbolo. — Nunca fazem sentido.

— Falou e disse — concordo.

A moeda que Maysilee trançou no cordão de Wyatt me distrai. Ela fez de um jeito que fica fácil botá-la e tirá-la, porque rolá-la entre os dedos ajuda Wyatt a pensar.

— Ei, do que é feita essa moeda? Níquel? — pergunto.

— Zinco, eu acho — responde Wyatt.

— Bateria de batata — lembro a ele. — Lembra de ficar de olho em cobre.

Maysilee pega o medalhão de flor da coleção no seu pescoço.

— Já estou cuidando disso.

— Claro que está, srta. Donner — retruco. — Se os Idealizadores dos Jogos liberaram isso aí, talvez esperem que você use.

Nessa hora, Drusilla aparece e nos chama para a sala de estar, para nos ajudar com a preparação para as entrevistas. Depois dos fiascos da colheita e das carruagens, ela está na berlinda. Nossas notas do treinamento também não a ajudam em nada. Esse é o último grande evento dela para o Massacre, e Drusilla precisa que corra bem.

— Escute, pessoal, sempre existem uns idiotas de coração mole que mandam suprimentos para trouxas como vocês, *se* conseguirem sentir alguma identificação. O único nome conhecido no momento é o de Haymitch, porque as pessoas estão tentando entender por que a pontuação dele foi tão baixa. Ele também ganhou um pouco de atenção pelo comportamento horrendo com a plateia, durante o desfile. Mas o resto de vocês basicamente não existe. Essa entrevista vai ser a sua última chance de causar uma impressão antes do início dos Jogos. Qualquer coisa que ajude vocês a se destacarem é vantagem. Façam com que se lembrem de vocês. Quem são? Por que eu deveria querer gastar meu dinheiro com vocês? O que estão vendendo?

Com uma plateia composta por Drusilla, Mags, Wiress e nós mesmos, abrimos um espaço e tentamos simular as entrevistas. Drusilla faz o papel de Caesar Flickerman, o apresentador de fala mansa do evento. Ela perde a paciência com Lou Lou quase imediatamente, considerando que a garota não consegue fazer muito mais do que repetir: "Meu nome é Louella McCoy. Eu sou do Distrito 12."

— Isso é simplesmente abominável — comenta Drusilla. — Flickerman vai te comer viva. Qual é seu problema? Acorda!

Ela a sacode pelos ombros, e o contato deflagra alguma coisa em Lou Lou, que começa a gritar:

— Vocês estão matando a gente! Vocês estão matando a gente!

Drusilla ofega e ergue a mão para bater nela, mas nós interferimos, e Mags leva Lou Lou para o quarto.

— Ela não é Louella McCoy — diz Maysilee para Drusilla. — Louella morreu. Aquela lá é só uma dublê. Alguma garota que a Capital torturou até nem conseguir lembrar o próprio nome. Mas até ela consegue ver o óbvio. Vocês estão matando a gente.

Drusilla olha em volta em busca de apoio, mas os Pacificadores ficaram lá embaixo e Wiress não lhe oferece ajuda. Estamos só ela e nós, os porcos de distrito, inclusive Maysilee, que bate de volta. Drusilla se recompõe.

— Isso não é meu departamento. As entrevistas, sim. — Ela aponta para Wyatt. — Sua vez.

Depois de trocarem alguns elogios vazios, ela pergunta a Wyatt o que o torna especial.

— Eu calculo probabilidades — diz ele sem hesitar.

— Calcula probabilidades? Como assim?

— Eu determino as chances nos eventos de apostas, lá no Distrito 12. Digo quais são as chances de cada pessoa de ganhar os Jogos Vorazes.

— É mesmo? — pergunta Drusilla com ceticismo.

— É.

— E em quem você recomenda que nossa plateia aposte?

Wyatt respira fundo e começa a falar suas projeções.

— Bom, é tentador optar pelo mais fácil. As chances sempre vão parecer boas para a maioria dos Carreiristas. Como Panache, do Distrito 1, um tributo forte, treinado, com pontuação alta. Eu daria a ele uma chance de onze para cinco, o que significa que ele tem 31,25 por cento de chance de ganhar. Ou Maritte, do Distrito 4. Ela é uma concorrente óbvia, com o físico que tem e uma nota onze dos Idealizadores dos Jogos, que provavelmente indica que é excepcional com o tridente. Eu diria uma chance de seis para um, ou 14,29 por cento.

— *Hunf*. Muita matemática, mas não tem nada de novo aí — diz Drusilla. — Todo mundo sabe que os Carreiristas são uma boa aposta.

— Obviamente — responde Wyatt. — Mas uma novidade nesses Jogos é que todos os quarenta e oito tributos formaram alianças antes do começo. Nunca aconteceu nada assim. Os Carreiristas são poderosos, é verdade, mas os Novatos têm o dobro de gente. Se eu fosse apostar, sem dúvida daria uma olhada nos Carreiristas, mas, se as alianças se mantiverem, se os tributos realmente defenderem uns aos outros até a morte, qualquer um tem chance. E, se você não tiver medo de arriscar, é um investimento melhor apoiar um Novato mais obscuro, porque as chances não estão a favor deles, e o retorno vai ser maior no final.

— Me dá um nome — diz Drusilla.

— Haymitch Abernathy — responde Wyatt.

— A pontuação dele foi um.

— Exatamente. Sem nenhuma deficiência aparente. Ele é fisicamente capaz, e o comportamento dele sugere uma ousadia que incomoda os Idealizadores dos Jogos.

Surpreso, eu os interrompo.

— Você não precisa fazer isso, Wyatt.

— Não estou fazendo nada, Haymitch. Essa é minha avaliação honesta das suas chances. Maysilee também não é uma aposta ruim.

— E você? — pergunta Drusilla.

— Ah, eu não apostaria em mim — admite Wyatt. — Estou só...

— Não! — interrompe Wiress. — Não se subestime, Wyatt. Nenhum outro tributo consegue fazer isso que você acabou de fazer. Mencione o fato de que inteligência importa. Faça referência a mim. Diga que Wiress ganhou os Jogos no ano passado sem derramar uma gota de sangue. O cérebro importa.

Wyatt pensa por um momento e se vira para Drusilla.

– A questão é a seguinte: a todo momento, durante os Jogos Vorazes, eu vou saber as chances de todo mundo, como elas se comparam às dos outros e qual é a probabilidade de cada um receber dádivas. Isso deve me impedir de cometer vários erros idiotas. Essa é a minha vantagem. Se você é inteligente o bastante para enxergá-la, depende de você.

– Ótimo – diz Wiress. – Isso mesmo. Coloque-se como a escolha inteligente para os apostadores. Pessoas que se orgulham de serem espertas vão reagir a isso.

Quando é a vez de Maysilee, ela e Drusilla disparam olhares assassinos uma para a outra, mas não chegam a trocar socos.

– E então, srta. Donner, o que acha da Capital?

– Eu acho que é difícil acreditar que pessoas tão ricas tenham tanto mau gosto. Vocês têm montanhas de dinheiro, e é isso aí que escolhem vestir? – Ela olha de cima a baixo o traje de Drusilla, um macacão listrado vermelho e branco com gorro combinando. – Parece que você acabou de sair da nossa loja de doces, lá no 12. Feito uma bengala de hortelã dos infernos.

Drusilla leva a mão à gola.

– Você não vai conseguir amigos com essa abordagem, sua cobrinha.

– Quem disse que eu quero amigos? Estou aqui para causar uma impressão nas pessoas, lembra? Não é só você, é todo mundo que eu vi da carruagem. Cores extravagantes, modelos desfavoráveis. E tem umas escolhas de moda das quais vocês vão se arrepender. Não consigo entender a lógica de parecer um animal de celeiro, mas espero que aqueles chifres de bode sejam removíveis. E a mulher com diamantes implantados nos dentes? As pessoas envelhecem, não há vergonha nisso, mas acho que aquelas pedras vão dificultar bastante a mastigação quando suas gengivas se retraírem.

— Então deveríamos estar copiando a moda do quê? Do Distrito 12? — rebate Drusilla.

— Cruzes, não. Não se pode esperar que pessoas que não têm um tostão furado se vistam bem. Embora não exista um mineiro no 12 com um físico pior do que as pessoas que vi naquela plateia. Nem todas as cirurgias do mundo mudam isso.

— O que...?

— E nem todo o dinheiro do mundo compra bom gosto. Claramente. Algumas pessoas do 12 têm bem mais do que estou testemunhando aqui.

— Terminou? — diz Drusilla.

— Sinceramente, ainda nem comecei.

— Já chega.

— É uma estratégia arriscada, mas, sim, vai fazer as pessoas se lembrarem de você — conclui Wiress.

Mags volta segurando um lenço sujo de sangue.

— Ela pegou no sono. Não sei o que enfiaram na orelha dela, mas começou a sangrar.

Drusilla faz um gesto de desdém.

— Como disse, não é meu departamento. É você agora, Abernathy. Então, o 12 tem uma lunática, um computador e uma cobra. O que você é?

— Um incômodo, ao que parece — respondo. — De que outra forma eu teria tirado nota um no treinamento?

— Sim, boa ideia, bota isso para jogo de uma vez — orienta Mags. — Assuma o controle.

— Bom, como foi que isso aconteceu? — pergunta Drusilla.

— Eu fiz por merecer. Os Idealizadores dos Jogos não gostam de mim. Deve ter começado quando me meti com um Pacificador durante a colheita.

— Você não pode dizer isso! — protesta Drusilla. — Vai estragar todo o meu trabalho brilhante para disfarçar o tumulto!

— Que tumulto? Woodbine correu e a sua gente atirou nele.

— Eu sei muito bem identificar um tumulto! Deixa para lá. É proibido. E não vai fazer você ganhar pontos com a plateia, de qualquer jeito. Podem gostar de um garoto valentão, mas não de um rebelde. Você precisa ser atrevido, não perigoso. Por exemplo, no inverno passado, um dos alunos da universidade tingiu todos os chafarizes de rosa durante um período de escassez de hidratante facial. Que danadinho! Todo mundo adorou!

Eu sinto que ela está mesmo tentando ajudar, mas...

— Tá, tudo bem. Mas eu vou para os Jogos Vorazes. Fazer um protesto sobre hidratante facial não vai servir de nada. Posso falar sobre cuspir na plateia?

— De jeito nenhum! O que as pessoas vão dizer?

— Bom, se eu não posso falar da colheita nem do cuspe, falo do quê?

Drusilla pensa por um momento.

— É melhor ser misterioso. Faça alusões a comportamentos radicais sem ser específico. Os que estavam presentes na cerimônia de abertura já andam fofocando. Deixe a plateia usar a imaginação.

— Atrevido, mas não perigoso – repito.

— Isso mesmo. Seja malandro. Um malandro encantador e atrevido.

Malandro. Era assim que a vovó chamava os esquilos que iam até a varanda roubar as nozes que ela estava descascando. Bem embaixo do nariz dela. Muito ousados, mas engraçados também.

— Bom, posso tentar.

Mas não tenho oportunidade, porque, nessa hora, Proserpina e Vitus entram no apartamento muito agitados.

— É Magno. Nós fomos até o apartamento dele para ver as roupas da entrevista, para podermos planejar a maquiagem e o cabelo de hoje à noite... – começa Proserpina.

— Nós temos permissão de fazer isso. Temos que fazer, na verdade, de acordo com a nossa apostila. Não estávamos sendo xeretas nem nada... – interrompe Vitus.

— E a porta do apartamento estava escancarada, e ele estava cambaleando pela casa, doente...

— Ele está vomitando pela casa toda e falando maluquices, e...

— A gente acha que os boatos do veneno de sapo podem ser verdade! – diz Proserpina, e leva as mãos à boca como se tivesse dito algo considerado indizível.

— Boatos? – resmunga Drusilla. – Aquele homem vem lambendo sapos desde a guerra. Não acredito que correria esse risco durante os Jogos. Ah, o que estou dizendo? Claro que correria. No mínimo, para acabar com a minha carreira!

— Por que ele lambe sapos? – pergunta Wyatt.

— Porque ele é tarado por répteis! E faria qualquer coisa para me derrubar.

— Dizem que alguns tipos de sapo provocam alucinações ou algo assim – explica Vitus. – Isso quando não matam. Algumas pessoas fazem isso por diversão, mas eca, que nojo.

— Eu vou registrar uma reclamação formal com os Idealizadores dos Jogos!

Drusilla pega a bolsa e sai, encerrando meu preparo para a entrevista.

— Vocês dois por acaso têm alguma roupa preta que eles possam usar? – pergunta Wiress à nossa equipe de preparação.

— Nós? – pergunta Vitus, incrédulo. – Nós não usamos preto!

— É deprimente demais! — Proserpina cai no choro, seus coques magentas balançando loucamente. — Eu preciso ligar para a minha irmã.

Ela se joga numa cadeira ao lado da mesa segurando um telefone laranja-queimado, aperta alguns botões e começa a choramingar:

— Eu vou reprovar! Eu vou reprovar!

Mags leva o resto de nós, inclusive Vitus, para a cozinha, onde comemos sorvete de morango.

Depois de alguns minutos, Proserpina se junta a nós.

— Minha irmã disse que não é nossa culpa, e que é para a gente fazer a melhor preparação que puder. — Ela come uma colherada grande de sorvete, um último filete de lágrima descendo por sua bochecha rosada. — Ela diz que, se tentarem nos reprovar, podemos apelar ao Conselho da Universidade. A minha irmã conhece todo mundo no Conselho, porque cuidava do planejamento social quando era aluna e tinha que aprovar tudo com eles.

— A irmã dela é incrível — comenta Vitus.

— É mesmo — responde Proserpina. — Ela era presidente dos Grupos Sociais da Capital. E basicamente criou a Saturnália de Primavera quando estava no primeiro ano.

— É a melhor festa do ano — conta Vitus. — Muito melhor do que a que faziam antigamente.

— Muito melhor — repete Proserpina. — Enfim, ela acha que vai ficar tudo bem com a gente. Diz sempre que uma atitude positiva é noventa e sete por cento da batalha.

Isso tudo é tão absurdamente egoísta perante nossas mortes iminentes que nem sei como responder.

Maysilee, por outro lado, nem hesita.

— Vou tentar manter isso em mente na arena. Mais sorvete?

Mags me olha, quase sem segurar o sorriso.

Proserpina só estende o potinho, totalmente alienada.

– Eu acho mesmo que vai te ajudar.

As equipes de preparação de Maysilee, Lou Lou e Wyatt chegam, e nos revezamos sendo arrumados nos banheiros e quartos. Tento negociar alguns minutos a mais na banheira para pensar em como transmitir a tal malandragem, mas só consigo pensar em roubar nozes. Estou com o mau pressentimento de que só vou parecer irritante.

Como não precisam neutralizar os inseticidas do chuveiro do ginásio, as equipes de preparação conseguem um resultado melhor com menos esforço, mas não tem como compensar pelas nossas roupas. Recebemos algumas mudas de meias e de roupas de baixo, mas, fora isso, estamos usando nossos trajes de treino há três dias. O de Lou Lou está mais amarrotado que uma uva-passa, porque ela dormiu com ele; Wyatt derramou purê de batata no dele, e raspar só piorou a situação; e eu tenho um rasgo no ombro, resultado do ataque de Panache. Até Maysilee, que é a menos desgrenhada, tem uma mancha da cola caseira que usou nos símbolos. Além disso, o tecido barato absorve o cheiro do suor e do medo que emanamos constantemente, o que é desmoralizante, mesmo que não apareça nas câmeras.

Tento manter uma atitude positiva, já que isso é noventa e sete por cento da batalha, lembrando a mim mesmo que pelo menos temos roupas pretas que cabem em nós e nossos símbolos. Mas não há como negar a verdade. Nós parecemos o que somos: azarões do Distrito 12, negligenciados, sem valor, que não merecem nem um estilista profissional. Quem vai patrocinar algo assim?

Além de tudo isso, dos oito integrantes das nossas equipes de preparação, metade está aos prantos, com medo de como isso vai afetar suas notas e, consequentemente, suas futuras perspectivas de emprego. Drusilla volta, furiosa porque só vai conseguir registrar uma reclamação após os Jogos. Só depois lhe ocorreu a ideia de ver se conseguia chamar Magno, mas ele não atendeu à porta, e ela acha que ele pode estar morto, o que é a única coisa que lhe dá forças para seguir em frente. Isso e os bons goles da garrafa de rum que ela toma na cozinha. Wiress e Mags tentam nos ajudar a manter a concentração nas entrevistas, mas a comoção geral torna isso impossível.

O barulho esconde o apito do elevador, por isso ela parece surgir do nada. Uma jovem com cabelo lilás, um vestido que lembra uma bola de chiclete de uva e meias verdes xadrez. Quatro chapéus pretos estão empilhados na sua cabeça, capas de roupas pendem dos seus braços, e ela empurra um carrinho cheio de sapatos com espinhos até o centro da sala antes de anunciar:

— Quem está pronto para um dia muito, muito, muito importante?!

13

— Effie! — grita Proserpina, se jogando nos braços da recém-chegada.

Effie dá tapinhas nas costas dela.

— Bom, não vou deixar a minha irmãzinha... nem os amigos dela!... reprovarem porque um preguiçoso qualquer não fez o trabalho dele!

Todas as equipes de preparação começam a gritar, chorar, ou ambos, enquanto se reúnem em torno dela. Effie aceita a bajulação, mas logo fica séria.

— Escuta só, pessoal. Tem algo maior do que vocês e eu acontecendo aqui. Como todo mundo sabe, os Jogos Vorazes são uma cerimônia sagrada para relembrarmos os Dias Escuros. Muitas pessoas perderam a vida para garantir a paz e a prosperidade da nossa nação. E essa é a nossa chance... não, nosso *dever*... de honrá-las!

Bom, ela engoliu com gosto toda a propaganda da Capital, mas pelo menos trouxe calçados decentes. Effie começa a abrir as capas plásticas.

— Quando você ligou, Prosie, primeiro eu não soube o que fazer, mas aí pensei: *a tia-avó Messalina!*

— A tia-avó Messalina! — repete Proserpina. — Ela nunca joga nada fora!

— Tem muita coisa bem velha, mas felizmente todos os estilos da época da guerra estão na moda de novo — explica Effie, erguendo um vestido preto de renda com luvas combinando. – E tem muito preto, por conta de todos aqueles funerais.

– Effie... Trinket... Você... é... brilhante! – conclui Vitus.

– Confesso que tive um momento de inspiração – diz Effie. – Não se preocupem, rapazes, o tio-avô Silius também não era relapso quando se trata de moda.

De fato, ele não era, e, melhor ainda, parecia ser do mesmo tamanho que eu e Wyatt, com um ou outro ajuste. Nós encontramos um smoking para Wyatt e, para mim, um terno de três peças com um colete extravagante bordado com taças de coquetel. Perfeito para um malandro. Ou um contrabandista de bebida. Quando acrescento sapatos chiques de couro e abotoaduras no formato de bolas de sinuca na camisa de seda branca, estou elegante pra caramba.

– As roupas fazem o homem – comenta Effie com satisfação, dando um tapinha de aprovação no meu ombro.

Pelo menos as Trinket não são cruéis, só sem noção, o que já é uma melhoria enorme em comparação a Drusilla e Magno. As garotas estão um espetáculo também, com Lou Lou usando o vestido preto de renda, ajustado com muita habilidade para caber certinho nela, e Maysilee com um vestido de veludo sem alças, uma estola e as luvas pretas de renda. Sei que estamos sendo preparados para o abate, mas pelo menos talvez consigamos alguns patrocinadores agora.

– Quem acreditaria que eles são do Distrito 12? Foi mesmo muita gentileza da sua tia-avó deixar você pegar tudo isso emprestado – diz Vitus.

– Bom, ela estava nos devendo, depois de toda a desgraça que trouxe para o nome Trinket. Nós vamos levar anos para nos recuperar – comenta Effie, franzindo a testa. – Se apenas metade das histórias for verdade...

Vitus passa um braço em volta dela num gesto de consolo.

– Ninguém escolhe os ancestrais que tem – responde ele. Ele baixa a voz para um sussurro envergonhado. – Meu avô era simpatizante dos rebeldes.

– Você venceu – admite Effie. – Mas olha só você agora!

Quando Drusilla sai da cozinha, arregala os olhos diante das nossas roupas.

– O que aconteceu aqui?

– A minha irmã! – Proserpina sorri e empurra Effie para a frente.

– Ah, foi um privilégio vesti-los para Panem – diz Effie com modéstia.

O rosto de Drusilla se contorce em uma série de expressões: confusão, alívio, admiração, mas é a amargura que acaba vencendo.

– Magno não pode receber o crédito por isso. Você. – Ela segura Effie pelo braço. – Você vem com a gente, e vou dizer a todo mundo que foi a responsável.

– Mas... eu nem tenho passe para os bastidores – protesta Effie.

– Isso, pelo menos, eu posso arrumar. – Drusilla faz sinal para irmos até a porta. – Venha, pessoal, vamos tentar chegar a pelo menos um evento na hora.

Proserpina coloca uma caixa de maquiagem na mão de Effie.

– Retoques!

– Pode deixar – promete Effie. – Para todo mundo!

Ela olha com preocupação para Lou Lou, que está mostrando os dentes.

– Talvez um tom mais claro de batom para você.

– E amenizar o blush – diz Maysilee.

– Exatamente – concorda Effie.

Por um momento, elas são só duas garotas com a missão de embelezar o mundo. Effie ergue um estojo para Maysilee opinar.

— Estou pensando em pêssego, o que acha?

— Bem melhor.

— Espera. — Effie estende a mão e retira uma pena quebrada da estola de Maysilee. — Pronto. Você está perfeita.

— Meu rímel está borrado?

— Não, mas com esses seus cílios longos eu entendo sua preocupação. — Effie enfia a mão na caixa de maquiagem e passa para ela um disco de algodão. — Leva isso para o caso de borrar.

Drusilla começa a empurrar Effie para o elevador, fazendo com que a caixa de maquiagem caia no chão, se abra e espalhe tubos coloridos pelo tapete laranja-queimado. Eu me curvo para recolhê-los e devolvo tudo para Effie, que parece um pouco surpresa.

— Obrigada, Haymitch. Foi muita consideração da sua parte, principalmente nessas circunstâncias.

— Bom, obrigado por trazer umas roupas decentes para a gente.

— Vocês merecem estar lindos hoje — responde Effie. — E acho que vocês todos estão sendo muito corajosos.

Não temos muita opção, mas é bom que alguém reconheça.

Na van, inspirado pelo gosto para moda do tio-avô Silius, decido incrementar a fachada do contrabandista de bebidas. Imagino que fabricar bebida ilegal caia na categoria do que a Capital consideraria atrevido, mas não perigoso. A julgar pela plateia da cerimônia de abertura, a maioria dessa gente bebe que nem gambá, então um garoto que viola a lei para manter o distrito abastecido deve gerar alguma solidariedade. É o melhor ângulo de malandragem em que consigo pensar, e é real. Mas não quero meter Hattie em confusão, então decido fingir que faço tudo sozinho.

Estou começando a ficar nervoso com o plano de quebrar a arena, considerando que ainda não sei o cronograma nem como os explosivos vão ser levados lá para dentro. Mags e Wiress tiveram permissão de acompanhar Drusilla, então Beetee também deve estar com os tributos dele hoje.

As entrevistas são transmitidas de um auditório onde cabem umas duas mil pessoas. Drusilla diz que será tudo ao vivo mesmo, porque não esperam que a plateia, formada por cidadãos da Capital, se revolte, então não podemos fazer besteira e esperar que ela nos acoberte. Que graça. Depois que recebe o cronograma oficial, ela vai falar com Caesar Flickerman, para que ele saiba como abordar nossas entrevistas. Quando se afasta, ela murmura:

– Cobra, calculador, lunática, malandro.

Somos levados para uma sala de espera nos bastidores, chamada de sala verde, embora seja pintada de branco. Já está cheia de mentores, acompanhantes e estilistas em volta dos tributos, todos arrumados e dentro de trajes chiques nas cores dos seus distritos. Até o Distrito 1, que usou vestidos de festa e ternos no desfile, elevou o nível, e seus conjuntos verde-meleca com caudas esvoaçantes e paletós emplumados ocupam o triplo de espaço dos outros distritos.

Effie os observa de forma crítica e sussurra:

– Ainda bem que a cor de vocês é preto... Dá para imaginar tentar vestir todo mundo de verde-amarelado? Isso já estava fadado ao fracasso.

Sinceramente, o 12 parece bem mais elegante e, de alguma forma, mais mortal. Talvez eu esteja imaginando coisas. Meu paletó e meu colete têm compartimentos secretos, e o cinto tem algumas tiras que Effie disse que eram para encaixar armas decorativas. Decorativas, sei. E Effie descartou rapidamente a primeira camisa que experimentei, por causa de uma coisa que parecia uma mancha de sangue que não tinha saído na lavagem. Não consigo deixar de imaginar se o que a tia-avó Messalina e o marido dela fizeram para desgraçar a família tinha conexão com cadáveres. Vestir a pele deles essa noite faz com que eu me sinta um pouco mais perigoso.

Beetee troca um olhar comigo no meio de um grupo azul-elétrico e assente de leve na direção do bufê. Drusilla está ocupada avisando a todo mundo que foi Effie quem cuidou das nossas roupas, então digo que estou com sede e vou direto para a tigela de ponche. A mesa está cheia de iguarias, como balas em formato de sapatos de salto, caviar em conchas e porcos em miniatura feitos de creme de presunto. Não reconheço metade das comidas, mas sigo o exemplo de uma moça e passo um pouco de queijo de cabra num quadrado de torrada de amendoim. É surpreendentemente gostoso.

Estou me servindo ponche quando Beetee para ao meu lado. Ele pega uma grande pinça prateada e começa a escolher meticulosamente legumes pequenininhos de um arranjo em forma de buquê de flores. É ridículo.

– Isso aí funciona melhor do que seus dedos? – pergunto.

– Estou tentando não chamar atenção – diz ele baixinho.

Eu olho em volta e vejo que vários Pacificadores estão de olho em nós. Dois começam a se aproximar, mas então há uma comoção na porta. Magno Stift entra, segurando uma gaiola de répteis acima da cabeça e gritando:

– Essa festa vai ser animal!

Quando os Pacificadores se redirecionam para o meu estilista, Beetee pega um rabanete minúsculo e fala depressa, baixinho:

– Vá para o norte. Ampert vai fazer a mesma coisa assim que estiver com os explosivos. Tente encontrar um portal das bestas seguindo os bestantes quando eles estiverem recuando depois de um ataque. Depois que você e Ampert se encontrarem, pegue um desses portais para o acesso Sub-A, onde fica o tanque. Nós substituímos o fio preto do símbolo de Ampert por pavio, com o detonador escondido na trama.

Eu tomo um gole de ponche e olho para o símbolo de Ampert por cima da borda do copo. É impossível distinguir do que Maysilee fez, sem qualquer sinal do detonador no fio trançado. Beetee não diz de onde veio, mas os rebeldes devem ter algum agente infiltrado que o passou pela segurança e o trocou pelo original.

– Os quatro girassóis do Distrito 9 agora são compostos de explosivos – acrescenta ele.

– Mas os girassóis são duros. O de Kerna se estilhaçou no chão.

– Sim. Esses estão cobertos por uma resina. Molhe com água e esfregue entre as mãos. A fricção vai ajudar a dissolver a resina e deixar o explosivo maleável.

– O 9 sabe do plano?

– Não. Ampert vai pegar o símbolo de algum deles.

Do cadáver de um deles, é o que Beetee quer dizer. Provavelmente no banho de sangue.

– Ou mais de um, se ele conseguir. Não faria mal nenhum ter sobressalente. E se Ampert não aparecer...

A voz de Beetee então se embarga. Nós dois sabemos por que Ampert talvez não consiga chegar até mim. Por um momento, ele examina um tomate do tamanho de uma ervilha sob os óculos.

– ... nós também substituímos o...

Um agito de chiffon ao meu lado me alerta para a chegada dos quatro pombinhos do Distrito 6, que cintilam em trajes cinza iridescentes. Beetee vai até uma pirâmide de almôndegas sem explicar mais nada, se despedir ou desejar boa sorte.

— Ampert disse que, quando a gente chegar na arena, tem que se reunir o mais rápido possível — sussurra Wellie.

Isso faz parte do nosso plano? Provavelmente. Se Ampert se juntar com os outros, vai ter acesso aos tributos do 9 quando eles morrerem. Enquanto isso, tenho minha própria missão, que não envolve proteger esse bando.

— Parece uma boa ideia — concordo.

— Ele disse que talvez alguns de vocês, tributos maiores, consigam pegar armas primeiro — comenta Wellie.

— Vou tentar.

Mas não vou poder cuidar deles na arena: vou ter que dedicar minhas habilidades a explodir o tanque ou morrer tentando.

— Escuta, vou ser um babaca na minha entrevista — aviso. — É uma coisa que a minha equipe decidiu, mas nunca vou fazer mal a você, viu? Nem a ninguém dos Novatos. Eu prometo.

— A gente sabe — diz Wellie, os olhos cheios de confiança.

Confiança demais. Preciso me afastar deles, para o bem de todo mundo.

— Mas tem outra coisa — digo. — Você viu a minha pontuação, que eu só tirei um. Os Idealizadores dos Jogos talvez estejam na minha cola. É perigoso vocês ficarem perto de mim. Então estou pensando em ficar sozinho.

A expressão de Wellie se transforma.

— Mas eles estão na cola de todo mundo. Precisamos de você.

— Não se eu atrair bandos de bestantes ou ser perseguido pelos Carreiristas. Não precisam, não. E todos vocês têm que entender isso. Diz aos outros, está bem?

Do outro lado da sala, Magno, com um olhar vidrado, foi encurralado num canto, mas conseguiu abrir espaço libertando uma cobra de quase dois metros da gaiola e a balançando no ar.

— Cadê meus tributos? Preciso vesti-los!

Pessoas berram, e os Pacificadores se reúnem para discutir como contê-lo. Drusilla parece feliz da vida.

— Derrubem ele! Derrubem ele! — grita ela.

Porém, antes que os Pacificadores, de tasers na mão, possam fazer o serviço, Lou Lou se aproxima, estende as mãos para a cobra e diz:

— Minha.

Magno sorri, ignora as mãos dela e enrola a cobra em seus ombros, depois passa a cauda por seu pescoço.

— Usa ela assim.

Lou Lou enlaça o pescoço da cobra em seu braço, de forma que a cabeça do animal repouse nas costas de sua mão, que então ela levanta. Magno se curva e beija a cobra na boca. É a própria imagem da loucura, aquela garotinha destruída e nosso estilista pervertido e drogado. Wyatt vai buscá-la e passa um braço em volta de Lou Lou para levá-la de volta ao grupo do Distrito 12. A cobra parece ter dado a Lou Lou uma sensação de poder, e ela passa por tributos com o triplo do seu tamanho exibindo a serpente e sibilando.

Eu me junto ao meu distrito quando a televisão na ponta da sala ganha vida. Na tela, uma mão invisível escreve um grande *50* cheio de arabescos por cima da imagem do palco do auditório, enquanto uma voz retumbante anuncia:

— Senhoras e senhores, bem-vindos à Noite de Entrevistas do Quinquagésimo Jogos Vorazes. E aqui está o apresentador favorito de Panem, Caesar Flickerman!

Caesar desce do teto empoleirado numa lua crescente, com estrelas voando atrás dele. É um jovem de terno azul tão escuro que é quase preto, cheio de minúsculas lâmpadas que o deixam cintilante. O terno não muda, mas todo ano ele pinta o cabelo de uma cor diferente, e hoje está de um verde-floresta bem escuro, com as pálpebras e os lábios pintados da mesma cor. Talvez desse até para defender o cabelo e os olhos, mas lábios verdes o fazem parecer em processo de decomposição. Sua aparência é espectral. O brilho dos dentes brancos demais, quando Caesar abre um sorriso compreensivo para a plateia, só faz lembrar que existe um crânio debaixo de tudo aquilo. Quando ele desce com agilidade da lua, abre os braços e diz:

— Olá, Panem! Vamos começar essa festa?

A plateia ruge em aprovação.

Ali nos bastidores, uma jovem Idealizadora dos Jogos forma filas com os Distritos 1 e 2 e lê a ordem de entrada deles. Os tributos, enfileirados atrás dela, saem pela porta para esperar na coxia.

Na tela, Caesar inicia uma breve retrospectiva dos quarenta e nove Jogos anteriores, começando com as versões mais objetivas dos primeiros anos logo depois da guerra, quando os tributos eram jogados numa velha arena esportiva caindo aos pedaços com algumas armas e nada mais. Olho com atenção enquanto ele fala da Décima Edição dos Jogos terem sido um momento de virada, pois foi o ano em que o Distrito 12 teve uma campeã, mas ele só cita o início das apostas, dos patrocinadores e dos drones instáveis que levavam comida e água para os tributos.

Daquele ponto em diante, os Jogos evoluíram de pura punição para entretenimento descarado. A arena esportiva original foi abandonada quando os Idealizadores começaram a usar cenários em florestas, cidades bombardeadas ou coisas do tipo, e passaram a introduzir uma variedade de bestantes e armas.

A 25ª Edição dos Jogos Vorazes, o primeiro Massacre Quaternário, foi particularmente horrível: os distritos foram obrigados a escolher os próprios tributos, em vez de contar com a colheita. O apresentador era outro Flickerman, um homem chamado Lucky, com comentários de uma mulher caquética chamada Gaul, que supostamente teria criado a frase "E que a sorte esteja SEMPRE com você" naquela ocasião. A expressão pegou como uma forma de desejar sorte a alguém, mas, parando para pensar, é uma coisa sádica de se dizer a um tributo, considerando que a sobrevivência é uma impossibilidade para vinte e três dos vinte e quatro adolescentes.

Para aquele primeiro Massacre, os Idealizadores fizeram os tributos iniciarem suas aparições na Capital andando de carruagem pelas ruas com trajes que remetiam aos distritos. Em vez de procurar um local para os Jogos, construíram uma arena para uso único. Além disso, a Cornucópia fez sua primeira aparição, cheia de armas e suprimentos, gerando um banho de sangue acalorado quando o gongo inicial soou.

Nos últimos vinte e quatro anos, uma nova arena foi revelada em cada ocasião, com base em um ambiente diferente ou em um tema: desertos, paisagens geladas, chegando até o enigma cheio de reflexos de Wiress, que eles chamaram de Ninho de Espelhos. Caesar brinca com a plateia sobre a arena do segundo Massacre Quaternário. Ele ouviu dizer que humilha todas as arenas anteriores. Dá para imaginar? Não, não dá. Vai ser fabulosa? Certamente que sim.

Meu estômago embrulha e fico feliz de não precisar ir primeiro. Também fico feliz de que seja o Distrito 1. Quando Caesar apresenta Silka, ela entra no palco arrastando quatro metros e meio de cauda verde-meleca.

– *Ugh*. Parece uma lesma – comenta Maysilee em voz alta, gerando risadas nervosas na sala dos bastidores.

O que todo mundo está pensando de verdade é que Silka tem mais de um metro e oitenta sem saltos e que consegue arremessar um machado no coração de um boneco a cinco metros de distância. E isso não é nada engraçado.

Como somos muitos este ano, estamos limitados a entrevistas de dois minutos e, a cada quatro distritos, vai haver uma espécie de pausa que Caesar chama de "respiro".

Silka não perde tempo para se gabar do próprio tamanho, força, habilidade com um machado e sua nota dez. Ela nem se dá ao trabalho de mencionar a aliança com os Carreiristas e, quando Caesar toca no assunto, ela diz apenas:

– Claro, ajuda ter alguém para abrir caminho.

Panache entra no palco em seguida, parando três vezes para fazer pose e flexionar os músculos para a plateia.

– Panache, do Distrito 1! – grita Caesar, então pergunta: – E então, Panache, além dos seus talentos óbvios, por que nossa plateia deveria apoiar você?

– Porque eu sou o maior, o mais carnudo e o melhor! – Panache faz outra pose.

– Nossa, parece que a gente devia botar você na churrasqueira! – brinca Caesar.

– Isso mesmo. Aqui é puro músculo, homenzinho – responde o tributo, dando uma batidinha condescendente na cabeça de Caesar.

Ele é tão fácil de odiar. Dá para ver que Caesar ainda está absorvendo o comentário, mas ele adora esse tipo de coisa.

– Até seu cérebro? – pergunta ele, impressionado.

A plateia dá risadinhas. O rosto de Panache demonstra confusão, depois raiva pela provocação.

– Meu cérebro, não! Obviamente, é feito de... coisa cinzenta.

Caesar assente com seriedade como se digerisse a resposta, enquanto a plateia morre de rir. Panache começa a se irritar e me lembro da janela do trem, que era apenas uma espectadora inocente. Por um minuto, acho que ele vai acabar com Caesar, mas ele se controla e apenas grita para a plateia.

– Eu sou massa!

– Massa? – diz Caesar. – Eu acho que ter massa cinzenta na cabeça é que é massa!

Os cidadãos da Capital caem na gargalhada e eu também, até lembrar que o sarro não é só com a cara de Panache. É com a de todos nós, porquinhos de distrito idiotas e patetas. Animais para o entretenimento deles. Descartáveis para seu entretenimento. Burros demais para merecerem viver.

Caesar acalma a plateia e tenta voltar à entrevista.

– É brincadeira, Panache, é brincadeira. Eu mesmo repeti em biologia. Conta pra gente, qual é sua arma favorita?

– Meus punhos – responde Panache, erguendo um até o nariz de Caesar.

Caesar recua delicadamente, vira a cabeça para a plateia e finge sussurrar:

– Também carnudos.

Então Panache está acabado. Mostram imagens de pessoas se acabando de rir, com lágrimas descendo pelo rosto e dificuldade de respirar. Caesar finge estar tentando continuar as perguntas, mas pula para trás toda vez que Panache olha para ele, fazendo caretas de pavor para as câmeras. Eu não suporto Panache, mas não é justo. Um sino anuncia que o tempo dele acabou, e o garoto não tem alternativa além de sair do palco, furioso e humilhado.

O resto dos tributos dos Distritos 1 e 2 parecem perceber que correm o risco de serem classificados como animais imbecis também, então fazem um esforço para acentuar sua habilidade com armas e os benefícios do grupo dos Carreiristas. Mas Panache os prejudicou, e qualquer tentativa de se gabar de músculos vem acompanhada de um olhar de lado de Caesar que provoca a plateia. Eu me lembro do meu pai dizendo que, se você consegue fazer com que uma pessoa vire piada, ela começa a parecer fraca. Ele estava falando dos canalhas da Capital, mas parece ser verdade também nessa situação.

Até agora, não houve nenhuma menção aos Novatos, mas Dio inicia as entrevistas do Distrito 3 contando da nossa aliança, e generosamente cita toda a turma pelo nome e acentua nossas habilidades. Ampert vai em seguida e apresenta toda a sua teoria sobre os tributos anteriores terem sofrido lavagem cerebral, sobre o número desproporcional de vitórias de Carreiristas, e de que basta um grupo numeroso para que o resultado seja diferente. Ele nem menciona os próprios atributos, nem precisa, porque fica evidente que ele tem uma mente tão rápida que Caesar comenta sobre isso com aprovação. Na verdade, todo o Distrito 3 parece inteligente, colaborativo e no controle, um contraste forte com os Carreiristas, e eles ganham muitos aplausos.

O Distrito 4 foi instruído a exibir suas habilidades com tridentes e redes, não a citar estratégias relacionadas aos Novatos. Eles se enrolam quando confrontados com essa linha de questionamento por Caesar.

— Aquele pessoal parece bem inteligente, não acha? E são muitos, não são? Que planos os Carreiristas fizeram para neutralizar os Novatos?

Quando chega a hora do primeiro respiro, a Capital está falando sem parar sobre os Novatos. Enquanto a plateia assiste a alguns destaques de moda ao longo dos Jogos, o Distrito 5 faz uma reunião de emergência nos bastidores. Como o único distrito Carreirista restante, essa vai ser a última chance para a aliança deles apresentar algo contra os Novatos. O resto da noite vai ser nosso.

O Distrito 9, apesar do comprometimento com os Novatos, tende a ficar na deles. Tímidos, talvez, ou só meio antissociais. Eu me aproximo para dizer oi, o que também me dá a oportunidade de examinar discretamente os símbolos de girassol. Vejo que as réplicas foram tratadas com tanto cuidado quanto o símbolo de Ampert. As rachaduras na flor de Kerna estão tão convincentes que tenho medo de não ter sido substituída. Não quero ter o trabalho de chegar ao tanque só para ser pego tentando explodir uma bolota de massa de sal. Mas ou confio em Beetee ou não confio. Ele decerto se arriscou ao confiar em mim.

Depois do intervalo, o Distrito 5 se esforça para acentuar nossas falhas. Eles se concentram no nosso tamanho e falta de treinamento, mas não têm um plano coeso para nos eliminar, provavelmente porque a arrogância dos Carreiristas fez com que isso parecesse desnecessário, e acabam se contradizendo. Vão ficar unidos ou se separar? Vão compartilhar comida e água? Quem é o líder dos Carreiristas, e eles vão seguir essa pessoa? Questões básicas que claramente não foram discutidas. E como eles não sabem as respostas, a tentação de se promover acaba vencendo.

Estou um pouco preocupado, porque meus colegas cinzentos vão ser os próximos, lutando contra os babados de chiffon em seus trajes, mas, quando Wellie alcança o microfone de Caesar, só ouvimos dos Novatos pelo resto da noite.

O fato de ser tão pequena se torna secundário quando Wellie responde com segurança, sem hesitar, as mesmas perguntas que foram complicadas para o Distrito 5.

— Nós seremos sempre um bando, como você chamou. Mas vamos nos dividir conforme necessário para derrotar os Carreiristas. Ah, vamos compartilhar provisões, sim. É o que faz sentido. Não temos um líder. Os Novatos estão mais comprometidos com a aliança em si, o que é melhor, entende, porque vamos perder gente. Mas Ampert teve essa ideia e nos uniu, e todos juramos seguir o plano dele e proteger uns aos outros até o fim.

Eu não sei, talvez Ampert tenha me deixado de fora da nossa estratégia de entrevista porque sabia que eu estaria preocupado com a sabotagem, mas o grupo está com tudo organizadinho. Ninguém fala muito de si mesmo, apenas enfatiza o poder do grupo e as vantagens que os Novatos vão explorar na arena. Como alguém pequeno pode ter mais facilidade ao subir em árvores ou se esconder, além de precisar de menos comida, como poder confiar nos companheiros significa dormir melhor — o que significa que os Carreiristas não vão pregar o olho —, e como inteligência, que temos aos montes, é útil para tudo, desde estratégia até a construção de coisas e a conseguir comida. Nos breves momentos em que eles citam suas habilidades pessoais, é para explicar que vão usá-las para ajudar uns aos outros.

Talvez a gente perca, mas vamos deixar muita gente orgulhosa em casa.

Mesmo com a interrupção do segundo respiro, uma revisão apavorante dos bestantes mais mortais na história dos Jogos, os Novatos continuam defendendo nossa causa, e, antes que eu me dê conta, chegou a vez do Distrito 12.

Por mais admiráveis que os Novatos sejam, acho que Caesar já está cansado. Altruísmo e determinação discreta não são bom entretenimento. Então, depois de uma confirmação rápida do nosso compromisso com os Novatos, ele está preparadíssimo para o tempero do Distrito 12.

Caesar incita Maysilee, que gera muitas risadas ao disparar como uma metralhadora insultos ao pessoal da primeira fileira, falando do mau gosto de cada um. Para um homem usando um terno feito de cédulas de cem dólares, ela diz:

– Que fofo. Você vestiu todos os seus amigos hoje.

Para uma moça com orelhas de gato implantadas cirurgicamente:

– E essa bolsa é para carregar seu antipulgas?

Wyatt recita probabilidades complicadas, que um Idealizador dos Jogos confirma com a ajuda de uma calculadora. Quando ele cita corretamente a quantidade de dólares de patrocínio necessária para enviar a um tributo um faisão recheado duas semanas depois do início dos Jogos, considerando a inflação crescente de trinta e oito por cento por dia, Caesar fica impressionado de verdade.

– Eu também não era muito bom de aritmética! – exclama ele. – Não sei se a sorte está a seu favor na arena, Wyatt, mas, se você vencer, vamos juntos para um cassino!

Lou Lou é uma sensação, segurando a cobra e rosnando para a plateia. Como sempre, ela declara seu nome e seu distrito, mas aí começa a sibilar para Caesar quando ele faz uma pergunta. Quando a plateia ri, ela se agacha e estende a cobra, o que faz algumas pessoas se encolherem de brincadeira e os mais ousados acariciarem o animal sinuoso. Ela está ganhando a plateia, até que, pela primeira vez na noite, talvez inspirado pela ferocidade dela, Caesar pergunta:

– Agora, Louella, o que os Novatos vão fazer se matarem todos os Carreiristas? O que vai acontecer com vocês?

Como se combinado, a cobra sibila na cara cravejada de pedras de uma mulher, e Lou Lou rosna.

– Vocês vão nos matar. Vocês vão nos matar.

Se a imagem daquela garotinha estranha com uma cobra enrolada no corpo divertiu as pessoas, o ataque à Capital não faz o mesmo. As pessoas na plateia arfam e soltam muxoxos, mas ela persiste.

– Vocês vão nos matar! Vocês vão nos matar! – O tom dela fica mais e mais agudo, e o efeito é assustador. – Vocês vão nos matar!

A fachada de diversão desaparece. Lou Lou começa a rastejar pela beira do palco, apontando para pessoas na primeira fila e gritando:

– Você! Você! Você! Você!

Até a famosa compostura de Caesar fica abalada enquanto ele a segue, tentando recapturar a magia.

– Tudo bem, Louella... Louella! É uma pena, mas os Jogos só podem ter um vencedor. Louella! Ela é mesmo determinada! Uma ajudinha aqui, por favor!

Em meio às suas acusações, Lou Lou fica em silêncio. Seus olhos reviram, e ela cai no chão.

– Ela desmaiou de exaustão, e na hora certa! – exclama Caesar.

Tenho certeza de que os Idealizadores dos Jogos tiveram alguma coisa a ver com isso, provavelmente injetando alguma droga através da sonda. Eles deixam que Wyatt volte ao palco para carregá-la até os bastidores, enquanto Caesar não perde tempo em dar continuidade e me apresenta.

– E agora nosso último tributo da noite, Haymitch Abernathy, do Distrito 12!

Não me apresso para atravessar o palco, porque acho que um cara com taças de coquetel no colete não teria pressa para nada. Caesar, querendo recuperar a situação, entra logo em ação.

– E então, Haymitch, o que você acha dos Jogos terem cem por cento a mais de competidores do que o usual?

É a primeira vez que vão me ouvir falar, e quero causar uma impressão duradoura. Mas, de repente, não estou pensando no tio-avô Silius. Estou pensando em Woodbine Chance, que deveria estar ali no meu lugar. Ele estava sempre arrumando confusão, mas as pessoas gostavam dele. Principalmente as garotas. Jovem demais para ser considerado perigoso de verdade, mas certamente um malandro.

Dou de ombros e deixo um pouco da atitude de Chance tomar conta de mim.

– Não vejo muita diferença nisso. Eles vão continuar cem por cento tão estúpidos quanto sempre foram, de modo que imagino que as minhas chances serão mais ou menos as mesmas.

Uma risada de apreciação percorre a plateia. Abro um meio-sorriso.

– Estou falando dos Carreiristas, claro.

– Bom, isso não é de conhecimento geral, mas fiquei sabendo que você teve alguns problemas com um dos Carreiristas. Panache, talvez? – pergunta Caesar.

– Eu fiquei sabendo que você também – retruco.

Caesar ri com a plateia.

– É, eu não me dou bem com nenhum dos Carreiristas – continuo. – Mas os Novatos são bem inteligentes e estão cem por cento seguros comigo.

– Bom, a julgar pela pontuação que os Idealizadores dos Jogos te deram, todo mundo está seguro com você – observa

Caesar, arrancando um *uuh* da plateia. – Eu soube que você recebeu nota um no treinamento.

– Mas calma lá! – digo. – Eu considero essa nota motivo de orgulho. Tenho trinta e um aliados, esse corpão firme e forte, e um cérebro cinco vezes mais inteligente do que o de qualquer Carreirista. Sabe o que mais eu tenho? Culhões. Porque obviamente... não tenho medo de irritar os Idealizadores dos Jogos!

Abro os braços e ando pela frente do palco enquanto a plateia grita em apoio.

– Ora, um dez? Um dez? Qualquer um consegue um dez! É preciso ser um tipo bem especial de encrenqueiro para tirar um, não é verdade? – Gritos de concordância. – Dá para perceber que alguns de vocês sabem exatamente do que estou falando.

Eu aponto para um homem na segunda fileira, usando um cubo de vidro cheio de abelhas vivas ao redor da cabeça.

– Aquele cavalheiro ali, por exemplo.

Ele assente vigorosamente.

– E você, meu bem?

Eu me inclino para a moça com orelhas de gato, que cobre o rosto em um constrangimento divertido.

– Você com certeza me entende.

– Então vamos fazer uma lista de todo mundo que você irritou – diz Caesar. – Tem Panache... e os outros Carreiristas... e os Idealizadores dos Jogos. E isso em poucos dias na Capital. Alguém lá no seu distrito?

– Bom, tem os Pacificadores. – A plateia reduz o barulho. – Eles ficam meio chateados quando não entrego a bebida deles na hora.

Risadas de surpresa.

— A bebida deles? O que exatamente você faz depois da aula, Haymitch?

Tomo o cuidado de manter a história o mais distante possível de Hattie.

— Bom, vamos chamar de "dever de casa de ciências". Acontece que eu consigo fazer aguardente a partir de qualquer coisa, Caesar. O Distrito 12 pode não se gabar de muita coisa, mas temos o melhor destilado de Panem. E tenho certeza de que o comandante da base vai confirmar isso!

— Mas... isso não é ilegal?

— É? Sério? — Eu me viro para um homem de bigode segurando uma taça enorme de conhaque. — Imagino que o comandante teria mencionado, se fosse.

O sino toca, e Caesar dá um tapinha nas minhas costas.

— Este aqui é um malandrinho, senhoras e senhores! Haymitch Abernathy, do Distrito 12! Que a sorte esteja SEMPRE com ele!

Metade da plateia se levanta para me aplaudir. Eu pisco para a moça com orelhas de gato, que fica toda contente, e saio do palco. Tenho certeza de que Drusilla plantou o rótulo de *malandro* na cabeça de Caesar, mas, mesmo assim, sinto que mereci.

Nos bastidores, Mags e Wiress me aguardam. Mags me dá um abraço, Wiress, um aceno breve, e diz apenas:

— Você conseguiu alguns patrocinadores.

Ouço Caesar encerrando o show enquanto nos juntamos ao resto do grupo e seguimos pelos corredores para a saída. Acho que estamos voltando para o apartamento, mas, quando chegamos à van, Plutarch está esperando.

Ele se dirige a Drusilla.

— Excelente trabalho! Sabe, os garotos não tiveram nem uma sessão de fotos decente. Que tal a gente passar na minha casa para fazer umas fotos de qualidade, talvez até filmar alguma coisa? Seria legal ter algum material, caso eles consigam ir longe. E pode parecer que você e eu não fizemos nosso trabalho, se não houver nada.

Drusilla pensa no assunto.

— Desde que Magno Stift nem seja mencionado.

— Quem é Magno? — responde Plutarch, e Drusilla segue para seu carro particular.

— Alguns casamentos nunca deveriam ter acontecido — comenta Effie baixinho.

— Drusilla e Magno eram casados? — pergunto, sem acreditar.

— Ainda são, tecnicamente — diz Plutarch. — Há trinta anos! Ela diz que é por causa dos impostos, mas quem sabe? Vamos?

Mags e Wiress não foram convidadas, mas o resto de nós acaba na biblioteca de Plutarch, sob o olhar de Trajan Heavensbee. Todo mundo parece quase à vontade usando o guarda-roupa dos Trinket. Effie retoca nossa maquiagem e até acrescenta uma flor à minha lapela, tirada de um arranjo numa réplica da escadaria dourada.

Plutarch sugere levar um de cada vez à estufa para praticar para a gravação.

— O Distrito 12 foi de desconhecido para disputado entre os patrocinadores mais ousados — conta ele com animação. — Isso é uma reviravolta. Mas vamos tentar fazer todo mundo pegar esse bonde.

Eu vou primeiro, enquanto Drusilla supervisiona as fotos de Maysilee e Wyatt fica de olho em Lou Lou, que abraça a cobra e observa um lustre com fascinação.

Nós deixamos os Pacificadores na entrada, porque Plutarch disse que sua equipe particular de seguranças bastaria, então estamos tão livres quanto na minha primeira visita à mansão.

Plutarch parece estar com pressa, e eu praticamente corro para acompanhá-lo.

— Eu estava pensando, como você falou, nas pessoas que nos consideram um risco grande demais, e eu...

Ele me interrompe.

— Escuta, Haymitch. Eu entendo que você não gosta de mim e certamente não confia em mim, mas precisa saber que, apesar das aparências, o desejo por liberdade não está limitado aos distritos. E seu infortúnio não te dá o direito de supor isso. Espero que, depois desta noite, você leve isso em consideração.

Eu não tenho ideia do que ele está falando.

— O quê?

O ar quente da estufa atinge meu rosto. Plutarch atravessa o cômodo até o telefone de cisne, ergue o fone e diz:

— Pronto deste lado. — Ele escuta por um momento, depois me entrega o telefone. — Tem uma pessoa que quer falar com você.

Então se afasta um pouco.

Ah. Agora entendi. O presidente Snow. Eu exagerei na entrevista e vou ser informado sobre minha morte grotesca. E Plutarch, que gosta de se considerar um sujeito decente, está chateado de me jogar aos lobos de novo. Faz sentido. Meio hesitante, levanto o fone até o ouvido, junto forças e consigo dizer:

— Oi?

— Haymitch? É você mesmo?

A voz sem fôlego, rouca pelas lágrimas recentes, corta meu coração.

Lenore Dove.

14

Eu aperto o telefone, os olhos bem fechados. Estou de novo nas montanhas. Os braços em volta dela, sentindo o aroma de madressilva do seu cabelo. Ela também estivera chorando naquela ocasião. Não por algo que eu tivesse feito, mas porque tinham enforcado um homem naquela manhã e nos obrigado a assistir. Mas lá estávamos nós, no alto das colinas, não com um, mas com dois arco-íris no céu. Às vezes, ela chora porque as coisas são tão lindas, e estamos sempre estragando tudo. Porque o mundo não precisa ser tão apavorante. Isso é culpa das pessoas, não do mundo.

– Haymitch?

– Sim, sou eu. Estou aqui. De onde você está ligando?

– Estou na base dos Pacificadores. Fui presa.

Isso me traz de volta à estufa. Não é de madressilva o cheiro que estou sentindo, mas uma mistura suave de rosas e carne podre vindo das plantas nepentes. Meus braços não podem protegê-la, só envolver o ar.

– Presa? Quando? Por quê?

Foi porque eu fiz piada sobre os Pacificadores comprarem bebida? Estão descontando meu atrevimento nela?

– Ontem à noite. Por tocar. Acho que fiquei meio doida quando te deram aquela nota um. Levei minha caixa de música até o Edifício da Justiça. Ainda não tinham tirado o palco, então toquei algumas músicas.

Ela não precisa me dizer quais. "O ganso e o gramado", "A loja da Capital", "A árvore-forca". Todas as músicas que está proibida de tocar em público. Clerk Carmine e Tam Amber devem estar loucos. E eu compartilho da exasperação e do medo deles.

– Ah, Lenore Dove... você está bem? Te machucaram?

– Não. Só me arrastaram para cá. Menos por causa do que eu toquei e mais porque muita gente apareceu para assistir. Todo mundo está muito abalado este ano, com tantas crianças... As pessoas precisavam de um lugar para se reunir, erguer a voz. Às vezes a dor é forte demais para suportarmos sozinhos.

Então não foi só ela que tocou na frente do Edifício da Justiça. Uma multidão se reuniu. Cantou as músicas proibidas.

– Disseram as acusações?

– Perturbação da paz ou algo assim. E você sabe: "Sem paz, sem nada."

Minha mente dispara. Perturbação da paz não é rebelião. Podem te acusar disso por ficar bêbado e quebrar algumas garrafas, o que acontece o tempo todo no Distrito 12. Ela não é parte de uma grande conspiração nem nada, então, com sorte, não vão usar a força para fazê-la falar. Que a vejam apenas como uma garota emotiva de dezesseis anos cujo namorado foi levado na colheita. Talvez tomem sua caixa de música por um tempo ou a deixem presa até depois dos Jogos Vorazes, quando tudo tiver passado. Espero que não a coloquem no tronco, como ameaçaram fazer quando ela tinha doze anos. Mas isso foi quatro anos atrás, e alguns Pacificadores são fãs do Bando, o que pode funcionar a favor dela. No fim, vai depender do quanto a plateia ficou agitada e de como o comandante da base vai encarar a situação. Eu não fiz nenhum favor ao me gabar de vender aguardente, na entrevista. Agora ele pode se sentir obrigado a pegar mais pesado com Lenore Dove.

— Teve alguma briga? Quebraram coisas? — pergunto.

— Ah, quem se importa? Vão me soltar amanhã de manhã, mas você vai ser mandado para a arena.

Sou tomado de alívio. Ela vai ser solta. Foi só uma reprimenda.

— Nada do que aconteceu comigo importa — diz ela. — E não quero passar nossos últimos momentos falando de coisas quebradas. Exceto meu coração... Que tal?

Ela está com raiva e provavelmente à beira das lágrimas de novo.

— Ah, Lenore Dove... Me desculpa por ter feito tudo errado.

E fiz mesmo. Ela não teria se tornado alvo dos Pacificadores só por tentar ajudar a mãe de Woodbine. Pelo menos, não de acordo com a lei.

— Você? É tudo culpa minha! E sei que é por minha causa que você tirou aquela pontuação. Eu praticamente te mandei para a morte, e não consigo viver com isso.

E por isso está fazendo o que puder para acabar morta também? Agora *eu* estou com raiva.

— Isso é só uma mentira que você tem que parar de contar a si mesma! Se eu tivesse mantido a cabeça fria, você talvez acabasse com alguns hematomas, mas nós dois ainda estaríamos no 12.

— Não, meu bem, não foi assim que aconteceu. Eu exagerei, como meus tios sempre me avisam para não fazer. Perdi a cabeça e comecei a gritar, e agora você... Ah, Haymitch... Eu não quero estar neste mundo sem você.

— Então vai ficar tentando acabar enforcada? Se você fizer isso, eu juro que... eu...

Eu o quê? Já vou estar mortinho mesmo, não estarei em posição de fazer nada. Mas me sinto tão impotente agora que preciso tentar fazê-la mudar de ideia de algum jeito. Não tenho ideia do que acontece quando a gente morre, mas Lenore Dove acredita que nada morre nunca, que nós seguimos de um mundo para o próximo, como o Bando viajando de cidade em cidade.

— Como em uma das suas canções, meu fantasma vai caçar o seu, e não vai te dar um momento de descanso.

— Promete? — Ela parece um pouco mais esperançosa. — Porque, se eu puder contar com isso, acho que aguento. Mas o que não aguento é... e se a gente nunca mais ficar junto?

— Nós sempre estaremos juntos — digo com convicção. — Não sei como e não sei onde, não sei de nada, mas sinto no coração. Você e eu, nós vamos nos reencontrar quantas vezes forem necessárias.

— Você acha?

— Acho. Mas só se você não fizer alguma besteira, tipo morrer de propósito. Eu acho que isso poderia estragar tudo. Fique viva, toque as suas músicas, ame seu pessoal, viva a melhor vida que puder. E eu estarei lá na Campina, esperando você. Eu te prometo. Está bem?

— Está bem — sussurra ela. — Vou tentar. Eu te prometo de volta.

Plutarch balança a mão para chamar minha atenção e bate no relógio. O tempo acabou.

— Lenore Dove, eu te amo feito chama-ardente. Isso é para sempre.

— Eu também te amo feito chama-ardente. Você e mais ninguém. Assim como os meus gansos, meu par é para a vida toda. E além. Para sempre.

Eu preciso dizer que não, não passe a vida de luto por mim, ame quem você quiser. Só que é impossível suportar esse pensamento no momento. Ela beijando outra pessoa. Mas estou tentando ser nobre, reunir forças para dizer essas palavras, quando a linha fica muda sem aviso.

– Lenore Dove? Lenore Dove?

Ela se foi. De verdade, agora. Mas está segura. Boto a cabeça de cisne de volta no lugar, como se estivesse colocando uma criança adormecida na cama, devagar e com gentileza. Adeus, meu amor.

Só então me pergunto se essa ligação realmente aconteceu. Eu nunca ouvi falar de um tributo já na Capital poder conversar com alguém de casa. Encaro Plutarch.

– Foi você que providenciou essa ligação?

Ele dá de ombros.

– Eu conheço alguém lá no 12.

– Por que faria isso por mim? – pergunto, genuinamente perplexo. – Você poderia se meter numa confusão danada.

– Sim, tem razão. Se eu for descoberto, minha próxima refeição provavelmente vai ser um belo prato de ostras envenenadas. Mas corri esse risco porque preciso que confie em mim, Haymitch. Mais importante, preciso que confie na informação que vou dar a você.

Estou completamente perdido.

– Que informação?

– Sobre como quebrar a arena.

Isso me faz hesitar. Plutarch? Plutarch sabe sobre o plano? Ele tem razão. Não confio nele nem no maldito plano mais. Será que Beetee e eu estávamos sendo gravados durante o blecaute, mesmo com as câmeras desligadas? Seria fácil grampear o apartamento. Havia microfones nos legumes de hoje? Se for o caso, Plutarch pode estar trabalhando para a Capital, tentando tirar mais informações de mim e matar qualquer pessoa envolvida. Ele armou a ligação com Lenore Dove para que eu confiasse nele, para que lhe contasse coisas.

– Eu não tenho ideia do que você está falando – respondo.

– Tudo bem. Isso é inteligente. Não confie em mim. Só escute o que tenho a dizer e, quando estiver na arena, veja se é útil.

Eu levanto as mãos, perplexo.

– Tem certeza de que está falando com o cara certo?

– Tudo bem, só escuta. Eu não tenho acesso aos locais privativos, mas meu primo conhece um aprendiz que trabalha com os Idealizadores dos Jogos, um rapaz recém-saído da universidade que quer abandonar os Jogos e trabalhar na televisão. Eu gastei uma fortuna uma noite dessas para deixá-lo bêbado. A informação mais útil que consegui foi que o sol da arena está sincronizado com o nosso.

Eu o encaro, atônito.

– Não está sempre?

– Às vezes. Depende da arena. Pode ter múltiplos sóis ou nenhum. O motivo de isso ser importante para você é que, como o sol nasce no leste, vai conseguir identificar as direções.

Beetee disse que o tanque ficava a norte. Se for verdade, essa é uma informação essencial, mas ajo com indiferença.

– Acho que eu teria chutado isso de qualquer modo.

– Outra coisa: um ou dois anos atrás, um comitê de Idealizadores pediu para visitar nossa estufa e nossos jardins. Os Heavensbee são conhecidos por sua coleção de flores raras. Fiz o passeio com eles, depois deixei a sala para pedir chá. Eu os ouvi discutindo sobre abrir as bermas quando voltei.

– Bermas?

– É como nossa jardineira chama aqueles montes de terra.
– Ele aponta pela janela para onde globos pendurados ilumi-

nam um morrinho coberto de flores. – Ela planta arbustos e flores nelas. E, se os Idealizadores dos Jogos estão planejando abri-las na arena, alguma coisa vai entrar, sair, ou as duas coisas.

Bestantes. Ele está tentando me dizer que os portais vão ficar escondidos em canteiros de flores. Mas eu respondo apenas:

– Não estou entendendo nada do que o senhor está falando.

– Claro que não. Mais uma coisa. Da perspectiva da Capital, os Jogos são a nossa melhor propaganda. Vocês, tributos, são nossas estrelas. Vocês fazem tudo acontecer. Mas só se controlarmos a narrativa. Não permitam. – Plutarch segura meus ombros e me sacode de leve. – Chega de submissão implícita da sua parte, Haymitch Abernathy. Exploda aquele tanque de água até os céus. O país todo precisa que você faça isso.

Não consigo deixar de pensar no conselho do meu pai para Sarshee Whitcomb. Parece muita coisa para botar na minha conta. Conserte essa confusão por nós, ou vai ver só.

Effie aparece à porta.

– Sr. Heavensbee? Ah, achei o senhor. Drusilla quer sua ajuda com as fotos de Louella. A cobra está roubando o foco.

Plutarch ri.

– Nunca trabalhe com crianças ou animais, srta. Trinket. Venha, Haymitch.

– E talvez não caiba a mim dizer – continua Effie –, mas ela está sendo muito dura com Maysilee.

– Bom, Maysilee tem dezesseis anos e maçãs do rosto incríveis, duas coisas que Drusilla nunca terá.

– Eu sei, é triste. Mas eu a parabenizo por tentar. – Effie leva as mãos ao rosto. – Acho que está na hora de eu começar a fazer isso também.

– Ah, eu acho que você ainda tem alguns anos.

– Todas as minhas amigas já começaram a manutenção. Mas é que odeio agulhas.

Enquanto Plutarch tranquiliza Effie, eu os sigo até a biblioteca, tentando entender a postura dele. Se está trabalhando para a Capital, acho que não entreguei nada que ele possa usar contra nós nem admiti qualquer envolvimento. Mas, se não for um lacaio de Snow, souber do plano e estiver tentando nos ajudar... o que ele quer?

As palavras que Plutarch disse minutos antes me voltam. *"Você precisa saber que, apesar das aparências, o desejo por liberdade não está limitado aos distritos."* Estava sugerindo que ele, com toda riqueza, privilégio e poder, não tem liberdade? Liberdade para fazer o quê? Talvez para não viver apavorado com a possibilidade de Snow envenenar suas ostras, para começar.

Penso na vergonha de Vitus pelo avô que era simpatizante dos rebeldes. Essa parece ser a norma aqui, mas quem era o avô dele? Um cidadão da Capital que ficou do lado dos distritos. E alguém ali devia ter ajudado Beetee a trocar os símbolos. É possível que Plutarch esteja sendo sincero. Eu só vou saber quando estiver na arena e der uma boa olhada nas tais bermas, se é que vão estar lá.

Na biblioteca, Lou Lou está soprando as velas e inalando com avidez a fumaça que sai dos pavios queimados. O cheiro me lembra de casa por um momento, nas noites escuras de inverno, a última imagem ao me acomodar em segurança embaixo das cobertas. A fumaça conjura a mesma lembrança para Lou Lou, como o pão com sementes? Algo profundo e antigo, uma casa no Distrito 11, onde ela era amada e protegida? Wyatt a convence a se sentar e posar para algumas fotos. Eles nos mostram o resultado, e elas estão muito melhores do que as que tiramos com os trajes de mineiros, acorrentados na van. Novamente, como na apresentação da colheita, temos que agradecer a Plutarch.

Ele decide dar orientações a todos nós ao mesmo tempo sobre o que vai ser transmitido durante os Jogos, para não precisar se repetir.

— Quero contar a todos o que Haymitch e eu estávamos discutindo.

Sim, penso. *Por favor, me conte.*

— Vamos começar com o básico. A opinião pública é movida a emoção. As pessoas têm uma reação emocional a qualquer coisa e depois elaboram um argumento para explicar de forma lógica por que aquilo faz sentido – diz Plutarch.

— Eu não acho que isso seja inteligente – comenta Wyatt, parecendo incomodado. Tenho certeza de que aquele cérebro de calculadora dele está perplexo com a ideia.

— Ah, eu não disse que era inteligente. Só falei que é o que acontece. Se fizerem a plateia gostar de vocês, as pessoas vão criar uma explicação intelectual de por que são o tributo certo a apoiar – explica Plutarch.

— Mas elas odeiam todos nós – responde Wyatt. – Ficam vendo a gente matar uns aos outros para se divertir.

Plutarch descarta o comentário.

— Elas não veem a coisa desse modo. Apoiar os Jogos Vorazes é um dever patriota para essas pessoas.

— Não faz diferença. Somos o inimigo – diz Maysilee.

— Claro, mas precisam torcer por alguém. Por que não você? Os Novatos fizeram um trabalho incrível ao se posicionarem como adversários dignos dos Carreiristas hoje. Na verdade, acho que a plateia da Capital considera vocês bem mais interessantes, estranhamente, porque não estão tentando se parecer com eles.

— Porque a gente não está puxando saco da Capital, é o que você quer dizer — conclui Maysilee.

— Isso mesmo. Há muita preocupação aqui, ultimamente, de que os cidadãos dos distritos estejam querendo invadir a Capital. Não é algo infundado, principalmente em relação às pessoas do 1 e do 2, que trabalham mais perto de nós. Artigos de luxo e militares, sabe? Tem pessoas nascidas na Capital que foram trabalhar lá e criaram famílias mistas, que agora querem trazer para cá. Mas vocês são de distrito e não têm vergonha disso. E qualquer jeito que derem de dizer que os Carreiristas gostam dos Jogos, que estão tentando fingir que são como o povo da Capital só vai piorar a situação social deles.

Muito de vez em quando, uma garota da Costura se apaixona por um Pacificador e acaba grávida, o que piora muito a situação social dela no 12 também. Mas nunca se fala de a criança ir para a Capital. A maioria só é renegada pelo pai, que acaba enviado para outro distrito.

— Chamá-los de Carreiristas ainda faz parecer que eles são melhores do que nós — diz Maysilee. — Temos que dar um apelido idiota para eles.

— Xingamentos! Excelente! — exclama Plutarch. — É baixo, mas eficiente.

Haymitch Coça Coça. É. É baixo, mas eficiente.

— Mas o apelido precisa chamá-los de burros sem ser burro em si — continua Plutarch. — Precisamos de um jogo de palavras. Algo inteligente ou rimado, que grude na cabeça. Mas nada vulgar. O programa é para toda a família.

Nós discutimos algumas ideias. *Puxa-sacos. Lambe-botas. Vira-casacas. Fingidos. Traíras. Imitadores.* Nada funciona.

— Precisamos de uma imagem que venha da vida real — diz Maysilee. — Foi por isso que Neddie Novato pegou. Precisamos de alguma coisa que seja uma cópia ruim de outra coisa.

Tipo aquele adoçante artificial que a gente tem que usar nos doces, quando o açúcar de verdade está caro demais, mas é muito pior.

– Leite em pó – sugere Wyatt.

– Couro falso – palpita Effie.

Penso na cerveja que vendem na loja da Capital, rala, amarga e fraca. A piada é que nem um barril inteiro deixaria sua avó tontinha.

– Breja Rala – sugiro.

Todo mundo ri. O nome em si é a piada.

– Ei, Carreirista Breja Rala! – diz Wyatt. – Acho que soa bem.

– Acho que é por aí – afirma Plutarch. – Haymitch, por que você não lança a ideia? Você já plantou a coisa da bebida mesmo. As pessoas adoraram. Foi uma das partes mais memoráveis da noite.

Nós elaboramos uma conversa em que Plutarch me pergunta sobre os nossos adversários e eu respondo:

– Bom, lá no 12, onde entendemos bastante de álcool... – Eu finjo tirar uma poeirinha do meu colete com taças de coquetel e continuo: – Nós chamamos esse pessoal de Carreiristas Breja Rala. Sabe como é, porque são muita espuma e pouca cerveja.

Brincamos com a ideia e mudamos "pouca cerveja" para "pouco efeito", para ficar menos repetitivo. Então pensamos em frases similares, para termos variação. Maysilee sugere "muito tecido e pouco estofo", porque o assunto dela é moda, e Wyatt vem com um "muito blefe e pouco acerto", usando seu vocabulário de apostas. Lou Lou não está em condição de criar a dela, então decidimos usar a abordagem tradicional, "muito latido e pouca mordida". Wyatt faz com que ela diga uma vez, para a câmera. A cobra mostra as presas no "mordida", e é o suficiente.

Plutarch parece feliz de verdade e diz que vai poder editar os clipes e fazer vinhetas ótimas. Ele suspira ao mencionar as ferramentas que foram abolidas e destruídas no passado, as classificadas como fadadas a destruir a humanidade por serem capazes de replicar qualquer cenário usando qualquer pessoa.

– E em meros segundos! – Ele estala os dedos para enfatizar a velocidade. – Acho que foi a coisa certa a fazer, considerando nossa natureza. Nós já quase nos destruímos sem elas, então dá para imaginar. Mas, ah, as possibilidades!

É, é incrível que sequer estejamos aqui. Considerando nossa natureza.

A cobra de Lou Lou desaparece e estamos prestes a começar a procurá-la quando Plutarch repara no relógio sobre a lareira e faz sinal na direção da porta.

– Não importa, não importa. Temos que botar vocês na cama. O show começa amanhã.

Enquanto ele nos acompanha, passando por todos os Heavensbee, volta a falar sobre fazer todo mundo pegar o bonde, que, segundo ele, significa fazer com que as pessoas queiram aderir a uma coisa popular, mas que me faz pensar no Bando viajando de cidade em cidade. Quando chegamos à van, Plutarch nos deseja tudo de bom.

Ainda não sei o que pensar do sujeito, mas talvez ele realmente tenha arriscado a vida para me dar uns últimos momentos valiosos com Lenore Dove e talvez, na arena, a informação dele se mostre verdadeira. Quem sabe ele não consiga nos ajudar de alguma outra forma quando o "show" começar? Melhor continuar de bem com ele.

Eu estendo a mão.

– Obrigado por toda a ajuda, Plutarch.

Satisfeito, ele a aperta.

— Bom, eu sou desprezível em vários níveis, mas nisso estou do seu lado.

É o que vamos ver.

No apartamento, Mags e Wiress prepararam um jantar caprichado para nós, com assado e muitos acompanhamentos, mas não tem muito espaço no meu estômago nervoso. Elas elogiam nosso desempenho e o trabalho maravilhoso que fizemos com os Novatos, mas sinto que a maior parte desse crédito é de outras pessoas, e não meu. Pelo menos, não fiz besteira.

Estou me sentindo bem até a hora de dormir, quando Maysilee me pergunta:

— É verdade? Você vai partir por conta própria?

Ao que parece, Wellie espalhou a notícia.

— Me deram nota um, Maysilee. Estão na minha cola. Você e Wyatt têm muito mais chance sem mim.

Eu não menciono Lou Lou porque acho que ela não tem a menor chance. Wyatt assente enquanto, sem dúvida, fatora as probabilidades.

— Minha cabeça diz que você tem razão, mas...

— Confie nela. Eu sou uma aposta ruim.

Eu me pergunto: se não fizesse parte do plano da inundação, seria tão altruísta? Ou me agarraria à segurança do grupo? Não estou feliz por me afastar deles.

— Olha, quem sabe o que vai acontecer lá dentro? Pode ser que nossos caminhos se cruzem. Mas não posso fazer vocês pagarem pelas minhas escolhas.

— Tudo bem – diz Maysilee. – Então voltamos para onde estávamos no trem. Você não nos quer como aliados.

— Eu não quero *ninguém* – explico.

É solitário seguir por conta própria. Eu queria poder contar tudo. O plano. A conversa com Lenore Dove. O aviso de

Snow e o sol nascente de Plutarch. Mas isso só abriria espaço para perguntas e acabaria causando problemas, então deixo as coisas como estão. Eu não quero ninguém. Luzes apagadas.

Lou Lou desmaia na mesma hora e o resto de nós fica rolando de um lado para outro. Tenho sonhos com Lenore Dove e acordo de um pulo. A canção com o nome dela está mexendo comigo. Nela, um cara perde seu grande amor, Lenore, e está enlouquecendo de saudade dela. Aí na casa dele aparece um corvo enorme que se recusa a ir embora, e sempre que ele pergunta alguma coisa à ave, ela só responde "Nunca mais"... O que, como se pode imaginar, só o deixa mais maluco.

Nesta casa onde o Horror, o Horror profundo
Tem os seus lares triunfais,
Dize-me: existe acaso um bálsamo no mundo?
E o corvo disse: "Nunca mais."

Anjos, me explicou Lenore Dove, são humanos com asas que moram num lugar chamado céu. Algumas pessoas acreditam, ela disse, que esse seja um destino possível após a morte. Um mundo bom para onde vão as pessoas boas. Mas Lenore Dove é o ser alado na minha mente, no momento. Se existe alguma coisa depois da vida que estou prestes a perder, será que vou reencontrá-la? Como o cara do poema, eu gostaria muito de saber. Mas o corvo não está dando a resposta que nós dois queremos ouvir.

15

A noite parece ao mesmo tempo infinita e curta demais. Estou acordado, mas exausto, quando Mags vem nos chamar. Tomamos banho e colocamos os velhos trajes de treinamento, já que só vão nos vestir quando estivermos nos currais da arena. Sei que Maysilee está chateada por eu abandonar os Novatos. Como oferta de paz, no caminho para a cozinha coloco o presente de aniversário de Beetee, o pacote de transformar batata em lanterna, na mão dela. Apesar de ela não reagir nem falar comigo, o pacote desaparece em seu bolso.

O café da manhã está quente e caprichado, mas Wyatt e eu damos apenas algumas mordidas, porque a comida entala na garganta, e Maysilee só quer café. Já Lou Lou come uma pilha de panquecas da altura da sua cabeça e um monte de bacon, o que confirma que está desorientada demais para saber o que os próximos dias lhe trarão. É uma bênção, acho. Ela parece tão indefesa sem a cobra.

Wiress nos dá orientações de última hora, então parece se fechar. Mags abraça cada um de nós e diz que, não importa o que acontecer, nós fomos incríveis. Ela sabe que pelo menos três de nós não vão voltar. O que mais pode dizer?

Todo o fingimento acabou. Estamos sendo empurrados cada vez mais rápido para o momento inevitável em que o gongo vai soar. Toda a preparação dos tributos, os trajes, o treinamento, as entrevistas, tudo isso foi só uma distração da verdadeira questão. Hoje alguns de nós vão morrer.

Drusilla passa no apartamento para cumprir seu último dever oficial de acompanhante, que é cuidar para que sejamos revistados e colocados na van. Não sei onde Maysilee guardou o pacotinho, mas ela é liberada sem problemas. Quando somos acorrentados, uma mulher de jaleco branco carregando um conjunto de seringas injeta alguma coisa nos nossos antebraços. Ela não precisa dizer que é o rastreador, um dispositivo eletrônico que permite que os Idealizadores dos Jogos nos localizem na arena.

– O que acontece se vencermos? Tiram? – pergunta Wyatt.

– Nós os recolhemos de todos os tributos, vivos ou mortos – responde a mulher. – Eles são reutilizáveis. Claro que este ano precisamos de vinte e quatro a mais.

Obrigado por nos lembrar.

Drusilla espera no fundo da van.

– Muito bem, pessoal – diz ela. – Tentem não me fazer passar vergonha.

Maysilee solta uma última farpa.

– Como se você precisasse da nossa ajuda para isso.

Drusilla bate a porta na nossa cara.

Somos levados para uma espécie de passarela onde seis aerodeslizadores aguardam, e então acomodados em um compartimento sem janelas e presos em assentos em frente ao pessoal do Distrito 11. Eles parecem tão apavorados quanto nós. Só Lou Lou aparenta estar inabalada. Ela vê o símbolo que uma das garotas, Chicory, está usando, uma flor de grama trançada, e se concentra nele. Aí, começa a fazer pequenos gestos com a mão enquanto canta com voz sussurrada:

Flores ali aos meus pés
Crescendo em meio ao milharal
Olha a colheitadeira, abaixa a cabeça

> *Abaixa a cabeça*
> *Abaixa a cabeça*
> *Olha a colheitadeira, abaixa a cabeça*
> *Para ver outro sol matinal.*

Chicory reage com surpresa e se dirige ao resto de nós, já que o estado mental de Lou Lou exclui a possibilidade de resposta.

— Como ela conhece essa música? Vocês cantam ela lá no 12?

Como sei um bocado das músicas do 12, por causa do tempo passado com Lenore Dove, faço que não.

— Essa é uma cantiga sobre a colheita – revela Chicory. – Essa música é nossa.

Ela espia o rosto de Lou Lou, troca um olhar com os tributos do 11 e canta:

> *Tordo lá em cima do galho...*

Lou Lou continua a canção na mesma hora.

> *Na macieira faz seu ninho*
> *Chegou a colheita, então sai voando*
> *Sai voando*
> *Sai voando*
> *Chegou a colheita, então sai voando*
> *Mas não vai sozinho.*

— Como vocês explicam isso? – pergunta Chicory.
— A gente não tem como explicar – diz Maysilee. – Ela não é nossa. A nossa morreu, e ela foi a substituta que manda-

ram. É bem provável que seja do Distrito 11. É o que as nossas mentoras acham, pelo menos.

Ela nem parece se importar que a Capital esteja ouvindo. Tile, o maior dos tributos do 11, fala com voz tensa:

– Vocês não acham que deviam ter mencionado isso?

– A gente não tinha certeza até agora – responde Wyatt. – Só estamos tentando cuidar dela. Importa se ela veio do 11 ou do 12? Não estamos todos do mesmo lado?

Lou Lou nos ignora, tentando se soltar do cinto de segurança.

– Vocês sabem quem ela pode ser? – pergunto.

Chicory faz que não.

– Nosso distrito é grande. E quem sabe há quanto tempo estão com ela? – Ela se inclina para Lou Lou tanto quanto o cinto permite. – Menina? Qual é seu nome de verdade? Se um de nós voltar, pode avisar a sua família.

Lou Lou hesita, tenta falar, então leva a mão ao ouvido e solta um grito. Wyatt segura sua mão livre e tenta acalmá-la.

– Nós achamos que botaram alguma coisa no ouvido dela, para controlá-la – diz Maysilee.

– Por isso que você queria que a gente tomasse cuidado com o que diz – comenta Chicory, ligando os pontos. – Estão ouvindo. – Ela se recosta, o rosto cheio de pesar. – Talvez a família dela a reconheça.

Eu não digo nada, mas tenho a sensação de que a família dela já morreu, e, se estiver viva, seria muito trágico que a vissem apenas para perdê-la de novo. Não tem final feliz para a história de Lou Lou.

Nós decolamos, o que seria incrível em outras circunstâncias, mas ali só aumenta meu enjoo. Todo mundo se cala por um tempo, o que me dá a chance de me preparar mentalmente. Eu deveria estar planejando minha estratégia na arena, mas só fico pensando em Lenore Dove, no quanto eu a amo, me perguntando se ela já está em casa e se está bem. E na minha mãe. E em Sid. Em Burdock e Blair. Hattie. Antes que eu me dê conta, estamos descendo.

Quando chegamos na plataforma interna que fica na arena, somos levados direto para um corredor. Não consigo ver o exterior, mas fico com a impressão de que estamos no subsolo, e tenho certeza de que estou no Sub-A. Viro a cabeça de um lado para outro, tentando observar todos os detalhes do local enquanto atravessamos um corredor curvo com assoalho de concreto em aclive. Tem alguns canos à direita e, à esquerda, surgem em intervalos conjuntos de quatro portas, as primeiras marcadas com o número 6 e aumentando. Quatro de cada número por vez, 7, 7, 7, 7, 8, 8, 8, 8... É uma subida e tanto até chegarmos a uma com 11 e mandarem Chicory entrar. Perdemos o resto dos nossos aliados do 11, e um Pacificador abre a primeira porta marcada com um 12.

Eu estendo os braços. Sem uma palavra, Wyatt e Maysilee vêm para um abraço em grupo. Lou Lou se enfia no meio de nós e nos apertamos, sentindo a pulsação e o suor e a pele uns dos outros. Em dez minutos, que coração ainda vai estar batendo?

– Vamos lá – diz o Pacificador depois de um minuto.

Sou o último de nós a entrar nas nossas salas, só que, antes, dou uma espiada e vejo a porta seguinte do corredor, marcada com um 1. Um círculo de tributos para a cerimônia de abertura.

Fico sozinho numa sala circular com um tubo transparente no centro. Minha plataforma de lançamento. Um conjunto de roupas dobradinhas ocupa a única cadeira. Pretas, como Maysilee desconfiava.

O interfone estala e desperta. Uma voz me cumprimenta:
– Bem-vindo à sua sala de lançamento.

Em casa, nós chamaríamos de curral. É o lugar onde os animais aguardam para serem abatidos. A voz instrui:
– Os tributos devem vestir suas roupas novas, cortesia da Capital.

Cortesia da Capital. Meu short de estopa. Minha mãe. Sid.

Tiro a roupa e largo o traje de treinamento no chão. Todas as roupas para a arena – uma cueca, uma camisa de mangas compridas, uma calça – parecem aqueles lenços velhos de seda que Lenore Dove usa para dar um toque especial aos seus trajes. O tecido fino e fresco escorre pelas minhas mãos como água. Tem um cinto também, mas a calça não tem passadores, só a camisa esvoaçante, então o amarro na cintura. É feito de um material elástico e, em vez de fivela, é preso por dois círculos metálicos que se entrelaçam e se abrem com um giro rápido. Quando termino de me vestir, meus joelhos estão bambos, e eu desabo na cadeira, sentindo meu coração disparar. Estou a minutos da arena. Não consigo lembrar o que fazer. Escuto a voz de Wiress...

> *Primeiro, o banho de sangue evitar,*
> *Arrumar armas, água procurar.*

Água. Certo. Eu tenho que afogar o cérebro. O quê? Mais instruções.
– Tributos, por favor, entrem em seus tubos.

Eu me levanto, trêmulo, e nesse momento a maçaneta gira e Effie Trinket entra correndo na sala.
– Espera, ainda não! Eu tenho que dar uma olhada nele!
– Ela está branca feito papel. – Eu só descobri que tinha que

fazer isso durante o café da manhã – diz ela em um cochicho, completando: – Magno sumiu.

Effie olha meu traje rapidamente e ajusta o cinto.

– Você viu isso?

Ela mostra que tem um lenço no bolso da minha calça. Eu o deixo onde está.

– Obrigado – consigo dizer.

– Os tributos que não estiverem nos tubos em trinta segundos serão punidos – diz a voz.

– Vem!

Effie me leva até o tubo e me coloca no meio, sobre uma placa de vidro. Ela ajeita meu símbolo por cima da camisa.

O tremor de suas mãos me dá forças para pedir um favor.

– Você pode cuidar para que o meu símbolo seja entregue à minha garota, lá no meu distrito?

Effie faz que sim e bota a mão sobre o símbolo num gesto solene.

– Vou fazer tudo que puder. – Ela recua, e a porta começa a se fechar. – Lembre-se, Haymitch: só saia da sua placa depois de sessenta segundos!

Quando a porta se fecha, ela dá um soquinho no ar e acrescenta:

– E mantenha uma atitude positiva!

A plataforma se ergue, meu olhar fixo no dela até tudo ficar preto e eu perder a noção de onde estou. Minhas mãos suadas deslizam pelas laterais do tubo de vidro quando tento me firmar. Então o tubo acaba e estou empoleirado na placa quando um sopro de ar acerta meu rosto e a luz me cega. Quando meus olhos se ajustam, arqueio as sobrancelhas, sem acreditar enquanto dou a primeira olhada na arena.

A beleza me deixa sem fôlego.

— Senhoras e senhores, que a Quinquagésima Edição dos Jogos Vorazes comece! – declara um locutor.

Franzo o cenho quando a desconfiança surge. É bonito demais para ser verdade. Uma campina verdejante se espalha por quilômetros em todas as direções. Uma variedade de aves canoras, com penas coloridas, combina com os arbustos de flores alegres, que por sua vez combinam com os trajes dos tributos. Um céu tão azul que machuca os olhos, nuvens tão fofas que dá vontade de pular nelas. E o cheiro! Como se tivessem engarrafado o melhor dia de primavera e aberto a tampa só para nós.

Eu prendo o nariz e começo a respirar pela boca para evitar o cheiro atordoante. Tento examinar a Cornucópia dourada com seu ninho de armas e suprimentos, no centro da campina, a uns cinquenta metros de distância, mas uma brisa suave acaricia meu rosto, e a canção dos pássaros me distrai com pensamentos sobre Lenore Dove. Tem um bosque ali também, como o que há no 12, mais ao longe e à esquerda. À direita, uma montanha pequena com neve no topo. É lá que fica o tanque? Debaixo da montanha?

Um coelhinho que parece uma bolota de fofura salta perto do meu pé e mordisca a grama ao lado da base, o pelo cinza-claro com toques de lilás e rosa. Um tom de cinza-dove. Estou estendendo a mão para o pelo sedoso quando o coelho leva um susto e sai em disparada, me fazendo recuperar a razão.

Foco!, ordena meu cérebro. *O que você tem que fazer?*

> *Primeiro, o banho de sangue evitar,*
> *Arrumar armas, água procurar.*

Certo. Preciso pegar armas e dar o fora daqui. Mas para qual direção devo correr? Norte. Beetee me orientou a ir para o norte. E Plutarch disse que o sol da arena está posicionado como o nosso Sol. Eu acredito em Plutarch? Penso em como consegui me despedir da minha família, e em como ele não me delatou sobre a jarra de leite, e na ligação para Lenore Dove... Ora, que se dane, eu acredito! Wiress me disse para confiar nos meus instintos, e eles estão dizendo que Plutarch falou a verdade. Se eu não localizar nenhuma berma, talvez reconsidere. Mas por enquanto...

São nove da manhã, e o sol está subindo atrás da Cornucópia, bem à minha frente. Certo, ali é o leste, e o oeste está atrás de mim, o que faz com que o norte esteja à minha direita. Não! Esquerda. Norte à esquerda. Onde fica o bosque, não a montanha. Isso é bom, porque os tributos espalhados à minha direita são em maioria Carreiristas, Silka na base ao lado, depois Panache e a outra garota e o garoto do Distrito 1, depois o Distrito 2, enquanto para a esquerda só tem Novatos. O Distrito 1 está perto demais, o que me deixa nervoso, mas eles vão querer pegar armas e matar mais do que sentir vontade de me perseguir, principalmente se eu estiver armado, e existem alvos mais fáceis. Vejo Ampert e os outros tributos do Distrito 3 entre os Distritos 2 e 4 e preciso sufocar o impulso de correr para protegê-los. Ampert não ia querer que eu fizesse isso. Ele ia querer que eu sumisse e encontrasse um portal das bestas, e então me reunisse com ele o mais rápido possível. Ele também vai para o norte em breve.

Fixo o olhar numa mochila verde perto da ponta traseira da Cornucópia. Posso correr na diagonal até ela, pegar algumas armas no caminho, ou pelo menos uma faca, e com sorte sumir antes que alguém repare. Pode dar certo... as pessoas parecem bem confusas. Vejo Panache virar a cabeça quando um pássaro amarelo-narciso pousa no ombro dele e pia.

Então o gongo soa e os cadarços das minhas novas botas se prendem na grama da campina enquanto corro para a mochila. Quase sem diminuir o passo, com a mão esquerda pego uma lança e, com a direita, uma faca, que uso para pescar a alça da mochila. Permito-me uma olhada rápida por cima do ombro, que me tranquiliza de que os Carreiristas estão atrasados para a festa, alguns ainda em suas bases, e outros, que demoraram para sair, só agora alcançando as armas. Enquanto corro para o bosque, encaro Kerna por um segundo e reparo em seu girassol enquanto ela ruma em busca de uma arma. Aí simplesmente corro na direção das árvores ao longe.

Em poucos momentos, os gritos começam, mas me obrigo a manter o ritmo, sabendo que ver alguém do Distrito 12 ou qualquer Novato a caminho da morte pode fazer com que eu me envolva na confusão. O grito foi de Lou Lou? Foi de uma garota, e novinha, com certeza. *Não olhe para trás*, digo a mim mesmo. *Nem ouse olhar para trás.*

Meu braço direito dói sob o peso da mochila, por isso paro um momento para colocá-la nas costas e enfiar a faca em segurança no cinto. Com a lança na mão direita, assumo um ritmo de corrida que acho que consigo manter pelo trajeto longo até o norte. A grama da campina, baixa e lisa na Cornucópia, fica mais alta conforme avanço, e preciso levantar bem os pés ao andar para que não se enrole nas minhas botas, então é isso que faço, de olho em cobras. Só vejo flores, aves e um coelho aqui e ali. Nada venenoso ou mortal.

Repasso a lista de Wiress.

Primeiro, o banho de sangue evitar,

Estou cuidando disso.

Arrumar armas,

Feito.

água procurar.

Ainda não posso fazer isso. Só quando estiver seguro no bosque, e vai ter que ser no caminho para o norte. Digamos que eu encontre água rápido. E aí?

Encontrar comida e onde dormir,

Não, cedo demais. Ainda estou na fase de evitar o banho de sangue. Também preciso chegar o mais perto possível do tanque e encontrar um portal das bestas. Mas estou satisfeito com o meu progresso.

Eu corro pelo tempo que consigo, depois reduzo para uma caminhada e uso a lança como apoio. A grama agora bate na minha cintura. À frente, a floresta se encontra com a campina num arco suave. As árvores, numa mistura exuberante de verdes com explosões de dourado e laranja, estão carregadas de flores coloridas e frutas maduras, prometendo tudo que eu procuro. Sombra para me proteger do sol quente, comida para encher a barriga, esconderijo dos Carreiristas. O aroma inebriante de pinheiro e flores que emana do bosque acalma meu coração disparado. Encantador... atraente... essas palavras não fazem justiça. Tem algo quase mágico no local, como se, ao entrar naquele abraço folhoso, nada de ruim pudesse acontecer. Deve ser assim que os insetos se sentem na planta nepente, logo antes de se afogarem. O que pode muito bem ser meu destino, quando o tanque explodir.

Quando alcanço as árvores, acredito que percorri uns três quilômetros. Subo numa pedra grande para ver se tem algum tributo por perto, mas parece não haver aliados nem inimigos pela área gramada. Os tiros de canhão começam, me informando de que o banho de sangue da Cornucópia acabou. Normalmente, eles disparam para confirmar qualquer morte, mas no começo acontecem tantas, e tão rápido, que os Idealizadores esperam o banho de sangue inicial terminar. Os estrondos continuam, ressoando nos meus ossos, e eu conto dezoito mortos. Só vou saber quem foram à noite, quando mostrarem os rostos dos tributos mortos no céu. Mas só há dezesseis Carreiristas, então os Novatos não foram poupados. É provável que muitos desses sejam do nosso bando.

Tento não pensar em quem, mas poderia ser Maysilee ou Wyatt ou Lou Lou ou Ringina ou Ampert... E se Ampert já tiver sido morto? O que acontece com o plano? Ele era um alvo fácil naquela área cercada de Carreiristas... *Não!*, digo a mim mesmo. *Não. Ele é inteligente demais. Vai te encontrar. Só faz sua parte do trabalho.*

Eu me sento na pedra para recuperar o fôlego e examinar a mochila. Depois de anos carregando grãos para Hattie, posso estimar com confiança que pesa cerca de dez quilos. É feita de uma lona boa e forte, com alças acolchoadas. O verde deve se misturar bem com as árvores. Hesito ao abri-la, pois minha vida pode muito bem depender do seu conteúdo, mas por fim afasto a aba e começo a retirar meus suprimentos.

Uma rede de malha, da mesma cor da mochila, protege uns binóculos bacanas. Duas garrafas de plástico de uns três litros cada, cheias de água, responsáveis por boa parte do peso. Doze maçãs. Numa caixa de papelão, uma dúzia de ovos, que, ao serem chacoalhados, me parecem estar cozidos. E, finalmente, seis batatas grandes, que me empolgam até eu lembrar que dei o kit de iluminação para Maysilee. Bem, ela e Wyatt têm mais chances de não serem pegos trapaceando com as coisas de Beetee, considerando que têm um medalhão de cobre e uma moeda de zinco. Com sorte, também conseguiram algumas batatas. Para mim, elas provavelmente serão o jantar.

Para ser sincero, considerando o tamanho da mochila e sua proximidade da Cornucópia, estava esperando coisa melhor. Remexo dentro para ter certeza de que não deixei passar nada. Um bolso externo acrescenta ao meu butim um pacote generoso de pastilhas pretas do tamanho de moedas. Minha teoria inicial é que talvez, se forem colocadas na água, virem um bife ou algo do tipo, mas uma mordidinha de leve destrói essa teoria. Se não estou enganado, são as mesmas pastilhas de carvão que a minha avó comprava na loja dos March para indigestão, quando comia demais. Uma piada sem graça da parte dos Idealizadores, considerando que nenhum tributo corre o risco de comer demais. Eles devem estar rindo da minha reação neste momento. Não importa. Talvez eu possa usar para camuflagem ou alguma outra coisa.

Tomo um gole grande de água e rearrumo a mochila. Não vou comer até entender o que tem na floresta. Então me certifico de manter a montanha exatamente às minhas costas e sigo na direção das árvores.

É um alívio sair da grama da campina e entrar na floresta de chão de terra coberto de agulhas de pinheiro. Pequenos trechos de musgo cor de esmeralda e um arco-íris de samambaias acrescentam um toque decorativo. Em poucos minutos, vejo a primeira berma, lisa e simétrica, com uma bela camada de ranúnculos. Plutarch estava certo quanto a isso, pelo menos. Será que esconde um portal das bestas? Não dá tempo de conferir agora, e ainda não avancei o suficiente em direção ao norte.

O bosque é tão perfeito quanto a campina, cheio de belas coisas coloridas, mas sinto minha raiva aumentar à medida que avanço. Aquela árvore? Carregada de maçãs. Aqueles ninhos? Cheios de ovos. E riachos gorgolejando com água límpida aos montes. Se está na minha mochila, é fácil de conseguir. Eu provavelmente poderia cavar em qualquer lugar e encontrar batatas. Minha mochila toda era uma grande piada?

Aqui estou eu, carregando dez quilos a mais, que nem um pateta. Parte de mim fica tentado a jogar o conteúdo no chão, mas aí eu só perderia tempo colhendo tudo de novo, então sigo em frente, reparando nas bermas no caminho. Ouço mais dois tiros de canhão. Vinte mortos agora. Em Jogos normais, só quatro tributos estariam vivos. Este ano, ainda há vinte e oito de nós.

Quando a sede começa a incomodar, paro num riacho. Apoio a mochila numa árvore e pego água na mão em concha algumas vezes. É meio metálica, mas não tanto quanto a do nosso poço, lá em casa. Bebo devagar, porque tomar água gelada demais num dia quente pode me dar dor de barriga.

Enquanto estou recostado na mochila, um coelho cinza-dove vem pulando do outro lado do riacho e bebe água por um tempão. Ele fica sentado na margem, as orelhas tremendo, me lembrando de que já ajudei Burdock a montar armadilhas algumas vezes. Mas não tenho arame. E será que conseguiria matar uma criatura que me faz lembrar minha garota?

Estou pensando nisso quando o coelho começa a guinchar como um filhote de passarinho, fica rígido igual a uma tábua e cai morto. Um filete de sangue mancha o pelo do queixo dele.

16

Veneno. É isso que tem no riacho. Aperto a mão na barriga, percebendo que as pontadas que achei que fossem causadas pela água gelada estão intensas e provocando queimação demais. Na mesma hora, enfio o dedo na garganta e consigo vomitar um pouco de bile antes de lembrar que esse nem sempre é o melhor jeito de lidar com veneno. Pode fazer tanto mal saindo quanto entrando. Um antídoto é melhor, como o que o presidente Snow tinha no bolso. Mas não tenho nenhum antídoto comigo.

Remexo na mochila, procurando algo que possa absorver o líquido tóxico. Algo esponjoso, como pão, mas não tem nada. E essa seria mesmo a coisa certa a fazer? A dor aumenta, e tomo água pura da garrafa, na esperança de que dilua o veneno, mas não adianta. Minha respiração fica ofegante e suor brota no meu rosto. Então é assim. É assim que vou morrer. Não acabando com os Jogos Vorazes, só encolhido na terra, envenenado que nem um rato. Viro todos os suprimentos e pego uma batata, a coisa mais benigna que tenho, e dou uma mordida na casca dura e áspera bem quando meus olhos pousam nas pastilhas de carvão.

É um dia de outono, alguns anos atrás, e nós exageramos na sopa de pimentão. A vovó está dizendo, enquanto mastiga seus comprimidos: "Serve para tudo que faz mal pra barriga. Fogo, vento ou veneno." Achei que os Idealizadores dos Jogos tinham colocado as pastilhas na mochila como piada, mas será que são o antídoto?

Sem hesitar, cuspo a batata, rasgo o pacote e enfio alguns comprimidos na boca. Mastigo-os até virarem pó, bebo um pouco de água e avalio a condição do meu estômago. Sem mudança. Mando mais uns seis para dentro. Dessa vez, acho que começo a sentir algum alívio. Sem aviso, vomito tudo que comi desde o almoço do dia anterior no riacho. Fico de quatro, ofegante, pingando suor e saliva. Ainda estou enjoado, mas a dor diminuiu. Por garantia, coloco uma pastilha na língua e deixo que se dissolva. Encontro um tronco de árvore e apoio meu corpo, esperando que os batimentos cardíacos desacelerem.

Talvez eu não morra. Não posso morrer. Ainda não. Não antes de explodir aquele tanque. Conforme me afasto das portas da morte, tento me reorganizar. Meus suprimentos estão espalhados aos meus pés. Meus suprimentos idiotas e redundantes, que eu poderia encontrar em qualquer lugar...

De repente, me sento ereto quando me lembro do conselho de Mags: *"Procurem pistas quanto à natureza da arena. Os Idealizadores dos Jogos às vezes escondem alguns pequenos sinais sobre isso no treinamento."*

Se o conteúdo da minha mochila for uma pista, o que ele revela? Por que toda a comida e bebida ali dentro é fácil de obter na arena? A menos que... Observo o corpo do coelho, do outro lado do riacho... A menos que não seja. A menos que cada mordida seja preciosa porque o que há disponível é venenoso.

Assim que penso nessa possibilidade, sei que é verdade. Que as lindas maçãs nos galhos acima da minha cabeça são tão mortais quanto a água cristalina. E, se isso é verdade, que outras comidas e bebidas aqui podem matar? Tudo, provavelmente. Não é seguro ingerir nada que não tenha vindo da Cornucópia.

Enquanto limpo meus suprimentos e os guardo com cuidado, penso nos dois tiros de canhão depois do banho de sangue. Será que foram um Carreirista e um Novato que morreram, alertando assim o resto das alianças sobre a natureza venenosa da arena? Eu me lembro dos canários que levamos para as minas de carvão, no 12. Eles são os primeiros a morrer quando tem gás mortal no ambiente, e isso avisa os mineiros do perigo iminente. Talvez tenham sido dois Carreiristas, porque tenho certeza de que Ampert e Wellie devem ter percebido rapidamente que a comida nas mochilas é uma pista. É provável que, se não tivéssemos formado alianças tão próximas, muitos outros tributos estariam morrendo agora. Os Idealizadores dos Jogos estavam contando com isso, e nós os surpreendemos?

Cada pedacinho de alimento seguro é valioso. Olho para o coelho outra vez, agora sem me importar com a cor do seu pelo. Apesar de não estar com apetite agora, sei que estarei morrendo de fome mais tarde. Ainda assim, o focinho ensanguentado dele me faz desistir. A última coisa de que preciso é mais veneno. O que tenho mesmo que fazer é seguir para o norte. Infelizmente, quando me levanto, sou tomado por uma onda de náusea e me apoio na lança para me manter de pé. Quanto tempo vai demorar para as toxinas saírem do meu organismo?

Inspiro fundo o ar fragrante, que não me encanta mais. Não é mortal, mas também não é fresco. Algo nocivo se esconde sob o perfume. Eu me lembro das expressões atordoadas dos tributos enquanto esperávamos o gongo. O ar nos drogou? Será que isso está contribuindo para o enjoo e a fraqueza que sinto? Ou a culpa é da água? Mas não posso parar de respirar, então sigo com pernas bambas para o norte.

Não adianta. Depois de umas centenas de metros, deslizo para o chão da floresta, vomito a última pastilha de carvão que ingeri e me encolho em posição fetal. Os calafrios começam, sacudindo meu corpo e fazendo meus dentes baterem com tanta força que corro o risco de quebrá-los. Só quero estar em casa, na minha cama, no 12, com a minha mãe cuidando de mim, me dando colheradas de canja de galinha, empilhando todas as colchas sobre meu corpo trêmulo e botando um travesseiro de pena de ganso sob a minha cabeça. Pensar na minha mãe me vendo, sem poder me tocar, me força a tentar parecer menos patético. Reúno forças para me sentar e secar o rosto suado com o lenço.

Eu me tornei um alvo fácil. Preciso me esconder, mas como não tem nenhuma trilha aberta no bosque, não dá para sair dela. Mais adiante não parece mais seguro do que aqui. Se um Carreirista me seguiu pela campina, praticamente já estou morto. Atordoado, tento me lembrar da música de Wiress:

Encontrar comida e onde dormir,
Fogo e amigos podem servir.

Seguir para o norte perde muito a prioridade; preciso encontrar um lugar seguro para poder me recuperar. Fogo e amigos vão ter que esperar. Eu me levanto, firmo as botas e penso em subir em uma árvore, mas estou tão tonto que tenho certeza de que vou cair. O que preciso mesmo é me deitar em um lugar escondido. Ando sem destino por um tempo, desviando um pouco para leste, e encontro uma área ampla de arbustos de mirtilos carregados de frutos do tamanho de cerejas.

Obviamente, não posso comê-los, mas a vegetação densa e sem espinhos oferecem refúgio. Eu me deito de barriga para baixo e me arrasto para o meio dos arbustos, puxando a mochila. No que julgo ser o centro, ajeito a rede no chão e me deito, depois me enrolo nela para me aquecer. Não consigo ver nada lá fora e espero que ninguém consiga me enxergar aqui dentro. Não importa, eu não vou a lugar nenhum.

Por várias horas, alterno entre calafrios violentos e suores febris que me deixam encharcado. Sinto pontadas de dor nos músculos, e minha cabeça parece presa em um dos tornos de Tam Amber. Eu me pergunto vagamente se algum dos meus amigos tributos estão vivenciando o mesmo sofrimento. Nenhum canhão foi disparado desde os dois que atribuí a envenenamento. É possível que haja outros caídos, impotentes, como eu, esperando que o resto do veneno saia do organismo. Não sei o que aconteceu, mas os Idealizadores não parecem estar soltando bestas nem tentando nos juntar. Depois de vinte mortes no dia de abertura, somos recompensados com uma interrupção no banho de sangue. Nossa performance foi satisfatória.

À noite, o hino ecoa pela arena. Reúno forças para me arrastar até a beira dos arbustos e olho para o alto. Vejo a bandeira de Panem projetada no céu. Está na hora das fotos memoriais dos tributos mortos, uma pista rara da nossa situação nos Jogos. Vinte hoje. Apoio as mãos abertas no chão, pressionando um dedo na terra a cada morte. Depois que cada dedo tiver sido pressionado duas vezes, vai ter acabado, e vou saber como estão os Novatos.

Quando o primeiro tributo morto aparece, reparo no traje verde-meleca e sei que é uma garota do Distrito 1. Acho que se chamava Carat. Depois, pulamos para Urchin, o garoto do Distrito 4 que me derrubou da carruagem com o tridente.

Fico aliviado de ver que o Distrito 3 foi poupado, especialmente Ampert. Um garoto e uma garota de laranja do Distrito 5 levam a contagem de mortes dos Carreiristas a quatro. Um dos meus pombinhos, Miles, o garoto que não conseguia respirar no chuveiro, aparece em seguida, e meu coração se aperta. Os Carreiristas acabam no Distrito 5. Isso significa que as outras dezesseis mortes de hoje são de Novatos. Eu as vejo aparecerem. Uma segunda pombinha, Velo, do 6. Os dois garotos do 7. Os quatro tributos do 8. Os quatro do 9. As duas garotas do 10. Tile, o garoto do 11. O dedo mindinho da minha mão esquerda continua levantado. Falta um tributo. Foi outro do 11 ou alguém do meu?

Wyatt. A sorte de Wyatt Callow acabou. Não acredito no quanto esse golpe me abala, no quanto dói. Alguns dias atrás, eu nem o queria como aliado. Mas ele não era um mau sujeito. Só vinha de uma família podre. Vai haver pouca solidariedade no Distrito 12.

Como vão as apostas, sr. Callow? Ganhou dinheiro em cima do seu filho hoje?

A maioria das pessoas não diria isso na cara dele, mas ninguém impediria que outra pessoa dissesse, por conta da forma repugnante como ele se comportava.

Eu me pergunto como Wyatt morreu e na mesma hora tenho certeza de que estava protegendo Lou Lou, de um jeito que ninguém nunca o protegeu. Inclusive eu. Saí correndo e deixei os Novatos por conta própria. Sei que precisava partir para poder executar o plano de Beetee, mas a sensação não é nada boa.

Sou tomado por uma fúria ao pensar no sacrifício de Wyatt, e em como a Capital jogou os tributos uns contra os outros na beleza venenosa que é esta arena. Os Jogos precisam acabar. Aqui. Agora. Cada morte reforça a importância de o plano da arena dar certo. *Foco*, digo para mim mesmo, e me obrigo a superar meu atordoamento. Lembro que os quatro tributos do 9 estão mortos. Será que Ampert conseguiu pegar um girassol antes de o aerodeslizador coletar os corpos? Se não tiver conseguido, o que podemos fazer? Não teremos como executar o plano sem aqueles explosivos. Talvez até com eles, mas sem eles é uma certeza.

O céu escurece. O show acabou. Volto para a rede, abraço a mochila e tremo até dormir.

Quando acordo, tarde na manhã seguinte, dou de cara com um par de olhos verdes límpidos. Um dos coelhos cinzentos se escondeu na vegetação e parou perto de mim. Talvez seja só um coelho normal, que foi jogado neste lugar sinistro e está tão assustado quanto eu. Pode estar acostumado com cuidadores humanos, e me procurou porque está com fome e já entendeu que todas as plantas, a grama e tudo o mais é tão venenoso quanto a água. Um companheiro inteligente me seria útil. Pego uma maçã, mordo um pedacinho e o coloco com cuidado na frente do meu novo amigo. Depois de um momento, ele se adianta, treme o nariz e começa a mordiscar. Percebo que esse é um jeito de verificar se a maçã da minha mochila é tóxica, o que me faz sentir meio mal, porque estou um pouco em dívida com os coelhos. Com aquele que fez minha ficha cair, lá na base de entrada, além do que sacrificou a própria vida no riacho para me avisar. Espera, estou dizendo que ele sabia que a água era venenosa e escolheu me proteger? Que esse coelho aqui faria o mesmo? Está bem, está bem, sei que estou dando crédito demais a eles. Ainda assim, não quero que um dos meus últimos atos seja matar um aliado, principalmente um cinza-dove.

Felizmente, ele não morre, então mordo a maçã, que tem um sabor incrível e me ajuda a avaliar minha situação. Então, vinte morreram ontem. Quatro Carreiristas. Dezesseis Novatos. Não são bons números. Não sou Wyatt, mas consigo perceber que os Novatos tinham o dobro de gente dos Carreiristas, mas agora estamos quase empatados. Nós podemos ser mais inteligentes, mas eles estão nos massacrando por meio da força bruta. Tenho medo de que a teoria de Ampert não funcione bem na prática. Se bem que, agora que o banho de sangue acabou, o poder da inteligência e da união dos Novatos vai dar vantagem a eles.

– Encontrar Haymitch.

– Aah!

Bato a cabeça num emaranhado de galhos de mirtilo ao ouvir o sussurro.

– Encontrar Haymitch.

Um par de mãozinhas agarra minhas botas e vejo o rosto de Lou Lou, sujo de sangue seco e terra, se materializar acima delas.

– Encontrei.

O coelho sai correndo, e sinto o impulso de ir atrás. Lou Lou? Ela não faz parte do plano. Como me encontrou? Está sendo rastreada?

De repente, meus arbustos não parecem nada seguros.

– Oi, Lou Lou – digo, tentando parecer calmo. – Está sozinha? Os outros estão com você?

– Montanha.

Estamos sozinhos, então? Todo mundo foi para a direita depois que corri para a esquerda?

Lou Lou puxa minhas botas para que eu a siga e engatinha para fora dos arbustos. Sem saber o que vou encontrar, saio com a faca e a lança preparadas, mas nossos arredores parecem tranquilos e vazios. Talvez os dois grupos tenham mesmo ido para a montanha.

Uma avaliação rápida dos arredores resolve o mistério de como ela me encontrou. Quebrei vários arbustos ao abrir caminho pela vegetação e, o mais constrangedor, meu lenço se prendeu em um e está pendurado ali como um sinal de boas-vindas. A ilusão de que eu tinha me camuflado bem é boba. Só tive sorte de nenhum Carreirista ter passado por ali. Até a aparição de Lou Lou apresenta um problema para um malandro dedicado a vencer. Mas eu falei na entrevista que os Novatos estavam "cem por cento seguros comigo". E ela é do meu distrito, em teoria. Acho que posso cuidar dela, ao menos até Ampert me encontrar e eu ter que explodir o tanque. Aí, isso vai ser minha única prioridade.

Lou Lou olha para uma macieira e canta baixinho:

> *Tordo em cima do galho*
> *Na macieira faz seu ninho*
> *Chegou a colheita, então sai voando*
> *Sai voando*
> *Sai voando*
> *Chegou a colheita, então sai voando*
> *Mas não vai sozinho.*

Ela estende a mão para uma maçã, e eu a detenho.

– Não, não, essas não. Essas maçãs são ruins. Eu tenho uma boa aqui.

Pego uma maçã vermelha e brilhante na mochila e acomodo Lou Lou no chão com a fruta. Ela não tem mochila nem suprimentos. Como sempre, ataca a comida com vontade. Vai dar um trabalhão mantê-la longe das frutas mortais. É admirável que tenha chegado tão longe. Acho que a campina estava segura, e talvez ela não tenha reparado nas frutas no escuro. A julgar pela terra em suas roupas, ela passou um tempo dormindo no chão.

Descasco dois ovos cozidos para nós. Penso em perguntar sobre Wyatt, mas tem uma grande chance de Lou Lou ter testemunhado a morte dele, talvez até o sangue em seu rosto seja dele, e não quero chateá-la.

– Quem mandou você me encontrar, Lou Lou?

Ela encosta no ouvido ruim.

– Encontrar Haymitch.

Isso me dá um susto. Os Idealizadores dos Jogos? Por que mandariam Lou Lou me encontrar? Não pode ser por um bom motivo.

– Assassinos – acrescenta Lou Lou, cutucando o sangue seco em sua bochecha.

Ela termina o ovo e, sem pedir, come o meu também. Depois, começa a remexer na minha mochila e pega uma batata. Eu a tiro delicadamente de sua mão.

– Para mais tarde. Para o jantar.

Mas deixo que ela tome o quanto quiser de água, com medo de que beba de um riacho a qualquer momento. Ela já está drogada e sofreu lavagem cerebral... não preciso que comece a passar mal também. Sem dúvida, sua chegada atrapalhou meus planos. Não sei se consigo fazer minha parte com ela a tiracolo, mas não posso largá-la sozinha no bosque para que os Carreiristas a matem. Como Wyatt disse, ela é nossa agora. Para o bem ou para o mal, ela faz parte da missão de inundação.

Eu molho o lenço dela e limpo seu rosto.

– Vem – digo a ela. – Vamos procurar sua cobra.

Essa sugestão a anima, e ela se põe de pé. Usando o sol para me orientar, sigo com ela para o norte. Tenho duas coisas a fazer antes de me encontrar com Ampert, o que pode acontecer a qualquer momento. Primeiro, preciso achar uma pedra de ignição e confirmar que consigo fazer fogo usando meu acendedor. Depois, tenho que encontrar um portal das bestas, provavelmente debaixo de uma berma, que sirva de entrada para os túneis.

Conforme andamos, fico de olhos atentos para possíveis pedras. Sílex seria melhor, mas Lenore Dove disse que qualquer tipo de pedra que faça faísca serviria. O solo da floresta não tem pedra nenhuma, mas tenho a sensação de que vi algumas... um padrão de pedras coloridas... cintilando no sol... O riacho! É isso. Lembro de ter visto pedras cintilando nele, quando estava vomitando. Mas a água é venenosa. Será que posso arriscar enfiar a mão para pegar uma?

Quando Lou Lou demonstra interesse demais num arbusto de framboesas, eu a distraio com outra maçã e corro até um riacho próximo. Com a ponta da lança, desalojo várias pedras do leito e as puxo para a margem. Limpo-as com folhas, jogo um pouco de água pura, seco e as pego. Volto para Lou Lou a tempo de impedir que ela colha frutas de um arbusto. Desisto de economizar e dou pedaços da batata crua que mordi no dia anterior e como alguns pedaços também, para acalmar meu estômago embrulhado. Não demora para terminarmos a batata toda.

As pedras secam rápido no sol do meio-dia, e eu as dou para Lou Lou segurar, enfatizando a importância do trabalho, embora só queira mantê-la ocupada. Depois de desamarrar o acendedor do pescoço, eu o aninho nas mãos, deixando que os raios de sol brinquem nas cabeças do pássaro e da serpente. Permito-me um momento com Lenore Dove, imaginando-a na Campina em meio aos gansos, ou me vendo na antiga televisão que Tam Amber consegue manter funcionando. Não na praça, onde qualquer um pode ver as projeções enormes dos Jogos, mas em particular, na casa engraçada e caindo aos pedaços do Bando. Proibida pelos tios de sair. Abalada, mas ilesa, inteira, protegida e segura.

Penso em fingir que acabei de me dar conta de ter levado um acendedor para a arena, mas, como já peguei as pedras, parece forçado. Decido então enfatizar o papel de malandro e admitir que preguei uma peça nos Idealizadores dos Jogos. Um malandro, não um rebelde. Só um espertinho tentando ganhar os Jogos.

– Está vendo isto, Lou Lou? Esse é nosso atalho para um jantar quente. Vamos começar com aquela pedra rosa.

Lou Lou pega a pedra rosada na pilha e a coloca na minha mão aberta. Seguro o acendedor com a outra e experimento bater a ponta de aço do acendedor na superfície da pedra. Nada. Depois de três tentativas, sei que não vai funcionar.

– A verde – instruo a Lou Lou.

Porém, assim como a primeira, ela não faz faíscas. Conforme vou tentando nas outras pedras da pilha, meu ânimo começa a despencar. E se não houver uma única pedra capaz de produzir faíscas na arena? Quando comentei com Beetee, ele disse que "possivelmente" haveria. Como ele nunca voltou para dizer o contrário, acabei pensando que encontraria alguma. Se não houver mesmo nenhuma, o plano todo já era, e só vai me restar esperar Snow me matar.

Ela coloca a última pedra, um cristal comprido e cor de lama, na minha frente. Um quartzo, talvez? Risco o cristal com força, na ida e na volta, para garantir. Uma chuva de faíscas surge, e percebo que encontramos uma pedra útil. Lou Lou aplaude, e eu solto um suspiro de alívio.

– Batata assada hoje à noite – prometo, sorrindo.

Como não somos imediatamente atacados por bestantes, concluo que os Idealizadores decidiram seguir o show mesmo com meu comportamento malandro. Dá certo tempero aos

Jogos, e é uma coisa inofensiva. Aposto que meus patrocinadores também estão me enviando alguns dólares. Como Mags e Wiress sabem que preciso alimentar Lou Lou agora, espero que o patrocínio seja o bastante para algo que complemente as batatas.

Lou Lou dá um bocejo enorme e, do nada, se encolhe como um gatinho e pega no sono. É tão rápido que me pergunto se os Idealizadores a estão drogando de novo, mas talvez ela só não tenha descansado muito desde que chegamos aqui. Tento despertá-la, sacudindo de leve seu ombro, mas ela só franze a testa e murmura alguma coisa. E agora? Não consigo carregá-la, não nessas condições, nem posso abandoná-la. Acho que é hora de assar as batatas, então...

Primeiro, vou precisar fazer uma fogueira. Ando um pouco, sem me afastar muito de Lou Lou, juntando agulhas de pinheiro, gravetos e galhos pequenos, os mais secos que encontro. É a estratégia que Hattie me ensinou: evitar madeira verde ou molhada, para minimizar a fumaça. Não é boa ideia exibir que você está violando a lei, mesmo que todo mundo saiba muito bem disso.

No caminho, tenho a oportunidade de examinar algumas das bermas. Os montes parecem uniformes, com uns dois ou três metros de diâmetro e uns sessenta centímetros da base ao topo, perfeitamente circulares. Entretanto, cada um tem flores próprias, identificadas por uma plaquinha de metal na base, como as etiquetas de cada planta na mansão de Plutarch. Uma vez que este jardim é dos Idealizadores dos Jogos, não é inteligente confiar nele, mas leio as placas mesmo assim, na esperança de obter pistas. Flor de açafrão, lírio-tigre, amor-perfeito. Tento não pensar no que há embaixo de algumas delas, esperando para me atacar.

Uma chama minha atenção: fraxinela. O jardim do Bando tem uma mistura maravilhosa de flores, extraídas do bosque ao longo dos anos e plantadas na frente da casa sem ordem aparente. Do fim de março até novembro, dá para contar com pelo menos uma planta ou arbusto florescendo, e Lenore Dove costuma usar flores no cabelo em suas apresentações. Mas nunca fraxinela.

– Perigoso demais – disse ela certa vez, e demonstrou o motivo encostando um fósforo aceso num caule com flores lilases.

Uma chama brotou e desapareceu com a mesma rapidez, deixando as flores intactas.

– Imagine se isso acontecesse na minha cabeça! – completou com uma risada.

Usando pedaços de papelão da caixa de ovos, acendo uma chama rapidamente. Faço-a crescer acrescentando agulhas de pinheiro e gravetos até ter um fogo decente. Quase não faz fumaça, então o alimento com pedaços de madeira seca. Uma hora se passa até eu ter cinzas suficientes para assar as batatas. Coloco três no carvão e me acomodo para esperar.

Um estrondo distante me alerta para o fato de que outro tributo morreu. Foram vinte e um até agora, e restam vinte e sete. Carreirista? Novato? Não tenho como saber até a noite.

Quando as batatas estão macias, eu acordo Lou Lou, e nós damos cabo delas rapidamente, junto com mais dois ovos. Eu me sinto bem melhor, como se o resto do veneno tivesse sumido, e os olhos dela estão despertos e brilhantes depois do cochilo. Penso em apagar o fogo, mas decido que a água é preciosa demais, então o deixo fumegando, coisa que Hattie jamais faria. Fogo se espalha, diria ela, mas se esse aí queimar a arena, pra mim já vai tarde.

Fico mais otimista depois do meu sucesso com o acendedor. Agora, preciso encontrar minha berma. São tantas que não consigo imaginar que todas escondam um portal das bestas que leve ao túnel do Sub-A. "*Tente encontrar um portal das bestas seguindo os bestantes que estiverem indo embora depois de um ataque*", disse Beetee. Como ainda não identifiquei nenhum bestante, continuo seguindo para o norte para encontrar possíveis candidatos.

Lou Lou acha que estamos procurando sua cobra, o que prende sua atenção e a mantém seguindo na minha frente num ritmo razoável. Conforme rumamos para o norte, eu quase me esqueço dela, preocupado em verificar os arredores em busca de perigos e revisando as técnicas de montagem de bombas que aprendi no 12. Fogo no pavio, pavio no detonador, detonador no explosivo...

O gritinho contente dela me traz de volta à arena. Lou Lou corre até uma berma próxima coberta de flores escarlates. Não sei por que aquela, considerando seu olhar de indiferença para as outras. Vou atrás, mas ela chega no montinho primeiro e se embrenha na vegetação, esmagando punhados de folhas e enfiando o rosto nas flores vermelhas. Vejo o nome na plaquinha e relaxo um pouco. Conheço essa planta, reconheço o leve cheiro de menta. Já até ajudei Burdock a colher algumas para Asterid fazer remédios, no boticário. Monarda. Uma planta curativa. Cresce no mato, nas nossas montanhas, e Lou Lou também a acha familiar.

O pão com sementes, a fumaça das velas e agora essas flores: tudo isso deve transportar Lou Lou para casa, de alguma forma. Minha avó dizia que cheiros grudam na memória mais do que tudo, melhor do que sons ou imagens. A sopa de feijão com joelho de porco não me levou de volta para o 12?

Lou Lou respira tão fundo que perde o fôlego e, com ou sem boas lembranças, decido que é hora de tirá-la de lá. Largo minhas coisas no chão e estou passando os braços pela cintura dela quando a tosse começa. Depois que a tiro da berma, ela se senta nos calcanhares e faz um ruído de engasgo. Pólen amarelo a cobre da cabeça aos pés e, pensando que Lou Lou deve ser alérgica a monarda, molho seu lenço e começo a limpá-la.

– Só respira, Lou Lou – digo, tranquilizando-a. – São só flores.

Mas nada nesta arena é *só* alguma coisa e, quando o sangue começa a escorrer de seus olhos, nariz e boca, me lembro do nosso querido presidente e sei que estou enganado.

– Lou Lou? Lou Lou, aguenta firme!

Ela desaba em cima de mim, e eu a aninho nos braços quando as convulsões começam. Não tem nada que eu possa fazer além de observar, impotente outra vez. Assim como não pude fazer nada para salvar Louella. Por um momento, as duas se misturam, Lou Lou e Louella. Ela é só uma garotinha de maria-chiquinha que eu conheço desde que nasceu, e faria qualquer coisa para poupá-la disso.

Sua pele começa a ficar azul.

– Chega – suplico aos Idealizadores dos Jogos.

Eles poderiam acabar com isso apertando um botão. Poderiam apagá-la, como fizeram na entrevista, dessa vez enviando uma dose letal de sedativo pela sonda. Poupá-la dessa morte torturante. Mas a agonia continua e me enche de fúria.

– Chega! – grito. – Ela não é o brinquedinho de vocês!

Meus dedos encontram a sonda escondida sob a blusa e a agarram. Com um puxão forte, eu a liberto.

17

O canhão dispara para confirmar a morte dela na hora que seu corpo fica inerte. Lou Lou, quem quer fosse, se foi. Seu corpo magro e faminto fica imóvel, finalmente fora do alcance da Capital. Eu me inclino e sussurro em seu ouvido defeituoso. Uma mensagem direta para os Idealizadores dos Jogos.

– Vocês fizeram isso com ela. É isto que vocês são. – E então, por Lou Lou, eu digo o que ela não pode mais dizer: – Assassinos.

Em resposta, um aerodeslizador chega e fica esperando que eu recue para poder recolher o corpo dela.

Lou Lou não será enterrada na colina comigo e com Louella. Não podem mandar dois corpos para o Distrito 12 sem que fique evidente sua incompetência. Então, para onde vão te mandar, garotinha? De volta para o 11? A sete palmos debaixo da Capital? Ou vão incinerar seu corpo e apagar todos os rastros da sua vida? Seja como for, meu toque vai ser o último de alguém que se importa com você.

Pensar em mãos da Capital a descartando me deixa furioso. E, como fiz com a minha Louella, não posso entregá-la sem resistir. Pego-a nos braços e sigo para a área mais arborizada que encontro. Estão mostrando isso para o público? Estão testemunhando minha recusa a entregar Lou Lou? Estou deixando os espectadores da Capital grudados na telinha? O malandro fugiu com sua parceira de distrito... de novo! O malandro vai fazer os Idealizadores correrem atrás dele! Risadas divertidas, liguem para seus amigos, estão vendo isso?

O corpo de Lou Lou é nitidamente mais leve do que o de Louella. A ferocidade que lhe dava peso sumiu. Localizo um grupo de salgueiros e me agacho no centro, tendo vislumbres do aerodeslizador acima. Uma garra desce, se emaranha na copa das árvores, é recolhida e faz uma segunda tentativa. Não consegue nos alcançar. Por enquanto, ela está segura.

Conforme minha respiração se acalma, percebo que estou caindo direitinho no plano de Snow. Esse é exatamente o tipo de comportamento sobre o qual fui alertado, e vai haver repercussões. Mortais. Em breve. E vou ter perdido a chance de explodir o tanque. Como mudar essa narrativa? Devo levar Lou Lou lá para fora e dar a eles um aceno malandro de "brincadeirinha"? Colocá-la no chão e sair correndo? Ficar esperando que a garra consiga passar e colaborar, colocando o corpo de Lou Lou nela?

Fico paralisado pela indecisão. Os Idealizadores dos Jogos parecem paralisados também. O aerodeslizador permanece estático, a garra recolhida. Um impasse. Um esperando o outro. Seria pacífico, se não fosse a sensação crescente de perigo.

Que se concretiza na forma de uma borboleta azul-brilhante. Quase do mesmo tom elétrico dos trajes do Distrito 3. Ela voa por entre os ramos do salgueiro e pousa em um galho próximo. Não consigo desviar o olhar do padrão de minúsculos raios dourados que decoram suas asas. Outra pousa na minha cabeça. Então uma terceira, nas costas da mão que aninha o rosto sujo de sangue de Lou Lou. Como se em câmera lenta, um ferrão surge, uma pequena fagulha brota na minha pele quando ele faz contato, e uma pontada de dor me cega. Um grito involuntário me escapa dos lábios, e Lou Lou cai no chão. Minha visão volta a tempo de eu ver uma segunda borboleta rumar para o meu rosto. Minha bochecha é tomada pela dor do que agora reconheço ser um choque elétrico, como se as borboletas tivessem um taser em miniatura nos ferrões. Uma das beldades de Snow.

Um pânico primitivo me consome. Só sei que não quero passar por aquilo nunca mais. Saio correndo dos salgueiros, deixando Lou Lou para os Idealizadores. Centenas de borboletas, pontilhando as árvores, ganham vida e me transformam em alvo. Corro para o bosque, alheio a tudo exceto minha fuga, mas elas voam atrás de mim, não com o movimento embriagado que associo às borboletas lá do meu distrito, mas em linha reta. Eu me agito e corro em zigue-zague, tentando fugir, mas elas continuam me ferroando, e cada choque me paralisa por um momento. Não basta eu ter largado Lou Lou; esses bichos estão determinados a me torturar. É uma punição. A mais pública possível.

Não sei bem quanto tempo dura. Parece infinito, como se eu estivesse perdendo a sanidade, mas de repente caio de cara numa berma de flores. Com medo de ter o mesmo destino de Lou Lou, eu me levanto às pressas e me jogo no chão ao lado da berma enquanto limpo freneticamente o rosto. Mas não é monarda, é fraxinela. Conforme uma nuvem de borboletas se aproxima, tenho uma ideia. Depois de pegar o acendedor e a pedra no bolso, começo a riscar faíscas sobre as flores. Chamas de um metro e meio explodem nas plantas, envolvendo as borboletas e lambendo meu peito antes de desaparecerem. A frente da minha camisa brilha por um momento, como um leito de carvão, então o tecido volta a ficar preto, aparentemente à prova de fogo. Alguns esqueletos fritos caem flutuando no chão, mas o ataque parou. As borboletas restantes se afastam voando de forma instável, o auge da inocência.

Fico deitado no chão, ofegante, e examino meu corpo em busca de feridas. Não tem absolutamente nada: nem uma bolha, nem um arranhão. Só a lembrança de uma dor terrível. Beijo o acendedor, torcendo para que Lenore Dove me veja, para que saiba que é um agradecimento a ela por me salvar daquelas bestas.

Os bestantes! É agora! Essa é a minha chance de segui-las até sua berma! Entretanto, não fico de pé em um salto. O ataque recente me forçou a ter um pouco de bom senso. *Pela primeira vez na vida, seja inteligente*, penso. *Faça isso sem botar em risco o plano da arena.* Por que eu estaria perseguindo borboletas bestantes? Só tem uma resposta: retaliação.

Um galho próximo pegou fogo com as chamas das fraxinelas. Arranco-o da árvore e saio correndo na direção das borboletas. Quando tenho um vislumbre de azul, sei que estou no caminho certo. Mais vinte metros correndo pelo bosque me levam a uma berma coberta de arbustos floridos. Ela está aberta, como se corresse sobre trilhos, deixando um buraco de quase dois metros no meio do círculo. As borboletas seguem preguiçosamente para lá. Disfarçando para os Idealizadores, eu as ataco; balanço a tocha loucamente, incinero umas seis, e vejo a berma começando a se fechar. Como se num último esforço, corro para a bestante que restou e consigo enfiar o galho entre as portas do alçapão. Elas terminam de se fechar, esmagando a madeira, mas deixando uns três milímetros abertos na junção. Finjo não notar e me sento ao lado da berma. A placa diz FLOR-DE-MEL. Bom, não vou me esquecer dela.

Penso em voltar e procurar Lou Lou, mas sei que ela já foi levada. Então, retorno até as monardas, com cuidado para não respirar fundo demais, e pego minhas coisas. Ainda não vejo sinal de outra pessoa.

Minha pele pode estar macia que nem bumbum de bebê, mas tenho tremores por causa dos múltiplos choques e me sinto exausto. Pelo menos consegui executar minhas duas tarefas: fazer fogo e encontrar uma berma dos bestantes. As sombras estão ficando compridas, o que significa que preciso começar a procurar um lugar para dormir, sabendo que tenho que arrumar coisa melhor do que meu esconderijo xexelento da noite anterior. Não estou mais tonto, então escolho uma árvore grande de copa densa perto das flores-de-mel e subo uns dez metros pelos galhos. Prendo a rede entre dois galhos firmes, tomando o cuidado de posicioná-la de um jeito que, se um lado ceder, haverá uma bifurcação embaixo para conter minha queda. Isso não foi recomendado na aula, mas não me sinto seguro para dormir no chão de novo. Faminto, como três ovos e duas maçãs. Devo ter patrocinadores que garantam que minhas mentoras possam renovar meu estoque em breve. Pelas árvores, o pôr do sol brilha em dourado, depois em um laranja de carvão em brasa antes de sumir, me deixando no escuro.

Ao ouvir o hino, eu me posiciono para ter uma vista livre do céu. O primeiro tributo. Mais verde-meleca. O garoto do Distrito 1 que não é Panache. Depois, Lou Lou, com a cobra em seus ombros na foto. Eu me pergunto se alguém, em algum lugar de Panem, algum familiar ou amigo, reconhece quem ela é de verdade. Os McCoy devem saber que aquela era uma farsante. Têm que saber. No momento, devem estar chorando e se perguntando onde está a garotinha deles. Pelo menos fui poupado dessa conversa horrível.

Cinco Carreiristas mortos. Dezessete Novatos. Sobraram vinte e seis de nós.

O bosque fica silencioso. Um luar amarelo penetra entre as árvores. Sinceramente, acho que sou o único deste lado da arena, mas nunca se sabe. Fico me perguntando como Maysilee está, pois só sobramos nós dois do 12, e se tem alguma chance de eu voltar a vê-la. É engraçado sentir falta de Maysilee Donner, mas é verdade.

Agradecido por não roncar, me permito cair num sono sem sonhos.

Algo me acorda num sobressalto, e vejo um paraquedas com um pacote de bom tamanho preso nos galhos iluminados pelo sol acima da minha cabeça. Minha primeira dádiva de patrocinador. Eu solto o pacote, coloco-o no colo, respiro fundo – pode conter qualquer coisa! – e então o abro. Doze pãezinhos brancos ainda quentes, um bloco de queijo alaranjado e algo que parece uma garrafa de vinho, que veio até com uma taça de vidro de haste comprida. Isso consegue me arrancar um sorriso. Abro a garrafa e sinto o cheiro. Suco de uva. Aposto que custou um bom dinheiro a alguém. Água teria sido mais sensato, considerando que estou quase acabando com o primeiro galão, mas não vou reclamar. Suco de uva é uma coisa muito especial lá em casa, reservado para aniversários e ponches de casamento. Quem enviou? A moça com orelhas de gato? O homem em quem cuspi? A tia-avó Messalina? Agora, não me importa.

Sirvo a bebida na taça elegante e admiro enquanto o suco a preenche até o meio. Abrindo um sorriso esperto para os espectadores, eu levanto a taça num brinde e digo:

– Obrigado, meus companheiros malandros da Capital!

Tomo um gole lento e alivio a boca seca. É tão gostoso, não só pelo sabor, mas também pelas lembranças felizes que traz, que tenho que me segurar para não beber tudo de uma vez. Acompanhado de dois pães frescos e um pedaço de queijo gorduroso, me dá energias para enfrentar o dia.

Enquanto tomo o café da manhã, repenso por que, pela perspectiva dos patrocinadores da Capital, eu acho que mereci essa dádiva cara. Escapei do banho de sangue inicial com suprimentos e armas, sobrevivi a um envenenamento, fiz fogo, preparei comida, incendiei algumas borboletas e encontrei uma árvore em que dormir. Conclusão: sou um tanto engenhoso e claramente egoísta o bastante para vencer.

Estou com medo de os distritos pensarem mal de mim por ter abandonado os Novatos. Tentar salvar Lou Lou pode ter ajudado. E, se eu explodir a arena, acho que vou ser bem recebido no 12 de novo. Não que voltar para casa seja uma possibilidade. Mas quero que Sid possa andar de cabeça erguida, que não passe o resto da vida sentindo vergonha de mim.

Como montei acampamento perto da berma, não tem sentido ir para outro lugar. Não tenho nada a fazer além de esperar que Ampert chegue com o pavio escondido em seu símbolo e com o explosivo de girassol do Distrito 9. Estou bem cansado dos dois primeiros dias dos Jogos, então fico na rede, de olho em borboletas. No começo da tarde, começo a ficar inquieto. Nós devíamos ter planejado melhor esse encontro. O bosque é imenso; seria fácil passarmos despercebidos um pelo outro. O norte pode estar a quilômetros daqui. Algo para lembrar quando eu entrar naquele túnel. Talvez ainda tenha um longo caminho a percorrer antes de chegar no tanque.

Decido ir procurar Ampert.

Quando estou guardando os suprimentos e embrulhando a taça com cuidado na rede, encontro o binóculo e o experimento. Isso me inspira a subir mais alto e entender melhor a distribuição do terreno. Quase no topo da árvore, que é mais alta do que a maioria, consigo ver bem longe. Novamente, fico impressionado com a beleza do local, com o bosque idílico, a campina plana, o pico coberto de neve que agora está adornado por um arco-íris cintilante. Avalio que a montanha esteja a aproximadamente oito ou nove quilômetros. É onde o resto dos tributos deve estar, caçando uns aos outros. Tão diferente daqui, onde preciso lutar apenas contra os Idealizadores dos Jogos. O mar de árvores continua atrás de mim, mas parece se estreitar ao longe. É impossível saber exatamente a distância, já que tudo começa a ficar meio borrado. Isso indica que é o fim da arena?

Eu me viro na direção da campina de novo e vejo algo azul-elétrico perto da Cornucópia, se movendo na direção do bosque. Ampert? Com medo de perdê-lo entre as árvores, desço e sigo na direção da campina, com a intenção de interceptá-lo. No caminho, faço pequenas marcas discretas na base das árvores usando a faca, deixando pistas para o meu retorno. Voltar para lá me afasta do meu alvo, mas preciso me juntar a Ampert de alguma forma.

Quando chego no limite do bosque, subo numa pedra e observo a campina com o binóculo. É Ampert, sim, a uns dois quilômetros de distância, vindo na minha direção. Sua expressão séria e triste, forjada pelos últimos dias horríveis, me lembra de que minha situação foi mais fácil do que a da maioria. No pescoço dele, vejo dois símbolos de girassol, um manchado de sangue. Pelo menos, ele foi poupado de ver seus colegas de distrito morrerem, porque nenhum deles apareceu no céu. Aposto que ele não conseguiu muita comida e vou precisar que esteja disposto para bombardearmos o tanque... Devo fazer uns sanduíches para ele?

Espera um minuto... Novamente, o que estou fazendo? Por que o malandro, depois de fugir dos Novatos, viu Ampert e voltou para o limite do bosque? É diferente da situação de Lou Lou; ela me encontrou. Meu comportamento parece suspeito. Como se eu já estivesse esperando por ele. Acho que isso não vai importar para a plateia, mas como os Idealizadores dos Jogos vão interpretar a situação? Eu falei que me concentraria em mim mesmo. O que poderia me atrair para Ampert? A resposta não pode ser explosivos. O que prolongaria minha sobrevivência? Tenho comida, água, as pastilhas de carvão e armas. O que Ampert pode me oferecer?

A única coisa que eu não tenho é informação. Eu sei quem morreu... mas quem matou e como? Que armas os Carreiristas possuem? Eles encontraram comida e bebida que não estivessem envenenadas? Exceto por Lou Lou, estive sozinho o tempo todo, e ela não foi exatamente uma fonte de informações.

Tudo bem, então. Esse malandro quer saber das novidades.

Arrogante. Autocentrado. Sarcástico. Gentil com os outros Novatos. Estou canalizando todas essas coisas para poder apresentar um personagem consistente à audiência, mas, quando Ampert chega, ele me abraça e apenas o abraço de volta.

– Oi, amigão.

Fico surpreso ao perceber como ele parece pequeno, porque Ampert costuma ser tão confiante. Mas ele é do tamanho de Sid e está com muito medo. Nem o cérebro mais brilhante consegue escapar da sensação de estar preso na arena.

– Os Novatos precisam que você volte – diz ele. – Me enviaram para te procurar.

Ótimo. Os Idealizadores vão pensar que é por isso que ele está aqui.

– Nós já conversamos sobre isso. Minha nota um faz com que seja perigoso me ter por perto – digo para os espectadores ouvirem.

Não quero que as dádivas parem de chegar porque estou me desviando dos meus deveres com os Novatos. Além disso, Sid precisa saber a minha desculpa para deixá-los.

– Lou Lou fugiu. Depois, a gente viu ela no céu.

– O que só prova o que falei – respondo, me afastando dele. – Ela me encontrou e agora está morta. A gente não imaginava que as flores fossem venenosas.

– São venenosas também? – pergunta ele.

– Pelo menos as monardas. As fraxinelas foram úteis quando precisei fritar umas borboletas bestantes que os Idealizadores dos Jogos mandaram pra cima de mim. Está com fome?

Ele assente com vigor.

– Que tal uma troca? Almoço em troca de notícias das montanhas?

Preparo um grande piquenique na pedra: pães, queijo, ovos, maçãs e uma taça cheia de suco de uva. Não interrompo enquanto ele devora a comida, com a certeza de que não comeu quase nada até então. Ele nem tem uma mochila com suprimentos, só um machado no cinto e um chapéu feito de folhas para se proteger do sol. Quando termina, limpa a boca e suspira.

– Eu queria poder ter compartilhado isso com os outros. Os Carreiristas pegaram a maior parte da comida.

– Como vocês estão indo? – pergunto.

– Está difícil. Já perdemos dezessete pessoas. Tirando Lou Lou, todos no banho de sangue do início.

– Ninguém foi envenenado?

– Ah, vários, mas Wellie sacou que tudo era venenoso quase imediatamente. E a mochila de Hull tinha uma garrafa grande de xarope antídoto. Ninguém morreu por causa do veneno.

— Xarope? Eu peguei isso aqui. — Mostro as pastilhas para ele. — Se não fosse isso, eu também teria morrido.

— Deve ter sido ruim. Sem ninguém pra cuidar de você.

Dou de ombros, e aí tenho que perguntar:

— E Wyatt?

Ampert enfia a mão no bolso e me entrega o símbolo dele.

— Panache o matou. E outros cinco. Com uma espada. Maritte é danada com o tridente. Silka usou um machado, afiado como uma navalha, e eu vi...

A voz dele morre.

— Já entendi. Mas Maysilee está bem, certo?

— Não sei. Ela se separou de nós no banho de sangue. Mas não vi o retrato dela no céu. Suponho que ainda esteja na montanha, assim como o resto dos Novatos. Estamos tentando ficar juntos, como planejado. Os Carreiristas nos seguiram até lá.

Um pensamento desprezível me ocorre, de que Maysilee pode ter se juntado aos Carreiristas. Mas aí lembro como ela foi combativa com Silka desde o primeiro encontro e fico com vergonha. Examino o cordão que ela trançou para transportar com segurança a moeda de Wyatt e penso em como passou boa parte do seu tempo de treinamento ajudando os Novatos a exibirem seus símbolos com orgulho, quando podia estar aprendendo habilidades para se proteger. Maysilee Donner pode ser muita coisa, mas não é vira-casaca.

— Onde quer que ela esteja, deve estar dificultando a vida dos Carreiristas — digo a Ampert. — Pode contar com isso.

Quando penduro o símbolo de Wyatt no pescoço, é como se tivesse ele e Maysilee comigo.

Por um tempo, Ampert e eu ficamos ali parados, deixando a brisa nos refrescar, olhando para a campina ridiculamente bonita com cheiro de flores, ouvindo os pássaros cantarem.

Sirvo outra taça de suco, que nós dividimos. Todos os meus sentidos estão sendo estimulados, tudo ao meu redor elaborado para tranquilizar. Estamos cercados de prazeres suaves enquanto encaramos a morte.

– Então, você não vai voltar? – pergunta Ampert.

– Não ajudaria em nada. Eu sou um ímã de bestantes. E claramente não sei avaliar flores.

– Você pode pelo menos me mostrar o bosque? Nós precisamos sair daquela montanha, mas ninguém sabe se aqui é pior.

– Se você quiser. Mas não posso prometer que vou conseguir te proteger dos Idealizadores.

Ampert dá uma risadinha.

– Engraçado você dizer isso. Quem poderia prometer algo assim?

Quando terminamos o suco, eu o levo para o bosque. Mostrar o lugar para ele é mesmo o disfarce perfeito. Não que ele obtenha muita informação além de: "Cuidado com o riacho. É venenoso. E as frutas. E aquelas flores ali também." Basicamente, eu poderia só ter dito que tudo é venenoso e deixado por isso mesmo. Mas banco o guia. Mostro as bermas com as monardas e as fraxinelas, deixando a flor-de-mel por último.

– Foi para cá que as borboletas vieram. As que eu não fritei.

Vejo-o observar o galho, mas Ampert diz apenas:

– Você acha seguro ficar tão perto da casa delas?

Casa. Ele chama de casa. É porque está com saudades da dele? Doze anos... Pouco mais de um metro e meio... Sua voz ainda nem mudou. Se eu estou com saudades, como deve ser para ele?

— Bom, acho que não tem muita gente em casa – respondo. – Não sobraram muitas. Não mais do que podemos encarar. Além do mais, elas não matam quando ferroam, só dão um choque horrível. Eu fui picado dezenas de vezes e estou bem. Então, deve ser mais seguro do que vários outros lugares, considerando que eles costumam espaçar as bestas.

Isso é verdade? Talvez. Mas pelo menos explica por que vamos ficar perto da berma.

— Você acha que eu posso descansar um pouco aqui?

Observo os olhos inchados dele.

— Claro. Eu não tenho plano nenhum para esta tarde.

Monto uma cama para ele com a minha rede e Ampert rola um pouco de um lado para o outro, depois pega no sono. Ao olhar para ele, não consigo deixar de pensar que todos os pequenos sempre acabam no meu colo. Louella. Lou Lou. Ampert. Não posso proteger nenhum deles. Por que vêm atrás de mim?

Quando Ampert já está no sétimo sono, começo meus preparativos para o bombardeio, pegando o dobro de madeira e agulhas de pinheiro do que no dia anterior. Vai ser um trabalho noturno, e o fogo é responsabilidade minha, tanto a iluminação quanto a ignição. Como minha tocha de borboleta deu certo, tomo o cuidado de pegar mais alguns galhos do que julgo ser o mesmo tipo de árvore. Sem querer desperdiçar combustível, monto a fogueira, mas não acendo. Nada de batatas hoje. Vou deixá-las para Ampert, que tem mais chance de sobreviver à nossa missão.

Se eu fizer tudo direito, explodir o tanque e gerar uma inundação, é provável que morra no processo. Quero dizer, um metro e oitenta de pavio não proporciona exatamente uma boa janela de fuga. Se a explosão não me matar, a água vai. Vou me consolar com o pensamento de que qualquer uma dessas mortes vai ser mais gentil do que os planos da Capital para mim se por acaso sair do Sub-A vivo.

Torcer por um cenário melhor pode ser perigoso; pode me cegar para a realidade da situação. Lembro que a vovó sempre dizia: "Onde há vida, há esperança." Mas, aqui onde estou, a esperança parece muito com aguardente. Pode te enganar no curto prazo, mas, queira você ou não, vai acabar pagando em dobro por isso.

18

Quando a noite cai, eu acendo o fogo. Ampert acorda, e torramos pão e queijo e comemos com maçãs. Ele diz que não quer voltar para os Novatos no escuro, então planejamos para que ele passe a noite. Com as chamas tremeluzentes, lembro que minha camisa sequer foi chamuscada pelo fogo da fraxinela. Ampert tira uma das meias e a coloca na fogueira, onde a peça brilha por um bom tempo antes que a ponta comece a derreter. Parece uma pista. Talvez proteja, mas contra o quê? Eu só encontrei uma berma de fraxinela. As roupas sugerem que várias coisas podem pegar fogo.

Como se inspirado pela fogueira, Ampert diz que gostaria de tentar caçar alguma coisa para me recompensar pela comida. Seu símbolo está entrelaçado aos girassóis do Distrito 9, então ele remove os três e os coloca no chão, depois separa seu pavio e diz:

— Acho que consigo fazer uma armadilha com isso aqui. Mas será que os animais são venenosos?

— Talvez os coelhos não sejam – respondo. – Vi um morrer porque bebeu água. Pareceu tão suscetível quanto a gente. Mas podem ter febre do coelho, claro.

— O que é isso?

— Uma doença. Você não vai querer pegar. Mas, se cozinhar bem, talvez seja seguro.

Tudo isso é só falação para enganar os Idealizadores dos Jogos. Nós não vamos caçar coelhos. Nem cozinhar a carne. Nem estamos contando em estar aqui para o café da manhã.

– Vale a pena tentar.

Ampert começa a desentrelaçar seu símbolo ao mesmo tempo que enrola o pavio preto na mão. Quando termina, enfia discretamente uma coisa que deve ser o detonador nas voltas do fio.

– Vou tentar de manhã. Você pode ficar com qualquer coisa que a armadilha pegar. – Os olhos dele pousam nos girassóis. – Quer um girassol? Acho que o pessoal do 9 ia gostar que você ficasse com um. Foi por sua causa que eles entraram na aliança.

– Foi Maysilee quem os convenceu – respondo. – Você devia ter visto eles enfrentando Panache. Achou que estava fazendo um grande favor ao deixar que eles se juntassem aos Carreiristas, mas o pessoal do 9 calou a boca dele rápido assim. – Eu estalo os dedos e dou um sorriso com a lembrança. – Tudo bem, eu fico com um. Eles foram bons aliados.

Penduro o girassol sujo de sangue no pescoço.

O hino começa, mas nenhum rosto aparece hoje.

– Ainda somos vinte e seis – comento.

Ampert passa os braços em volta dos joelhos.

– A gente pode ficar perto do fogo um pouco? Eu não gosto do escuro.

Apesar de precisarmos de fogo para o plano, acho que ele está sendo sincero. Ampert mantém uma fachada corajosa, mas posso imaginar que as lembranças do banho de sangue o assombrem.

– A gente pode dormir aqui, se você quiser. Acho que a árvore não vai ter espaço para nós dois. Podemos revezar quem fica de vigia – digo. – Pode descansar mais um pouco.

— Posso tomar mais água?

Dou a ele o galão cheio, e Ampert toma alguns goles.

— Me acorde quando não aguentar mais. Vou estar pronto.

Ele toma um último gole de água e se deita. Está deixando que eu decida.

— Tudo bem. Bons sonhos.

Em poucos minutos, Ampert está dormindo ou fingindo muito bem. Fico montando guarda, a lança apoiada nos meus joelhos, esperando seu grande momento, quando eu for usá-la para abrir a berma. Estou feliz que será para uma tarefa e não para tirar a vida de alguém. Se eu terminar os Jogos sem matar ninguém, vai ser uma vitória por si só.

Eu me despeço daqueles que amo. Burdock e Blair. Hattie. Minha mãe e Sid. Finalmente, Lenore Dove, minha garota, tão peculiar e radiante. Tento não sentir medo. Digo a mim mesmo que todo mundo tem que morrer alguma hora, e que chegou a minha vez. De certa forma, é um consolo que várias pessoas que conheço tenham partido antes de mim. Meu pai e minha avó e as gêmeas e Louella e Wyatt e Lou Lou e vários Novatos. Talvez Lenore Dove tenha razão, e eu me encontre com eles, e um dia com ela, em outro mundo. Ou talvez não haja nada e, nesse caso, não vou sentir nada. Seja como for, simplesmente não tenho como saber.

A escuridão se aprofunda, o ar esfria e, quando acho que já passa da meia-noite e os espectadores foram dormir, deixando uns poucos Idealizadores cuidando do programa, acendo uma tocha. Eu me agacho, cutuco o ombro de Ampert e digo baixinho:

— Ei, amigão, vamos fazer nossa sorte.

Ampert se põe de pé imediatamente e coloca o pavio enrolado na minha mão.

– Você vai ter sessenta segundos – sussurra.

Em seguida, ele me dá um disco de explosivo, macio e grudento como massinha. Aquele último gole de água foi bem usado. Guardo o material nos bolsos e, sem conversar mais, vamos até a berma. Ampert segura a tocha enquanto enfio a ponta da lança na fresta deixada pelo galho que encaixei ali no dia anterior. Usando todo o meu peso para fazer uma alavanca, forço as portas da berma. A boca se abre, então começa a se fechar, mas não antes de eu enfiar a lança entre as duas portas, segurando o alçapão bem aberto. Em um dos lados, uma escada desce para as profundezas.

Um zumbido mecânico de protesto vem lá de baixo.

Ampert me passa a tocha.

– Eu vou estar aqui.

Ele parece tão jovem sob a luz tremeluzente, armado só com um machado que duvido que tenha força para erguê-lo. Enfio minha faca em seu cinto, bagunço seu cabelo, como faço com Sid, e digo:

– Melhor aliado do mundo.

Ele abre um sorriso torto, então desço pela escada. Com a tocha na mão, começo minha jornada. Meus pés estão rígidos e desajeitados nos degraus.

– Direita, esquerda, direita, esquerda – murmuro as instruções.

Um metro e meio, três metros, seis metros depois, eu aterrisso no chão de concreto de um corredor estreito, então viro para a direita, que me parece ser a direção norte. Corro com a ajuda da tocha e das luzes fracas que brilham ao longo do piso.

Não avancei muito quando percebo que a parede à minha esquerda não é uma parede. Metal... ondulado... A cada poucos metros, uma gota de água, como uma lágrima, foi estampada na altura dos olhos. Deve ser a lateral do tanque de água, que é de fato gigantesco, indo do chão ao teto, seis metros acima. As gotas se estendem até perder de vista nas duas direções. Para que precisam de tanta água? Pretendem transformar a arena num lago? Hesito, tentando avaliar o ponto mais eficiente para colocar o explosivo, mas por fim desisto e o coloco um pouco abaixo da gota bem na minha frente. Que importância tem o local onde o tanque será danificado? Com um movimento do pulso, desenrolo o pavio e o deslizo pelos dedos, manchando-os de preto, até chegar no detonador. Por sorte, prestei atenção na aula. Enfio o detonador no explosivo e me preparo. Não tem hora melhor do que o agora. Encosto a tocha na ponta do pavio e vejo a chama consumir os primeiros centímetros, deixando só um leve sinal de cinzas, então saio correndo feito louco. Sessenta segundos a partir de agora.

Um, dois, três... Conto em pensamento enquanto meus pés batem no concreto. Vejo a escada e jogo o galho de lado, pois ele está me atrapalhando, e confio que Ampert vai estar esperando no alto com outra tocha. Sei que talvez seja mais sábio encarar a morte logo, mas tem algo dentro da gente que quer viver. Mesmo que seja só por mais algumas horas. *Vinte, vinte e um...* Além do mais, preciso pensar em Ampert. Talvez ainda possa oferecer alguma proteção a ele.

Eu os ouço antes de vê-los. Um chilreio delicado, não muito diferente do de um pássaro, misturado com guinchos. Não sei o que são, mas não parecem ameaçadores. Fico mais perplexo do que alarmado. Talvez um bando de aves canoras tenha fugido e esteja voando livre no Sub-A, como os pássaros lá nas vigas do estábulo dos cavalos que puxam as carruagens. Quando minhas mãos encostam no primeiro degrau da escada, olho para cima a tempo de ver o rosto de Ampert iluminado pela tocha. Então, um rodopio de cores esconde a imagem dele e espirala na minha direção.

Asas translúcidas tingidas de todas as cores do arco-íris cintilam acima de mim. Elas capturam a luz do fogo, brilhando como os doces na vitrine dos Donner num dia de sol. Seria lindo, se cada par de asas de quase um metro não carregasse uma cara cruel e patas pretas com garras de dez centímetros. Morcegos bestantes criados em laboratório para fazer picadinho de mim.

Essas criaturas não fugiram de uma gaiola. Elas são um presente da Capital.

Trinta e seis, trinta e sete...

– Haymitch! – Ouço Ampert gritar. – Pega!

Ele solta a tocha, que dispersa os morcegos por um segundo. Não sei como, mas consigo pegá-la. Com a mão livre, começo a subir a escada, balançando o fogo acima da cabeça. Mas essas criaturas não são borboletas, não pegam fogo nem são destruídas facilmente; são mamíferos fortes que conseguem mudar de rota depressa. Eles fogem da tocha e começam a me atacar, dando golpes dolorosos com as garras nos meus ombros e nas minhas costas, arrancando sangue. Mas preciso subir, porque o tempo está passando, e, se eu não chegar lá em cima, vou me afogar, com certeza.

Não vou conseguir. Perdi a conta, mas acho que a qualquer momento o tanque vai explodir, e o único lugar para aquela água toda fluir é este corredor. Dou um último golpe nos morcegos, acertando com força o que está com as garras enfiadas na minha coxa, e jogo a tocha nas caras malignas deles. Tateio meu cinto com dedos desajeitados, solto os aros entrelaçados, enrolo-o num degrau da escada e prendo o fecho. Passo os braços em volta da escada, apoio as pernas e me agarro com toda força possível enquanto encho os pulmões com inspirações profundas. Uns cinco segundos e três arranhões de morcego depois, ensurdecido pelos guinchos e sibilos, penso que cometi um erro. Fiz besteira na hora de montar o explosivo, ou o detonador falhou, ou um Idealizador dos Jogos chegou lá a tempo de arrancar o rastilho do explosivo...

Uma explosão ensurdecedora quase me derruba da escada, e então sou totalmente submerso pela água. Uma escuridão gelada me envolve, e solto um dos meus braços. Sem o cinto, eu já estaria longe, mas, de alguma forma, consigo voltar a me segurar e fico agarrado ao metal com todos os membros, os olhos bem fechados contra a inundação. Depois do que parece uma eternidade, a correnteza diminui o bastante para eu abrir o cinto e continuar subindo. A essa altura, a ardência em meus pulmões afastou todos os outros medos. Com as pernas flutuando sob a água, eu me puxo escada acima. Estou quase desmaiando quando meu rosto irrompe na superfície. Entre grandes lufadas de ar, engasgo e vomito o balde d'água que engoli, apesar dos meus esforços.

A boa notícia é que os morcegos desapareceram, com sorte afogados pela onda inicial. Além disso, a água não tem o gosto metálico do riacho. Acho que não se deram ao trabalho de envenenar o tanque colossal, só cada riacho individualmente, e as feridas causadas pelos bestantes foram lavadas com segurança. Tento olhar pelo lado positivo.

Quando recupero o fôlego e paro de tremer, chamo por Ampert. Acima de mim, no luar fraco e falso, vejo a lança ainda mantendo a berma aberta, mas nenhum sinal dele. Tem alguma coisa errada. Ele não me deixaria aqui sozinho. Quando a onda chegou, será que os morcegos tiveram tempo de escapar pelo buraco e o atacaram? Parece improvável que tenham conseguido voar tão rápido, pois a água veio quase junto do estrondo. Então, o que aconteceu com ele? Carreiristas? Algum ataque dos Idealizadores?

Subo a escada o mais rápido que meus músculos congelados permitem. Quando chego à superfície da arena, olho o bosque iluminado suavemente pela mistura de luar e luz da fogueira. Nosso acampamento continua como o deixamos, com a minha mochila e a rede embolada no chão. Não há sinal de Ampert, mas também não vejo indícios de luta. O que o levou a abandonar seu posto?

Solto a lança da berma. As abas tentam se fechar, mas estão meio amassadas e acabam tortas e entreabertas.

– Ampert? Ampert? – chamo baixinho.

Não há resposta.

Minha audição está esquisita, seja pela água ou pela explosão, mas um som chega aos meus ouvidos, quase indistinguível do ruído noturno da floresta. Vem de um animal, mas é diferente dos morcegos. Não é um chilreio, mas um guincho, vindo de múltiplas bocas. Pego a rede e a enrolo no meu antebraço esquerdo, pensando que pode ser útil, então sigo na direção do ruído. O som se intensifica e me causa calafrios, mas continuo em frente até chegar numa pequena clareira circular.

As árvores estão vibrando com vida. Vejo centenas de criaturas parecidas com esquilos correndo com seus lindos pelos dourados, os olhos brilhando como se iluminados por dentro. Fofos, de certa forma, só que agitados demais, pulando de galho em galho, batendo freneticamente os longos dentes retangulares. Bestantes. Eles param apenas para emitir guinchos agudos aos muitos companheiros no centro da clareira. Os mais ousados estão lutando, ferozes, se jogando na pilha, chutando os outros para longe com coices poderosos. Um voa pelo ar e cai aos meus pés. Antes que pule de volta, vejo um pedaço ensanguentado de tecido azul-elétrico preso em seus dentes, e tudo fica nítido. Bestantes carnívoras. Devorando Ampert.

Prometi a Beetee que não o deixaria sofrer. Atirando a rede aberta, grito e pulo na pilha. A rede captura os corpinhos peludos, então puxo o tecido na minha direção, conseguindo assim deslocar uma camada ou duas dos animais. Em seguida, viro a lança para usar como porrete e bato sem parar no monte para afastar os esquilos. Eu me preparo para ser atacado, para a destruição inevitável da minha carne, mas nada acontece. Assim que um é afastado do monte, ele logo mergulha de volta. Estão programados para Ampert, e nada além dele. A aparência, o cheiro e o gosto dele.

Estou perdendo. Estou perdendo a luta, estou perdendo Ampert. Sei disso, mas não tem nada que eu possa fazer além de continuar atacando. Nem consigo vê-lo, só os corpos peludos lutando por um pedaço dele. Finalmente, como se alguém tivesse soprado um apito que só eles conseguem escutar, centenas de cabeças se levantam e se viram em sincronia na direção de seu mestre invisível. Uma corrida louca se segue, e em instantes os esquilos desapareceram na folhagem.

Ofegando, eu os vejo sumirem. Então, me viro para o que tenho que testemunhar. Um esqueletinho branco, só ossos. Não restam carne nem roupa, só um machado no lado direito, minha faca no esquerdo. Abro a boca, sem emitir qualquer som por um tempo.

– Amigão?

Cambaleio para a frente e vejo o rastreador enfiado logo abaixo do seu cotovelo. Não há ninguém para consolar, para confortá-lo em seus últimos momentos de vida. Ampert foi engolido pela Capital, e o caixão dele só vai conter esses ossos brancos e perolados.

Um canhão dispara.

Em algum lugar, o coração de Beetee se parte em pedacinhos tão pequenos que nunca mais será inteiro. O meu bate forte como um tambor quando uma onda de fúria cresce. Inclino a cabeça para trás e solto um uivo que ecoa no céu falso e pela arena. Quero matar todos eles, Snow, os Idealizadores dos Jogos, todas as pessoas da Capital que são parte desta atrocidade. Mas eles estão seguros, fora do meu alcance, então solto a lança, pego o machado e começo a descontar na arena, determinado a destruí-la pedaço por pedaço, as árvores, os arbustos, os ninhos de pássaros, ao mesmo tempo que sons nada humanos me escapam em rugidos.

Estou destruindo uma berma de jacintos quando a terra começa a tremer com tanta violência que sou derrubado em uma área cheia de musgos. Enfio os dedos na terra e me seguro enquanto galhos e detritos chovem em mim. Quando a terra para de sacudir, eu grito para o céu:

– Rá! Vocês erraram! – Eu me levanto e começo a cambalear em meio às árvores que nem um louco. – Ainda estou aqui! Ainda estou aqui!

Quando chego no nosso acampamento, vejo a berma e percebo que tem algo bem maior acontecendo do que apenas uma tentativa de ataque por parte dos Idealizadores. As portas abrem e fecham em espasmos, fazendo com que flores jorrem no ar. Nas árvores adiante, um bando de adoráveis filhotes de cervo corre em frenesi, empinando e sacudindo seus cascos espinhosos com violência. Uma macieira se transformou em uma fonte de fagulhas azuis, e nuvens de vapor sobem de um riacho próximo. Tudo assumiu características sinistras e oníricas. Ou a arena está dando defeito, ou andei lambendo sapos.

Com medo de criar esperanças, volto lentamente os olhos para o alto e vejo o céu noturno piscando como uma televisão com o sinal falhando. Há uma explosão de estática e subitamente estou olhando para o céu de verdade. Um sopro de ar fresco enche meus pulmões e o luar ilumina o caos. Deu certo! Nós conseguimos! Eu e Ampert e Beetee e o Distrito 9 e várias outras pessoas de quem nunca ouvi falar, nós afogamos o cérebro! Nós quebramos a arena!

Esse é o meu pôster. Isso bem aqui. Solto um grito selvagem de vitória, depois começo a rodopiar e berro:

— Vocês queriam uma festa? Eu vou dar uma festa!

Relâmpagos cintilam, um trovão ribomba. Eu danço em volta da berma, gritando a primeira coisa que me vem à mente para toda Panem ouvir. Uma música perigosa demais para se cantar...

> *A mulher é açoitada, o homem, enforcado,*
> *Se um deles roubar um ganso do gramado,*
> *Mas deixam o grande vilão em descanso,*
> *Aquele que rouba o gramado do ganso.*

Eu estendo os braços para as estrelas, as estrelas de Sid, as estrelas de todos nós.

> *A lei exige que a gente pague,*
> *Se pegamos o que não nos cabe,*
> *Mas com senhores e senhoras é indulgente,*
> *Se pegam coisas que são da gente.*

Dou pulos enquanto grito:
— A gente pegou de volta! A gente está pegando nossas coisas de volta!

Por fim, caio de joelhos, arqueando as costas, estendendo os braços e acolhendo o céu. Só que o céu fica preto, tão de repente quanto se alguém tivesse desligado um interruptor. Um zumbido baixo emana do chão da floresta. O que está causando isso? Tenho um mau pressentimento. Para o meu horror, vejo a arena entrar em foco de novo.

– Não... não!

A berma continua abrindo e fechando, e fagulhas ainda jorram da macieira, mas a floresta como um todo parece ter se aquietado. Talvez isso não seja problema, talvez seja só parte do desligamento. Para ter certeza, enfio a mão na mochila, penduro o binóculo no pescoço, corro para a árvore onde dormi e subo pelo tronco como um esquilo bestante. Quando chego no alto, me acomodo nos galhos e espio pelas lentes em busca de uma resposta. Será que quebrei mesmo a arena? Os Jogos terminaram?

Ao longe, além da campina, a montanha explode numa fonte dourada e letal, e tenho a minha resposta. Para mim, a festa acabou.

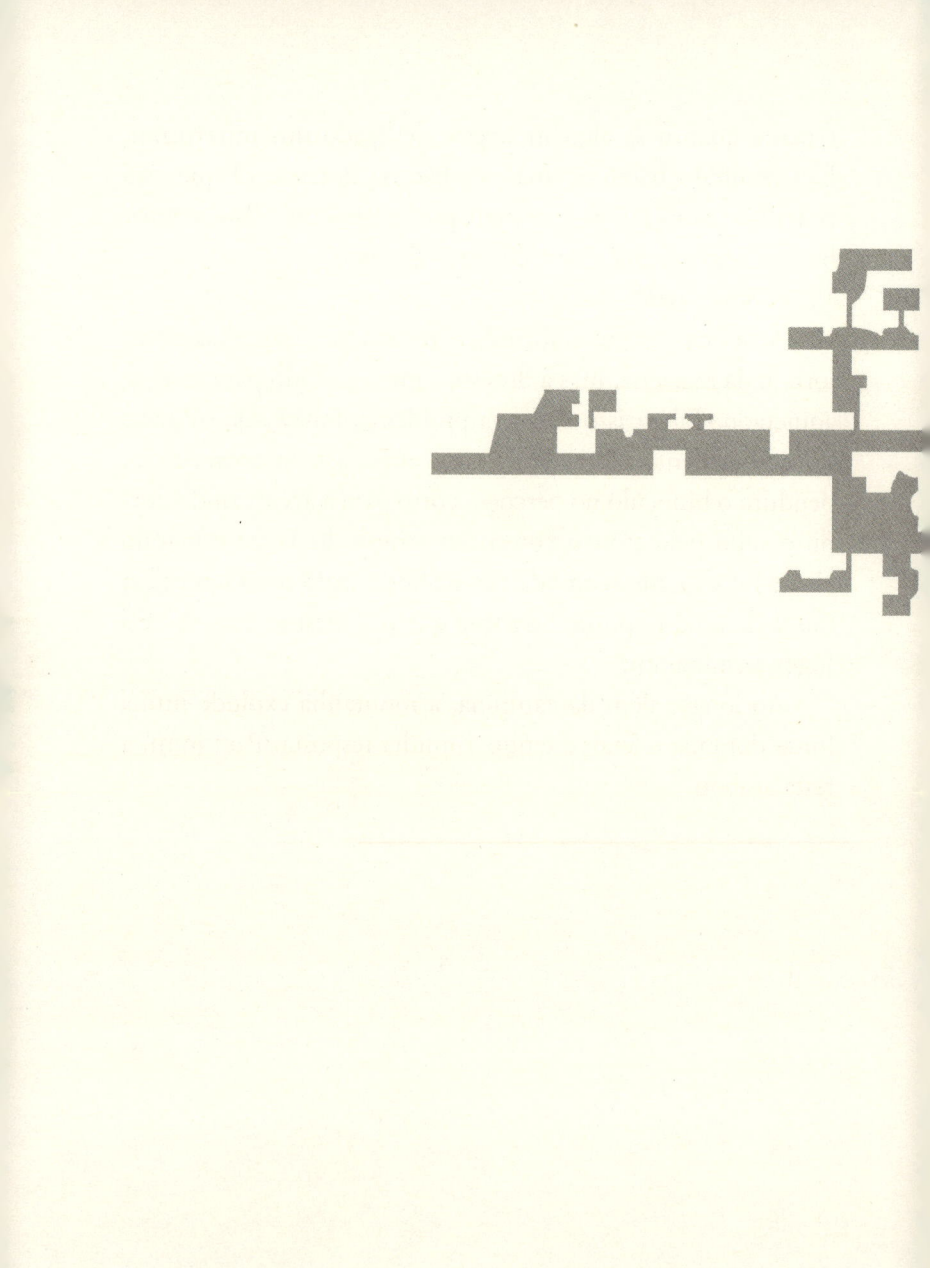

PARTE III

"O PÔSTER"

19

Eu fracassei. A arena foi danificada, mas não incapacitada. Os Jogos continuam.

No Distrito 12, nós aprendemos sobre montanhas, mas basicamente apenas sobre as que cobrem os veios de carvão que serão nosso sustento. Vulcões mal são mencionados. Só sei o suficiente para conectar o nome às explosões ofuscantes de lava, às correntezas em brasa, à nuvem de cinzas que desce pela encosta da montanha e envolve tudo no caminho. Imagino os tributos... Wellie... Hull... Maysilee... ofegando para respirar... sufocando... e largo o binóculo. Não consigo enxergá-los, mas vejo o suficiente para imaginar seus fins apavorantes.

Uma ventania quente, carregada com partículas ardentes e um cheiro tão sufocante que me dá ânsia de vômito, atinge meu rosto. Perco o equilíbrio por um momento e luto para encontrar um ponto de apoio. Se os galhos abaixo não tivessem me segurado, eu estaria morto no chão da floresta. Estreito os olhos contra o vento uivante e tóxico. Puxo a gola da camisa larga e tampo o rosto, conseguindo um bolsão de proteção contra as partículas no ar. Como aprendi na berma de fraxinela, quando a minha camisa não pegou fogo, e de novo quando Ampert fez o experimento com a meia na fogueira, nossas roupas funcionam como escudo. O motivo é o vulcão. Só pode ser. Mas duvido que as roupas ajudem os tributos que foram pegos na montanha.

Sou eu, então? O último tributo vivo? O campeão do Massacre Quaternário? Mesmo que os Idealizadores dos Jogos estejam disparando os canhões, não consigo ouvir nada com os efeitos da explosão e o barulho do vento. Pelo que Ampert disse, todos os outros estavam na montanha. Talvez alguns, se tiverem acampado perto da base, consigam fugir para um local seguro. Mas não sei. Podem ter escapado da lava, mas não da nuvem de poeira. Não é um vulcão de verdade, mas quão perto os Idealizadores dos Jogos chegaram com essa réplica? A lava pode incinerar tudo? E se aquele tanque gigantesco tiver sido construído para eles poderem apagar o resultado do vulcão? Ao explodir o tanque, posso ter destruído qualquer esperança para quem sobreviveu à erupção.

Estou exposto demais aqui na árvore. Assim que consigo, desço e me encolho entre as agulhas de pinheiro, usando o tronco para me proteger do vento. Eu me escondo dentro da camisa; não dá para ver nada com a nuvem tapando o luar. Além do mais, mesmo que eu conseguisse enxergar, o que faria? Para onde iria? Se o fogo vier, então que seja.

A intensidade do meu fracasso me atinge. Quem eu penso que sou? Por que achei que poderia mudar alguma coisa? Que poderia enfrentar a Capital, com toda a sua potência, e impedir os Jogos Vorazes? Eu, um garoto de dezesseis anos do distrito mais lixo de Panem, com pouco estudo e nenhum talento verdadeiro. Eu não tenho nada além de uma boca grande e uma noção inflada da minha própria importância. Muita espuma e pouca cerveja, esse sou eu. Breja rala.

As palavras de Plutarch ecoam na cabeça, debochando de mim.

"Chega de submissão implícita da sua parte, Haymitch Abernathy. Exploda aquele tanque de água até os céus. O país todo precisa que você faça isso."

Bom, foi uma péssima aposta, Plutarch! Parece que fui feito para a submissão implícita, da cabeça aos pés, de cabo a rabo, por dentro e por fora.

Esfrego o rosto com as palmas das mãos. Que idiota. Que idiota arrogante, autocentrado e incompetente. Não sei nem se Plutarch estava do lado dos rebeldes. Ele provavelmente é só mais um monstro da Capital que deve estar morrendo de rir agora.

Mas não, isso não faz sentido. Porque, mesmo que os Jogos continuem, o conselho dele me ajudou a causar um estrago no funcionamento das coisas. A linda arena da Capital está em curto-circuito. Só que não é o bastante, não passa de uma pequena perturbação sem graves consequências. Nada do que eu fiz é suficiente.

O sorriso torto de Ampert à luz da tocha... certamente seu último sorriso... como ele confiou em mim... e agora não restou nem um corpo para ser devolvido a Beetee... se bem que Beetee pode estar morto também...

Percebo que estou chorando, ou talvez sejam só meus olhos tentando se livrar das cinzas. Os arranhões das garras dos morcegos ardem como chama-ardente, e o sangue escorre pela roupa, cujo tecido não absorve muito bem. Tomado por lágrimas, sangue e infelicidade, eu me deito de lado e me encolho na base do tronco.

Ah, Lenore Dove, como foi que tudo chegou a esse ponto? O vento gemendo me lembra do chalé perto do lago no inverno, do aniversário dela, do melhor presente do mundo... eu cantando a música dela, que estou começando a odiar...

> *Ah, bem me lembro! Bem me lembro!*
> *Era no glacial dezembro;*
> *Cada brasa do lar sobre o chão refletia*

A sua última agonia.
Eu, ansioso pelo sol, buscava
Sacar daqueles livros que estudava
Repouso (em vão!) à dor esmagadora
Destas saudades imortais
Pela que ora nos céus anjos chamam Lenora,
E que ninguém chamará mais.

Ninguém chamará mais *aqui*, neste mundo. Morta e distante, como eu logo estarei. Será que serei o amor que ela perdeu para todo o sempre? Será que vai ser assombrada por mim pelo resto da vida?

– Só me esqueça! – grito.

Estou furioso comigo mesmo por não ter dito a ela para seguir em frente depois da minha morte quando tive a chance. Bato com a cabeça no tronco da árvore até sair sangue, depois fico inerte enquanto espero. Sou todo seu, presidente Snow...

Dormir? Não, eu não durmo, mas estou tão exausto pelos esforços da noite e pelo peso sufocante do meu desespero que chego a uma espécie de estupor. Horas e mais horas se passam, acho, porque o vento se aquieta, as cinzas se assentam no chão.

Lenore Dove disse que não há garantia de que o sol vá nascer, e desejo que este dia prove que tinha razão. Nada de bom me aguarda. Prefiro me esconder no escuro. Mas, por fim, uma fraca luz do sol acaba passando pela minha camisa. Não quero tirar a cara dali de dentro e não tiro. Por que ainda estou vivo? Que peças cruéis os Idealizadores dos Jogos estão me pregando agora?

O zumbido que notei na noite passada ainda irradia do chão. Lembro que ele precedeu o retorno do céu falso e junto dois e dois. Deve estar vindo do gerador que Beetee mencionou. O que fica fora da arena. Na ponta norte. Apesar da perturbação que a inundação causou no fornecimento de energia, o gerador está mantendo a arena funcionando. Bom, o fornecimento de energia não era nosso alvo; o cérebro era. Apesar de ter sido danificado, ainda funciona bem o bastante para seguir entretendo a audiência.

– Ah, cala a boca! Quem liga, a essa altura? – digo a mim mesmo.

Estou cansado de chafurdar no meu fracasso. Chega. Acabou.

Tento voltar ao estupor, mas estou agitado demais. Como uma comichão no fundo do cérebro, penso nas palavras de Mags quando estávamos para começar o treinamento: *"Nos primeiros Jogos, eu não perguntava aos tributos o que eles queriam, porque a resposta parecia óbvia. Vocês querem viver. Mas aí me dei conta de que há muitos desejos além desse. Os meus tinham a ver com proteger meu parceiro de distrito."*

Nós queríamos morrer rápido e com orgulho, com o mínimo de sofrimento para nossos entes queridos. Eu queria ser mais esperto do que a arena. Mas a preocupação de Mags tinha sido com seu parceiro de distrito. Eu não sei se Maysilee ainda está por aí, mas, se estiver, talvez precise da minha ajuda para morrer de cabeça erguida. E talvez alguns outros Novatos também quisessem uma ajudinha. Múltiplos canhões podem ter sido disparados depois do vulcão, mas eu não ouvi, não com tudo que estava acontecendo. Mas também não fui declarado vitorioso, então tem pelo menos mais alguém vivo. Eu só vou saber quando anoitecer.

Em vez de desistir, talvez eu veja se consigo ser minimamente útil para outra pessoa. Me jogar na frente do ataque de um Carreirista. Arrumar comida ou água para um Novato. Estou morrendo de fome e de sede, agora que pensei nisso, e não posso me dar ao luxo de enfraquecer. Melhor ver se meus suprimentos sobreviveram.

Quando baixo a camisa, fico chocado de novo com a beleza ao redor. Tinha imaginado que as cinzas seriam sombrias e feias, mas, acompanhando o design da arena, elas são claras e cintilantes, e tudo parece estar coberto com uma camada de açúcar. A luz do sol se reflete nos cristais e lança pequenos arco-íris pela floresta. Eu me levanto, rígido e dolorido, e tiro a poeira das roupas. Fico tentado a levar um punhado aos meus lábios secos, apesar de ter quase certeza do efeito que causaria.

As cinzas me desorientam, mas, depois de um tempo, consigo voltar até a berma das borboletas, onde as flores parecem preservadas em gelo. A berma está entreaberta, mas a boca está imóvel. Não tem mais fagulhas voando das árvores, nenhum filhote de cervo correndo, mas vejo alguns deles mortos debaixo das cinzas. Houve estrago, sem dúvida. Provavelmente em toda a arena. Os Idealizadores vão ter que tomar muito cuidado com os locais para onde apontam as câmeras.

Tudo parece congelado, como se eu devesse estar tremendo, mas o ar está cálido e perfumado. Chuto as cinzas da mochila, pego a água e tomo um gole grande, deixando cerca de metade do galão. O que resta de alimento são duas batatas, dois pães, um ovo, uma maçã e um último copo de suco de uva. Minha barriga está vazia, e enfio o ovo entre os pães, fazendo um sanduíche, e o devoro. Saboreio minha última maçã e refaço os passos até o local da morte de Ampert. Seu esqueleto foi removido, mas encontro minha rede e a balanço para limpá-la. Quando está livre de cinzas, dobro e guardo na mochila.

E agora? Penso em ir atrás dos sobreviventes, mas aí me dou conta de que tenho tanta chance de encontrar Carreiristas quanto Novatos. Cavo com os pés para tentar localizar a lança que abandonei, mas não consigo. Será que os Idealizadores a levaram junto com o corpo? Pelo menos encontro a faca e refaço meus passos até o machado de Ampert. Levo um tempo para lembrar que o larguei quando a terra tremeu e fui jogado no chão. Eu o localizo e enfio no cinto. Quero carregar lembranças dos meus aliados.

Estendo a mão para o girassol no meu pescoço e percebo que a cobertura de goma se dissolveu na inundação, o que o deixou firme, mas maleável. A pintura está intacta e ele ainda parece novinho. Pena que não tenho um detonador; a substância não serve de muita coisa sem um. Precisa de outra explosão para ser acionada. E o que eu explodiria? Conseguimos bagunçar o cérebro, mas ou ele continua funcionando parcialmente ou conseguiram controlar a arena da Capital. Provavelmente um pouco das duas coisas. De qualquer modo, não tem a menor chance de eu conseguir alcançá-lo. A essa altura, o gerador também é essencial para a continuidade dos Jogos, mas o único jeito de chegar a ele seria saindo deste lugar.

Um pequeno raio de luz penetra a penumbra da minha mente. Talvez seja possível escapar da arena e tentar quebrar o gerador. Eu só tenho uma faca e um machado, mas já é alguma coisa. Claro, as chances são pequenas... mas eu sou um azarão. Talvez seja o cara certo para esse serviço.

Sou tomado de dúvida. *Você não vai conseguir! Nunca vai dar certo! Você é só um trouxa com um machado, tentando afetar a Capital de novo. Será que não aprendeu nada?*

Talvez eu não tenha aprendido nada, e não haja chance de sucesso, e eu devesse reforçar minha submissão implícita. Mas a verdade é: o que eu tenho a perder? Nada, absolutamente nada. E eu devo a Ampert tentar.

O que Beetee faria? Para começar, iria até o gerador. Ele disse que ficava do lado de fora da arena, e devo estar perto. A primeira coisa vai ser seguir em direção ao norte e encontrar um jeito de passar pelos limites da arena. Eu nem sei se é uma muralha feita de cimento ou de metal, ou se é algum tipo de campo de força, mas vou lidar com isso quando chegar lá, acho.

Depois de consultar a posição do sol, eu me localizo e sigo rumo ao norte. Meu corpo todo está rígido e dolorido, e as alças da mochila roçam nos arranhões dos morcegos, me machucando. Eu seria uma visão e tanto se o Distrito 12 estivesse vestido de amarelo, mas o preto esconde bem as manchas de sangue. Apesar de ainda estar morrendo de fome e de sede, não posso gastar meus parcos suprimentos. Se encontrar o gerador, talvez comemore com uma fatia de batata.

O bosque tem áreas cheias de vida, com pássaros cantando e insetos zumbindo, e outras de total silêncio. Não vejo qualquer sinal dos outros tributos, e é bem provável que eu seja o único que chegou tão a norte. Isso significa que as bermas de bestantes por aqui estarão bem estocadas, mas também podem estar desabilitadas. Não há nada a fazer além de botar um pé na frente do outro.

Depois de alguns quilômetros, ouço ruídos nas árvores e uma chuva suave começa a cair. Abro a boca e capturo algumas gotas na língua. O gosto é puro, de água fresca, não de veneno. Onde os Idealizadores arrumaram água, depois da explosão do tanque? Será que têm tanques de reserva? Canos que vão da Capital até aqui tão longe? Coloquei o explosivo na altura do peito. Talvez o meio metro inferior do tanque tenha permanecido intacto e esteja sendo usando. De qualquer modo, tenho água fresca, e é melhor não ignorar.

Abro rapidamente as tampas dos galões de água e os coloco no centro de uma clareira. Sei que ficar catando gotas aleatórias não é o ideal, mas é o melhor que consigo fazer no momento. Em seguida, fico só de cueca e lavo o sangue. Reparo na sujeira debaixo das unhas se dissolvendo como cristais de açúcar e olho para as árvores. Realmente, só a chuva leve já derrete a cinza vulcânica dos galhos, e a água penetra no chão. Em meia hora, a chuva para e deixa a floresta tão fresca e impecável quanto na manhã em que a adentrei.

É um alívio as cinzas terem sumido, mas só devo ter captado algumas colheradas de água. Uma oportunidade desperdiçada. Uma das lonas de Wyatt teria sido bem útil; uma rede não serve de nada para coletar chuva. A gente trabalha com o que tem.

O que encontro quando chego ao final da floresta não é uma barreira de tijolo, de aço ou de eletricidade, mas uma cerca viva alta que vai se estreitando em forma de V e se estende até onde a vista alcança nas duas direções. Olhando de perto, as plantas parecem ser um tipo de azevinho, carregadas de cachos de frutinhas vermelhas e com folhas verdes cheias de espinhos. É parecido com o que o pessoal do Distrito 12 usa para decoração no ano-novo, embora as frutas de lá tenham pontinhos pretos na casca. Até as comuns são venenosas, então ignoro essas aqui. Sigo junto da cerca, ponderando sobre como lidar com ela. Os galhos não parecem capazes de sustentar meu peso e cavar para passar por baixo não me parece uma opção. Então, noto uma pequena abertura, viro de lado e consigo passar entre a folhagem sem ser arranhado. Um caminho estreito segue por uns três metros, depois faz uma curva e avança pela cerca, que parece ser bem profunda. Com cuidado, começo a seguir em meio à folhagem pelo caminho sinuoso, com a impressão de que estou indo para o norte, mas às vezes sou forçado a desviar para a direita ou a esquerda. *Não pode seguir para sempre*, penso. *Alguma hora vou alcançar o fim da arena*.

Mas não alcanço. O caminho faz curvas para lá e para cá, às vezes chegando a um ponto sem saída ou a bifurcações, que me obrigam a fazer uma escolha. Tarde demais, percebo que deveria estar marcando troncos, ou fazendo pilhas de terra, ou qualquer outra coisa para marcar o caminho, porque estou perdido. Tento usar o sol para me orientar, mas poderia jurar que os Idealizadores dos Jogos estão mudando as coisas no céu só para me confundir ainda mais. Preso num labirinto denso de azevinho, começo a entrar em pânico, seguindo por caminhos de forma descuidada, sem nenhum plano real e com uma sensação crescente de claustrofobia. Não importa mais o limite norte, eu só preciso sair deste lugar. O suor escorre pelo meu rosto e estou morrendo de sede, mas não acho que mereça beber água, considerando a facilidade com que me meti nesta situação. Se os Idealizadores decidirem soltar uma besta em cima da mim – e por que não fariam isso? –, seria impossível escapar. Não é assim que quero que minha mãe, Sid e Lenore Dove me vejam morrer. De forma tão estúpida.

Isso continua por horas; eu sigo movido pelo medo de dar meu último suspiro nesta alucinação espinhosa de uma festa de fim de ano, desesperado para ver o cenário mudar. Finalmente, exausto e esgotado, eu caio de joelhos e tento organizar os pensamentos. A cerca viva abafou os sons da floresta, e só notas baixas dos cantos dos pássaros chegam aos meus ouvidos. É demais esperar por uma brisa, mas, se eu ficar bem parado, consigo sentir um leve movimento de ar. Avalio minhas opções: desistir, continuar cambaleando por aí ou tentar abrir caminho pela cerca viva usando o machado. Essa última alternativa parece ter mais potencial, mas tem algo meio sinistro nessa cerca que me deixa hesitante. Assomando sobre mim e muito densa, faz com que eu me sinta minúsculo, assustado pelo que ela pode abrigar. Resignado ao meu destino, eu me levanto e pego o machado.

Quando faço isso, um movimento à minha frente chama minha atenção. Levanto o olhar e vejo um coelho cinza me encarando. Não sei se é o mesmo com que compartilhei a maçã, mas me reconforta pensar que sim.

– Oi, amigo. Como vai?

Depois de tremelicar a orelha, ele se vira e se afasta saltitando. Sem pensar, vou atrás. Será que ele pode usar seu faro para nos tirar daqui? Vou seguindo seu rabo branco e fofo a cada curva, e, depois de um ou dois minutos, vejo a floresta no fim de um corredor. Solto um grito e corro para as árvores. O coelho sai pela abertura, e estou só uns poucos metros atrás.

Quando saio correndo da cerca, a lâmina de uma espada passa assobiando perto da minha cabeça, pegando a pontinha da minha orelha. Dou um grito e tropeço em um galho seco atrás de mim. Depois de dias de isolamento interrompidos apenas por aliados, eu tinha quase me esquecido da ameaça dos Carreiristas. Agora, eles me pegaram totalmente desprevenido.

Nada que acontece no minuto seguinte é premeditado, meus movimentos são puro reflexo. Quando uma garota do Distrito 4 vem com o tridente apontado para o meu pescoço, eu desvio o golpe, meio sem jeito, com o braço esquerdo, então pego minha faca a tempo de enfiá-la na barriga dela. Rolando para o lado, dou de encontro com uma perna e corto o tendão, deixando o parceiro de distrito dela se contorcendo no chão. Fico de pé às pressas, puxo o machado e abro o pescoço dele com um único golpe movido a adrenalina, depois me viro e encaro o dono da espada: Panache.

Por um momento, nos encaramos, eu, minha faca e meu machado contra ele, sua espada e seu escudo. Acompanhados pelos gemidos terríveis da garota ferida, nos circundamos, um avaliando o outro. Vejo as queimaduras nos braços e nas pernas dele, os lábios rachados, a expressão de cão raivoso em seus olhos. Uma sensação de medo me domina. Ele é bem maior, está com armas melhores e enlouquecido de dor. Desvio o olhar para o bosque próximo em busca de uma rota de fuga.

— Na-na-ni-na-não — diz Panache.

Com um único golpe, ele derruba o machado da minha mão, a lâmina me arrancando sangue, e bate com o escudo no meu peito com tanta força que acabo soltando a faca. Eu recuo, respirando com dificuldade, as mãos erguidas, tendo apenas minhas palavras para me defender.

Eu começo a falar rápido.

— Opa, opa, opa, opa. Panache, pensa um pouco. Fica feio matar um homem desarmado. Principalmente eu sendo do Distrito 12 e tal. Quero dizer, tirei nota um no treinamento. Vai parecer covardia da sua parte. Pensa na sua imagem. Você não quer fazer alguma *burrice*.

Não é o argumento mais forte do mundo, mas as palavras o fazem hesitar; acho que preciso agradecer a Caesar por isso. Eu continuo tagarelando, tentando ganhar tempo.

— Escuta, sei que você não é miolo mole. Aquela ideia da carruagem foi brilhante, desculpa por eu ter estragado tudo. Mas você precisa agir com inteligência aqui, não é mesmo? Senão, pode acabar perdendo dádivas dos patrocinadores. Como está se saindo nesse assunto, aliás? Eu estou indo muito bem. Parece que algumas pessoas amam um fracote. Mas você? Todo mundo sabe que você vai vencer. Vocês sempre vencem. Anda, pelo menos joga a minha faca para cá, para a gente poder dar um show para o público.

Panache balança a cabeça de leve, como se expulsando minhas palavras do cérebro.

— Não! A gente já lutou. Você perdeu. Agora, você morre!

Ele ergue a espada, os olhos fixos no meu pescoço, e me preparo para o golpe, tentando parecer corajoso e desafiador e orgulhoso, encarando-o tão intensamente que ele vai ter que admitir que, mesmo que me mate, não me derrotou. No meu último momento, preciso ver esse reconhecimento em seu rosto.

Em vez disso, o que vejo ali é a surpresa tomar conta quando o dardo perfura seu pescoço.

20

A espada de Panache cai no chão e ele desaba, inconsciente. Eu me viro e vejo Maysilee sair de trás de uma árvore, com uma zarabatana delicadamente equilibrada nos dedos, o bocal preso a uma planta trançada em volta do pescoço. Seu mais novo colar. Sem qualquer emoção, ela assiste Panache falecer.

— Nós viveríamos mais se cooperássemos um com o outro — diz ela.

— Acho que você acabou de provar essa tese — respondo e esfrego meu pescoço no local onde o dardo atingiu Panache. — Aliados?

Ela pensa um pouco, assente e bate numa bolsinha no quadril.

— Mas tenho mais uma dúzia de dardos envenenados aqui, caso você ainda esteja se sentindo exclusivo.

— Anotado. É bom mesmo te ver, srta. Donner.

O canhão dispara três vezes e me cala. Observo os corpos ao nosso redor, pela primeira vez me dando conta de que matei uma pessoa. Duas. Brutalmente. Foi legítima defesa, sem dúvida, mas sei que nunca vou poder voltar a ser quem era cinco minutos atrás. Ter tirado a vida deles... desse jeito... não dá para desfazer isso. Pego minhas armas.

— Vamos dar o fora daqui.

Maysilee observa os Carreiristas mortos e pega a adaga da garota do Distrito 4.

– Quer mais alguma coisa?

– Não.

Não sei usar um tridente, e a ideia de pegar a espada de Panache, manchada com o sangue dos Novatos, me dá calafrios. Eu não sou o herdeiro dele, o novo líder do bando, nem quero passar essa ideia.

Nós nos afastamos da cerca viva e seguimos pelo bosque. Depois de um minuto, o aerodeslizador passa acima de nós, indo coletar os corpos. A garra gigante desce e os ergue para o céu, um, dois, três, então a aeronave os engole. Nós paramos quando eles foram todos recolhidos. Não há mais nada de que nos afastar.

– Você está sangrando – observa Maysilee.

Dois cortes. Um do tridente, um da espada de Panache.

– Senta – ordena ela.

Eu me sento num tronco caído, e Maysilee tira um kit de primeiros socorros de sua mochila preta.

– Peguei isso de um Carreirista morto. O creme para queimaduras me impediu de perder a cabeça.

As mangas da camisa dela estão cortadas nos ombros, e reparo nas marcas de queimaduras em seus braços, competindo por espaço com os vergões causados pelo chicote e com uma variedade de cortes e hematomas, sua pele um mapa da violência que sofreu desde a colheita. Quem teria acreditado que a mimada Maysilee Donner, com seus esmaltes e laços de veludo, acabaria desse jeito? E que enfrentaria a situação com tanta força? Vovó dizia que nunca se sabe quem vai nadar numa enchente.

– A lava queimou tudo que estava no caminho?

– Não, nem era quente. Era tipo um gel que causava queimaduras químicas, se entrasse embaixo da roupa, e ficou duro e escorregadio como gelo no chão.

Acho que foi por isso que não houve fumaça e eu não fui cozido.

Maysilee limpa minhas feridas metodicamente e as fecha com pontos regulares e cuidadosos. Não fico surpreso com isso, depois de vê-la criar aqueles belos símbolos a partir de praticamente nada. Quando acaba, ela se senta diante de mim e olha para a minha mochila.

— Tem comida?

— Ah, tenho um montão de comida, mas, que tragédia, nenhum talher.

Um dos cantos da boca de Maysilee se curva em um sorrisinho. Ela pega um canivete e um garfo feito de arame retorcido no bolso.

— Deixa comigo.

— Ah, isso muda tudo. Você está livre para o jantar? Eu estou de posse de duas batatas muito boas. Cruas, mas com potencial para serem assadas. E você?

— Três fatias de carne seca e meia lata de azeitona. Meio a meio?

— Fecha os olhos um minuto.

Maysilee me encara com olhos semicerrados.

— Por quê?

— Só fecha. — Ela fecha um olho só. — Os dois.

Quando ela obedece, eu pego a taça, que sobreviveu heroicamente ao dia, sirvo o que resta do suco e ofereço a ela.

— Tudo bem, pode abrir.

Ao ver a taça elegante e o denso suco de uva, ela arfa de surpresa.

— É a coisa mais linda que já vi.

— Para você. Um agradecimento por ter salvado a minha vida.

Maysilee sorri.

— Meio a meio ou nada feito.
— Combinado.
Porque, para falar a verdade, quero esse suco como chama-ardente.
— Mas você primeiro – digo.
Maysilee pega a taça, inspira o aroma como se fosse um vinho caro e toma um gole. Lágrimas surgem em seus olhos.
— Ah, minha nossa. Não pensei que sentiria o gosto de casa de novo. – Ela devolve a taça. – Agora você.
A noite cai, e a gente se demora passando a taça de um para o outro, saboreando cada gota. Faço questão de que ela tome o último gole. Maysilee limpa a taça com seu lenço e tenta devolvê-la.
— Não, pode ficar. Combina com seus acessórios de mesa.
Ela guarda a taça com cuidado na mochila. Eu me encosto no tronco, exausto.
— Eu não vi quase ninguém. O que aconteceu por aí?
Maysilee pensa por um minuto e cutuca uma queimadura no braço
— Difícil dizer. A arena está meio defeituosa, mas você já deve ter percebido. Se estiver falando dos outros tributos... até onde sei, talvez só tenhamos sobrado nós dois.
— Bom, se chegar a isso, já estou com os dias contados mesmo. Nem pense duas vezes em usar os dardos.
— Você acha que eu não seria capaz?
Eu a encaro. Penso em todos os anos de maldades, mas também boto na conta o quanto ela se transformou desde a colheita. Defendendo Louella, ajudando Ampert, cuidando dos Novatos.
— Acho que não.
Por um segundo, uma expressão toma seu rosto. Jovem e vulnerável.

— Obrigada por dizer isso. Eu também acho que você não seria capaz.

Logo antes de o momento ficar constrangedor demais, o hino começa a tocar. Nós inclinamos a cabeça para cima.

— Pelas minhas contas, éramos vinte e seis ontem à noite — diz Maysilee.

— Pelas minhas também. Se eu contar quantos restam, acha que consegue lembrar quem morreu? Você é melhor com detalhes.

— Vou fazer o possível.

Maysilee entrelaça os dedos em seu colar e se concentra no céu.

Panache aparece primeiro, seguido dos quatro tributos do Distrito 2.

Os dedos da minha mão direita se cravam nas agulhas de pinheiro.

— Dia ruim para os Carreiristas.

Mas então Ampert precede o aparecimento de toda a sua equipe. Todos os tributos do Distrito 3 já eram.

— Dia ruim para todo mundo — diz Maysilee.

Em seguida, o garoto e a garota que eu matei, do Distrito 4. Parece que é a primeira vez que os vejo. Fico enjoado ao pensar em suas famílias. Legítima defesa, eu sei. Eu me concentro na contagem.

— Estamos em onze.

Um garoto e uma garota do Distrito 5.

— O 5 já foi todo, agora — comenta Maysilee.

Um dos meus pombinhos, Atread, que era o último garoto do Distrito 6. Um garoto do Distrito 10. A garota do Distrito 11 que não é Chicory. O céu fica escuro.

— Dezesseis — digo. — Restam dez de nós, então.

– Só sobraram duas carreiristas. Silka, do 1, e Maritte, do 4. Oito Novatos. Eu e você, Hull e Chicory, do 11. – Maysilee respira fundo e se concentra. – Ringina e a outra garota do 7, acho que o nome dela é Autumn. Faltam dois. Quem estou deixando de fora?

– Um dos meus pombinhos do 6.

– Certo, Wellie. E mais uma pessoa. Não estou conseguindo identificar agora. Um garoto, acho. Ele está de vermelho. Distrito 10 – conclui Maysilee.

Eu me lembro de Ampert girando o laço dele no ginásio. Um garoto do 10 tinha feito para ele...

– Buck?

– Isso.

– Você foi ótima. Não sei como se lembrou de todos.

– Eu me concentro nas cores. Não tem mais roxo, não tem mais azul-claro, nem laranja, nem pêssego, nem amarelo. E só uns poucos dos outros.

– Mas só sobraram duas Carreiristas – digo. – Wyatt ia gostar dessas chances.

Com a menção a nosso calculador de chances, nós dois ficamos em silêncio. Trinta e oito de nós estão mortos. Trinta e nove, se contarmos Lou Lou. Quarenta, se contarmos Woodbine. Só restam uns poucos. Não parece real. Nada aqui é real.

A lua falsa sobe e lança uma luz prateada em nossa pequena clareira. Sinto Maysilee ali perto, tenho consciência de sua pulsação, do subir e descer do seu peito, mas ela parece tão efêmera quanto o resto. É provável que eu tenha morrido – por envenenamento, ou no túnel, ou pela espada de Panache – e ido para um dos mundos de Lenore Dove, onde continuei sonhando que ainda estou vivo.

– Você matou alguém além de Barba e Angler? – pergunta Maysilee.

Devem ser os dois com quem lutei, do Distrito 4.

— Não, só eles. E você?

— Panache foi meu segundo. Peguei Loupe, do Distrito 1, dois dias atrás. Ele tinha se separado do grupo com Camilla, do 2. Tenho quase certeza de que meti um dardo nela também, mas pode ter sido o vulcão que acabou com ela, no fim das contas.

O barulho do recipiente atingindo o chão, às nossas costas, nos faz pular. Maysilee pega a dádiva e a solta do paraquedas.

— Espero que seja comida.

Ela abre a tampa e a fumaça de sopa de feijão e joelho de porco atinge meu rosto. Mags. Tentando se comunicar com a gente, avisar que não estamos sozinhos na nossa dor, nos dar força para seguir em frente. Fico com os olhos cheios de lágrimas, me forçando a admitir minha presença no único mundo que conheço. Ele não é imaginário. É o mundo em que estou nos Jogos Vorazes de verdade.

— Igual a quando a minha avó morreu — diz Maysilee.

— A minha também.

Eu não listo todos que já perdi. Não é uma competição.

Ela pega duas colheres da tampa da panela e me entrega uma. Em silêncio, tomamos nossa sopa. Meio a meio.

O ar da noite está frio. Maysilee puxa a camisa por cima dos joelhos e abraça o próprio corpo, mas ainda vejo seus braços arrepiados.

— Posso fazer uma fogueira, se quiser — ofereço.

— Seria bom. Se você não achar muito perigoso.

— Não se um de nós ficar vigiando. Na verdade, pode ser bom se os outros Novatos nos encontrarem.

— A gente dá conta de Maritte e Silka. Certo?

— Com você e esses seus dardos? Acho que nem precisa de mim.

Cato madeira e coloco o acendedor para trabalhar.

– Mas que danadinho – diz Maysilee. – Trouxe essa coisa escondido.

– Bom, você sabe que eu gosto de coisas bonitas e úteis.

Minha voz trava um pouco quando lembro onde ouvi isso. Eu me concentro em acender o fogo. Maysilee abre uma lona pequena no chão, se acomoda nela e esfrega as mãos acima das chamas.

– Pode dormir agora, se quiser. Não estou cansada.

Suas olheiras a contradizem, mas estou batendo cabeça.

– Tudo bem, mas me acorda quando quiser, e eu assumo.

Penduro o acendedor ao redor do pescoço, abro a rede no chão e me deito, vendo as línguas de fogo dançarem.

– Funciona melhor se você fechar os olhos – diz ela.

– É.

Eu me remexo, mas algo parece incompleto. Eu não agradeci de verdade por hoje. Não, agradeci, sim: Com o suco. Mas isso não chega nem perto de ser o bastante. O que dizer para a garota mais cruel da cidade que virou sua amiga? Não, mais do que amiga, na verdade. Uma Novata. Sermos tributos e não nos matarmos... cuidarmos um do outro sem questionamentos... isso é ser família, acho.

– Você precisa dormir enquanto pode, Haymitch.

– Eu sei, mas... estou pensando... você e eu... Lembra o que Ampert disse quando você fez o símbolo dele?

Há uma longa pausa antes que ela responda:

– Claro. Eu vou ser sua irmã.

Estendemos as mãos ao mesmo tempo, trocamos um aperto e soltamos.

– Boa noite, maninha.

Eu viro para o lado e deixo o sono me levar. Meus sonhos não são do tipo que eu queira lembrar, cheio de pessoas que nunca vou esquecer. Repasso uma morte após a outra. É um alívio ser acordado.

Maysilee me deixou dormir a maior parte da noite. Quando trocamos, estou determinado a dar a ela a mesma oportunidade. Com o machado e a faca na mão, mantenho o fogo aceso alimentando-o com pedaços pequenos de madeira até o sol nascer no nosso quinto dia na arena. Meu estômago ronca tão alto que tenho medo de que a acorde. A sopa da noite anterior parece uma lembrança distante. Eu deveria estar de olho no bosque, mas não paro de erguer os olhos para o céu na esperança de uma dádiva dos patrocinadores. Qualquer coisa já seria muito – um pedaço de pão, um pouco de queijo –, e para piorar nossa água está quase acabando.

Eu me concentro no plano. É óbvio que cheguei perto de alguma coisa naquela cerca viva. Os Idealizadores me manipularam, mas também confirmaram o que eu desconfiava. Encontrei o fim da arena. Se conseguir passar pelos arbustos, vou localizar o gerador e tentar acabar com ele.

O tempo está passando, mas Maysilee merece dormir. Para me distrair, puxo a lona dela de debaixo da minha bunda e tento transformá-la numa espécie de engenhoca para pegar água de chuva, caso ela caia outra vez. Meus esforços resultam numa espécie de funil torto, que amarro com cipós na ponta. Parece uma conquista, até eu ouvir Maysilee rindo.

– Fez um chapéu, é?

Sinto um pouco de alegria só de ouvir sua risada.

– Pois fique sabendo que isso é um pegador de água de primeira classe. E você vai engolir essa língua.

– Vou? E como exatamente todas as gotas de chuva vão encontrar essa aberturazinha minúscula?

Ela tem razão. Não há muito espaço para a chuva passar, o que é ruim para o nosso propósito. A chuva que enche o barril reservado para isso lá em casa é captada por um telhado inteiro antes de chegar ao cano de escoamento.

– Mais área de superfície, você acha?

– Acho.

Maysilee estende a mão para o funil, desenrola a lona e a estende, pensativa. Tem mais ou menos um metro quadrado, com pequenos aros nas pontas para prendê-la.

– Primeiro, vamos precisar de um jeito de prendê-la.

Maysilee olha em volta e pega alguns cipós. Eu a ajudo a amarrá-los aos aros. Ela pega a minha faca e faz um buraquinho no centro da lona.

– Agora, a água pode escorrer por aí. Seria bom se tivéssemos algum tipo de tubo. Daria para encaixar no seu galão.

Damos uma olhada nas nossas coisas, mas não achamos nada até que reparo na taça de vinho. Lembro que o suco preencheu toda a haste da taça.

– Qual é seu nível de apego a isto?

– Menor do que meu apego à água – responde Maysilee.

Coloco a taça com cuidado no tronco e corto a base e o bojo, deixando um tubo oco de vidro. Maysilee o enfia no buraco. O vidro irregular ajuda a segurá-lo no lugar.

– Deve funcionar – diz ela. – Agora, só precisamos de chuva.

Ela dobra a lona com cuidado e a coloca na mochila.

– Então, qual é o plano? Eu estava pensando em voltar para a Cornucópia e ver se encontramos alguma comida que tenha ficado para trás. Depois, podemos tentar achar os outros Novatos. Ou você acha que devemos procurá-los primeiro?

– Eu acho que a gente devia ir para o norte.

– Norte? Pra quê?

– Tenho um pressentimento – digo, para que os Idealizadores dos Jogos não desconfiem do meu próximo passo.

— Haymitch, eu preciso de comida.

— Pensei que você não ligasse para café da manhã.

— Bom, aqui eu ligo para café da manhã, almoço e jantar. Nunca tinha passado fome antes. Fome de verdade. Dói. — Ela aperta a mão na barriga. — E me assusta.

— Eu sei como é. Mas estou determinado a ir para o norte.

— A gente pode pelo menos tentar localizar o acampamento dos Carreiristas? Eles devem ter se escondido por aqui, antes de irem atrás de você.

— Boa ideia, mas não por muito tempo. Quinze minutos e a gente vai.

Maysilee me observa com atenção, mas começa a procurar. Ela desconfiou que não fui sincero, lá no apartamento. Não sei se me dá o crédito pelos problemas no funcionamento da arena, mas sabe que ainda estou escondendo alguma coisa. Devo contar? Como? Quando? Deve ter câmeras até nos nossos calcanhares.

Nós voltamos para o local da luta e seguimos em espiral, procurando suprimentos que os Carreiristas possam ter deixado. Enfim encontramos algumas coisas embaixo de uma pilha de pedras, a uma curta distância dali. Três mochilas de tamanhos variados. Viramos todo o seu conteúdo no chão e o avaliamos. Uma rede igual à minha. Dois galões de água vazios. Três lenços. Um frasco de xarope, para o caso de envenenamento. Uma segunda lona. Um lança-chamas, parecido com um que já vi Tam Amber usar. Aperto a alavanca, ouço um clique, e uma chama de quinze centímetros aparece.

Maysilee ergue as sobrancelhas.

— Acender fogueira vai ser molezinha agora.

Quase me deixa triste ver o presente de Lenore Dove ficar obsoleto tão rápido.

— Até o combustível acabar — respondo.

Organizamos a comida com cuidado. Uma lata de sardinhas. Uma banana já ficando marrom. Quatro pães. Um pote quase vazio de creme de nozes. Acrescento à pilha minhas duas batatas, e Maysilee, seus três pedaços de carne seca e as azeitonas. Podia ser pior.

– Tudo bem, fã de café da manhã, o que vai ser? – pergunto a ela.

Maysilee assume o comando da comida: ela abre os pães e passa o creme de nozes, arrumando com cuidado fatias da banana meio passada em cima. Fico na dúvida sobre a qualidade dessa combinação, mas em uma mordida ela me ganha.

– Que delícia – digo.

– Bom, eu sou responsável pelas combinações de sabores mais inovadoras da loja. Já experimentou nosso caramelo de cereja com pimenta?

– Já! Era o favorito da vovó!

Ela pega a faca e o garfo e corta um pedaço do pão.

– Fui eu que inventei. Os rolinhos de requeijão com canela e os pirulitos de alfazema também. O prefeito amava esses.

– Parece que o trabalho não era de todo ruim – comento.

Ela suspira.

– Era irônico, isso sim. Eu não gosto muito de doces. Tem coisas bem mais interessantes a se fazer.

Devoro meus sanduíches antes mesmo de Maysilee terminar o primeiro e olho em volta procurando alguma coisa para fazer. Tiro a tampa dos galões de água dos Carreiristas na expectativa de encontrar algumas gotas. Secos como o deserto.

– Acho que eles também estavam com sede. – Tiro uns cipós de uma árvore e preparo uma segunda lona para capturar água. – Não tem tubo pra essa aqui.

– Vamos dar um jeito – diz Maysilee. – Com uma segunda rede, talvez nós dois possamos dormir nas árvores.

— Verdade. É mais seguro lá em cima. Se a gente subir bastante, nem precisa ficar de vigia. A gente ouviria qualquer pessoa chegando.

Arrumamos nosso tesouro, e ela sinaliza para eu ir na frente.

— Vou atrás de você.

O problema é que não sei onde estamos. Mesmo assim, saio andando como se soubesse. Caminhar pelo bosque pode me dar a oportunidade de me reorientar. Como não confio mais totalmente na posição do sol, espero encontrar alguns marcos para me localizar. Encontramos um depois de uns dez minutos: os arbustos de mirtilo com galhos quebrados onde me escondi na primeira noite. A cerca viva realmente me cuspiu bem longe de onde entrei.

— Foi aqui que Lou Lou me achou — digo para Maysilee.

— Ah. Mirtilos.

Ela pega uma tigelinha na bolsa e começa a colher punhados, o que me alarma.

— Você sabe que a gente não pode comer isso, né?

— Claro que sei. Mas meu veneno está acabando. Preciso repor.

Parece que os dardos não vieram envenenados. É claro que foi ideia de Maysilee torná-los letais. Ela transforma as frutas numa pasta.

— Você precisa mesmo fazer isso agora?

A manhã já está acabando, e estou ficando agitado.

— Qual é a pressa, Haymitch?

Isso me faz calar a boca. Ela sabe que eu tenho um segredo e tanto e está usando isso contra mim. Como fez com Lenore Dove, acho.

Maysilee vira parte do líquido em um frasco de vidro em forma de coração que pende de um dos seus colares.

– É feito pra perfume, então tem uma tampa boa pra impedir evaporação. Eu só queria que coubesse mais. – Ela gira a tampinha para fechar o coração. – Como ela morreu? Lou Lou?

– Pólen de monarda. Ampert me contou sobre Wyatt.

– Ele estava tentando proteger Lou Lou. Quando ele morreu, ela fugiu. Tentei ir atrás, mas me perdi na montanha. – Maysilee limpa a tigela com algumas folhas. – Eu me pergunto o que estão pensando, lá no distrito. Aposto que todo mundo está torcendo por você.

– Talvez, antes do início, mas não mais. Foi você que tentou ficar junto dos Novatos. Sei que vão estar torcendo por você.

– Tentar não é conseguir.

– Não, mas é mais do que não tentar.

Claro, venho tentando fazer várias outras coisas que tenho certeza de que não foram ao ar. Mas tentar também não foi conseguir. Pelo menos, sei em que direção seguir agora. Talvez na cerca viva eu consiga colocar alguma coisa em prática.

Nós andamos em silêncio, de olho em Carreiristas, Novatos e bestantes, mas não encontramos ninguém. Às vezes, passamos por alguma consequência da inundação: árvores que pingam sangue, em vez de seiva... um buraco onde algo explodiu, deixando um líquido transparente e grudento que cobre tudo ao redor... um toco de árvore que arrota gás sulfuroso e brilhante... Não passamos nem perto de todas essas coisas.

Paro para examinar os cadáveres de um trio de raposas bestantes, o pelo laranja como o pôr do sol, que parecem ter morrido comendo ovos venenosos.

– O que você acha que essas coisas foram criadas para fazer? – pergunto.

– Roubar nossa comida, provavelmente – diz Maysilee.

Ou nos comer, penso. *Como os esquilos. Quem sabe? Talvez estivessem programadas para mim.*

No meio do dia, chegamos à cerca viva.

– É um labirinto – digo para Maysilee. – Não adianta tentar vencê-lo. Faz a gente ficar dando voltas por quilômetros.

– Qual é seu plano?

– Meu plano é a gente atravessar cortando o caminho e dar uma olhada no que tem do outro lado.

Largo a mochila no chão, enrolo as mangas e pego minha faca comprida. Maysilee observa a cerca viva, sua altura, seu comprimento, e chega mais perto para analisar as folhas de azevinho e as frutas pintadas.

– Tem alguma coisa estranha nessa cerca viva. – Ela olha por cima do ombro e pensa no que tem atrás de nós. – Mas isso não é novidade.

– Eu fiquei horas aí dentro ontem, e o pior que me aconteceu foi eu me perder. Acho que esse é o propósito dela – digo, para tranquilizá-la.

Maysilee coloca a mochila no chão e pega a adaga que tirou de Barba. Nós passamos pela abertura e aproveitamos os três metros de caminho reto, mas paramos quando ele começa a se curvar para o labirinto. Empertigo os ombros, ficando de frente para o norte.

– Ali. É pra lá que a gente tem que ir. Quanto mais rápido, melhor, eu acho.

– Entendi. – Maysilee para ao meu lado. – No três?

Eu faço que sim e contamos juntos, erguendo lentamente as armas.

– Um, dois, três!

Nós movemos as lâminas ao mesmo tempo e cortamos as plantas, mas mal terminamos os primeiros golpes quando dezenas de frutinhas pulam dos galhos e cobrem nossos braços. Nós dois gritamos e começamos a afastá-las.

– O que é isso?! – pergunto.

– Joaninhas! – diz Maysilee.

Joaninhas? Levanto a mão para examinar uma. É uma joaninha mesmo, ou algo bem parecido. As criaturas se agarram à minha pele e me cobrem os braços. Em segundos, elas inflam até ficarem do tamanho de nozes e começam a explodir, espirrando sangue no meu rosto.

21

Maysilee é a primeira a fugir da cerca viva, e vou atrás dela. Nós dois gritamos feito loucos, correndo em círculos enquanto tentamos arrancar os bichos da pele. Depois que se agarram com bocas que parecem agulhas hipodérmicas, são difíceis de desalojar.

– Puxa! – ordena Maysilee. – Puxa!

Ela está se remexendo toda, mas sossegou o bastante para pegar e arrancar cada joaninha no braço.

Eu faço o mesmo. Os sugadores estão bem presos, como os de um carrapato muito determinado. Se eu seguro os bichos perto da cabeça e puxo com firmeza, devagar, eles se soltam com um jato de sangue. Firmo os pés no chão para me acalmar e murmuro:

– Um de cada vez... um de cada vez... um de cada vez...

Enquanto falo, puxo as joaninhas dos meus braços, do pescoço, do rosto. Tiro a camisa e a calça, mas poucas chegaram a entrar sob o tecido. Quando estou praticamente livre dos bichos, vou ajudar Maysilee, que, sem mangas, sofreu mais.

– Um de cada vez... um de cada vez...

Ela está tremendo toda e, quem diria, eu também.

– Um de cada vez... – cantarolamos juntos. – Um de cada vez...

Quando não tem mais nenhum à vista, ela fica só de roupa de baixo também.

– Minhas costas?

Sim, tem mais uns seis lá. Estou tonto e quero me sentar, mas só paro quando estão todos mortos.

– Pronto – digo a ela. – Já tiramos todas.

Nós dois desabamos no chão, pálidos e exaustos em nossas roupas de baixo ensanguentadas. Morrendo de sede, pego a água na mochila e insisto para que ela beba primeiro.

– Desculpa, foi culpa minha. Fiquei falando cheio de propriedade, como se soubesse o que tinha lá dentro. Juro que nenhuma delas me incomodou ontem.

– Acho que os Idealizadores não querem que a gente passe pela cerca viva – observa Maysilee.

Eu concordo com a cabeça.

– Mensagem recebida.

– Quanto sangue você acha que a gente perdeu? – pergunta ela.

– Não sei. Uma ou duas xícaras?

Uma joaninha que escapou da inspeção explode atrás da minha orelha, me deixando ainda mais tonto. Pego os três pedaços de carne seca da mochila e entrego para ela.

– Toma. Bota um pouco de ferro no seu sangue.

Ela os parte na metade.

– Meio a meio.

Enquanto comemos, Maysilee comenta:

– Seu plano não é sustentável.

Olho para ela cortando a carne seca com o canivete e o garfo improvisado e não consigo evitar uma risada.

– Não é mesmo. – Estou confuso demais para pensar num novo plano. Só consigo ficar deitado olhando o céu azul perfeito. – Não estou pensando direito neste momento.

– Eu também não. – Ela remexe na mochila. – Você gosta de azeitona?

– Não sei. Nunca comi.

Ela me oferece uma.

– Chupa um pouco para puxar o sal. Tem caroço.

Coloco a bolota na língua e avalio a casca lisa, o gosto estranho e forte, picante e metálico.

– Não é ruim.

Maysilee deposita mais duas na palma da minha mão. Eu saboreio cada uma, rolando-as na boca e usando os dentes para consumi-las lentamente até chegar ao caroço.

O tempo passa, nuvens se deslocam, e uma chuva começa a cair.

– As lonas! – exclamo.

Nós nos levantamos, trêmulos, e abrimos as lonas. Relutantes em colocá-las sob as árvores venenosas, enfiamos galhos no chão para servir de apoio e as estendemos, de forma que não haja nada entre elas e o céu. Quase na mesma hora, um gotejar lento começa a correr por elas até os galões embaixo.

A chuva aumenta e ficamos de pé, as cabeças caídas para trás, lavando o sangue do rosto e do corpo. Quando estamos razoavelmente limpos, abrimos as roupas na chuvarada para lavá-las da melhor forma possível. Depois de uns vinte minutos, as nuvens são desligadas, como se alguém tivesse girado uma torneira.

Nós nos vestimos para deixar que o tecido fino seque no corpo e passamos um galão de água entre nós.

– Bem, se não éramos antes, agora somos parentes de sangue – diz Maysilee.

– Realmente, maninha. Acho que engoli sangue seu suficiente para me qualificar.

– Você já quis ter uma irmã de verdade?

– Eu tive duas, por um tempinho. Gêmeas, como você e Merrilee. Elas não sobreviveram.

– Sinto muito. Eu não sabia.

– Não teria por que saber. Foi antes de começarmos na escola e tudo mais.

Uma expressão triste surge no rosto dela.

– Fico pensando se Merrilee vai continuar sendo gêmea depois que eu morrer.

– Sempre – digo sem hesitar, imaginando que Sid está nos assistindo.

Espero que ele não pense em si mesmo como filho único.

– Vai ser difícil pra ela – diz Maysilee.

Depois dos Jogos, vêm os seus efeitos colaterais, que se espalham como ondas num lago atingido por uma pedra. Círculos concêntricos de danos, caindo sobre as famílias dos tributos mortos, os amigos, os vizinhos, até os confins do distrito. Os mais próximos sofrem mais. Bebida e depressão, famílias destruídas e violência e suicídio. Nunca nos recuperamos de verdade, só seguimos em frente do jeito que dá.

Sid ainda é muito jovem, sensível demais para este mundo.

– Eu também me preocupo com o meu irmão.

– Ele aparece lá na loja, às vezes. Adora caramelo. Sid, né?

Fico tocado por ela saber o nome dele, por se lembrar desse detalhe.

– É. Sid.

O canhão soa duas vezes e nos sobressalta.

– Acho que seria demais torcer para serem Silka e Maritte – digo.

– Eu nem sei mais para o que torcer. Isso deixaria só nós, Novatos. E aí? – diz Maysilee, sem ânimo.

Pois é. E aí?.

– Outra reunião, como você disse na Capital.

– E se combinarmos de manter a aliança?

— Mais bestantes — respondo. — Outra erupção do vulcão.

— Fome. — Ela aperta a barriga. — E aí, agora podemos voltar para a Cornucópia? Procurar comida?

— Deve ser uma caminhada de uns dez quilômetros. Não é melhor a gente tentar se recuperar um pouco mais?

— O que temos de comida mesmo?

Eu olho na mochila.

— Sardinhas, azeitonas e duas batatas.

— Melhor a gente tentar a Cornucópia — insiste ela.

A verdade é que estou tão exausto que prefiro ficar sentado aqui, torcendo para cair comida do céu, mas devo a Maysilee dar uma chance à sua ideia. Além disso, quanto mais tempo os Jogos duram, mais caro fica nos enviar qualquer coisa, e as doações de nossos patrocinadores podem já estar acabando. Nós arrumamos tudo e seguimos para o sul.

Uns três quilômetros depois, Maysilee para e levanta a cabeça.

— Escuta.

Eu apuro os ouvidos, mas minha audição ainda não voltou ao normal depois da explosão. As coisas soam meio abafadas e parciais, como se houvesse tufos de algodão dentro deles.

— Não estou ouvindo nada.

— Shh! — sussurra ela com urgência. — Ali.

Maysilee aponta para a direita, oeste.

Eu inclino a cabeça para tentar ouvir melhor, e dessa vez escuto alguma coisa.

— É um bebê?

Meu cérebro começa a gerar imagens de bebês famintos com força sobre-humana engatinhando pelo bosque, chorando para que nós os ajudemos, mas na verdade querendo pular em nós e arrancar toda a carne dos nossos ossos usando seus dedinhos gorduchos.

— Eu também achei isso no começo, mas soa meio animal também. Uns gritinhos, uns miados... tipo um cabrito ou um gatinho.

Minha mente acrescenta chifres e caudas peludas aos bebês bestantes.

— Vamos ficar longe. Não sei o que é, mas não precisa da nossa ajuda.

Um grito de agonia ecoa pelas árvores. Definitivamente de um garoto.

— Mas *ele* precisa. Todos os Carreiristas homens estão mortos, Haymitch. — Maysilee pega a zarabatana. — É Hull ou Buck.

Eu pego a faca e o machado.

— Vamos.

Largo a mochila num canteiro de katniss e corremos na direção do barulho. Não consigo afastar a imagem dos bebês bestantes, mas sigo em frente, já pensando em proteger meus joelhos. O estranho ruído infantil fica mais distinto e menos reconhecível, mas está misturado a alguns gemidos muito familiares e humanos de dor. De repente, Maysilee me puxa para o chão, e através dos arbustos posso ver uma pequena descida que leva a uma clareira.

A uns cinco metros, Buck e Chicory estão se contorcendo no chão. Espetos metálicos compridos, parecidos com agulhas de tricô, despontam da pele deles. Os dois tentam afastá-los com mãos desajeitadas, como se seus dedos estivessem meio congelados ou tivessem sido inutilizados de alguma forma. Estou tentando entender a cena: Silka tem uma arma que dispara projéteis? Será que esbarraram em um pinheiro de agulhas venenosas? Tem um exército de vespas com ferrões malignos? Os bestantes até agora apareceram em bandos, fossem borboletas, morcegos, esquilos ou joaninhas, então fico abalado quando surge o único responsável pelo ataque.

Tem porcos-espinhos nas colinas em volta do Distrito 12. Lenore Dove gosta deles, diz que são incompreendidos, seus *porcos espetadinhos*. Eles não disparam espinhos, como as pessoas pensam; é preciso tocá-los para se ferir, principalmente na cauda, e, se são deixados em paz, também não incomodam ninguém. Mas até ela teria dificuldade para amar essa gigantesca besta mutante aqui. É do tamanho de um urso; na verdade, talvez tenha sido cruzado com um em laboratório, considerando as garras e os dentes. Como tudo na arena, é impressionante, de certa forma. As fileiras de espinhos que adornam as costas, os flancos e a cauda são de puro ouro, prata e bronze, brilhando ao sol, mas não me deixo mais ser seduzido pela beleza da arena.

Sons distorcidos de bebê continuam a sair da boca do bicho enquanto ele fareja a clareira. Hull, que está com uns seis espinhos pendendo do rosto inchado, berra enquanto corre para cima do bicho com um tridente. O porco-espinho responde se virando de costas para ele, sua cauda mortal erguida e eriçada. Hull poderia fugir, mas está tentando alcançar seus aliados. Torcendo para estarem só feridos e não morrendo.

– Nós precisamos de algum tipo de escudo – sussurra Maysilee enquanto tira a mochila das costas e pega as lonas.

Passo os dedos pela trama grossa, revestida por algo que a torna à prova d'água, mas não necessariamente à prova de espinhos.

– Talvez juntando as duas? – sugiro. Com uma por cima da outra, parece um pouco mais seguro. – Tudo bem, e qual é o plano? Acho que vamos ficar bem se mantivermos distância. É preciso encostar no bicho para ser espetado.

Pesamos nossas opções.

– Eu posso tentar os dardos, se chegarmos um pouco mais perto – sugere Maysilee –, mas tenho medo de que não penetrem a pele. Você acha que conseguiria enfiar uma faca nele?

– Não sei. Parece bem protegido. E se a gente derrubar ele de costas? Virar de barriga pra cima?

– Derrubar como?

Vejo um galho grosso caído no chão.

– Um galho pode servir.

Nessa hora, o porco-espinho agita o traseiro e crava uma saraivada de espinhos na coxa de Hull, que grita de dor e cai no chão. Pego o galho e começo a arrancar os ramos menores para transformá-lo em um cajado. O som atrai a atenção do animal, que começa a bater os dentes. Quando se vira em nossa direção e se aproxima, um odor de almíscar e rosas nos alcança e faz meus olhos lacrimejarem.

Maysilee ergue a lona dupla na nossa frente, e espiamos por cima dela.

– Não tenho muita confiança nesse plano de derrubar – comenta ela. – E ele ainda está muito longe para os dardos. E seu machado? Consegue arremessar?

Com a quantidade de lenha que a vida já exigiu que eu cortasse, tanto para uma destilaria quanto para uma lavanderia, eu já mexi e muito com machados. O que tenho aqui é dos compridos, e não cheguei a treinar com ele, mas não é muito diferente do que arremessei com Ringina, no treinamento.

– Posso tentar – digo. – Mas é melhor você ficar com os dardos prontos.

Enfio a faca no cinto e seguro o machado com as duas mãos, como ensinaram no ginásio.

– Pronto, agora.

Quando Maysilee desce a lona, eu levo o machado às costas e o arremesso no porco-espinho. O machado gira uma vez antes que a lâmina se enterre no flanco do animal.

Um grito de dor e indignação ecoa. O bestante nos coloca na linha do seu traseiro, mas não me preocupo muito, porque estamos a uns três metros de distância. Então o bicho começa a agir estranho, primeiro tremendo, depois se sacudindo feito um cachorro molhado. Os espinhos disparam como uma explosão solar, e Maysilee mal tem tempo de erguer as lonas antes que uma dúzia as perfure. Um espeta a ponta do meu nariz, e outro passa a um fio da minha pupila, perigosamente perto de me cegar. Eu recuo e arranco o espinho do rosto. Pedacinhos de pele ficam agarrados na ponta farpada, deixando uma ferida exposta que arde.

Ainda mantendo as lonas erguidas, Maysilee remove um espinho da bochecha com uma careta.

– Novamente, você estava mal-informado.

– Desculpa. Nada se comporta de forma natural aqui.

Ela vira as lonas noventa graus para tirar os espinhos da nossa frente, e espiamos por cima. Meu machado está no chão, caído depois dos sacolejos do bicho.

– Será que meu machado provocou algum estrago?

– Difícil saber – diz Maysilee.

O porco-espinho está furioso, batendo as patas no chão, inquieto como uma criancinha dando um ataque de birra. Só que eu sei que ele não é um bebê, e sim uma abominação gerada num tubo de ensaio para nos matar. Ele começa a se sacudir de novo. Nós nos abaixamos atrás das lonas para nos proteger de outra saraivada de espinhos.

Um canhão soa, e sei que um dos Novatos se foi. Dois permanecem vivos. Sabe-se lá que veneno tem nos espinhos, mas meu nariz inchou que nem um morango maduro. Se dermos o antídoto a eles, será que conseguirão se recuperar? Devo beber um pouco agora? Basta um espinho para matar?

– Nós temos que chegar até eles – digo a Maysilee. – Tentar dar o antídoto.

– É, mas acho que esse seu graveto não vai ter muita utilidade – responde ela.

– Eu acho que nada vai ter muita utilidade, considerando que ele pode disparar os espinhos.

Olho para a criatura ainda dando chilique e penso em quando Sid era pequeno.

– Talvez a gente esteja lidando mal com a situação. Talvez a gente devesse tentar acalmá-lo.

– Acalmá-lo?

– É, como se fosse um bebê. E aí fazer com que ele vá embora.

– Cantar uma cantiga de ninar, talvez? – ironiza Maysilee.

– Talvez. Ou dar uma chupeta.

– Bom, dizem que se pega mais moscas com mel do que com vinagre. – Maysilee tira as latas da mochila. – Azeitona ou sardinha?

– Bom, a azeitona é mais fácil de jogar.

Pego uma e jogo na frente do porco-espinho, que a ignora. Jogo mais algumas, que batem em seu focinho. Os gritos diminuem para choramingos quando ele gruda o focinho no chão da floresta e devora as azeitonas.

– Quem não adora um salzinho?

Jogo mais uma, desta vez alguns centímetros à frente da besta, que vai atrás. Então, jogo outra, e mais outra, aumentando a distância sempre, até ter conduzido o porco-espinho uns dez metros para fora da clareira. Como as azeitonas acabaram, jogo a lata vazia na direção da floresta o mais longe que consigo e ouço o porco-espinho correndo em meio às árvores igual a um cachorro indo atrás de um osso.

Um segundo canhão é disparado. Maysilee está na clareira num piscar de olhos e tenta virar o antídoto nos lábios de Hull. Verifico a pulsação de Chicory e de Buck, só para o caso de os canhões terem sido por causa de algum outro tributo infeliz, em outro lugar. Nada. Eu me junto a Maysilee, que conseguiu derramar um pouco de xarope na garganta de Hull, e começo a tirar espetos da perna dele para estancar o envenenamento.

– Vamos, Hull – diz ela. – Você tem que engolir. Vamos lá.

Ele está tentando, os músculos da garganta ondulando com o esforço, mas o antídoto fica voltando e escorrendo pela lateral do seu rosto. Nós continuamos, ela incentivando, eu tirando espinhos, até que o canhão soa, e mesmo assim insistimos por mais alguns minutos, porque talvez alguém jovem e forte e que merece tanto viver, como Hull, consiga voltar. Mas ele não volta, e nós acabamos desistindo.

O aerodeslizador aparece, um abutre faminto pelos restos dos nossos aliados. Das profundezas da floresta, ouvimos o porco-espinho mastigando a lata de azeitonas, seus alvos esquecidos. O ar da noite resfria minhas bochechas e dissipa o cheiro da criatura. Maysilee passa o frasco para mim, e tomo um gole do antídoto. Não sei quanto veneno um espinho carrega, mas por que arriscar? O gosto parece uma mistura de pedaços de giz e leitelho velho.

Maysilee e eu circulamos pela clareira, fechamos os olhos dos tributos mortos e tentamos arrumar os corpos para que a última imagem que as famílias vejam não seja de membros retorcidos. A caminho de sair da clareira, pegamos meu machado, as lonas e os suprimentos deles. A garra começa a descer quando chegamos na minha mochila. Nós sentamos no canteiro de katniss, lado a lado, exaustos.

Mal consigo ouvi-la sussurrar:

– Um de nós tem que vencer esse troço.

Meu olhar percorre os caules longos das folhas em forma de flecha e as pétalas brancas que nos escondem das câmeras da Capital.

– E por quê? – sussurro de volta.

— Um de nós tem que ser o pior vitorioso da história. Para rasgar os roteiros, destruir as comemorações, botar fogo na Aldeia dos Vitoriosos. Para se recusar a entrar no jogo deles.

Isso me lembra do meu pai.

— Para garantir que não pintem os pôsteres deles com nosso sangue?

— Exatamente. Vamos pintar nossos próprios pôsteres. E eu sei exatamente onde podemos conseguir tinta. — Em um gesto que me lembro de ver no pátio da escola, muito tempo atrás, ela estica o mindinho. — Jure.

Eu enlaço o dedo dela com o meu. Nunca vão deixar que eu seja o vitorioso, não depois da minha tentativa de quebrar a arena, mas posso jurar que vou tentar mantê-la viva.

— Um de nós pinta os pôsteres.

Ela se levanta e me ajuda a ficar de pé.

— Vamos dar uma olhada nos suprimentos.

Nossos aliados deviam ter recebido um paraquedas pouco antes, porque uma das mochilas tem biscoitos salgados e feijão, além de um tesouro inesperado: passas misturadas com nozes e doces. Tem um cobertor também, e alguns galões de água, um deles pela metade. Decidimos deixar a Cornucópia para o dia seguinte, então acendo uma fogueira. Maysilee esquenta o feijão, que comemos cada um do seu jeito, de garfo ou molhando os biscoitos, depois comemos os doces, um pouquinho de cada vez.

O hino toca, e Ringina e Autumn aparecem, seguidas de Buck, Chicory e Hull.

— Cinco mortos, sobraram cinco — relato.

— Você, eu, Silka, Maritte, Wellie.

Wellie. Sozinha por aí com a noite caindo.

— Vamos encontrar Wellie amanhã.

– Certo. Vamos encontrá-la – diz Maysilee. – Nosso plano pode funcionar se ela ganhar também. Dorme primeiro, Haymitch. Eu vou ficar de vigia.

Não adianta fingir que não estou esgotado. Coloco o cobertor nos ombros dela, faço uma cama de rede e me encolho em posição fetal.

– Aquela cantiga de ninar cairia bem agora.

Ela solta uma bufada surpreendentemente indelicada.

– Você não vai querer ouvir a que está na minha cabeça. Começou no labirinto e não desgruda.

– Uma música chiclete, é? Bom, a única cura para isso é passar o chiclete para outra pessoa.

– Tudo bem, então. Foi você que pediu.

Ela começa a cantar em voz baixa:

Joaninha, joaninha, saia de casa correndo.
Ela está pegando fogo e seus filhos, morrendo.
Todos menos uma, Nan ela se chama.
Ela está escondida debaixo da cama.

Abro um sorriso ao ouvir essa música boba da nossa infância.

– Bom, acho que eu mereci essa. Boa noite, maninha.

Tento pegar no sono, mas a música chiclete de Maysilee grudou mesmo e gerou uma cadeia de pensamentos. Joaninha... fogo... o acendedor... não, o lança-chamas... medo... sair correndo... As peças giram na minha cabeça como um tornado, mas de repente se encaixam como amantes saudosos.

E então eu sei exatamente como vamos passar por aquele labirinto.

22

As migalhas agarram na minha garganta e tomo outro gole da garrafa para ajudá-las a descer. Que luxo acordar com um café da manhã de pão de milho fresco, leitelho e pêssego, em vez de ter que recorrer a restos velhos. Maysilee arrumou a comida toda numa lona, como se fosse um piquenique. Dobrou dois lenços em formato de flor para servirem de guardanapo e até encheu a taça de vinho quebrada com uma flor cor-de-rosa, provavelmente venenosa, mas sem dúvida alguma decorativa.

Sexto dia. De alguma forma, ainda estou vivo. Não tenho ideia do motivo pelo qual os Idealizadores dos Jogos, sob a orientação de Snow, ainda não acabaram comigo. Será que sou tão popular que estão me deixando aqui para agradar a audiência? Estão planejando algum final espetacular para mim? Não sei, mas a arena ainda está pedindo para ser quebrada.

O paraquedas chegou quando eu estava dormindo, o que acabou sendo depois de Maysilee, porque a ideia me deixou tão agitado que me ofereci para fazer o primeiro turno de vigia. Se eu conseguir usar o lança-chamas para queimar a cerca viva, joaninha, joaninha, o que vou encontrar? Com sorte, um gerador também suscetível a fogo. Talvez eu possa queimar a lateral até chegar a um painel de controle e...

– Nós vamos para a Cornucópia ou procuramos Wellie? – pergunta Maysilee.

Pego uma fatia de pêssego e empurro a última para ela enquanto determino a melhor estratégia para conseguir que Maysilee apoie meu plano sem realmente o revelar a ela (e a todas as pessoas nos assistindo). De qualquer jeito, a Cornucópia não é boa ideia, porque fica para o sul. Então, respondo:

— Wellie, você não acha?

— Acho. Nós conseguimos nos virar com peixe e batata hoje.

— Claro. E obrigado por arrumar o café da manhã de um jeito tão chique.

— Achei que seria bom começar o dia com um pôster – diz ela.

Eu penso nisso. Sua ênfase nos bons modos, o piquenique arrumado. E me lembro de suas palavras naquele primeiro dia no trem. *"Escuta, Louella, se você deixar que eles te tratem como um animal, é isso que vão fazer. Então, não deixa."*

O pôster desta manhã diz: *Nós somos civilizados. Apreciamos coisas bonitas. Somos como vocês.* É uma extensão de sua campanha para mostrar à Capital nosso valor. Eles vão saber que ela fez uma referência rebelde? Duvido. Eles não sabem o que meu pai me disse. Um pôster pode ser apenas uma forma de nos promover como tributos. E que mal tem em alguns guardanapos e flores, de todo modo?

— Bela pintura – respondo, e ganho um sorriso.

Depois que arrumamos nossos pertences, observamos a floresta.

— Vamos para o norte de novo – digo, e saio andando.

Maysilee me segue, meio incerta.

— Por quê?

— Porque tenho o pressentimento de que Wellie ia querer se afastar o máximo possível daquele vulcão.

– Não sei. Nós andamos por toda aquela área e não vimos sinal dela.

– Exatamente. É como Mags falou. Na arena, a gente fica em movimento. E ela ainda não esteve por lá. Vamos tentar.

Maysilee não parece convencida, mas segue o rumo. Pelo menos por um quilômetro ou um pouco mais.

– Eu não acho que a gente vá encontrar ela por aqui – diz ela por fim.

– Sério? Eu acho que estamos no caminho certo.

– Por quê? A arena se estreita a norte, né? Como no sul?

Não dá para subestimar a capacidade de observação dela.

– Bom, não imediatamente.

– Mas se estreita. Wellie não se sentiria encurralada?

– E é exatamente por isso que as Carreiristas não vão procurar aqui. Como você falou.

Sinto que essa linha de raciocínio está cada vez mais frágil, mas tento demonstrar confiança, andando com mais animação. Maysilee me olha de um jeito estranho, mas segue por um tempo, pensando. De repente, ela para.

– Não, você está enganado. Wellie teria muito mais chance na campina do que aqui. Uma coisinha pequena feito ela pode desaparecer naquela grama alta, que se estende por quilômetros. Ela ficaria escondida lá e procuraria comida na Cornucópia. As Carreiristas jamais a encontrariam. E, mesmo que viesse para o bosque, ela é inteligente demais para se permitir ser encurralada assim. Você sabe disso. Mas está me levando para o norte de novo, Haymitch. Por quê?

Maysilee cruza os braços e espera. Vou ter que contar alguma coisa, senão é o fim.

– A cerca viva. Eu acho que a gente devia dar uma olhada lá de novo.

Ela estremece.

— *Argh*. Mesmo que eu tivesse meio litro de sangue sobrando, por que a gente faria isso?

Eu movo a mão pelo ar, indicando a arena.

— Porque esse lugar precisa acabar em algum ponto, certo? A arena não pode ser interminável.

— O que você espera encontrar?

— Eu não sei. Mas, de repente, tem alguma coisa que a gente possa usar.

— Você quer dizer algo mecânico? Elétrico?

— Talvez. Ou quem sabe a gente possa pegar aquelas joaninhas para usar como arma. Tornar o labirinto uma armadilha para as Carreiristas. Atraí-las até lá e jogar uma lona cheia de joaninhas nelas, ou fazer com que se percam lá dentro. Não é fácil de escapar. Eu só acho que, se formos inteligentes, podemos usar a arena a nosso favor.

Eu levanto as sobrancelhas, tentando passar a ideia de que não posso contar tudo, mas que é necessário.

— Eu juro, só faz isso e eu nunca mais vou te pedir nada enquanto estiver vivo.

Ela revira os olhos.

— Ora, que oferta generosa.

— Por favor, maninha. Eu preciso disso para o meu próximo pôster.

Isso se tornou rapidamente nosso código para desafiar a Capital.

Ela cede.

— Tudo bem. Mas espero que seja dos bons.

— Ah, joaninha, vai ser sim — prometo.

Minha audição está melhor hoje, mais clara e confiável. Enquanto avançamos, sou o primeiro a notar o choramingo agudo vindo do oeste, uma área que não explorei tão a norte.

— Está ouvindo?

— Agora, estou — diz Maysilee. — Pensei que fosse só parte dos sons da natureza daqui. Tipo dos pássaros.

— É isso que me preocupa. Pensa no tamanho do mosquito que faria esse barulho.

Imagino um sugador de sangue de mais de um metro que faria as joaninhas parecerem piada.

— Está meio longe. Vamos só manter distância.

Ela toma um gole de água e me passa o galão.

Há um momento de confusão quando o galão explode e derrama água em nós dois, e é aí que percebemos a faca, as botas se aproximando depressa, a verdade inegável de que estamos sendo emboscados. Pegos desprevenidos, nós dois corremos das Carreiristas — sem dúvida não é Wellie — direto na direção do zumbido do mosquito gigante. Torço para conseguir jogar Silka e Maritte para cima da coisa que está fazendo esse barulho.

Se conseguíssemos ser mais rápidos do que elas, talvez valesse a pena nos virarmos para encará-las, mas essas garotas estão tão em nosso encalço que essa ideia não tem sentido. Elas nos alcançariam antes de conseguirmos nos defender. No momento, só as árvores que estamos contornando nos protegem dos seus projéteis mortais. O máximo que consigo fazer é pegar minha faca e torcer por uma chance.

De repente, meus pés perdem tração e caio de bunda, deslizando para uma clareira como se eu tivesse pisado em gelo. Nesse momento, meu cérebro tenta entender uma imagem incompreensível. Duas jovens Idealizadoras dos Jogos, usando os trajes brancos característicos, estão curvadas sobre uma berma aberta cheia de papoulas vermelhas. Uma está usando uma máscara de proteção e segurando uma espécie de furadeira, que é o que emite o zumbido agudo. Um terceiro Idealizador está inclinado, apoiado em um esfregão. Pela expressão deles, sei que a surpresa é mútua.

Paro a uma curta distância deles, numa poça de algo que lembra baba de quiabo. Maysilee passa direto pelos Idealizadores e se agarra a uma muda de árvore na beira da berma, permanecendo em pé sabe-se lá como. Por um momento, todos ficamos paralisados, e o choque é geral. Então, Silka aparece na clareira e escorrega, derrubando um balde grande e jogando alguns galões de gosma no chão da floresta.

O Idealizador com o esfregão, que parece só um pouco mais velho que nós, exclama com indignação:

– Ei! Cuidado!

Sei por experiência própria que faxina é tarefa de baixo escalão, então encontrar um Idealizador dos Jogos fazendo isso é bizarro. Tipo ver Plutarch Heavensbee descascando batatas ou o presidente Snow tirando cabelo de um ralo.

Maritte, que aparentemente pressentiu que havia algo de estranho, para no limite da clareira.

– O que está acontecendo? Vocês são Idealizadores dos Jogos? – pergunta.

A Idealizadora com a furadeira tira a máscara e se empertiga.

– Isso mesmo. E vocês quatro estão violando as regras. Vocês devem se afastar imediatamente, ou haverá consequências.

– Isso seria bem mais impressionante se você não estivesse tremendo feito vara verde – observa Maysilee, segurando a zarabatana. – Vocês três devem ser bem descartáveis se foram enviados aqui para faxinar para nós.

Há uma pausa enquanto todo mundo considera a verdade daquele comentário. Aí, os três Idealizadores dos Jogos correm para a escada que leva para o Sub-A.

Maritte recua o braço, e acho que é meu fim, mas o tridente assobia por cima da minha cabeça e atinge o rapaz do esfregão, derrubando-o em um leito de papoulas. Quase no mesmo momento, a mulher da furadeira toca um ponto embaixo da própria orelha e remove um dardo. Ela cai enquanto a última Idealizadora mergulha pela berma aberta rumo ao Sub-A. Demora uns momentos até ouvirmos o crânio dela se espatifando no concreto lá embaixo. Consigo imaginar como é o chão, pois corri desesperado por ele, e me vejo ocupado visualizando a cena.

Silka também parece atordoada demais para agir.

– O que vocês fizeram? Mataram Idealizadores? Nunca vão deixar a gente vencer agora!

A voz de Maysilee soa toda doce.

– Ainda correndo atrás desse sonhozinho triste, Silka?

Ela coloca outro dardo na zarabatana com habilidade e olha para Maritte.

– Estou quase com pena de te matar agora, Maritte. Qual é o lance do Distrito 4, afinal? Para ficar se unindo a esses sapos da Capital? Parece que vocês deviam estar do nosso lado.

Maritte hesita e olha para o tridente com avidez, então puxa uma faca e começa a recuar enquanto Maysilee ergue a zarabatana.

O aerodeslizador aparece do nada e joga na clareira uma bomba que explode numa nuvem de terra e gás lacrimogêneo. Agarro Maysilee e corremos pelo bosque, com galhos nos acertando na cara, tropeçando em troncos enquanto tentamos escapar. Outras bombas caem, soltando mais gás, fazendo nossos olhos arderem e lacrimejarem tanto que ficamos cegos. Depois de um tempo, ouço as explosões ficarem mais distantes. Meu palpite é que o aerodeslizador só podia seguir um grupo de tributos, e as Carreiristas tiveram azar.

Uma bússola interna me leva para o norte, e nos livramos do gás lacrimogêneo na entrada da cerca viva. Abro uma das mochilas e alterno em derramar água nos olhos de Maysilee e nos meus.

Ela está tão furiosa comigo que chega a cuspir.

– Mas que droga, Haymitch! Onde você estava? Por que foi só Maritte que me ajudou?

Ela está certa. Eu congelei. Fui pego de surpresa pelo encontro inesperado, fiquei intimidado pelos uniformes brancos, sei lá. Eu hesitei.

– Não sei o que houve, Maysilee. Tudo aconteceu muito rápido, eu estava coberto de gosma e...

– Era para você ser meu aliado! Não ela! Não aquela peixeira puxa-saco de merda que adoraria ficar bem de cabelinho cacheado! Você!

Eu me sinto péssimo e não tenho como me defender. Estava com a faca na mão, os Idealizadores ao meu alcance. Não havia ninguém em posição melhor para matá-los. A voz de Plutarch me provoca.

"A pergunta é: por que não fizeram?"

Não posso mais dizer que não sou um assassino. Então, só resta admitir que sofri lavagem cerebral ou que sou um covarde. Nossa, espero que Sid não tenha visto isso. Não, claro que não viu. Aqueles foram momentos que o público nunca vai ver. Eles deviam estar mostrando Wellie, onde quer que esteja.

– Você tem razão – digo a Maysilee. – Você está coberta de razão, e eu sinto muito.

– Sente muito? – rosna ela. – Talvez você devesse ser o campeão, Haymitch. Isso te daria tempo para criar colhões.

Bem-vinda de volta, garota mais cruel da cidade. As palavras doem, porque são verdade.

Ela pega a lata de sardinha e tira a tampa.

– Eu vou comer essa lata toda sozinha. Ela é minha.

Maysilee pega um peixe e coloca na boca. Nossa, ela deve estar mesmo com muita raiva para estar comendo com a mão.

Deixo que ela devore as sardinhas, apesar de o cheiro ser delicioso e minha barriga estar roncando. Eu a decepcionei e preciso da sua ajuda na cerca viva. Faria diferença se ela soubesse da explosão do tanque e da missão para quebrar a arena? Ou minha falta de reação quando tivermos os Idealizadores dos Jogos à nossa mercê apagaria todo o resto? Não sei, só espero que, quando ela estiver com a barriga cheia de peixe, continue me apoiando.

Depois de alguns minutos, o som de mastigação para. Pelo canto do olho, vejo a lata surgir no meu campo de visão. Restam três peixes. Eu faço que não. Ela empurra a lata na minha direção. Estou com tanta fome que pego.

– Foi por causa do seu pôster? – pergunta ela, a voz ainda tensa.

Maysilee está perguntando, acho, se evitei confrontar os Idealizadores dos Jogos por causa da mensagem fabulosa que estou planejando passar.

– Eu queria poder dizer que sim, mas acho que não. Não sei o que foi. Só sou programado para ser um capacho, acho. Você acertou em cheio.

– Não, o que eu falei não foi justo. Você fez a sua parte. Com Louella, na carruagem. Tirando nota um no treinamento. E, desconfio, com o que você anda tramando e que não quer me contar. – Ela molha um lenço e limpa as mãos. – Sabe, se tivéssemos começado a eliminar os Idealizadores dos Jogos antes de entrarmos aqui, talvez tivéssemos alguma chance.

Penso no momento com as facas, no treinamento, no país como um todo, e em como seguimos nos submetendo à Capital. Por quê? Não é uma conversa que eu possa ter na frente das câmeras, então me concentro em lamber o que resta de óleo na lata. Em seguida, começo a tirar a gosma da minha calça. Pelo menos não é fedida, não queima a pele nem endurece, o que faz dela uma das coisas mais tranquilas que encontrei aqui.

A respiração de Maysilee voltou ao normal. Decido dar mais cinco minutos para ela se recuperar antes de rumarmos para a cerca viva. Eu a vejo passar o dedo numa teia de aranha em um arbusto.

— Olha que coisa mais artística. As melhores tecelãs do planeta.

— Fico surpreso de te ver tocando nisso.

— Ah, eu amo qualquer coisa sedosa. — Ela passa os fios entre os dedos. — Macios como seda, como a pele da minha avó.

Maysilee abre um medalhão no pescoço e me mostra a foto ali dentro.

— Aqui está ela, um ano antes de morrer. Não é linda?

Observo os olhos sorridentes, atrevidos, espiando em meio a uma rede de rugas.

— É, sim. Ela era uma senhora boazinha. Me dava doces escondido, às vezes.

Maysilee ri.

— Não só para você. Ela levava muitas broncas por isso. — Ela aninha o medalhão na mão e examina a foto. — Ninguém nunca me amou tanto. Sempre tive esperança de um dia ficar parecida com ela, mas acho que não vou me ver envelhecer.

— Talvez.

— Ah, não. Não depois de hoje. — Ela morde o lábio. — Quando eu ficava com medo, ela costumava dizer: "Está tudo bem, Maysilee, nada que possam tirar de você merecia ser guardado."

– Eu conheço essa música. É uma das que Lenore Dove canta.

– É uma música? – Maysilee sorri. – Bom, sua garota é cheia de surpresas. Acho que ela foi mais rápida do que nós, afinal.

– Em quê?

– Em nada. – Ela fecha o medalhão e se levanta. – Vamos visitar sua cerca viva, sr. Abernathy.

– Tudo bem, então, srta. Donner. – Eu quebro um galho que parece familiar numa árvore próxima. – Segura isso aqui.

– O que eu faço?

Eu pego o lança-chamas, incendeio a ponta do galho e indico a cerca viva.

– Você é meu braço direito. Se qualquer coisa com asas aparecer, você taca fogo. Pronta?

– Tanto quanto possível.

Sigo pela cerca viva, direto para o local por onde tentamos passar antes. Acendo o lança-chamas e corto uma linha reta do meu ombro até o chão. As joaninhas nos atacam assim que a folhagem pega fogo. Maysilee se aproxima e balança a tocha contra a infestação. As criaturas pegam fogo, inflam e explodem como grãos de milho em gordura quente. Eu corto outra linha paralela à primeira, cerca de meio metro à direita. Mais insetos aparecem. Maysilee sacode a tocha e canta enquanto os extermina:

> *Joaninha, joaninha, saia de casa correndo.*
> *Ela está pegando fogo e seus filhos, morrendo.*
> *Todos menos uma, Nan ela se chama.*
> *Ela está escondida debaixo da cama.*

Eu canto junto enquanto sigo queimando uma passagem nos arbustos, movendo a chama de um lado para outro. O fedor de inseto frito, substâncias químicas e açúcar queimado nos cerca enquanto o crepitar das folhas de azevinho e das cascas das joaninhas acompanha nossa música. A cerca viva emite uma quantidade absurda de calor, mas nós vamos em frente, cortando um túnel em meio a ela. Alguns metros adentro, vemos luz do sol do outro lado.

– Quase lá! – grito para Maysilee.

Minha chama começa a falhar. Aperto o gatilho e a última camada de folhas espinhosas se dissolve em cinzas. Largo o lança-chamas vazio no chão e me vejo numa área plana de solo seco que leva a um precipício. Maysilee aparece do meu lado, passando a tocha pelo interior do nosso túnel e jogando-a lá dentro para queimar um último bando de insetos. Ela apaga as fagulhas na camisa.

– E aí, chegamos no final?

Vou até a beira do que se revela um penhasco. Uma queda de uns trinta metros termina numa expansão de pedras pontudas. Aninhada entre elas há uma máquina gigantesca, ronronando como um gato satisfeito. O gerador. Está à distância do arremesso de uma pedra, mas daria no mesmo se estivesse na lua. Um som escapa do meu corpo, algo entre um gemido e um suspiro.

– Chegamos – respondo. – É o fim da linha.

23

Maysilee se junta a mim na beira do penhasco e olha para o cânion.

– Isso é tudo, Haymitch. Vamos voltar.

Meu plano de desligar o gerador levou a outro beco sem saída. Claro. O absurdo de tudo – os Jogos, os dois planos contra a arena fracassados, a vida em geral – me sufoca. Existe um terceiro jeito de quebrar a arena que não estou enxergando? Talvez. Provavelmente. Mas não consigo pensar em nada no momento.

A maior forma de resistência em que consigo pensar agora é me recusar a voltar pela cerca viva. Maysilee está enganada: esta área aqui não é a arena. Não é nada bonita, para começar. Se os Idealizadores dos Jogos me quiserem morto, vão ter que me seguir até aqui, até o mundo real, o que já seria um tipo de vitória. Eu terei sido mais inteligente do que eles, de uma pequena forma. E pelo menos o ar é fresco, e o sol está no lugar certo. De qualquer modo, não vou voltar para a jaula venenosa deles.

– Não, vou ficar aqui – digo para Maysilee.

Há uma longa pausa.

– Tudo bem. Só restam cinco de nós. Acho que vou me despedir de você agora. Não quero que sobremos só nós dois.

Eu também não. E a ideia de que eu seria de alguma ajuda a Maysilee ou Wellie se continuasse nos Jogos parece risível.

Todos os meus aliados morrem enquanto os Idealizadores dos Jogos, ao que parece, estão na maior segurança do mundo comigo.

– Tudo bem – respondo.

Ouço os passos dela voltando para a cerca viva.

Um canhão dispara. Eu viro a cabeça, e ela também. Ambos esperamos que o outro esteja morto, e nenhum dos dois tem tempo de esconder a angústia no rosto.

Maysilee engole em seco.

– Somos só quatro agora.

Ela parece tão perdida que fico destruído. Talvez fosse melhor a gente ficar junto. Como vou saber? Tenho a sensação de que vivo tomando a decisão errada. Não me sinto qualificado para escolher se quero meu ovo frito ou mexido. Nada faz sentido perante quarenta e quatro tributos mortos, mais a perda de Lou Lou e Woodbine.

– Tem certeza de que quer se separar? – pergunto.

Ela também não sabe. Percebo que, no fundo, Maysilee está tão perdida quanto eu. Não tem regulamento que diga o que fazer na nossa situação. Não existe estratégia brilhante.

– A única coisa de que tenho certeza é que não quero que ninguém roube as nossas batatas – admite ela. – Vou lá buscar elas. Aí, vamos avaliar nossas opções, tudo bem?

Eu levanto as mãos em derrota.

– Bom, se você vai meter as batatas nessa história, como posso dizer não?

Maysilee dá de ombros e desaparece na cerca viva. Eu ando pela beira do penhasco, me perguntando se há um jeito de conseguir descer e alcançar o gerador. Chuto sem querer uma pedrinha avermelhada pela beirada e presto atenção em quanto tempo ela leva para alcançar o chão. Tempo demais. Eu nunca conseguiria chegar lá. Recuo um passo e me sento, outro plano desfeito, mas de repente a pedra voa de volta para a beirada do penhasco e para ao meu lado com um quique.

Eu a examino, confuso com essa reaparição. Será que alguém jogou a pedrinha de volta? Não parece provável. Fico de pé, pego outra pedra e a jogo no gerador, acompanhando a descida. Alguns metros acima da máquina, a pedra quica inexplicavelmente de volta na minha direção, revertendo a trajetória e parando bem na minha mão, um pouco mais quente do que antes. Deve existir – tem que existir – algum tipo de campo de força acima do gerador. Mais fácil do que estender uma lona, acho. Um jeito de protegê-lo dos elementos, da vida animal e, no fim das contas, de um tributo malandro. Acho que não é impossível que um rebelde possa tentar sabotar esse negócio, mas parece improvável que alguém consiga chegar neste lugar, no meio do nada. Mas aqui estou eu. Só que, mesmo que eu jogasse um pedregulho enorme lá, ele nem encostaria no gerador.

Sinceramente, eu tenho tanto azar que não consigo segurar uma risada.

É nessa hora que ouço Maysilee gritar. Num piscar de olhos, eu me levanto e disparo pelo túnel fumegante na cerca viva. Vejo manchas cor-de-rosa à frente e ouço um grasnado não muito diferente dos gansos de Lenore Dove. Puxo o machado do cinto enquanto me movo e estou com ele na mão e a postos quando saio dos arbustos direto para um redemoinho de penas.

Mais de vinte aves aquáticas, parecidas com as que vi no lago. Pernas compridas. Bicos que parecem lâminas – finos, estreitos e mortais. Não são azul-acinzentados nem brancos como papel, mas da cor do chiclete vendido na loja de doces dos Donner. Eles não param de atacar Maysilee, que está ajoelhada no chão, tentando usar a lona como proteção enquanto os ataca sem piedade com a adaga. Tem algumas poucas aves mortas no chão, mas elas fizeram um estrago. O sangue escorre da bochecha, do peito, da palma da mão dela. Assim como os esquilos de Ampert, os bichos não demonstram interesse em mim. Foram programados para atacar somente Maysilee, numa punição muito pessoal. Eu golpeio os animais com o machado e crio uma pilha de asas e de patas rosadas que lembram caules de taboa, mas elas estão em número bem maior do que nós.

Uma ave abaixa a cabeça em um ângulo afiado e enfia o bico na garganta de Maysilee. Quando a besta recua, eu arranco sua cabeça, cortando o pescoço fino. Percebo que Maysilee não tem mais chance quando o bando sai voando. Caio de joelhos ao lado dela e seguro sua mão boa, que aperta a minha como um torno. A mão ferida está fechada e apoiada no seu ninho de colares, agora todo ensanguentado. Ela tenta falar por entre a respiração sibilante, mas a última besta silenciou sua voz com aquele bico maligno. A minha parece igual, pois nenhuma palavra de conforto ou de esperança ou de desculpas sai. Eu só encaro os olhos azuis e ardentes de Maysilee e deixo claro que ela não vai morrer sozinha. Está com alguém da sua família. Está comigo.

Nos seus últimos momentos, ela solta a minha mão o bastante para enlaçar o mindinho no meu. Procurando, acho, uma última confirmação da promessa que fizemos um ao outro. Eu assinto para demonstrar que entendi e que vou me esforçar ao máximo para derrubar a Capital, apesar de nunca ter me sentido tão impotente na vida.

Então ela parte para o lugar que as pessoas vão quando morrem.

Ela não suplicou nem implorou; manteve sua fúria e sua rebeldia. Embora, para mim, o desespero de alguém no fim da vida não seja uma boa medida de como essa pessoa viveu, sei que isso importava para ela. Maysilee deixou o mundo como queria: ferida, mas não submissa. Penso em limpá-la, mas este é seu último pôster, e não vou embelezá-lo só para que os monstros da Capital não tenham dificuldade para dormir esta noite.

O aerodeslizador aparece e o canhão soa. Pego a zarabatana dela e um de seus colares, o medalhão de cobre com a flor, como lembretes de sua força.

Atordoado demais para qualquer outra coisa, eu recuo uns três metros e me encosto numa árvore, segurando o símbolo dela junto ao peito. Quando a Capital percebe que não vou a lugar nenhum, a garra desce. Imagino a cena: meu rosto abalado, visível através das garras de metal enquanto erguem o corpo de Maysilee para o céu, me deixando sozinho.

Se algo me atacasse agora, eu deixaria que me levasse. Sim, eu sei, acabei de prometer a Maysilee, no seu leito de morte, que seguiria com a luta, mas não consigo me recuperar. Esfrego o colar dela na calça para limpar o sangue – não paro de descobrir as vantagens que essas roupas pretas oferecem – e prendo o fecho complicado atrás do pescoço para que fique pendurado ali, com os outros. Agora tenho minha própria coleção de acessórios, com o girassol do Distrito 9, a moeda de Wyatt e o pássaro e a serpente em guerra de Lenore Dove. Ora, estou quase tão adornado quanto a própria srta. Donner.

A zarabatana parece estar carregada com um único dardo. Eu vacilei ao não pegar a bolsinha e o frasco de veneno, mas pelo menos tenho um disparo. Fico nervoso em deixar um dardo venenoso tão próximo do rosto, então o prendo no cinto com um cipó.

Adeus, Maysilee Donner, que eu detestava, depois passei a respeitar meio a contragosto e cheguei a amar. Não como namorada nem como amiga. Uma irmã, eu diria. Mas o que essa palavra significa, exatamente? Penso na nossa jornada, desde as trocas de farpas nos dias logo depois da colheita à batalha com as aves cor-de-rosa. Acho que essa é a resposta. Uma irmã é alguém com quem você briga e por quem você briga. Com unhas e dentes.

Um paraquedas cai por entre as árvores e pousa na minha frente. Espero que não seja sopa de feijão com joelho de porco. Tenho quase certeza de que não conseguiria comer isso agora. Quando abro a cesta, encontro dois recipientes. Uma tigela tem sorvete de morango, que suponho possuir algum significado que não consigo identificar no momento. O segundo, uma caneca com tampa, tem café preto fumegante. A bebida preferida de Maysilee. Tomo um gole e queimo a língua. Tomo outro.

O sorvete ativa minha memória. Estamos na cozinha, no apartamento dos tributos, e Proserpina está tagarelando sobre sua nota. A irmã, Effie, disse que atitude positiva é noventa e sete por cento da batalha. E Maysilee... Maysilee disse... *"Vou tentar manter isso em mente na arena. Mais sorvete?"*

Mags e eu tentamos não rir, porque Proserpina não nasceu cruel; ela só precisava desaprender muita coisa. Não sei o que Mags está tentando dizer agora. Um apelo para eu manter a positividade? Um lembrete da ousadia de Maysilee? Só um pote delicioso de sorvete? Talvez as três coisas. Pego a colher e como um pouco. As lágrimas vêm, e deixo que caiam enquanto esvazio a tigela. Não tem problema chorar perto de Mags.

O sol baixa no horizonte enquanto tomo aos poucos o café agora morno, o que me ajuda a clarear a cabeça. Não tem mais Maysilee para eu proteger agora. Acho que deveria voltar ao penhasco para o meu pôster final. Decido recolher o que resta dos meus suprimentos na mochila de Maysilee.

Acrescento meio galão de água e coloco as batatas no pote de sorvete para protegê-las. Quando estou guardando os lenços, reparo em um corte na parede interna da mochila. Enfio os dedos na abertura e encontro um saco plástico irregular. Eu tinha me esquecido do kit de luz de batata. Acho que ela não contou sobre ele quando fizemos o inventário dos nossos suprimentos porque foi trazido ilegalmente. Não que isso me preocupe agora. Depois da explosão do tanque e da morte dos Idealizadores dos Jogos, alguns fios e moedas não parecem fazer a menor diferença.

Começo a pensar nos Idealizadores que encontramos. Eles não eram muito velhos. O cara do esfregão devia ter vinte e pouco anos, no máximo. A morte deles foi dolorosa? Eles deixaram alguém para trás? Seus pais, amigos e vizinhos estão chorando por eles, assim como os nossos fazem, quando morremos? Seus entes queridos vão saber o que aconteceu com eles, ou os Idealizadores-chefes vão inventar um acidente para disfarçar a incompetência da Capital? Provavelmente não seria prático arrumar dublês de corpo.

Quando escondo minha mochila verde nos arbustos, as notas opressivas da abertura do hino ecoam do céu. Primeiro Maritte, depois Maysilee. Não parece aleatório. Elas foram eliminadas às pressas, em punição por matarem os guardiões da arena. Como nos abstivemos, Silka e eu fomos recompensados com mais algumas horas de vida.

E Wellie? Não tive tempo de me concentrar muito nela, mas ela também está por aí. Maysilee comentou que, se nenhum de nós sobrevivêssemos, Wellie talvez pudesse levar a luta em frente. Penso em sua postura e em como foi articulada na entrevista. Ela seria uma campeã muito melhor, muito mais inteligente, muito mais convincente para representar os direitos dos distritos do que um malandro metido e egoísta, mesmo que ele tivesse alguma chance de sobreviver, o que não tem. É assim que devo passar minhas horas finais? Protegendo Wellie de Silka e dos bestantes dos Idealizadores dos Jogos? Cuidar para que a coroa vá para a cabeça dela, e não de uma Carreirista? Sim, tenho certeza de que seria isso que Maysilee ia querer que eu fizesse, se soubesse a história toda.

Para proteger Wellie, vou ter que encontrá-la. A esta altura, só tem um jeito. Se eu der de cara com Silka, ótimo. Vou lançar um dardo nela.

– Wellie! – começo a gritar. – Wellie!

Sob os últimos raios de sol, começo minha busca, seguindo para sul rumo à campina. Parece tão solitário aqui sem Maysilee. Eu não me incomodei muito na solidão antes de tê-la como companheira, mas agora a escuridão assoma sobre mim, brutal e assustadora.

– Wellie!

Parece que sou a única pessoa viva no mundo. Estar perto de morrer não ajuda. Penso em Lenore Dove em busca de consolo, sabendo que ela deve estar fazendo vigília na frente da televisão, vivendo minhas últimas horas comigo. É bem pior para ela, na verdade. A impotência. Pensar nela me assistindo me faz querer ser corajoso, ou ao menos parecer.

– Wellie! Cadê você? Sou eu, Haymitch!

Espero que Lenore Dove continue próxima de Sid quando eu partir, que continue ensinando a ele sobre as estrelas e tudo o mais, cuidando para que ele não...

O que foi isso?

Meus ouvidos captaram um som estranho atrás de mim, fora de sincronia com os ruídos noturnos do bosque. Eu paro, prestando atenção.

Trim, trim!

Ali, de novo. Não é natural. Um som artificial. Com certeza de metal contra metal. Reconheço-o por causa de um dia de verão, muito tempo atrás. Eu ainda era jovem o suficiente para ter tempo livre. Um grupinho – eu, Lenore Dove, Blair, Burdock e dois dos meninos McCoy – estava brincando de pique-estátua em um campo. Encontramos a bicicleta de um Pacificador escondida nos arbustos junto da estrada. Às vezes são usadas para andar pela cidade, entregar mensagens, essas coisas. Parecia que alguém tinha largado a bicicleta rapidinho e já ia voltar para pegar. Mas, enquanto não voltasse, ela era nossa.

Bicicletas são objetos desejados no Distrito 12. Alguns dos filhos de comerciantes da cidade têm uma. Lembro que Maysilee e Merrilee tinham bicicletas cor-de-rosa iguais e às vezes pedalavam pela praça, para a inveja de todos. Mas elas eram um sonho impossível para as crianças da Costura. Encontrarmos uma bicicleta de Pacificador tão nova, abandonada daquele jeito, era como encontrar uma ninhada de gatinhos rolando num canteiro de erva-de-gato. Nós juramos manter segredo, montamos guarda e, durante a semana seguinte, todo mundo aprendeu a andar. Era uma ótima máquina, bem construída, leve, com freios no guidão e um sino prateado para sinalizar sua aproximação. Um dia, então, desapareceu. O Pacificador deve ter voltado para pegá-la, mas nós sabíamos desde o começo que duraria pouco mesmo.

Trim, trim!

É um sino de bicicleta, sem dúvida. Maysilee pendurou um no colar que era o símbolo de Wellie, lá no ginásio. Ela ouviu meu chamado, e essa é a sua resposta. Eu me calo e sigo o som, que me conduz para norte. Tenho a impressão de estar refazendo meus passos até onde Maysilee morreu.

Trim, trim!

Paro na base de uma árvore grande. O sino solta um ruído metálico lá do alto.

– Tudo bem, Wellie. Estou aqui. Pode descer.

Eu espero, mas não há resposta. Não há estalo de galhos nem farfalhar de folhas. Nem um sussurro da minha aliada.

– Wellie? Está aí?

A única outra opção, Silka, não faz o tipo de pessoa que conseguiria subir tão alto quanto me parece que o sino está. E se ela tivesse chegado perto o bastante para roubar o símbolo de Wellie, eu teria visto outro rosto no céu. Começo a subir.

Eu subo, subo e subo, tanto que começo a me questionar se estou na árvore certa. Os galhos vão ficando finos, e preciso apoiar as botas no tronco para não correr o risco de quebrá-los. Quando a alcanço, Wellie está tão imóvel que quase não a vejo. Está deitada num galho estreito, de barriga para baixo, como um gambá ao luar, o sino embaixo do queixo, uma faquinha na mão.

– Oi, Wellie.

Seus lábios rachados se movem de leve, mas não produzem nenhum som. Ela está com o olhar fundo e vidrado que reconheço de épocas difíceis na Costura. Outra vítima da arma favorita da Capital: a fome. Preciso levá-la para baixo antes que ela role do galho e lhe dar um pouco de comida. Mas ela está tão frágil que não sei como vou conseguir fazer isso, principalmente à noite. Dou a ela um gole de água do galão, que escorre pela lateral da sua boca. De jeito nenhum ela vai conseguir comer uma batata crua.

Insisto com a água.

– Tenta engolir, Wellie – suplico.

Ela consegue engolir um pouco, então pega no sono.

A lua se esconde atrás de uma nuvem e nos deixa por um momento no escuro. Eu abraço o tronco para me manter equilibrado até a luz pálida voltar. O ar parece estar ficando mais pesado; estariam preparando uma tempestade? A ideia de ficar preso tão alto na escuridão total enquanto a casca do tronco se torna escorregadia me assusta, mas não posso abandonar Wellie. Eu poderia criar algumas faíscas com meu acendedor, mas como faria uma fogueira aqui em cima? Remexo na mochila de Maysilee procurando algo para usar de combustível, então encontro o kit de bateria de batata. Teoricamente, eu poderia fazer minha própria luz. Não acho que iluminaria muito, mas talvez oferecesse certo conforto.

Um ruído distante de trovão me estimula a tentar. Eu me enfio, meio desajeitado, entre o tronco e um galho e uso a mochila como apoio. Beetee disse que a batata não deve ser comida depois de servir de bateria, então me restrinjo a usar uma e guardo a última para o café da manhã de Wellie. Corto a batata no meio, retiro cada componente do saco plástico e tento replicar a demonstração de Beetee. Enrolo as moedas de cobre e os pregos de zinco com o fio, deixando uma sobra, e os enfio nas metades da batata. Isso leva um tempo, por causa da pouca iluminação. Para dificultar as coisas, uma das moedas escorrega entre os meus dedos e cai no chão da floresta. Estou quase desistindo quando me lembro do medalhão de Maysilee e o tiro do fio trançado. Depois de mais alguns erros, prendo o último fio a uma lâmpada pequenininha e sou recompensado com um brilho fraco. Em qualquer outra circunstância, ele seria imperceptível, mas, na escuridão da arena, parece um sinal de vida. Wellie abre os olhos, vê a luz e solta um suspirinho.

As primeiras gotas de chuva batem nas folhas enquanto estou procurando um lugar próximo para prender uma rede. Os galhos não parecem firmes o bastante, e posiciono uma lona para manter Wellie seca, enrolando-a em várias voltas do cobertor de Maysilee. Corto algumas tiras de lona e as amarro ao longo das pernas e do torso dela, para prendê-la ao galho. Ela não parece notar, fixada na luz.

Só vou conseguir movê-la de manhã, então ajeito uma segunda lona e uso algumas tiras para me amarrar também. Cai uma chuvarada por um tempo, depois vem uma neblina e então as nuvens somem. Estou quase cochilando quando uma coisa se agarra nas folhas acima da minha cabeça. O paraquedas traz um potinho de pudim de baunilha quentinho e um pacote de bolotas enroladas em papel festivo. Chocolate.

Alguém na Capital ainda tem coração.

Com paciência, dou colheradinhas do pudim para Wellie. E, apesar de perdermos metade do doce quando ela baba, a outra metade enche sua barriga. Eu parto uma bolinha de chocolate ao meio com os dentes e coloco um pedaço em sua boca. Ela estala os lábios de leve.

Eu me permito comer uma ou duas bolinhas também. Chocolate é caro na Costura. Definitivamente coisa para aniversários e ocasiões especiais. Esse aqui é de qualidade, cremoso, saboroso e intenso. Se for minha última refeição, não vou reclamar.

Balanço a lona para reutilizá-la como cobertor e estou quase dormindo de novo quando ouço Wellie começar a chorar. Estendo a mão para consolá-la, mas ela está apagada. O choro vem lá de baixo, da base da árvore. Silka? Quem mais poderia ser? Ela não está tentando nos caçar, só está encolhida junto ao tronco. Não pensei que fosse do tipo chorona. Bom, eu ainda devo estar com o rosto manchado com minhas lágrimas pela morte de Maysilee. Tenho certeza de que Silka tem muitos motivos para chorar também. Mesmo que seja a favorita para ganhar os Jogos, nós todos já vimos crianças mortas o bastante para passar o resto da vida de luto.

Fico intensamente consciente de nós três, encolhidos em volta desta árvore, o último trio de pulsações humanas na arena. É triste, desesperado, mas também um raro momento de união entre os distritos nos Jogos. Sabe o que tornaria tudo melhor? Eu solto algumas bolas de chocolate no escuro e ouço um arfar de susto. O choro vira fungadas. Um barulho de papel sendo desdobrado. Silêncio.

Não é um pôster ruim, no geral.

24

O sono picotado traz pesadelos, e ao amanhecer estou fraco e cansado, como o cara do poema de Lenore Dove. A arena não deixa tempo para sentirmos luto por ninguém, e estou me sentindo traído, vazio e de coração frio. Louella, Ampert, Maysilee, todos merecem que eu faça bem mais, só que isso é o melhor que consigo.

Dou uma olhada em Wellie, que dorme pacificamente no galho. Não há necessidade de acordá-la ainda.

Silka sumiu. Não que eu esperasse que uma grande aliança fosse se formar entre nós. Ela passou por um momento de vulnerabilidade, aceitou o chocolate, depois deve ter sentido vergonha disso. Imagino que o Distrito 1 não recompense seus Carreiristas por demonstrarem humanidade. É, Silka está por aí, e provavelmente por perto, a menos que tenha ido em busca de comida. Ela pode ter decidido procurar na Cornucópia ou voltado para pegar os suprimentos de Maritte. Mas ela sabe onde estamos e vai voltar para nos matar.

Estendo a mão para esfregar os olhos e reparo em manchas pretas nos meus dedos. Não sei bem de onde vieram; não as notei no escuro da noite passada. Mas acho que não foram causadas pelo tronco da árvore... nem pela lona... Alguma coisa relacionada à bateria de batata? Não importa, de qualquer modo. A menos que...

De repente, um monte de fichas caem ao mesmo tempo. Eu destrançando o medalhão de cobre do colar de Maysilee. O resíduo preto nas minhas mãos depois que prendi o pavio no tanque. E as últimas palavras que Beetee me disse no bufê: *"E se Ampert não aparecer... nós também substituímos o..."*

Mas aí fomos interrompidos por Wellie, e eu não fiquei sabendo o que mais, além dos símbolos do Distrito 9, tinha sido substituído. Um extra. Uma alternativa ao pavio de Ampert. É isso que está no meu pescoço, no lugar do colar de Maysilee? Fingindo me concentrar no nascer do sol, esfrego distraidamente um pedaço do cordão trançado entre o polegar e o indicador, depois mexo de modo casual na tampa do galão de água. Não há dúvida. As manchas vieram do símbolo dela.

Uma última chance. Uma última oportunidade de estragar os Jogos, de um jeito que a Capital não vai ser capaz de esconder. Não posso ter certeza absoluta até desenrolar o fio e procurar o detonador, mas, se eu estiver certo, não vou desperdiçar esse presente de despedida.

Eu me encosto no tronco, tentando parecer indiferente, enquanto minha mente dispara. Quais são os possíveis alvos restantes? O tanque foi explodido, o gerador está fora do meu alcance, e vai ser difícil acessar o Sub-A uma segunda vez. Só sobra a Cornucópia. E por que não? Não é ela o símbolo desse espetáculo desprezível? E esse meu último gesto será mesmo puramente simbólico, considerando que o maquinário está fora do meu alcance. Eu ainda poderia abrir um belo buracão na lateral daquele chifre dourado e reluzente. Deixá-lo fumegando e destruído no centro da linda campina. Um lembrete arruinado e feio da história dos Jogos Vorazes. Um chifre de fartura para poucos, desespero para muitos, e destruição para todos.

Mais uma vez, o complicado vai ser fazer com que a explosão seja transmitida. Mas, só restando nós três, talvez seja possível. Se eu conseguir que Wellie se recupere um pouco mais, se fizer com que ingira calorias suficientes para ter certeza de que vai sobreviver mais um tempo, e depois conseguir escondê-la num lugar seguro, posso criar um espetáculo com Silka na Cornucópia. Tentar acabar com ela e com a Cornucópia na mesma explosão. Se estivermos bem junto da explosão, como poderiam não a exibir? E aí, se eu sobreviver, Snow vai mandar os Idealizadores dos Jogos me matarem, e Wellie leva a coroa.

Uma olhada no rostinho abatido de Wellie me faz hesitar. Ela está perto de morrer de fome. Mesmo que aguente, a falta de alimento a deixa vulnerável a vários outros perigos, como fraqueza física, desidratação e doenças. Ainda temos um pouco de chocolate, mas botar isso direto em seu estômago vazio pode dar o resultado contrário ao pretendido. Ainda tenho a última batata. Está boa, mas precisa ser assada. Tudo bem. Essa é a minha prioridade. Assar a batata. Alimentar Wellie. Esconder Wellie. Atrair Silka para a Cornucópia. Explodi-la junto com a Cornucópia. O que poderia dar errado?

Bem, tem um problema, para começo de conversa: depois do incidente do tanque, se os Idealizadores dos Jogos me virem desenrolando qualquer símbolo, vou atrair todas as bestas da arena para cima de mim. Preciso de um momento longe das câmeras.

Não tem hora melhor do que agora. Fingindo que quero me esconder do sol, puxo a lona por cima da cabeça. Com movimentos mínimos, tiro o colar de Maysilee do pescoço e desenrolo o cordão. Fico empolgado quando encontro o detonador, bem preso na ponta. Talvez ainda haja alguma esperança. Depois de enrolar bastante o pavio em volta, eu o escondo no bolso e esfrego as mãos na calça com força, para limpá-las. Será que os Idealizadores vão notar que o símbolo desapareceu? Quando Wellie acordar, talvez eu deva fingir que o perdi. Pode ter ido pelo mesmo caminho do medalhão. Por outro lado, atrair atenção para sua ausência pode sair pela culatra.

Faço um inventário do meu equipamento. Pavio. Certo. Detonador. Certo. Explosivo. Certo. Acendedor. Certo. Estou com tudo de que preciso, até alguns papéis de chocolate oleosos como combustível. Ansioso para agir, eu tiro a lona de cima de mim, me espreguiço e me solto das tiras de lona.

Wellie abre os olhos e me observa, como se avaliasse meu valor, então franze a testa.

– Não me abandone de novo – sussurra ela.

É isso que ela acha que fiz: abandonei os Novatos. E não está enganada. Eu tinha coisas mais importantes a fazer, mas ainda assim ela não está errada.

Tento soar animado.

– Oi, Wellie. Que tal eu descer e assar uma batata pra você? Será que aguenta comer?

– Não me deixa.

– Bom, tenho quase certeza de que Silka está por perto. Acho que você ficaria mais segura aqui em cima.

– Não. Não posso ficar sozinha de novo. – Ela começa a forçar as amarras. – Eu vou com você.

– Tudo bem, tudo bem! – Eu a acomodo de volta. – Vou te desamarrar.

Não é o ideal, mas não posso correr o risco de Wellie tentar descer atrás de mim. Certamente cairia e morreria. Removo as tiras de lona e o cobertor com cuidado, guardando tudo na mochila.

– Vou precisar que se segure firme. Você consegue?

Ela faz que sim, mas, quando passa os braços pelo meu pescoço, eles estão moles como macarrão cozido. Vou ter que pendurá-la nos ombros.

— Melhor tentar o jeito dos mineradores — digo, e jogo a mochila no chão.

Eu a levanto com cuidado e a coloco sobre os ombros, segurando com força o braço pendurado no meu peito, como nos ensinam a fazer se tivermos que tirar alguém ferido da mina depois de um acidente. Ela já não era grande antes, e duvido que chegue aos trinta quilos agora. Vou descendo pela árvore e quase caio duas vezes quando galhos se partem sob as minhas botas. Quando chego ao chão, eu a coloco delicadamente nas agulhas de pinheiro.

Dou uma bola de chocolate para ela mastigar e a aninho no cobertor. Quando verifico se está com febre, noto que sua testa está fria como mármore.

— Está com frio?

— Um pouco — responde ela. Reparo no tom roxo de seus lábios.

— Bom, uma fogueira vai te esquentar. E aí podemos assar sua batata.

Examino brevemente a vegetação local e vejo que vai ser um desafio. A chuva de ontem, ainda que relativamente breve, foi pesada e molhou toda a lenha disponível. Em algumas horas, o sol vai ajudar, mas, no momento, combustível seco parece coisa rara. Vou ter que procurar algo que tenha ficado protegido pela copa densa formada pelos galhos ou por formações rochosas.

O que fazer com Wellie? Carregá-la? Vai ser difícil coletar madeira assim. Cruzar os dedos e torcer para Silka estar longe? Arriscado demais. Isso significa tentar escondê-la.

— Wellie, vou ter que sair para procurar lenha.

— Não me deixa.

— Não vai demorar, e não vou longe. Vou te deixar bem escondida.

– Não.

– Nós precisamos de fogo. Não tem problema. Olha o que eu trouxe para você. – Penduro a zarabatana de Maysilee no pescoço dela. – Era de Maysilee. Está carregada. Você só precisa respirar fundo e soprar com toda força nesta ponta, e aí um dado envenenado vai sair voando. Ela matou Panache assim. Salvou a minha vida.

– Maysilee também abandonou a gente – diz Wellie com tristeza.

– Não, ela se perdeu quando foi procurar Lou Lou. Não conseguiu voltar. Ela ia querer que você ficasse com isso. Ela me disse que achava que você seria uma boa vitoriosa.

– Disse? – Ela arregala os olhos. – Como assim, uma boa vitoriosa?

Ótima pergunta.

– Eu acho que ela quis dizer que você nunca vai deixar de ser uma Novata.

Wellie fica com os olhos cheios de lágrimas, então se empertiga, determinada.

– Eu consigo. Pelos outros – diz ela. – Me esconde.

Ela estende os braços para que eu a carregue.

Ali perto, encontro uma árvore quase encoberta por trepadeiras selvagens. Colocar Wellie atrás dessa cortina de folhas é o melhor que posso fazer com a pressão dupla do tempo e da geografia. Ela vai me esperar voltar, armada com a faca e a zarabatana.

– Lembra que você só tem um dardo, então não desperdice. Agora, fica quietinha que eu volto antes de você sentir minha falta.

Tenho a intenção de que isso seja verdade, mas, conforme vou procurando num círculo cada vez mais amplo, sinto minha confiança murchar. Toda madeira disponível soltaria uma fumaceira danada mesmo que eu conseguisse acendê-la com meu punhado de papéis de chocolate, o que já seria difícil. A ideia de assar a batata perdeu o apelo. Talvez, se eu cortá-la em fatias bem fininhas, Wellie consiga comer mesmo crua. O que ajudaria mesmo (alô, patrocinadores!) seria uma bela cesta cheia de comida. Estão guardando para quando? Com certeza dois dos últimos três tributos na arena devem ter o suficiente na conta, em conjunto, para uma cumbuca de canja de galinha. Acho que Mags leu minha mente, porque, quando estou voltando na direção da minha aliada, um paraquedas quase encosta no meu nariz ao cair rente às minhas botas. Eu me agacho para abrir o pacote e encontro uma cesta de piquenique decorada. Tem um cartão de papel grosso em cima, com as palavras CORTESIA DA CAPITAL. O que não é, aqui na arena? Dentro, aninhada num guardanapo de linho branco, tem uma jarra. Sinto um arrepio quando a levanto ao sol. O cilindro branco apoiado na escadaria em espiral. A águia dourada empoleirada na tampa. Meu polegar pressiona a cauda, e a tampa se abre para revelar leite frio e cremoso. Se não for a jarra da biblioteca de Plutarch, é uma réplica perfeita.

Enfio o cartão no bolso e coloco a jarra na cesta para disfarçar minhas mãos trêmulas. Como devo interpretar esse novo envio? Só tem duas possiblidades, tão opostas quanto dia e noite.

Pensando positivo, pode ser um presente genuíno de Plutarch por intermédio de Mags. Um copo de nutrição, um sopro de encorajamento. Pode significar: *Muito bem, Haymitch. Em meio à névoa da propaganda, às chances contrárias e às mentiras, vejo que você teve sucesso em sua missão. Fez a sua parte. E, se a explosão do tanque não afogou o cérebro por completo, o que não é culpa sua, ainda assim tirou tudo do eixo. Leve o leite para*

Wellie, mantenha ela viva, faça a sua jogada da melhor forma que puder.

Mas, por outro lado, talvez Mags não tenha envolvimento no envio dessa dádiva, e a mensagem maligna seja: *Cumprimentos do seu presidente. Achou que eu não vi o que você fez com o leite na biblioteca, mas estava enganado. Porque eu vejo tudo. Suas bombas, seus planos, até o acendedor da sua bela passarinha. E agora você tem uma escolha. Vai beber o leite? Vai dar para sua aliada doente? Jogar no chão? Porque é natural que desconfie que esteja envenenado. O que você fará, Haymitch Abernathy? Deve saber que os olhos de Panem, e especialmente os meus, estão assistindo a cada movimento seu.*

Sim, todo mundo está assistindo. Se eu não levar o leite para Wellie imediatamente e tentar salvá-la, vai parecer que estou só fingindo ser legal, embora minha verdadeira intenção seja matá-la para chegar mais perto de ser o segundo campeão do Distrito 12. Entretanto, tenho quase certeza de que o leite está envenenado e veio de Snow. Não acredito que Plutarch seria descuidado a ponto de criar uma ligação pública comigo depois de eu ter explodido o tanque. Com certeza muitas pessoas, muitos Idealizadores dos Jogos, conhecem esse símbolo da escada dourada que tantas vezes aparece na mansão Heavensbee. Tudo combinadinho. Considerando que ele foi designado para cobrir os tributos do Distrito 12, deve ser contra as regras Plutarch nos apoiar. Como Proserpina disse que era para ela e para Vitus.

É de Snow esta morte branca. O destino que estou tentando desafiar desde que vi aquele bolo de aniversário perverso no trem veio fazer seu ninho, como o corvo do poema, para sempre empoleirado acima da porta do meu quarto. Estou sob o controle e a manipulação de Snow. Sou sua marionete. Seu peão. Seu brinquedo. É o pôster dele que estou pintando.

A propaganda dele. Estou encurralado e forçado a fazer o que ele quer nos Jogos Vorazes, a melhor propaganda da Capital.

Meu pai deve estar se revirando no túmulo.

A orgulhosa aliança dos distritos, os Novatos, nunca vai ter permissão de vencer. Wellie vai morrer envenenada, ou de fome, ou na mão de uma Carreirista. Silka, que deseja ser como o povo da Capital, vai levar a coroa.

E eu? Só tem uma coisa que posso fazer, se não quiser morrer como traidor dos distritos – por ter matado Wellie por negligência, já que me recuso a envenená-la –, e Snow sabe. Ele seguiu todos os meus movimentos até essa resolução final e espera minha inevitável rendição. Eu tenho que beber o leite. A hora é agora. Fim de jogo.

Pego a jarra, abro a tampa e examino o conteúdo. Cada célula do meu corpo resiste a me entregar a esse fim. Estou me perguntando se posso fingir tropeçar e deixar a jarra cair, para pelo menos adiar o momento da vitória de Silka, quando o canhão soa. Fico paralisado, confuso. Este não era o momento de o presidente saborear a minha derrota? O que está acontecendo? Quem interferiu com a jogada dele?

Jogo a jarra longe, ouço-a rachar numa pedra e saio correndo para as trepadeiras. Como prometido, não estou longe. Torço com todas as minhas forças para que Silka tenha encontrado seu fim nas garras de uma besta. Isso tornaria tudo tão mais simples.

Quando contorno uma última cortina de vegetação, fico paralisado de horror com o que me aguarda. Silka está de pé feito uma estátua, a roupa verde-meleca manchada de vermelho. Na mão direita, o machado. A esquerda segura a cabeça de Wellie, os olhos ainda abertos, a boca escancarada. O único movimento, o único som, vem do sangue que pinga nas agulhas de pinheiro no chão da floresta. O corpo de Wellie está caído a mais ou menos um metro dali. O sino prateado de bicicleta. A zarabatana. As botas de tamanho infantil. A faquinha na mão de passarinho. Penas cinza-dove. Um passarinho decapitado. Eu poderia viver dez mil anos e nunca apagaria essa visão da memória.

– O que você fez? – sibilo.

Silka faz um esforço para se concentrar em mim. Ela ergue a cabeça de Wellie, na defensiva.

– Ela me atacou.

É então que reparo no dardo envenenado pendurado na manga de Silka. Wellie tentou se proteger. Sustentou a honra dos Novatos. Provavelmente nem tinha fôlego para atirar o dardo da zarabatana. Eu a abandonei, como ela temia que eu fizesse. Cego pelo desejo de pintar meu pôster, deixei o verdadeiro tesouro desprotegido.

– Ela tinha que morrer. Você tem que morrer – continua Silka. – É o único jeito de eu voltar pra minha família.

– Todos nós temos família – respondo. – Você acha que a sua vai conseguir esquecer isso? Eu sei que a minha não vai.

Pode me desprezar, Sid. Pode me deserdar. Pode cuspir quando ouvir meu nome. O fracasso em quebrar a arena não é nada perante isso aqui.

– Eu vou contar a eles como foi, quando voltar para casa – diz ela.

– Ah, você não vai para casa, Silka.

Eu tiro o machado do cinto. Nenhum de nós dois vai para casa. Eu vou matá-la, e Snow vai me matar. Estes Jogos não vão ter um vitorioso.

O pôster do segundo Massacre Quaternário.

O jeito como joga a cabeça de Wellie para o lado, sem consideração nem compaixão pela garota mesmo depois da sua morte, facilita as coisas. Também facilita ver uma mancha de chocolate no alto de sua bochecha, onde ela deve ter limpado as lágrimas, na noite anterior, durante nossa trégua unilateral. Por fim, facilita ainda mais ao afirmar:

– Vou ser eu a honrar a Capital!

Machado contra machado, nós partimos para a luta. Gostaria de poder dizer que tenho maior velocidade ou força, mas estamos bem equiparados. O treinamento dela é superior, mas tenho uma vantagem que Silka jamais teria. Os trinta e um aliados dos quais me gabei para o Chefe dos Idealizadores dos Jogos... Sinto cada um deles me apoiando.

O primeiro golpe de Silka mira bem na minha cabeça, como se ela quisesse partir meu corpo no meio. Consigo bloquear por pouco. Meu contra-ataque atinge de leve a perna dela e tira sangue. Uma expressão de surpresa surge em seu rosto. Ela não esperava que eu conseguisse atravessar suas defesas. Bem, posso não ter treinamento, srta. Silka, mas aposto que passei mais tempo com um machado na mão do que você, e tenho a aguardente e a roupa lavada para provar. Meu tempo cortando caminho na arena depois da morte de Ampert também ajuda. A arma parece em casa nas minhas mãos.

Bárbaro. Brutal. Sangrento. Não tem jeito de embelezar o que se segue. Conforme trocamos golpes, começamos a nos acertar. Nossos machados se batem, nós nos atracamos, e ela me dá uma joelhada com tanta força que me faz ver estrelas. Eu desvio de um ataque, e o machado dela acaba cravado num tronco de árvore e, enquanto Silka está lutando para soltá-lo, minha lâmina acerta a carne perto do seu quadril. Alguns golpes depois, ela gira na minha direção e faz um corte na minha coxa. Quando nossas armas se engancham uma na outra, eu bato na cara dela com o cabo e arranco alguns dentes. Mas chega uma hora que o treinamento de Silka compensa. Quando ela ergue o machado acima da cabeça em um movimento circular intrincado, eu me distraio. A lâmina desce inesperadamente e, antes que eu tenha tempo de recuar, ela abre um corte na minha barriga.

Eu perco o fôlego. Silka ataca de novo e derruba o machado da minha mão. Eu aperto a ferida. É feia. Silka está vindo para cima de mim. Eu me viro para fugir, mas ela me pega numa chave de braço que me impede de respirar. Pontos pretos surgem nos cantos da minha visão, e eu me sinto apagar, mas meus olhos encontram o corpo decapitado de Wellie. Não posso deixar Silka vencer. Num último esforço, puxo a faca do cinto e golpeio para trás, por cima do ombro. Um grito. Quando ela solta meu pescoço, eu dou no pé, sem ideia do quanto a feri.

Com as mãos apertando a ferida, eu ziguezagueio pela floresta, sabendo que tenho que me defender, mas certo de que é impossível, louco de dor e de medo. Galhos me atingem na cara, raízes prendem as botas e vou batendo de árvore em árvore. Meu único objetivo é aumentar a distância entre mim e os gritos de Silka. Mas ela está vindo. Minhas pernas estão começando a falhar quando o cheiro de insetos queimados me alerta, e me dou conta de que cheguei à abertura da cerca viva de azevinho. Joaninha, joaninha, aqui estou eu de novo! Mas agora a casa delas oferece refúgio e uma chance de pensar. Talvez aquela Carreirista submissa adoradora da Capital de roupa verde-meleca fique com medo de me seguir além dos limites estabelecidos da arena.

Quando sou atingido pelo ar quente que sopra do penhasco, cambaleio até a beirada. Não tenho mais para onde correr, então me viro e encaro a minha oponente. Sem se importar com a fronteira da arena, Silka sai da cerca viva atrás de mim. Agora posso avaliar o dano que minha faca fez, posso me responsabilizar pela órbita vazia, de onde arranquei seu globo ocular. Parece pouco, em comparação a tentar manter minhas entranhas dentro da barriga. Sem hesitação, ela ergue o machado e o arremessa. Meus joelhos, já quase cedendo, se dobram como papelão e caio bem na hora que o machado passa acima da minha cabeça e voa pelo cânion.

É então que me lembro do campo de força. E do que acontece com objetos que caem nele. Fico olhando, sem fôlego, o que o amor da minha vida chamaria de justiça poética.

Silka está parada, a mão cobrindo a órbita ocular que jorra sangue. O olho bom observa minha barriga, avaliando o tempo que vou levar para morrer. Então há o retorno do assovio, seu momento de confusão quando o machado passa girando e captura a luz do sol, e o som abafado e horrível quando a lâmina se aloja na cabeça dela.

Agora estamos os dois no chão. Eu caio de costas e olho para o aerodeslizador flutuando acima de nós. Silka se recusa a morrer; um gorgolejo estrangulado lhe escapa dos lábios. Eu só preciso esperar. Enfio a mão no bolso para procurar um lenço que ajude a estancar o sangue, mas o que encontro é o que resta do meu último, ou penúltimo, ou sei lá qual plano. As ferramentas de que eu precisava para abrir um buraco na Cornucópia. Bom, obviamente essa ideia foi por água abaixo. Morrer fora da arena terá que bastar. Se bem que parece uma pena não tentar mais um pôster. Será que ainda há uma chance de partir de modo explosivo? Sim. Tudo está claro agora. Eu sei o que fazer.

Está tudo bem, pai. Está tudo bem, mãe. Levanta a cabeça, Sid. Ninguém além de mim vai pintar esse pôster.

Sinto a consciência ameaçando escapar enquanto solto o girassol do pescoço e enfio o detonador nele. Corto o pavio com os dentes, deixando alguns centímetros e jogando o resto de lado.

Desta vez, vai funcionar, Ampert. Um bando de descontrolados, Louella. Wyatt. Lou Lou. Wellie. Promessa de mindinho, Maysilee. Presta atenção, Panem. Os Novatos caem por cima de tudo.

O cartão do presidente, cortesia da Capital, é fácil de rasgar. Amasso os pedaços junto com as embalagens de chocolate. Por fim, pego o acendedor e dou um longo beijo nele.

Ah, Lenore Dove. Ah, amor da minha vida. Estou com você antes, agora e sempre. E eu vou te encontrar. Eu vou te encontrar.

– Haymitch. Haymitch Abernathy. Você deve interromper qualquer atividade imediatamente.

Tenho o quartzo em uma das minhas mãos trêmulas e as cabeças da serpente e do pássaro na outra. Um trabalho tão delicado. Uma coisa bonita e útil, disse ela. A peça encontrou sua verdadeira utilidade agora.

Um canhão soa. Nada de coroa de vitoriosa para você, Silka. Só a garra. Escutem, as trombetas devem ser para mim.

Uma chuva de fagulhas atinge a pilha e vira uma chama. Uma saraivada de balas dança em volta das minhas mãos. Rá. Erraram.

– Parado! Haymitch Abernathy, você foi... Largue isso! Largue agora!

A chama já está se apagando quando estendo a bomba. O fogo beija a ponta do pavio curto e começa a devorar com avidez o rastilho preto.

– Você não sabe o que está fazendo! Para! Não joga!

Mas eu jogo. Com o que me resta de força, jogo o girassol no cânion. Devo conseguir no mínimo um estrondo impressionante. Mas o pânico na voz do Idealizador dos Jogos me permitiu ter esperanças maiores. O que vai acontecer quando a explosão encontrar o campo de força? Não tenho a menor ideia. Só que ele parece ter medo disso. O quartzo cai no chão e some entre as outras pedras. Enfio o acendedor dentro da camisa, para que possa ficar perto do meu coração. Ela vai entender.

O vento espalha o que resta das cinzas e as leva embora. Pontos pretos surgem nos meus olhos e formam uma nuvem que bloqueia a luz do sol. Uma explosão sacode o mundo.

As últimas coisas que sinto são as voltas escorregadias do meu intestino em uma das mãos, o pássaro encostado na minha pele e a terra tremendo sob meu corpo.

Eu morro feliz.

25

Pling. Pling. Pling.
– *Minha mãe deve ter pendurado a roupa lavada dentro de casa.*
Pling. Pling. Pling.
– *Que frio. Preciso botar carvão no fogo. Que frio. Cadê minha colcha? Sid, você pegou minha colcha?*
Pling. Pling. Pling.
– *Hattie está engarrafando uma nova leva. Sempre fede desse jeito. A primeira parte é jogada fora. "Joga fora a cabeça, Haymitch. Essa coisa mata. Mata."*
Pling. Pling. Pling.
– *Tarde demais, Hattie. Eu já morri. Ei, Hattie?*
Pling. Pling. Pling.
– *Hattie? Mãe?*
Não há resposta. Tem alguma coisa ruim acontecendo.
– *Mãe?*

Eu acordo de repente. Por que Hattie está trabalhando na minha cozinha? A gente vai acabar preso. Por que ninguém me responde? Aqui não é a cozinha. O que está acontecendo? Por que estou com tanta dor?

Um brilho esverdeado, como o céu sobre um tornado. O cheiro intenso de álcool misturado com produtos químicos invade meu nariz e cobre minha língua. O pling-pling-pling mesclado com um murmúrio distante, palavras que não consigo identificar. Metal frio me prendendo a metal frio. Medo.

Pisco com força, e o mundo entra em foco. Em meio à luz pantanosa, vejo um teto alto cheio de canos entrecruzados. Passo a língua pelos lábios ressecados e tento engolir. Quero coçar os olhos, mas minhas mãos não sobem além da barriga. Tateio a longa fileira de pontos no abdômen. Não consigo entender. Uma mesa de aço embaixo de mim. Sem colchão, lençol ou travesseiro. Algemas de metal com correntes curtas nos pulsos e tornozelos. Uma faixa no peito. Nu como um filhote de passarinho. Mais nada. Não, tem alguma coisa. Meu acendedor...

A lembrança me volta. O penhasco. A bomba. Os gorgolejos de Silka morrendo. O aviso vindo de cima. Faíscas voando. O rastilho queimando. O arco do girassol no céu aberto. Depois, aquele som de romper os tímpanos.

Eu só posso estar morto. Senti meu intestino escapar da barriga. Meu corpo se apagar. Eu queria morrer. O trabalho estava feito, meu pôster completo.

O que aconteceu comigo?

O acendedor está pousado acima do meu coração, como naquele último momento, só que pendurado pelo cadarço da bota. Alguém o amarrou ali, e não foi minha mãe.

Onde estou, Lenore Dove? Onde você está, meu único amor?

Tubos saem dos meus braços. Tem um no meu torso. Eu viro a cabeça para a direita, e uma dor escalda minha barriga. A curta distância, rostos se colam a uma parede de vidro. Bocas sem língua se abrem. Avoxes, despidos e sujos, tateiam o vidro, suplicando por algo que não posso dar. Apavorado, me viro para a esquerda.

Um momento de alívio quando vejo meu velho amigo, o coelho cinza da arena. Meu canário na mina de carvão, que me avisou do perigo, que me levou para fora do labirinto. Ele veio me salvar de novo? *Me ajuda. Você pode me ajudar?* Seus olhos verdes me encaram do tanque, sem piscar. Ele se encolhe contra o vidro. Por que está tremendo tanto?

Das sombras, algo ataca. Uma cobra de quase dois metros engole meu aliado, que se torna um calombo no corpo sinuoso.

Eu fecho os olhos. Deve ser um pesadelo. Ou talvez eu tenha ido para algum outro mundo, um mundo ruim. Tento me forçar a voltar para a inconsciência, para fugir deste lugar maligno. Mas, no fundo do coração, sei que é real. Começo a tremer tanto quanto o coelho. Mais. Esperando a minha serpente. Por favor, chamem a serpente e acabem logo com isso.

Passos abafados. Um puxão nos tubos. Uma mulher de máscara substitui um saco vazio por outro cheio de fluido transparente.

– Onde estou? – pergunto com voz rouca.

Ela me ignora. Só limpa os pontos da minha barriga com um líquido fedorento, o que causa pontadas de dor no meu tronco.

– Para! Você está me machucando!

Eu tento me soltar. Ela não para. *Eu* paro, porque me mover piora a dor. Ela sai. Murmúrios de novo. Dessa vez, capto algumas palavras.

– Laboratório.

– Sepse.

– Indisciplinado.

Um frio se espalha a partir da agulha espetada no meu braço. O nada.

Quando volto a acordar, aprendi algo novo. Aqui, ser indisciplinado leva à inconsciência, que é concedida à distância, como as drogas na sonda de Lou Lou. Tento ser o mais indisciplinado possível durante as horas – dias? Semanas? – que fico preso. Quando estou consciente, os Avoxes suplicam. Passos abafados trazem dor. Bestas grotescas substituem humanos. Mais coelhos morrem. Misturas horríveis são derramadas na minha boca. Nenhuma luz do dia atravessa as paredes, nenhum aliado me conforta. Estou totalmente sozinho e indefeso.

Fico confuso de novo quando desperto em um ninho laranja-queimado. De alguma forma, estou no apartamento dos tributos. Do outro lado do quarto, a cama de Wyatt, sem cobertas, me pega desprevenido. Ainda não consegui chorar por ele.

Com cuidado, mexo os dedos das mãos e dos pés. Todos os tubos e amarras sumiram, mas uma sonda idêntica à de Lou Lou está cravada no meu peito, me desafiando a removê-la. Jogo de lado a colcha, o lençol macio, e examino a ferida da barriga. Não tem pontos, só uma cicatriz alta e feia, como um sorriso torto. Minha coxa melhorou, mas vou carregar a marca pelo resto da vida. Ainda estou nu. Eu me levanto de um pulo, mas caio de volta na cama e agarro as cobertas enquanto o quarto gira. Espero que as coisas se acomodem antes de tentar de novo. Com os pés firmados com cuidado no chão, eu me ergo devagar. Meu pijama ainda está embolado no piso, onde o deixei na manhã dos Jogos Vorazes. Sem outra opção, eu me visto.

Cambaleio até a sala e me apoio no portal do quarto das meninas. Os lençóis da nossa última noite dormindo todos juntos cobre os móveis e o chão. Pontos de sangue seco do ouvido de Lou Lou marcam o travesseiro. O pijama de Maysilee está dobrado e empilhado na cama. Não tem ninguém ali, porque todo mundo morreu.

– Mags? – chamo com voz rouca. – Wiress?

Não recebo resposta. O prédio todo está silencioso como um túmulo. A rua do lado de fora do apartamento está deserta. Isolada. O quarteirão está isolado por uma barricada.

Sou de fato um jovem perigoso. O malandro encantador virou um rebelde letal. Woodbine Chance cresceu e se tornou um membro dos Descontrolados, destinado a pender pelo pescoço enquanto o Distrito 12 assiste. Tomado por um impulso de fugir, vou para o elevador e aperto o botão várias vezes. Não há zumbido, luzes, nem fuga possível.

Na cozinha, a mesa está vazia, mas na geladeira há um prato de pães e uma prateleira de caixas de leite. A dieta de Snow depois das ostras letais. Embora meu estômago tenha encolhido para o tamanho de uma noz, ainda deseja comida. Molho pedaços de pão no leite e mastigo. Ser envenenado não me preocupa mais. Se o presidente me quisesse morto, por que teria se esforçado tanto para me manter vivo? Ele tem grandes planos para mim. A câmera no canto me lembra de que cada gesto meu está sendo vigiado, ou ao menos gravado. Não, a esta altura, definitivamente vigiado. Olhos em mim vinte e quatro horas por dia. Não vão permitir que eu morra. Vou ser ressuscitado pela Capital para o entretenimento deles. Talvez eu esteja até sendo transmitido ao vivo agora. Talvez, como vitorioso, eu nunca mais fique longe das câmeras...

Exausto pelo passeio, volto para a cama e caio num sono agitado.

Dias se passam. Eu faço meus próprios horários. Tenho todo o tempo do mundo para pensar nas consequências das minhas ações na arena. A obra de arte perfeita de Snow, que tentei destruir em toda chance que tive. Não tiro prazer nenhum disso agora, enquanto me pergunto quem está pagando o preço. Beetee. Mags. Wiress. É provável que todos estejam sendo torturados para revelar os nomes dos cúmplices. Os simpatizantes rebeldes que criaram bombas de girassol e colares de pavio. Os Idealizadores dos Jogos e Pacificadores que ajudaram a deixar aquelas peças passarem. Espero que tenham poupado a equipe de preparação e Effie, que são peões da Capital sem a menor ideia de nada. Duvido que alguém desconfie que Drusilla e Magno Stift sejam simpatizantes, mas não ligo se for o caso. E Plutarch? Ainda não sei bem qual foi o papel dele nisso tudo, mas ele estava certo sobre o sol e as bermas, e, sem essa informação, teria sido impossível executar a missão. Ele é um aliado? Um infiltrado da Capital? Ambos? Impossível saber.

Não ouso pensar nas pessoas que amo, lá em casa. Tudo que fiz, todas as minhas escolhas, foi pensando que a minha morte os protegeria de qualquer mal. Snow garantiu isso na biblioteca. "*Com você fora da jogada, Lenore Dove e a sua família devem ficar livres para ter vidas longas e felizes.*"

Como Beetee disse, se ele tivesse morrido, Ampert ainda estaria vivo. Snow queria que ele sofresse o horror de ver a execução do filho; se não, a situação perderia o sentido. Mas como Snow precisava de um vitorioso para seu perfeito Massacre Quaternário, acho que mudou de ideia sobre me matar.

Para piorar as coisas, as transgressões de Beetee foram clandestinas; as minhas, televisionadas para todo o país. Ou será que não? Não tenho ideia de como meus esforços foram editados ou apagados, de como as minhas jogadas foram exibidas. É possível que nada de significativo tenha ido ao ar, o que por um lado destruiria a eficácia dos meus pôsteres, mas por outro talvez aliviasse minha punição.

Sei de uma coisa: desafiei Snow e seu Massacre Quaternário desde que pisei na Capital. Mesmo depois da reunião particular na biblioteca, continuei sendo um rebelde. Se ele serviu ostras envenenadas a Incitatus Loomy, o mestre do desfile, que banquete deve ter preparado para mim e aqueles que amo?

Talvez uma semana tenha passado, de acordo com as mudanças da luz na rua. O confinamento solitário continua. O isolamento é quase mais assustador do que o laboratório sinistro. Você sabe que está encrencado quando começa a ter saudade do tempo que passou com bestantes, mas sinto falta de companhia.

Os pães endurecem, o leite começa a estragar, mas continuo comendo, movido pelo apetite voraz de um convalescente. Eu fantasio com comida. Ameixas frescas. Purê de batata. Cozido de coelho. Bolo de maçã. Será que algum dia vou sentir o gosto de um bolo de maçã de novo? Improvável. Mesmo se voltar para casa, imagino que as comemorações da infância serão coisa do passado. Eu não vou estar em casa de verdade, de todo modo. Vou morar na Aldeia dos Vitoriosos, com todas as maravilhas que Beetee mencionou. Eletricidade constante, ar-condicionado e aquecimento, privadas com descarga e toda água quente que eu quiser ao toque de uma torneira. Nada de precisar bombear água e cortar madeira. Será como na minha prisão aqui.

Talvez a comemoração da minha vitória tenha sido cancelada devido à minha rebeldia. Talvez eu simplesmente esteja sendo mantido preso até minha execução pública. A esperança é a última que morre.

Começo a passar longos períodos na banheira. A toalha que joguei sobre a câmera foi removida, e não me dou ao trabalho de botar outra no lugar. Eles apenas me drogariam e a removeriam também. Talvez me acorrentassem de novo. Não adianta. Fico horas mergulhado, repondo a água quente, vendo meus dedos das mãos e dos pés enrugarem enquanto pedaços de carne morta se desprendem da cicatriz. Imagens da arena me consomem. Morte atrás de morte. As que não testemunhei, como o banho de sangue do início, eu imagino. Tento me lembrar dos outros quarenta e sete tributos e de Lou Lou. Usar o sistema de cores de Maysilee ajuda um pouco, mas metade me escapa. O Distrito 5, o Distrito 8... praticamente esquecidos.

A ausência de Wyatt me assombra no quarto, então levo a colcha para o sofá e monto acampamento lá. A televisão, ignorando minhas tentativas com o controle remoto, começa a ligar e desligar sozinha. Sou presenteado com clipes de Jogos Vorazes antigos, editados especialmente para mim. Trechos sangrentos, adolescentes apavorados, desespero. Os antigos, que raramente passam na televisão da Capital, são produções de baixo orçamento, que nem tentavam apresentar o espetáculo que marca o programa hoje em dia. É só um grupo de adolescentes jogados numa arena velha com algumas armas. Sem trajes nem entrevistas.

Certa noite, uma melodia assombrada penetra nos meus sonhos. Acordo sobressaltado, chamando por Lenore Dove. A televisão está acesa. Na tela, uma garota vestida em babados coloridos canta uma melodia familiar com letra desconhecida.

Em pouco tempo, a sete palmos vou estar.
Em pouco tempo você vai ficar sozinho.
Quando tiver um problema, quem você vai procurar?
Não vai ter ninguém com você, amor, no seu caminho.

Ela canta em um palco com um cenário vagabundo, perante uma plateia da Capital com roupas antiquadas. A tia-avó Messalina e o tio-avô Silius se encaixariam perfeitamente ali.

Sua voz, seu sotaque, o jeito como os dedos passeiam pelas cordas do violão... É uma garota do Bando, com certeza. Mas não a minha...

E fui eu que você deixou ver quando chorou.
Conheço a alma que você luta pra salvar.
Pena que sou a aposta que a colheita lhe tirou.
O que você vai fazer quando a morte me levar?

Fungadas da plateia. Alguém grita "Bravo!". As pessoas vão à loucura. A garota se curva e estende a mão para uma figura fora dos holofotes. A silhueta de um homem. Ereto, magro. Cabelo cacheado. Ele espera um momento, como se decidindo se deve se juntar a ela. Ele dá um passo à frente, e a tela fica preta.

A colheita, ela disse? Deve ser. Por que outro motivo uma garota do Bando estaria na Capital? Será que essa garota é a tal única vitoriosa do Distrito 12? De repente, tenho certeza de que é. Faz sentido que Lenore Dove nunca queira falar nesse assunto. Ela conhece a história, mas é secreta demais, ou talvez dolorosa demais, para compartilhar até mesmo comigo. Penso nos pontos de cor que Lenore Dove acrescenta às suas roupas, no azul intenso, no amarelo, no cor-de-rosa. Serão retalhos do vestido daquela garota? Um jeito de manter a memória dela viva? Que nome de cor aquela garota com roupa de arco-íris levou para a Décima Edição dos Jogos Vorazes? O que aconteceu com ela depois? Será que voltou para casa? Morreu naquele laboratório infernal? O que ela fez para ser apagada por completo?

Quem foi o cara para quem ela se virou, no fim da apresentação? Talvez seu parceiro de distrito, que deve ter morrido na arena. Parecia ser alguém de quem ela gostava. Ou talvez outra pessoa, que estivesse apresentando o show. Um precursor de Flickerman. Eles estariam quarenta anos mais velhos agora, se estivessem vivos.

Quarenta anos. Pouco tempo depois dos Dias Escuros. Se o Distrito 12 a esqueceu, é improvável que ela seja lembrada na Capital. Não, espera. Alguém aqui se lembra do Bando. Uma pessoa que sabe como eles batizam os bebês e que amam passarinhos. É um conhecimento íntimo, pessoal. A informação que atribuí a informantes da Capital pode ter uma fonte bem diferente. Eu faço as contas. Cinquenta e oito menos quarenta. Dezoito. O presidente Snow tinha dezoito anos durante a Décima Edição dos Jogos Vorazes. A garota do Bando não podia ter mais do que isso. O homem de cabelo cacheado nas sombras, para quem ela estendeu a mão... será que era ele?

Eu me lembro da biblioteca, do sorrisinho sabido dele...

"*Aposto que sei uma ou outra coisa sobre a sua pombinha.*"

"*Tipo o quê?*"

"*Que ela é uma coisinha linda de se olhar, que anda por aí usando cores fortes e canta como um tordo. Você a ama. E, ah, ela parece te amar muito. Só que às vezes você fica na dúvida, porque os planos dela não o incluem.*"

Ah, Lenore Dove, o que eu fiz? Como você vai pagar por eu ter sobrevivido aos Jogos Vorazes?

Perco a cabeça e jogo uma cadeira contra a janela, estilhaçando o vidro sobre uma mesa de gatinhos de porcelana, depois bato na grade com um abajur pesado. Continuo batendo até uma explosão de balas acima da minha cabeça tirar meu foco.

Dois Pacificadores fortemente armados surgiram do nada, os fuzis apontados para mim. Atrás deles está minha equipe de preparação, que teria saído correndo se Effie Trinket não os segurasse com firmeza pelos cintos de utilidades.

– Bem – diz ela com falsa alegria –, quem está pronto pra uma noite muito, muito importante?

Os Pacificadores me algemam e me empurram para o centro da sala, onde minha equipe de preparação me observa, chocada. Estou em pele e osso, usando um pijama sujo, e meus pés descalços sangram sem parar por causa do vidro quebrado. Em algum momento nas últimas semanas, minhas unhas viraram garras, meu cabelo virou pelo. Eu matei várias vezes e não preservei nenhuma vida além da minha. Saí daqui como um simples porquinho de distrito e voltei como a fera assassina que eles sempre desconfiaram que estivesse à espreita.

– Só preciso de uma flor para minha lapela – digo.

Mas nada desanima Effie. Ela ergue uma rosa branca.

– Aqui está. Por que a gente não começa com um banho? Você vai querer estar bonito para sua Cerimônia de Vitorioso.

Nada de execução, então. Pelo menos, por enquanto.

Ensaboado, enxaguado, de cabelo cortado, barbeado, de dentes escovados, os pés tratados. Com a repulsa pela minha cicatriz manifestada e resolvida, a equipe me veste com outro traje do tio Silius.

Passo o dedo pelas bolhas de champanhe bordadas no paletó.

– Cadê Magno Stift?

Effie franze o nariz em desprezo.

– Se meteu com sapos de novo. Ainda está se recuperando, mas planeja aparecer hoje, já que você é o vitorioso.

– Vou contar para todo mundo que foi você quem me vestiu.

– Por favor, não faça isso. – Ela suspira. – Magno daria um escândalo, e já é bem difícil ser uma Trinket.

Effie coloca meu acendedor por cima da camisa. Tento enfiá-lo de volta embaixo da gola, mas ela resiste.

– Ele mandou deixar aqui, bem à vista.

– Magno? – pergunto.

– Não. – Ela corta o caule da rosa, enfia em uma casa de botão e dá um tapinha nela. – *Ele*.

Effie dá um passo para trás.

– Você está muito apresentável. Lembre-se, mantenha a atitude positiva.

Apesar das roupas chiques, sou algemado e transportado na van, que parece escura e desolada sem Maysilee, Wyatt e

Lou Lou. Nada de bastidores para mim desta vez. Ainda arrastando correntes, sou levado para debaixo do palco e empurrado para uma cadeira, com quatro guardas cuidando de mim.

Effie, ao menos, fica ao meu lado. Quando os Pacificadores protestam, ela diz:

– Ele é o vitorioso do Segundo Massacre Quaternário. Drusilla e Magno não estão disponíveis. Alguém tem que ficar com ele para honrar sua conquista.

– Você quem sabe – retruca um Pacificador.

Penso nas coisas que fiz na arena. Coisas que definitivamente devem ter ido ao ar. Quando matei aqueles dois do Distrito 4. A luta brutal de machado com Silka. Talvez tenham razão de me acorrentar como um animal. Sinto gratidão por Effie.

– Eu não vou te machucar – murmuro.

– Sei disso – responde ela. – Sei do seu caráter desde que me ajudou com a minha caixa de maquiagem. E sei que sua situação não pode ter sido fácil.

É surpreendentemente tocante.

– Obrigado, Effie.

– Mas isso tudo é por um bem maior. Os Jogos Vorazes.

Ela tinha que estragar tudo.

A área embaixo do palco começa a se encher de gente e seus assistentes. A atividade gira em torno de cinco placas de metal que vão subir com os participantes da noite. Proserpina e Vitus tremem de expectativa em um dos círculos, um arrumando a maquiagem do outro. Drusilla, que parece estar usando uma águia empalhada na cabeça, se equilibra em saltos de quinze centímetros. Magno chega vestindo um traje de répteis vivos, e alguns assistentes o colocam, cambaleante, em seu lugar e cruzam os dedos. Eu estico o pescoço para tentar ver minhas mentoras. Finalmente, Mags chega numa cadeira de rodas enquanto Wiress, ainda capaz de andar, mas agitada, fica olhando para todos os lados feito um pássaro, um fluxo regular de palavras saindo de seus lábios. Coisas muito ruins foram feitas a elas. Mags me vê e tenta se levantar, mas é empurrada de volta à cadeira. Nada de reencontro para nós.

O tratamento torturante dado a elas torna impossível negar a punição certa à minha família. Será que já estão mortos? Ou Snow vai criar, como fez com Beetee, uma ocasião em que eu possa testemunhar pessoalmente o sofrimento deles?

O hino toca, e ouço Caesar Flickerman dar boas-vindas à Cerimônia do Vitorioso do Segundo Massacre Quaternário. Ele chama os Jogos de históricos, sem precedentes, inesquecíveis, um dos lembretes mais terríveis dos Dias Escuros que o país já testemunhou. Ele começa a apresentar minha equipe enquanto a plateia dá vivas. Proserpina e Vitus sobem, aplaudindo a si mesmos. Drusilla surge em seguida, em uma pose dramática que imita as asas abertas da águia. Quando a placa dele é erguida, Magno quase cai, mas se segura e consegue se firmar de novo. Ele entra apoiado em um joelho, as mãos unidas em um gesto de vitória acima da cabeça. Os Pacificadores puxam Mags para que fique de pé. Ela e Wiress, com os braços na cintura uma da outra, se apoiam.

Libertado das algemas, sou mantido na minha placa até ela começar a subir. O que a plateia viu durante os Jogos Vorazes? Será que vão me vaiar ou me aplaudir? E quem devo ser? É possível que ainda seja um malandro adorável? Ou estão loucos para ver o monstro assassino do Distrito 12? Effie Trinket, a única a quem eu poderia perguntar, desapareceu nas sombras.

Eu me preparo para ser acertado por frutas podres ou expulso do palco. Luzes fortes quase me cegam, e levanto a mão para proteger os olhos. Quando se ajustam, percebo que a plateia toda está me aplaudindo de pé. Há gritos enlouquecidos e copiosas lágrimas.

Eu sou o herói do momento. A estrela de Panem. O vitorioso do Massacre Quaternário. E isso só pode significar que o presidente Snow venceu.

As pessoas da plateia começam a gritar numa mistura de sons que por fim se reduz a:

– Mostra! Mostra! Mostra! Mostra!

Eu me viro para Caesar em busca de instrução, e ele desenha uma linha no próprio abdômen com a mão. Minha cicatriz. Querem que eu mostre a minha cicatriz. Parece não haver alternativa. Levanto a camisa, baixo o zíper da calça até onde a modéstia permite e exibo minha cicatriz. Os aplausos duram cinco minutos inteiros.

Telas gigantes por todo o auditório ganham vida e ecoam o hino junto à imagem de uma bandeira esvoaçante de Panem. Caesar me guia até uma poltrona acolchoada posicionada no centro do palco para assistirmos à recapitulação. É a primeira vez que vejo como a minha edição dos Jogos Vorazes foi transmitida para o público.

A recapitulação começa com a leitura do cartão, que eu vi de casa, com a minha mãe e Sid, na primavera. Uma garotinha toda de branco, a própria imagem da inocência, levanta a tampa de uma caixa de madeira cheia de envelopes. A imagem é ampliada fazendo surgir na tela o presidente Snow, que diz:

"*E agora, para honrar nosso segundo Massacre Quaternário, nós respeitamos os desejos daqueles que arriscaram tudo para trazer paz à nossa grande nação.*"

Ele se curva, seleciona com cuidado o envelope marcado com o número 50 e lê o cartão.

"*No quinquagésimo aniversário, como lembrete de que morreram dois rebeldes para cada cidadão da Capital, todos os distritos terão que enviar o dobro de tributos para os Jogos Vorazes. Duas garotas e dois garotos. Ao dobrar a reparação, vamos lembrar que a verdadeira força não está nos números, mas na retidão."*

Bum! Começam os sorteios dos nomes nas colheitas, primeiro no Distrito 1. "Silka Sharp!" "Panache Barker!" Eles metralham os nomes dos tributos com uma imagem rápida de cada um e um contador no canto da dela, que vai registrando de um até quarenta e oito. Por ser o lar do vitorioso, o Distrito 12 tem um pouco mais de tempo. Drusilla, as penas amarelas balançando, diz seu "Primeiro as damas!", antes de anunciar "Louella McCoy!". Minha queridinha sobe ao palco. "Maysilee Donner!" Lá estão Maysilee, Merrilee e Asterid, se abraçando na multidão, uma das despedidas lacrimosas capturadas por Plutarch. "E o primeiro cavalheiro que vai acompanhar essas damas é... Wyatt Callow!" Mostram Wyatt brevemente, depois Drusilla chama meu nome. A recusa de Lenore Dove de se manifestar não entrou nesta versão. Não foi chorosa o suficiente para Plutarch, e mostra o Bando demais para o gosto de Snow. Mas também não tem minha mãe nem Sid. A omissão me causa arrepios. Por que as imagens gravadas por Plutarch não aparecem?

"Senhoras e senhores, vamos dar as boas-vindas aos tributos do Distrito 12 da Quinquagésima Edição dos Jogos Vorazes!", diz Drusilla, como se desafiasse meu distrito a fazer qualquer outra coisa. *"E que a sorte esteja SEMPRE com vocês!"*

Sou obliterado por uma chuva de confete.

Quero gritar a verdade. Um garoto levou um tiro na cabeça! Pessoas no 12 foram alvejadas! Minha colheita foi armada! Mas só fico ali sentado, mudo, irradiando submissão implícita. Snow me tem na palma da mão e sabe disso.

Incitatus Loomy não poderia ter criado um desfile melhor. A preparação frenética dos bastidores não aparece, só uma sequência majestosa e organizada de tributos. Tem uma imagem aérea final de todas as doze carruagens seguindo pelo caminho em perfeita sincronia, que termina uns quinze segundos antes daquela bombinha azul explodir e transformar o evento em caos. Isso foi tudo o que o país viu, pelo menos. Era preciso estar lá para saber dos acidentes com as carruagens, e de quando acusei Snow de ser o responsável pela morte de Louella. O que, é claro, não aconteceu, porque, olha, está na hora das entrevistas, e os quarenta e oito tributos estão presentes.

As imagens dos Carreiristas foram editadas para que eles parecessem mais inteligentes, as dos Novatos, para que parecessem menos unidos. Alguém mais repara nisso? Lou Lou é reduzida a uma garota usando um réptil vivo como acessório, as falas memoráveis de Maysilee e de Wyatt são ignoradas, e meu diálogo com Caesar é sarcástico.

"E então, Haymitch, o que você acha dos Jogos terem cem por cento a mais de competidores do que o usual?"

"Não vejo muita diferença nisso. Eles vão continuar cem por cento tão estúpidos quanto sempre foram, de modo que imagino que as minhas chances serão mais ou menos as mesmas."

A plateia ri, e eu abro um sorriso que me confirma como um cretino arrogante e egoísta. Sem menção ao meu apoio aos Novatos. Sem a minha tirada sobre fazer bebida para os Pacificadores. O malandro é só um babaca.

Agora, estamos subindo para a arena. A sequência de abertura é uma carta de amor aos Idealizadores dos Jogos, na qual somos deslumbrados com a beleza da flora e da fauna. Mas, para mim, as imagens trazem à mente o cheiro enganosamente doce e intoxicante daquele ar.

O babaca, ou seja, eu, pega seu equipamento e foge correndo, e aí vemos o banho de sangue, em que dezoito adolescentes são mortos, em detalhes excruciantes. A plateia à minha frente ofega e dá vivas, embora já tenha visto tudo antes. Wyatt morre como um herói altruísta, protegendo Lou Lou, que está atordoada, mas consegue sair ilesa. Maysilee luta e segue Lou Lou para protegê-la. Tantos Novatos morrem. Duas pombinhas, os garotos do Distrito 7, todos do 8 e do 9, Lannie e a outra garota do 10, Tile do 11. Com Wyatt, são dezesseis. As únicas mortes de Carreiristas são um garoto e uma garota do Distrito 5. Dezoito no total.

Ah, oi de novo, babaca! Claro, leve o tempo que precisar. Recupere o fôlego na pedra. Olhe a mochila. Não se preocupe com os Novatos, eles que se virem. Ah, olha que bosque bonito. Vamos dar uma bela caminhada!

Alguns de nós passam mal quando as frutas e a água venenosa entram em ação. Carat, do Distrito 1, e Urchin, o garoto do 4 que me derrubou da carruagem, se contorcem até a morte. Isso leva aos vinte tributos que vi no céu na primeira noite. O resto dos Carreiristas se juntou na montanha de topo nevado.

Até esse momento, penso que a recapitulação foi um registro justo do que ocorreu na arena. No segundo dia, porém, as coisas começam a ficar estranhas. Em um momento, Maysilee, sozinha, mata o garoto do Distrito 1, Loupe, o que acredito que seja verdade, porque ela me contou. Muitos tributos ainda estão se recuperando do veneno, e o grupo dos Carreiristas caça os Novatos. Isso também parece provável. Mas o relato do que aconteceu comigo no bosque começa a ser modificado quase que de imediato. As linhas do tempo estão misturadas. As conexões enganam. É menos uma mentira descarada e mais por omissão. Por exemplo, eu me vejo lutando com esquilos, apesar de só terem aparecido no terceiro dia, quando tentei salvar Ampert. Só que ainda nem nos encontramos, então pareço estar tentando salvar minha própria vida. Mostram Lou

Lou ofegante nas flores, só que não estou por perto. Mais tarde, apareço correndo das borboletas, sem nem um vislumbre de como fugi carregando o corpo dela, me escondi nos salgueiros e levei choques como punição. Não sei o que mostraram durante os Jogos em si, mas, na recapitulação, eu não tento proteger nenhum dos meus aliados. No terceiro dia, os esquilos, como se fazendo uma segunda aparição, soterram Ampert, e há a revelação do esqueleto dele no chão. Novamente, nem estou por perto. Na verdade, nosso piquenique, o acampamento, o bombardeio do tanque, meu surto e a arena dando defeito... nada disso aparece.

Os horrores do vulcão tomam o lugar de destaque. Os tributos vivenciam a erupção de chamas, a asfixia pelas nuvens de cinzas, as queimaduras da lava química. Doze morrem. O resto escapa por pouco e segue pela campina até o bosque.

Corta para mim, caminhando coberto de cinzas cintilantes. Volto a andar para o norte. Com a história do tanque apagada, todo o meu plano parece ser chegar ao fim da arena, o que era mesmo, acho, minha desculpa. Chove, mas eles esconderam todos os danos causados pela bomba. A arena continua tão perfeita quanto sempre. Fico preso na cerca viva, sigo o coelho cinza até me libertar e dou de cara com Panache e companhia.

Eu não sei quem é o garoto na tela matando tão brutalmente aqueles Carreiristas do Distrito 4. Acho que sou eu, mas não posso assumir a autoria daquele feito. Paro de pensar em mim mesmo como um babaca, porque parece lisonjeiro demais à criatura para a qual involuí. Não ajuda em nada quando mostram cada sílaba da minha fala rouca e desconexa para Panache, que acaba sendo silenciado pelo dardo de Maysilee.

"*Nós viveríamos mais se cooperássemos um com o outro*", ela diz para mim.

Ah, Maysilee. Estou morrendo de vergonha de estar aqui.

Por um tempo, as coisas voltam ao normal. Maysilee e eu cuidamos um do outro, e Maritte e Silka matam Ringina e Autumn em combate. Mas, em uma alucinante transfiguração dos eventos, eles apagam o fato de que Maysilee e eu lutamos com o porco-espinho bestante, e de que Maritte e Maysilee mataram os três Idealizadores dos Jogos na berma. Em algum momento, Maritte e Silka nos caçam pelo bosque, e Buck, Chicory e Hull morrem espetados, mas parece que o porco-espinho vai embora sozinho.

É o dia 4 ou 5? As tentativas que eu e Maysilee fazemos de abrir caminho pela cerca viva viraram uma grande sequência que envolve as joaninhas e o lança-chamas. Estamos no penhasco com vista para aquelas pedras traiçoeiras, mas o gerador não é mostrado. Fizeram uma edição para tirar o canhão anunciando a morte de Maritte e também a parte em que Maysilee diz que só vai voltar para pegar as batatas, então parece que simplesmente decidimos nos separar. Para minha surpresa, a descoberta do campo de força é mantida. Será que era necessário mantê-la por causa da morte de Silka?

Os pássaros cor-de-rosa atacam Maysilee, e ela grita. Pela primeira vez, parece que eu talvez me redima, porque corro para ajudá-la. Ah, não. Não acredito que transformaram isso numa história de redenção. O malandro egoísta aprende a se importar com os outros? Por favor, que não seja isso.

Dia 5 ou 6? Quem sabe? É tudo um dia muito, muito, muito longo.

A entrega do leite enviado por Snow sumiu. Enquanto corro pela floresta, acrescentam o som de Wellie gritando, o que não aconteceu. Parece que finalmente lembrei que faço parte de uma aliança maior e que estou indo ao resgate dela, mas o canhão soa, e dou de cara com Silka segurando a cabeça de Wellie.

Corte súbito para os esquilos dourados arrancando toda a carne de Maritte. Não importa que ela já estivesse morta havia tempo a essa altura. Mas as pessoas deveriam saber disso. Maysilee e Maritte apareceram juntas no céu. Ninguém lembra? Ninguém se importa? Ou, durante os Jogos, mostraram à plateia um céu diferente? Ou céu nenhum? Será que seguraram a morte de Maritte de propósito, para aumentar a tensão no final? Os Idealizadores deviam estar trabalhando como loucos para controlar a narrativa naquele momento. Seja qual for o caso, a plateia aqui do auditório aceita essa versão, comemora e grita nas horas certas. A falta de discernimento das pessoas transforma a recapitulação e a valida como verdade. Espero que os moradores dos distritos ainda consigam enxergar que tudo isso é apenas propaganda, mas não dá para saber o que mostraram a eles.

Voltamos ao embate entre mim e Silka, sabendo que somos os dois últimos. Sem conversa, iniciamos rapidamente uma batalha. Ferimentos fatais são provocados. Eu corro para a cerca viva.

No penhasco, Silka me encurrala e atira o machado. Eu caio. Eles cortam para a expectativa dela e depois para mim, tendo uma convulsão. Deve ter sido isso que aconteceu depois que perdi a consciência.

O machado volta e se enterra na cabeça dela. E aí?... E aí?

Silka morre, o canhão dispara por ela, e eu estou por um fio. A bomba de girassol, o quartzo, o acendedor... não há registro de nada disso. Tudo sumiu ou foi escondido. O aerodeslizador remove o corpo de Silka. Trombetas declaram minha vitória. Uma garra se fecha em volta de mim.

Existe alguma regra sobre sair dos limites da arena e usar o campo de força para vencer? É possível que seja algo implícito, mas nunca ouvi ninguém mencionar nada sobre isso. Então, o que eu sou? Um malandro? Um trapaceiro? Talvez. Mas, claramente, não atinjo o nível de rebelde.

A câmera se afasta lentamente conforme me levam embora e, pela primeira vez, revela a arena como um todo. Parece um olho gigante. A Cornucópia marca a pupila. O círculo amplo da campina verde forma a íris. Dos dois lados, o verde mais escuro da floresta e do terreno da montanha se estreitam nas pontas e formam o branco do olho. Bem, o simbolismo não passa despercebido por ninguém. Até as criancinhas da Costura sabem que os poderosos da Capital estão nos observando.

Eu me pergunto se eles sequer consideram que nós também estamos os observando.

Todos os olhos estão em mim agora, quando me levanto perante a plateia em alvoroço. O hino toca enquanto o presidente Snow desce do alto numa plataforma de cristal, uma rosa vermelho-sangue na lapela. Na mão, ele segura uma coroa dourada.

Alguns vitoriosos fazem reverência, outros se ajoelham, mas eu só fico parado tentando ler a expressão de Snow quando ele se aproxima e coloca a coroa na minha cabeça. Pesada. Aprisionadora.

– Parece que Snow cai mesmo como a neve, sempre por cima de tudo – digo sob os aplausos.

Culpado de todos os crimes possíveis, eu espero a sentença dele, que só sorri e diz:

– Aproveite seu retorno para casa.

26

A festa depois da cerimônia acontece no salão de baile da mansão presidencial. Sou exibido numa enorme gaiola dourada pendurada no lustre principal, mais ou menos na altura dos olhos. É para ser uma piada, acho; os convidados certamente parecem achar divertido. Mas não é. Quando tento girar a maçaneta na porta, percebo que está trancada.

Meus amigos Pacificadores estão por perto, e isso dá coragem aos convidados. Eu danço conforme a música, brinco com meus patrocinadores e faço pose para fotos, tentando pintar o melhor pôster que puder para convencer o presidente Snow de que estou do lado dele agora. Que sou sua marionete. Seu brinquedo. Porque meu sangue está gelado desde o seu comentário sobre meu retorno para casa. O que me aguarda? E, se eu me comportar, posso mudar alguma coisa?

As pessoas me levam petiscos, me alimentam na palma da mão como fariam com um cachorrinho, e eu estalo os lábios em apreciação e como até minha barriga murcha estar a ponto de explodir. Espero que não estejam mostrando isso no Distrito 12. As pessoas podem até perdoar, mas não vão esquecer um comportamento desses, principalmente porque não vou ganhar o crédito por todo o caos que causei, que foi o que me fez parar nessa gaiola. Não dá para superar a vergonha de uma situação como esta.

Mas tudo está sendo gravado para a posteridade. Plutarch Heavensbee e sua equipe, ainda designados para trabalhar comigo, andam de um lado para outro filmando. Ele se recusa a me encarar. Voltei a duvidar de que posso confiar nele; afinal, Plutarch parece não ter sido afetado pelo fracasso do plano rebelde. Mas não me faltam perguntas que gostaria de lhe fazer.

Não vejo o presidente Snow pelo resto da noite. Quase também não vejo minha equipe. Proserpina e Vitus passam para me parabenizar, bêbados e de rosto corado. Drusilla e Magno, reconciliados pelo sucesso, trocam beijos e sussurros e posam brevemente para fotos comigo. Magno não consegue nem se lembrar do meu nome e insiste em me chamar de Hamwich, o que me faz parecer um sanduíche. A única pessoa preocupada comigo é Effie Trinket. Ela fica por perto, alerta, mas tomando cuidado de não levar crédito nenhum pelo meu sucesso.

Só de madrugada, quando o movimento se acalma, é que Plutarch se aproxima da gaiola, fingindo estar concentrado numa câmera defeituosa.

– O que está acontecendo com a minha família? Com Lenore Dove? – pergunto baixinho.

– Não sei da sua família. A menina ainda está na base – sussurra ele.

– O quê? Ela disse que seria solta no dia seguinte, de manhã. Será que foi presa de novo?

– Não. Nem chegaram a soltá-la.

– *O quê?*

Plutarch já se afastou e me deixou dissecando essas palavras horríveis. *Nem chegaram a soltá-la.* Foi mentira, deles ou talvez dela. Um presente que Lenore Dove me deu para que eu não me preocupasse com ela, só comigo mesmo. E funcionou. Mas agora sei que ela passou esse tempo todo indefesa, à mercê deles, enquanto eu sabotava a arena. *Confinada. Faminta. Torturada. Estuprada. Assassinada.* Eu agarro as grades douradas, petrificado, enquanto as palavras que estava me recusando a considerar martelam meu cérebro.

A mulher com orelhas de gato aparece e balança um camarão na minha frente. Abro a boca automaticamente e mastigo a iguaria enquanto a amiga dela tira fotos. Não posso parar agora. A vida de Lenore Dove está em jogo.

Quando finalmente amanhece, tenho permissão para me aliviar em um banheiro de mármore cor-de-rosa com arabescos e sabonete com aroma de rosas. Espero ser enviado para a estação de trem, mas em vez disso sou transportado de volta para o apartamento, recém-abastecido com pães frescos, leite e roupas limpas. Eu não vou para casa tão cedo.

Pelos dez dias seguintes, sou levado de um lado para outro da Capital – para festas e entrevistas e sessões de fotos –, em uma infinita comemoração pública da minha vitória. Jamais houve puxa-saco maior na história dos Jogos. Nenhuma humilhação é grande demais para mim. Estou disposto a tolerar qualquer coisa para manter meus entes queridos vivos.

Finalmente, depois de uma festa no zoológico da Capital que dura a noite inteira, os Pacificadores me transportam para a estação de trem vazia, onde as faixas com propaganda seguem penduradas. *SEM PAZ, SEM PROSPERIDADE! SEM JOGOS VORAZES, SEM PAZ!* E, no final, a imagem do presidente Snow, *O PACIFICADOR Nº 1 DE PANEM.*

Um médico espera à porta do trem e remove com habilidade minha sonda, deixando pontos sangrentos onde os dentes a prendiam ao meu peito. Não posso fingir que estou triste de perdê-la, mas o efeito das drogas passa em poucos minutos e a cicatriz começa a doer.

Não tem nenhuma cama com colcha engomada me esperando. Acorrentado de novo, sou trancado no compartimento de onde Plutarch me libertou, no passado. Ele não está por perto agora. Acho que o show acabou de vez. Enrolo o paletó com bolhas de champanhe do tio-avô Silius em volta do corpo e me sento no canto, sentindo a dor na barriga aumentar.

A Capital tem todos os motivos do mundo para se livrar de mim, mas o trem se recusa a entrar em movimento. Eu preciso ir para casa. Preciso saber o que aconteceu.

Depois de algumas horas, um Pacificador chega com um pão e uma caixa de leite. Ainda a dieta de Snow.

– Por que não estamos andando? – pergunto.

– Estamos esperando seus amigos – responde ele, indicando a janela, e sai.

Meus amigos? Eu não tenho amigos aqui. Ele quis dizer minha equipe? Dou uma olhada pela janela da minha cela. Tem três carrinhos sendo empurrados pela plataforma, cada um trazendo uma caixa de madeira simples. Depois de um momento de confusão, eu entendo. São caixões. Louella, Maysilee e Wyatt vão para casa comigo. Pensei que já tivessem sido enterrados, que estivessem descansando pacificamente nos lotes de suas famílias na colina do Distrito 12. Em vez disso, vamos terminar essa jornada juntos.

Escorrego de novo pela parede, tremendo de forma incontrolável. Penso no estado em que os corpos devem estar, violados por carruagens e lâminas e pássaros. Imagino suas famílias chorando e esperando na estação, me dando as costas ou, pior, se voltando para mim atrás de explicações. A Capital sempre envia os mortos junto do vitorioso? Ou isso é um presente de despedida especial para mim?

Ouço os baques abafados quando colocam os caixões no trem. Bem perto de mim. No vagão ao lado, acho. As portas são fechadas. O trem começa a se mover. Eu me encolho no chão, virado para a parede, desejando ter acabado em um caixão também. Mas não, eu tenho um retorno para casa para aproveitar.

Meus pensamentos se voltam para Lenore Dove. Minha garota do Bando. O que aconteceu com a de Snow? A misteriosa campeã do Distrito 12. Ela pode estar viva. Ele está. Mas ela desapareceu da memória do Distrito 12. Snow mandou matá-la? Não, ele era só um garoto pouco mais velho do que eu. Ele não estava no poder. Não como agora. O que planeja para ela? Penso na música do Bando, a que a avó de Maysilee citava quando estava com medo... "*Nada que possam tirar de você merecia ser guardado.*" A arrogância dessas palavras ousadas. Podem me tirar muitas coisas – minha mãe, meu irmão, meu amor – que são as *únicas* que merecem ser guardadas.

Outra música me ocorre. Também proibida. Lenore Dove toca essa para Burdock às vezes...

Você vem, você vem
Para a árvore
Onde eles enforcaram um homem que dizem
matou três.
Coisas estranhas aconteceram aqui.
Não mais estranho seria
Se nos encontrássemos à meia-noite na árvore-forca.

Você vem, você vem
Para a árvore
Onde o homem morto clamou para que
seu amor fugisse.
Coisas estranhas aconteceram aqui.
Não mais estranho seria
Se nos encontrássemos à meia-noite na árvore-forca.

Coisas estranhas, de fato. Um homem morto clamando. O fantasma dele. Não, Lenore Dove disse que era um pássaro. Pássaros. Gaios-tagarelas. Os bestantes que deram errado e foram abandonados para morrer no Distrito 12. Mas eles desafiaram a sentença de extinção da Capital gerando uma espécie nova, os tordos, antes de sumirem. É isso que torna a música tão perigosa? Porque imortaliza os bestantes rebeldes numa música?

> *Você vem, você vem*
> *Para a árvore*
> *Onde eu mandei você fugir para nós*
> *dois ficarmos livres.*
> *Coisas estranhas aconteceram aqui.*
> *Não mais estranho seria*
> *Se nos encontrássemos à meia-noite na árvore-forca.*

Ou é por a Capital ter enforcado alguém que provavelmente era um rebelde? Foi essa pessoa que morreu na árvore-forca. Eu conheço a árvore – ela existe mesmo, meu pai me mostrou. Nós temos forcas de metal no Distrito 12 agora, cortesia da Capital, mas no passado muitos rebeldes morreram pendurados naqueles galhos.

> *Você vem, você vem*
> *Para a árvore*
> *Usar um colar de corda, e ficar ao meu lado.*
> *Coisas estranhas aconteceram aqui.*
> *Não mais estranho seria*
> *Se nos encontrássemos à meia-noite na árvore-forca.*

Talvez Lenore Dove e eu sejamos enforcados juntos. Talvez seja mais fácil encontrá-la dessa forma no tal próximo mundo dela.

É o mais perto de um consolo que consigo alcançar.

Nós viajamos o dia todo e noite adentro. De vez em quando, paramos em algum lugar para abastecer. A cada poucas horas, pães e leite são entregues, embora eu não tenha tocado em nada. Minha barriga dói, e o chão duro incomoda meus ossos protuberantes. Quando consigo cochilar, tributos mortos me visitam. Parecem querer que eu faça alguma coisa, mas não sei bem o quê. A visita mais estranha envolve Louella e Lou Lou, usando trajes idênticos, sentadas à mesa na minha frente enquanto eu descasco e como uma tigela de ovos cozidos.

– Qual é qual? – perguntam elas.

Mas a Capital venceu. Eu não consigo diferenciá-las.

Acordo de repente e vejo que o trem parou na estação do Distrito 12. Estou em casa. Os Pacificadores entram, tiram minhas algemas e me levam para a saída. A porta se abre.

– Fora – diz um deles.

Nervoso, saio para a plataforma vazia, coberta de pó de carvão. Ninguém espera por mim. Ninguém sabe da minha chegada. Ainda está escuro, e o relógio da estação marca cinco da manhã. Às minhas costas, os Pacificadores empurram os caixões para fora, sem cuidado, e danificam algumas tábuas. O trem vai embora e me deixa sozinho, exceto pelos meus companheiros tributos. Eu me aproximo e toco o caixão mais próximo. Há uma placa de identificação feita de metal aparafusada na tampa, não muito diferente das que tem na casa de Plutarch e das que havia nas bermas da arena. Eu toco a inscrição. *Louella McCoy.*

O cheiro de morte emana da madeira rachada. Eu me viro e faço meu corpo rígido avançar pela plataforma.

A estação está silenciosa como uma tumba. Estranho, até para essa hora. Talvez seja manhã de domingo, o único dia em que as minas fecham. Com todas as drogas, eu não tenho ideia de que dia é hoje. Nem pensei em perguntar. Deve ser agosto. Empurro a porta pesada de vidro, inspiro o ar da madrugada, quente e úmido e carregado de pó de carvão, e, pela primeira vez, me permito acreditar que voltei mesmo para casa.

Meu coração bate instável e, tolo como sou, fios de esperança surgem na lama do meu desespero. Será possível que em uma hora eu vá sentir os braços da minha mãe ao meu redor, bagunçar o cabelo de Sid, tirar as roupas do falecido tio-avô Silius e vestir um short feito de estopa? Será que Lenore Dove está livre? Será que os momentos doces da minha antiga vida, que não pareciam tão preciosos antes dos Jogos, estarão novamente ao meu alcance? Pode ainda haver felicidade para um desgraçado miserável como eu?

Enquanto ando pelas ruas solitárias na direção da Costura, eu me belisco para checar se não estou sonhando, mas fazer isso é uma besteira; o que não me falta é dor. É só que nunca pensei que voltaria aqui, com ou sem o plano da arena. A ideia de que triunfei em uma edição dupla dos Jogos Vorazes é difícil de acreditar. Mas os pés são meus, usando sapatos de couro legítimo com bico fino, chutando cinzas a caminho de casa. Acelero o passo. Se for um sonho, quero sustentá-lo até conseguir rever minha família.

Suponho que o brilho à frente seja o nascer do sol, mas acabo percebendo que está localizado demais, forte demais. Sinto um toque de fumaça no ar pesado e úmido. Fogo. Mas não fogo de carvão. Começo a correr do jeito que dá. Músculos atrofiados, cicatrizes doloridas, pés inchados reduzem meu esforço a uma caminhada capenga. Talvez eu esteja enganado.

Qualquer casa pode pegar fogo. Todas têm antigos fogões a lenha que ninguém fica vigiando. Talvez não seja a minha.

Eu sei que é a minha.

Começo a ouvir as vozes gritando por água, uma mulher berrando. Quando viro a esquina, a casa aparece, em chamas sob o céu ainda escuro.

– Mãe? – grito. – Sid?

Atravesso a linha dos baldes, alimentada pela nossa bomba e as dos vizinhos, jorrando água lentamente, respingos patéticos contra um inferno. As pessoas recuam, sobressaltadas, assustadas com a minha aparência. Despreparadas para o espantalho com olhos arregalados e roupa chique da Capital.

– Mãe! Sid! – Seguro a pessoa mais próxima, uma garota da família Chance que não deve ter mais de oito anos. – Cadê eles? Cadê a minha família?

Apavorada, ela aponta para a casa em chamas.

Minha mãe e Sid estão sendo queimados vivos.

Meus pés dançam de um lado para outro por alguns segundos, procurando um espaço na parede de chamas, antes de eu pular direto no inferno.

– Mãe!

Quando chego à porta, uma viga cai, e eu recuo por reflexo em meio a uma chuva de fagulhas. Temporariamente cego, vou em direção à casa de novo, mas sou puxado para trás. Meus sapatos de couro com solas lisas me traem, e sou arrastado para a calçada e preso no chão. Com um homem me segurando por cada membro e Burdock pressionando meu peito, tudo que posso fazer é gritar.

– Me larguem! Me soltem, seus...

Burdock coloca a mão sobre a minha boca.

– É tarde demais, Haymitch. Nós tentamos. É tarde demais.

Enfio os dentes na palma dele, que puxa a mão, mas só fico livre o bastante para gritar.

– Mãe! Sid! Mãããããe!

Blair, ajoelhado no meu braço direito, se inclina. Lágrimas desenham rios em seu rosto sujo de fuligem.

– A gente sente muito, Haymitch. A gente tentou. Você sabe que a gente tentou. Não deu pra salvar eles.

– Não! Me soltem!

Eu luto para me soltar, mas eles são muitos, e ainda estou tão fraco dos meus longos dias de recuperação que sou dominado.

– Me deixem ir com eles. Por favor!

Mas eles não deixam, me seguram com força. Fico ali no chão, chorando, suplicando, chamando por minha mãe e por Sid, até que mais nenhum som saia.

– Você pode ajudar ele? – ouço Burdock perguntar.

Alguém pousa a mão fria na minha testa. O cheiro é de flores de camomila. O rosto de Asterid March surge, sofrido, mas surpreendentemente calmo.

– Bebe isso aqui, Haymitch. – Ela leva um frasco aos meus lábios. – Bebe até eu mandar parar.

Apesar do meu desespero, ou talvez por causa dele, sigo suas ordens. Um gosto doce enche minha boca, aliviando minha garganta.

– Um, dois, três, quatro, cinco... Pronto, pode parar. – Ela afasta o frasco e ajeita meu cabelo. – Muito bem. Assim está bom. Tenta descansar agora.

Minhas pálpebras ficam pesadas como chumbo.

– O que...?

– É só xarope pra dormir.

– Mãe... Sid...

— Eu sei. Eu sei. A gente vai fazer o que puder. Agora vai dormir. Dorme.

Morro para o mundo por mais de um dia. Acordo grogue e com a língua pesada na casa dos McCoy, com a mãe de Louella ao meu lado com uma caneca de latão cheia de chá. Ela não poupa palavras ao recontar o incêndio, talvez porque também esteja tão mergulhada no luto que sabe que a última coisa que quero é que ela doure a pílula.

— Foi nosso menino Cayson que viu, voltando das andanças dele. A casa já estava em chamas. Ele gritou feito um louco. Todo mundo começou a levar água, mas a bomba é lenta, e a sua cisterna estava seca.

É por minha causa que a cisterna estava seca. Porque fugi na manhã da colheita e deixei as tarefas para Sid.

— Culpa minha — murmuro.

— Imagino que você vai achar que tudo é culpa sua por um bom tempo. Mas isso vai ter que ficar para depois. Hoje, nós vamos enterrá-los. Você sabe o que sua mãe ia querer.

Não sei se é choque ou ressaca do xarope para dormir, mas não consigo botar os pensamentos em ordem, então faço o que ela manda. A irmã mais velha de Louella, Ima, lavou o terno do tio-avô Silius e engraxou os sapatos. Eu não tenho mais nada para vestir, minhas roupas velhas viraram cinzas. Está muito calor lá fora, mas coloco o paletó de bolhas de champanhe por cima da camisa para esconder as manchas de sangue da sonda arrancada, desbotadas pela lavagem, mas ainda visíveis.

— Lenore Dove — digo para Ima. — Eu tenho que ir vê-la.

— Cayson conhece um Pacificador que contou que ela tem uma audiência com o comandante da base hoje. Você aparecer lá não vai ajudar em nada, Hay. Além do mais, já estamos indo para o cemitério.

Lá fora, um caixão simples de pinho aguarda.

— Os dois estavam abraçados — diz o sr. McCoy. — Decidimos deixar que ficassem assim.

Minha mãe e Sid, juntos por toda a eternidade.

Burdock, Blair e dois clientes da minha mãe carregam o caixão. Os McCoy pegam o de Louella atrás da casa, então os dois grupos avançam lado a lado. Vou mancando atrás deles. O cortejo cresce conforme seguimos. Todo mundo deveria estar trabalhando, mas vão alegar que estavam doentes. Quando chegamos ao cemitério, umas duzentas pessoas se reuniram. Parece muito em comparação ao enterro da vovó, mas aí percebo que não estamos sofrendo sozinhos.

Tem cinco túmulos novos esperando. Um para minha mãe e Sid. Louella. Maysilee. Wyatt.

— De quem é o quinto? — ouço Burdock perguntar.

— Jethro Callow — responde uma mulher, sem se dar ao trabalho de baixar a voz. — Se enforcou ontem, quando o filho voltou. Não suportou a vergonha.

A morte de um Garoto de Apostas.

A prefeita discursa sobre nossos entes queridos. Suas palavras fazem tanto sentido quanto o chilreio dos pássaros nas árvores em volta. O suor encharca minha camisa e o paletó. Quero me ajoelhar e encostar o rosto na lápide fria dos Abernathy, mas tento me portar com dignidade, como minha mãe gostaria.

Tem um momento ruim quando levanto o rosto e vejo minha aliada usando o preto do Distrito 12, e vou na direção dela.

— Maysilee!

O rosto dela se desfaz em lágrimas e se esconde num lenço. Não é Maysilee. É Merrilee. Uma a cara da outra. O sr. Donner chora ao lado dela. Sou levado de volta ao meu lugar, obviamente perturbado.

Os caixões são colocados nos túmulos. Muitas pás trabalham para enterrar os que se foram. A terra é batida. Alguma alma gentil coloca uma coroa de flores silvestres em cada túmulo. As pessoas choram e soluçam. É tão horrível que quero fugir.

Burdock começa a cantar com aquela voz clara e doce dele:

> *Você, a caminho dos céus,*
> *O doce doravante,*
> *E estou com um pé na porta.*
> *Mas antes que eu possa voar,*
> *Tenho pontas soltas a amarrar,*
> *Bem aqui*
> *No nosso hodierno.*

Os tordos, que fazem ninho nas árvores próximas, silenciam enquanto ele continua:

> *Vou me encaminhar*
> *Quando a música acabar,*
> *Quando tiver fechado a banda,*
> *E acabado a ciranda,*
> *Quando estiver sem dívida,*
> *Sem arrependimento na vida,*
> *Bem aqui,*
> *No nosso hodierno,*
> *Quando mais nada*
> *For eterno.*

Os enlutados ficam quietos.

Quando a pureza de um pássaro alcançar,
Quando tiver aprendido a amar,
Bem aqui,
No nosso hodierno,
Quando mais nada
For eterno.

A música, que insinua que nossa separação é apenas temporária, consola o coração. Lenore Dove aprovaria, acho. Os tordos aprovam, porque captam a melodia e se apossam dela.

Quando meus olhos percorrem a multidão, vejo uma pessoa atrás da outra levando os três dedos do meio da mão esquerda aos lábios e os estendendo para seus mortos. Nosso jeito de nos despedir daqueles que amamos. Eu faço o mesmo e levanto a mão bem alto, porque tenho muitos a honrar.

E aí acaba. Estou sendo levado embora. Mesmo confuso, reparo que Cayson, com as mãos e o rosto envoltos em ataduras, cospe no túmulo de Jethro Callow. Ninguém o repreende.

Quero me afastar, quero visitar Lenore Dove na base, mas sou convencido de novo a não ir. Eu acho mesmo que minha aparição vai ajudá-la? O melhor a fazer é esperar por notícias, e que os tios dela a defendam. Com tantos adolescentes mortos no Massacre Quaternário, os distritos estão inquietos. O comandante da base não vai querer colocar lenha na fogueira aqui no 12. Lenore Dove pode ser solta com um sermão severo e o tempo de detenção cumprido.

Os McCoy recebem o cortejo na casa deles, onde tigelas de sopa de feijão e joelho de porco são distribuídas. Mas eu não aguento ficar ali. Seus olhos estão cheios de perguntas sobre Louella, e sei que devo respostas. Só não sou capaz de dá-las por enquanto, não sem enlouquecer de novo. Assim que consigo, peço licença e saio.

Vou para casa antes de lembrar que não tenho casa. Só uma pilha de vigas pretas e uma bomba d'água. Estou parado na frente das cinzas quando as nuvens no meu cérebro se dissipam o suficiente para eu perguntar:

– O que aconteceu?

Incêndios são bem comuns no Distrito 12, onde o onipresente pó de carvão e as velhas estruturas de madeira são um prato cheio para as chamas. Desde que aprendi a engatinhar, minha mãe me botou medo de fagulhas perdidas e brasas adormecidas. Ninguém tomava mais cuidado de apagar o fogo à noite do que ela. É por isso que eu sei que não foi um acidente. O incêndio foi provocado, executado de tal forma que minha família não pudesse nem chegar a uma janela para fugir. Ordenado por Snow. Para o meu retorno.

Os cacos do meu coração parecem se cravar nos pulmões, fazendo com que respirar seja uma agonia.

– Culpa minha – digo pela segunda vez nesta manhã.

Burdock e Blair me seguram quando começo a perder as forças e me carregam para além da esquina, onde me apoiam em um toco até eu me recuperar. Tentam me convencer a ir para a casa deles, mas pensar em suas famílias quando eu não tenho nenhuma é insuportável.

– Bom – diz Burdock com expressão séria –, tem a sua nova casa, então.

Só agora me lembro da Aldeia dos Vitoriosos. Louco para ficar sozinho, deixo que me levem até lá, para aquela estranha jaula da capital, que de imediato passo a odiar. No quarto, eles me deitam no ar artificialmente resfriado, e eu encaro a parede.

– Vou procurar Asterid. – Ouço Burdock sussurrar. – Ver se tem mais xarope.

– Eu fico de olho nele – diz Blair, deixando a porta entreaberta. – Vê se arruma umas roupas também, pode ser?

Eles me arranjam roupas de segunda mão. Me dão xarope para dormir, mas não muito, porque acordo com um sobressalto no meio da noite, a mente em disparada, com um único pensamento: preciso ver Lenore Dove. Preciso tirá-la daqui. O Distrito 12 significa morte. Pela fresta da porta, vejo Burdock e Blair dormindo nos sofás da sala. Eu pulo a janela do quarto e fujo para a noite.

A casa do Bando está escura. Os tios deixaram Lenore Dove ficar com o sótão só para ela. Subo pela calha, tentando descobrir se ela já voltou, mas a casa inteira parece vazia. Será que eles passaram a noite na base? Tam Amber e Clerk Carmine foram presos também? Duvido que estejam fazendo um show, com as coisas como estão. Não quero estar por perto quando voltarem. Se Clerk Carmine não ia com a minha cara antes dos Jogos Vorazes, só posso imaginar o que deve ter achado da aventura assassina do malandro. Sigo para a Campina, me escondendo atrás de uns arbustos. Se Lenore Dove for solta, sei que uma das primeiras coisas que vai fazer é vir cuidar dos gansos. A menos que vá me procurar na Aldeia dos Vitoriosos e, nesse caso, ela vai cortar caminho por ali.

Sentado num tronco caído, descalço e em roupas surradas de mineiro, eu me sinto mais seguro do que em semanas. Gosto de ficar escondido aqui no escuro, onde ninguém pode me encontrar. Longe do olhar da Capital, mas também dos olhos compadecidos do Distrito 12. Tento pensar em um plano para mim e para Lenore Dove. Não podemos ficar aqui. Mas para onde podemos fugir? Só tem o "matagal horrível" que Snow mencionou. Eu amo a floresta, mas não moro no meio dela. Não sou Burdock, com seu arco confiável e seu conhecimento de plantas. Não sou nem um bom produtor de aguardente ainda. Não sou nada. E mesmo que Lenore Dove se sinta em casa no bosque, não está mais preparada do que eu para sobreviver por lá. Talvez eu só esteja sendo egoísta, querendo que ela fuja comigo quando a verdade é que Lenore Dove ficaria bem aqui sem mim. Snow não teria motivo para ir atrás dela se eu estivesse morto ou tivesse ido embora. A coisa certa a fazer é partir sozinho e deixá-la viver a vida dela.

Lenore Dove não vai querer me deixar, e eu com certeza não quero deixá-la. Mas qual é a alternativa? Vou esperar para vê-la mais uma vez, voltar para a Aldeia dos Vitoriosos e pedir a Burdock um arco e uma linha de pesca. Se eu morrer lá no mato, que seja. Lenore Dove vai estar em segurança.

O céu ganha o brilho suave que precede a chegada do sol. Os primeiros pássaros começam a cantar. A eles se junta um coral de gritos e vozes zangadas. Levanto a cabeça e vejo a peculiar e radiante Lenore Dove conduzindo seus gansos pela Campina.

– Você não vai fugir! – diz Clerk Carmine dos limites da Campina.

Ele está agitado, sacudindo um dedo para ela. Tam Amber está junto, um pouco mais curvado do que me lembrava.

– Ele tem razão, Lenore Dove. Estar aqui já é forçar os limites da prisão domiciliar.

O comandante da base deve ter dado ordens rigorosas. Tam Amber é o pai tranquilo, é para ele que ela se volta quando tem algum pedido questionável a fazer. Se ele está tão preocupado...

– Eu sei! Ouvi vocês nas primeiras dez vezes! – grita ela com exasperação. – Eu só quero ficar cinco minutos sozinha. Será que é possível conseguir isso por aqui? Ou ainda estou na prisão?

– Tudo bem. Cinco minutos. Aí quero você de volta em casa para o café da manhã, está me ouvindo? – pergunta Clerk Carmine.

Ela faz uma saudação de Pacificador para ele.

– Sim, senhor. Entendido, senhor. Pode contar comigo, senhor.

Clerk Carmine dá um passo adiante, mas Tam Amber segura o braço dele, então o homem se resigna a um último comentário.

– Não faça a gente vir te buscar, mocinha.

Os dois voltam para casa. De repente, sinto uma onda de afeto por Clerk Carmine. Nós dois queremos a mesma coisa: que Lenore Dove fique segura e feliz. E ele tinha razão. Em desconfiar de mim, quero dizer. Um garoto de uma família rebelde que produz bebida ilegal e desaparece por horas com sua sobrinha no bosque não passa muita confiança. Além do mais, eu nem tenho talento musical. Acho que o teria conquistado com o tempo, se tivesse tido oportunidade. Mas agora me consola saber que, quando eu fugir, ele vai estar aqui para cuidar dela. Acho que nunca vou ter a chance de dizer isso a ele, mas é verdade.

Enquanto espero para ter certeza de que o caminho está livre, fico apreciando a beleza de Lenore Dove. Ela gira, a cabeça para trás, os braços erguidos para o céu. Deve ter sido um inferno para ela ficar presa. Lenore Dove não suporta que nada fique confinado. Principalmente coisas selvagens, o que, claro, ela também é. Os gansos a cercam e brigam com ela pelo sumiço. Lenore Dove responde com a voz doce e faz carinho no pescoço deles. Está prestes a se empoleirar em sua pedra favorita quando solta uma exclamação de surpresa e pega alguma coisa.

É meu saco de jujubas. Aquele que eu pedi para Sid entregar a ela depois da colheita. Acho que ela deve ter deixado ali antes de ir se apresentar naquela noite. Lenore Dove aperta as balas junto ao coração e gira, sorrindo, depois abre o saquinho branco. Não aguento esperar nem mais um segundo. Quando saio correndo pela Campina, ela me vê, grita meu nome e corre para me encontrar. Eu a tomo nos braços e a giro no ar, e nós dois rimos e nos beijamos como loucos.

— Ah, Lenore Dove. Ah, meu amor.

— Você voltou – diz ela, com lágrimas escorrendo, mas são lágrimas felizes. — Você voltou para mim. *Neste* mundo!

— E você conseguiu não ser enforcada! – respondo.

Nós nos abraçamos com tanta força que parece que somos uma pessoa só. E somos, na verdade.

Ela passa as mãos pelo meu rosto.

— Você está bem? Está mesmo bem?

— Bem como um neném – prometo a ela.

Não me importo, não consigo abandoná-la. Ela vai querer fugir comigo, e eu vou deixar. Vamos dar um jeito de viver, porque acho que nenhum de nós consegue viver sem o outro.

Nós nos deitamos na grama da Campina de mãos dadas. Ela pega o saco de jujubas que tinha largado no nosso reencontro.

— Obrigada pelos doces. Nossa, olha como estou tremendo!

— Aqui – digo, segurando o saco, não que eu esteja tremendo menos.

Pego uma jujuba no saco e a coloco em sua boca.

Ela ri.

— Agora que você voltou, acho que posso comer as outras.

— Que outras?

Dou outra jujuba para ela.

— As que Sid trouxe pra mim. Eu guardei embaixo do travesseiro.

— Mas...

Eu olho para o saco. É um saco normal, com o rótulo da Donners. Aí, reparo nas jujubas. Não são coloridas. Não são um arco-íris. Todas têm um vermelho-sangue bem escuro. Eu me lembro da rosa de Snow, das palavras finais dele, e as peças se encaixam.

– Cospe! – ordeno, botando a mão em concha na frente da boca de Lenore Dove. – Cospe agora!

O rosto dela é tomado pelo choque, mas ela cospe a jujuba meio mastigada na minha mão.

– O quê? Está boa.

– Cadê a outra? Cadê a primeira?

Eu balanço Lenore Dove pelos ombros.

– Eu engoli. Por quê?

– Vomita! Coloca pra fora!

Ela está entrando em pânico agora.

– O que está havendo, Haymitch?

Eu penso na arena.

– Vocês têm pastilhas de carvão em casa?

– Pastilhas de carvão? Não, acho que não. Por que...

Eu a vejo juntar as peças. Ela se curva, enfia um dedo na garganta e tenta vomitar.

– Não consigo. Não comi quase nada nesses últimos dias. Não tem o que vomitar!

– Vem. – Eu a puxo para se levantar. – Vem.

Começo a gritar por ajuda.

– Clerk Carmine! *Clerk Carmine!*

– Haymitch, eu... – Uma expressão perplexa surge no rosto dela, e Lenore Dove aperta a mão no peito. Seus joelhos se dobram. – Eu não consigo ficar de pé.

Eu a puxo para que se erga de novo.

– Você tem que levantar! Só até chegar em casa. – Eu inclino a cabeça para trás e grito: – Clerk Carmine! Socorro! Ajuda a gente!

Ela cai nos meus braços. Eu me ajoelho no chão, o corpo dela contra o meu.

– Lenore Dove... – suplico. – Não. Não.

Uma espuma pontilhada de sangue surge nos lábios dela.

– Ah, não... não... – sussurro.

Os olhos dela se fixam em algo ao longe.

– Está vendo aquilo? – diz ela com voz rouca.

Eu viro a cabeça e vejo o sol surgindo no horizonte.

– O quê? O sol?

– Não... deixa... amanhecer... – diz ela, com esforço.

As lágrimas me engasgam.

– Eu não posso impedir. Você sabe que eu não posso impedir.

Ela balança de leve a cabeça, tremendo.

– ... na colheita – sussurra.

Ah, não. Não me deixa com essas palavras. Não me deixa.

– Lenore Dove? Por favor, tenta aguentar firme, meu amor. Lenore Dove?

– Promete.

As pálpebras dela estremecem e se fecham.

– Tudo bem, tudo bem, eu prometo. Mas você não pode ir. Não pode me deixar. Porque eu te amo feito chama-ardente.

– Eu também.

Acho que é isso que os lábios dela dizem.

– Lenore Dove?

Eu pressiono minha boca na dela. Desejando que ela fique comigo. Recusando-me a dizer adeus.

Mas, quando me afasto, sinto o gosto do veneno e sei que ela se foi.

27

O pesadelo sempre começa comigo dando aquela jujuba para ela. Estamos na Campina, abraçados, o rosto dela brilhando com lágrimas de alegria. E eu não olho para o saco. Eu nunca olho para o saco. Por que não consigo me lembrar de olhar para o saco? Eu só coloco aquela jujuba vermelho-sangue nos lábios dela, e não dá para impedir o que vem depois. Minha compreensão, o pânico dela, a espuma com sangue, minha súplica para que ela não vá embora, ela me fazendo prometer. Depois, os tios chegam. Clerk Carmine a arranca dos meus braços e tenta reavivar o coração dela enquanto chama seu nome. Tam Amber fica parado ao lado, tenso, balançando a cabeça enquanto murmura:

– De novo, não. Ah, de novo, não.

É nessa hora que a música começa, o poema do nome dela, a melodia girando no meu cérebro que nem um trem desgovernado.

> *Em certo dia, à hora, à hora*
> *Da meia-noite que apavora,*
> *Eu, caindo de sono e exausto de fadiga*
> *Ao pé de muita lauda antiga,*
> *De uma velha doutrina, agora morta,*
> *Ia pensando, quando ouvi à porta*
> *Do meu quarto um soar devagarinho,*

E disse estas palavras tais:
"É alguém que me bate à porta de mansinho;
Há de ser isso e nada mais."

Ah! bem me lembro! bem me lembro!
Era no glacial dezembro;
Cada brasa do lar sobre o chão refletia
A sua última agonia.
Eu, ansioso pelo sol, buscava
Sacar daqueles livros que estudava
Repouso (em vão!) à dor esmagadora
Destas saudades imortais
Pela que ora nos céus anjos chamam Lenora,
E que ninguém chamará mais.

O corvo. A ave implacável. Não me deixando esquecer jamais da mensagem clara do presidente Snow sobre meu retorno para casa: eu nunca vou poder amar alguém de novo. Nunca mais. Porque ele vai se certificar de que qualquer pessoa que eu ame acabe sofrendo uma morte horrível.

Então afasto todo mundo que possa ser considerado querido por mim. Antigos vizinhos. Hattie. Clientes. Colegas de escola. Blair e Burdock são os que mais insistem. Blair, por fim, aceita a realidade da minha situação, me dá um último abraço e vai embora aos prantos. Mesmo assim, Burdock insiste em aparecer, às vezes com Asterid, que me leva frascos de xarope para dormir. Desafiador. Ignorando minhas súplicas. Recorro a jogar pedras neles, com força. É só quando uma acerta Asterid na testa, sangue jorrando pelo seu rosto perfeito, que eles finalmente me deixam em paz. Machucá-la desse jeito parece bem pior do que qualquer coisa que eu tenha feito na arena.

*E o rumor triste, vago, brando
Das cortinas ia acordando
Dentro em meu coração um rumor não sabido,
Nunca por ele padecido.
Enfim, por aplacá-lo aqui no peito,
Levantei-me de pronto, e: "Com efeito,
(Disse) é visita amiga e retardada
Que bate a estas horas tais.
É visita que pede à minha porta entrada:
Há de ser isso e nada mais."*

*Minh'alma então sentiu-se forte;
Não mais vacilo e desta sorte
Falo: "Imploro de vós –, senhor ou senhora,
Me desculpeis tanta demora.
Mas como eu, precisando de descanso,
Já cochilava, e tão de manso e manso
Batestes, não fui logo, prestemente,
Certificar-me que aí estais."
Disse; a porta escancaro, acho a noite somente,
Somente a noite, e nada mais.*

O mundo silencia. Eu não vejo ninguém. Nunca tinha ficado sozinho de verdade antes. Estava sempre com a minha família, ou com meus amigos, ou com o meu amor.

Um Pacificador enfia um envelope cheio de dinheiro, meu pagamento como vitorioso, por baixo da porta toda semana, e deixa um pacote de comida na varanda. Do envelope, carne e pão e leite e suprimentos variados foram meticulosamente deduzidos do total. Quem providenciou esse serviço? O presidente? Ele ainda insiste em me manter vivo?

Eu receberia a morte de bom grado, não fosse pela promessa a Lenore Dove de que daria um jeito de impedir o amanhecer na colheita. A impossibilidade dessa promessa só aumenta meu desespero. Tomo os frascos de xarope para dormir procurando fugir da realidade, só para acabar dando as jujubas a ela nos meus sonhos.

> *Com longo olhar escruto a sombra,*
> *Que me amedronta, que me assombra,*
> *E sonho o que nenhum mortal já há sonhado,*
> *Mas o silêncio amplo e calado,*
> *Calado fica; a quietação quieta;*
> *Só tu, palavra única e dileta,*
> *Lenora, tu, como um suspiro escasso,*
> *Da minha triste boca sais;*
> *E o eco, que te ouviu, murmurou-te no espaço;*
> *Foi isso apenas, nada mais.*
>
> *Entro co'a alma incendiada.*
> *Logo depois outra pancada*
> *Soa um pouco mais forte; eu, voltando-me a ela:*
> *"Seguramente, há na janela*
> *Alguma cousa que sussurra. Abramos,*
> *Eia, fora o temor, eia, vejamos*
> *A explicação do caso misterioso*
> *Dessas duas pancadas tais.*
> *Devolvamos a paz ao coração medroso,*
> *Obra do vento e nada mais."*

Saio para procurá-la uma noite, buscando terra mexida recentemente e uma lápide nova no cemitério da colina. Os outros estão lá: minha mãe, Sid, meus companheiros tributos. Mas não Lenore Dove.

A casa torta do Bando está escura e silenciosa ao luar. Ando pelo pátio como um cachorro vadio, então me encolho embaixo da janela dela, desejando que o seu fantasma me encontre. Deve ser umas três da madrugada quando a rabeca começa, suave e baixa, tocando a música dela.

Clerk Carmine sabe que estou aqui? Está tentando me deixar louco? Eu bato na porta e grito a plenos pulmões:

– Cadê ela? Cadê ela?

A rabeca silencia. Mas é tarde demais. A música já grudou na minha cabeça.

Abro a janela, e de repente,
Vejo tumultuosamente
Um nobre corvo entrar, digno de antigos dias.
Não despendeu em cortesias
Um minuto, um instante. Tinha o aspecto
De um lord ou uma lady. E pronto e reto,
Movendo no ar as suas negras alas,
Acima voa dos portais,
Trepa, no alto da porta, em um busto de Palas;
Trepado fica, e nada mais.

Diante da ave feia e escura,
Naquela rígida postura,
Com o gesto severo, – o triste pensamento
Sorriu-me ali por um momento,
E eu disse: "Ó tu que das noturnas plagas
Vens, embora a cabeça nua tragas,
Sem topete, não és ave medrosa,
Dize os teus nomes senhoriais;

Como te chamas tu na grande noite umbrosa?"
E o corvo disse: "Nunca mais."

O xarope para dormir acaba e, em desespero, começo a visitar o velho Bascom Pie, enchendo um saco com garrafas de birita que tilintam no caminho até em casa. Em algumas noites, encontro o esquecimento que almejo; em outras, fico vagando no escuro. Certa manhã, quando acordo seminu no gramado em frente à minha casa, coberto de picadas de mosquito, me dou conta de onde ela deve estar. Seus tios não a botariam para descansar no cemitério do Distrito 12, mas a levariam para um lugar que ela amasse. Que todos eles amassem. O bosque.

Então, tenho uma missão. Durante semanas, vago em meio às árvores, contorno o lago, examino o solo sob as macieiras, em busca de qualquer sinal dela. Suplicando aos tordos por uma pista do seu paradeiro. Chamando o nome dela ao vento. As folhas ficam vermelhas e douradas, secas debaixo dos meus pés.

— Lenore Dove! Lenore Dove! — grito sem parar, mas ela não se revela.

Burdock, no entanto, aparece em meio à névoa. A jaqueta de couro bem fechada por causa do frio, o arco na mão, um par de perus selvagens pendendo do cinto. Ele não me perdoou, nunca vai perdoar, mas ainda sente compaixão. Talvez porque saiba o que é amar.

— Se você quer vê-la, vem — diz ele, simplesmente.

E eu quero, assim como muito tempo atrás quis as maçãs que ele prometeu, e o sigo bosque adentro. Além do lago, além da área que me é familiar, vamos até um arvoredo escondido que nenhum olho humano comum detectaria. E ali ele me deixa.

Há um pequeno cemitério secreto com lápides lindamente entalhadas. São os membros do Bando, cada um identificado por um trecho das cantigas que lhes dão nome.

Dentre eles, em uma lápide branca como creme:

> *"Senhora", ele chamou, "Maude Clare", ele chamou,*
> *"Maude Clare": – e o rosto ocultou.*

Em um pedaço de ardósia coberta de musgo:

> *Até hoje há quem insista*
> *Que segue viva a menina;*
> *Que Lucy Gray pode ser vista*
> *No deserto e na ravina.*

E, numa pedra cinzenta, com pontinhos em roxo e cor-de-rosa:

> *Mas o silêncio amplo e calado,*
> *Calado fica; a quietação quieta;*
> *Só tu, palavra única e dileta,*
> *Lenora, tu, como um suspiro escasso,*
> *Da minha triste boca sais;*
> *E o eco, que te ouviu, murmurou-te no espaço;*
> *Foi isso apenas, nada mais.*

Eu me deito no túmulo dela e fico lá enquanto a noite cai, o amanhecer chega e a escuridão retorna. Eu conto tudo a ela e suplico que volte para mim, que me espere, que me perdoe por todos os meus fracassos.

Ao amanhecer do segundo dia, ela ainda não apareceu. Enterro o acendedor, serpente e pássaro, na frente de sua lápide. Peço que ela me liberte da minha última promessa. Peço que me deixe ir ao seu encontro agora. Peço por um sinal. Então, de algum modo, vou para casa e durmo... e em meus sonhos dou mais uma jujuba a ela.

> *Vendo que o pássaro entendia*
> *A pergunta que eu lhe fazia,*
> *Fico atônito, embora a resposta que dera*
> *Dificilmente lha entendera.*
> *Na verdade, jamais homem há visto*
> *Cousa na terra semelhante a isto:*
> *Uma ave negra, friamente posta*
> *Num busto, acima dos portais,*
> *Ouvir uma pergunta e dizer em resposta*
> *Que este é seu nome: "Nunca mais."*
>
> *No entanto, o corvo solitário*
> *Não teve outro vocabulário,*
> *Como se essa palavra escassa que ali disse*
> *Toda a sua alma resumisse.*
> *Nenhuma outra proferiu, nenhuma,*
> *Não chegou a mexer uma só pluma,*
> *Até que eu murmurei: "Perdi outrora*
> *Tantos amigos tão leais!*
> *Perderei também este em regressando a aurora.*
> *E o corvo disse: "Nunca mais!"*

Continuo me afogando cada vez mais fundo na bebida. Encho a cara, desapareço na noite, recupero a consciência em lugares esquecidos do Distrito 12. Certa manhã, ao amanhecer, acordo tremendo numa viela da cidade. Estou olhando para uma mensagem pichada com tinta laranja vibrante. *SEM CAPI-*

TAL, SEM ÁRVORE-FORCA!* É um trocadilho rebelde em cima da propaganda da Capital. *SEM CAPITAL, SEM COLHEITA!* Um grito de revolta escondido neste beco, fora do radar dos Pacificadores.

Uma vaga lembrança me ocorre... Maysilee na arena... depois que matou a Idealizadora dos Jogos... seda de aranha e a música da sua avó...

"Bom, sua garota é cheia de surpresas. Acho que ela foi mais rápida do que nós, afinal."

Cheia de surpresas. Cheias de segredos, que guardava até de mim. Mas Maysilee tinha juntado as peças. Tinta laranja nas unhas. Isso aqui é obra de Lenore Dove. O sinal dela. A mensagem que está me enviando. O lembrete de que devo impedir outro amanhecer na colheita.

E diz: *Você me prometeu.*

Com isso, ela me condena à vida.

> *Estremeço. A resposta ouvida*
> *É tão exata! é tão cabida!*
> *"Certamente", digo eu, "essa é toda a ciência*
> *Que ele trouxe da convivência*
> *De algum mestre infeliz e acabrunhado*
> *Que o implacável destino há castigado*
> *Tão tenaz, tão sem pausa, nem fadiga,*
> *Que dos seus cantos usuais*
> *Só lhe ficou, na amarga e última cantiga,*
> *Esse estribilho: Nunca mais."*
>
> *Segunda vez, nesse momento,*
> *Sorriu-me o triste pensamento;*
> *Vou sentar-me defronte ao corvo magro e rudo;*
> *E mergulhando no veludo*

Da poltrona que eu mesmo ali trouxera
Achar procuro a lúgubre quimera
A alma, o sentido, o pávido segredo
Daquelas sílabas fatais,
Entender o que quis dizer a ave do medo
Grasnando a frase: "Nunca mais."

Agora que Lenore Dove terminou de se pronunciar, outros fantasmas, cheios de ódio e fúria, me visitam à noite. Panache parece ter pouco a fazer além de me caçar, e Silka acha que devo uma coroa a ela. O terror deságua nas minhas horas de vigília. Eu começo a dormir com uma faca na mão.

É Effie Trinket que me encontra assim, na manhã da Turnê da Vitória. Eu desperto num sobressalto e descubro que ela pegou minha faca.

— Sinto muito pelo acidente com a sua família, Haymitch. E sua namorada ter apendicite logo depois? Que tragédia. Mas você não pode ficar assim. Nós temos responsabilidades.

Acidente com a minha família? Apendicite de Lenore Dove? Ela tem razão. Eu tenho responsabilidades. Mas como vou dar conta?

Deixo que Effie me dê café. Que me mande ficar de molho na banheira até Proserpina e Vitus serem capazes de se aproximar de mim. Que me vista em um terno estampado que o tio-avô Silius nunca teve oportunidade de usar e, de alguma forma, me torne apresentável até o momento de subir no trem rumo ao Distrito 11.

— A notícia se espalhou. Magno foi despedido por negligência, e Drusilla quebrou o quadril ao cair de uma escada rolante — cochicha Plutarch. — Parece que Maysilee estava certa sobre aqueles saltos. Enfim, sugeri o nome de Effie de último minuto, e eles aceitaram. Principalmente porque ela trouxe o guarda-roupa do tio depravado consigo.

– Como você pode estar aqui, Plutarch? – pergunto.

É uma questão que pode ser respondida em muitos níveis. Ele escolhe o mais superficial.

– Vim registar sua Turnê da Vitória. Está no meu contrato. Sabe, você parece estar precisando de um sanduíche. Tibby!

O trem é diferente do anterior. Mais chique. Muito aço e cromo. Estofamento de veludo cinza-dove, para não me deixar esquecer. Tentar esquecer é meu trabalho em tempo integral agora.

Effie se esforça para me manter sóbrio, mas o trem está cheio de bebida.

> *Assim posto, devaneando,*
> *Meditando, conjeturando,*
> *Não lhe falava mais; mas, se não lhe falava,*
> *Sentia o olhar que me abrasava.*
> *Conjeturando fui, tranquilo a gosto,*
> *Com a cabeça no macio encosto*
> *Onde os raios da lâmpada caíam,*
> *Onde as tranças angelicais*
> *De outra cabeça outrora ali se desparziam,*
> *E agora não se desparzem mais.*
>
> *Supus então que o ar, mais denso,*
> *Todo se enchia de um incenso,*
> *Obra de serafins que, pelo chão roçando*
> *Do quarto, estavam meneando*
> *Um ligeiro turíbulo invisível,*
> *E eu exclamei então: "Um Deus sensível,*
> *Manda repouso à dor que te devora*

Destas saudades imortais.
Eia, esquece, eia, olvida essa extinta Lenora."
E o corvo disse: "Nunca mais."

No Distrito 11, fico parado nos degraus do Edifício da Justiça vendo as famílias sofridas de Hull, Tile, Chicory e da outra garota, Blossom. Procuro no mar de rostos os parentes de Lou Lou, mas não encontro ninguém.

A festa começa. Passo as festividades, que duram a noite inteira, enchendo a cara. Quando o Edifício da Justiça finalmente adormece, Plutarch me leva por vários lances de degraus até o sótão.

— Repouso à dor que te devora — murmuro para a garrafa.

Plutarch a arranca da minha mão.

— Escuta, Haymitch, nós não temos muito tempo. O sótão é o único lugar em todo o Edifício da Justiça que não está grampeado.

Bom, ele talvez esteja certo sobre isso. O local parece não ser visitado há cem anos. A camada de poeira é tão densa que serviria como um confortável colchão. Por que ele escolheu subir até aqui em busca de privacidade em vez de sair do Edifício da Justiça eu não sei dizer, e tampouco me importa. Não tem mais nada que possam fazer comigo. O mesmo não vale para Plutarch.

— Como você pode estar tão bem, Plutarch? Wiress e Mags foram torturadas, não é? E suponho que Beetee esteja morto.

— Beetee é valioso demais para ser morto.

— Ele poderia ter se matado.

— Ele não pode. A esposa está grávida. Além do mais, não decepcionaria Ampert dessa forma.

— Ah, entendi. Ele vai derrubar a Capital, é isso?

– Talvez um dia. Mas nenhum de nós pode fazer isso sozinho. Você demonstrou muita coragem e inteligência naquela arena. Nós precisamos da sua ajuda.

– Minha ajuda? – digo, incrédulo. – Eu sou a prova viva de que a Capital sempre vence. Tentei impedir o amanhecer em outra colheita, tentei mudar as coisas, e agora está todo mundo morto. Você não me quer do seu lado.

E eu não o quero do meu lado. Não quero a ajuda de ninguém da Capital, nunca mais. Jamais confiaria neles.

– Nós queremos você do nosso lado, sim. Você sacudiu a Capital, de forma figurada e literal, com aquele terremoto. Foi capaz de imaginar um futuro diferente. Talvez não aconteça hoje, talvez não aconteça enquanto estivermos vivos. Talvez leve gerações. Nós somos parte de um contínuo. As coisas perdem o sentido por isso?

– Sei lá. Mas sei que você precisa de alguém diferente de mim.

– Não, Haymitch, nós precisamos de alguém exatamente como você.

– Só que com mais sorte? – pergunto.

– Com mais sorte, ou em um momento mais oportuno. Ter um exército nos apoiando não atrapalharia.

– Claro, isso teria ajudado. Onde você vai arrumar um exército, Plutarch?

– Se não conseguirmos um, vamos ter que criar um do zero. Mas, obviamente, achar um pronto é mais fácil.

– E aí podemos matar uns aos outros, como nos bons e velhos Dias Escuros?

– Bom, você sabe melhor do que ninguém o que estamos enfrentando, com Snow. Se pensar em outra forma de impedir aquele amanhecer, me avisa.

"Profeta, ou o que quer que sejas!
Ave ou demônio que negrejas!
Profeta sempre, escuta: Ou venhas tu do inferno
Onde reside o mal eterno,
Ou simplesmente náufrago escapado
Venhas do temporal que te há lançado
Nesta casa onde o Horror, o Horror profundo
Tem os seus lares triunfais,
Dize-me: existe acaso um bálsamo no mundo?"
E o corvo disse: "Nunca mais."

"Profeta, ou o que quer que sejas!
Ave ou demônio que negrejas!
Profeta sempre, escuta, atende, escuta, atende!
Por esse céu que além se estende,
Pelo Deus que ambos adoramos, fala,
Dize a esta alma se é dado inda escutá-la
No éden celeste a virgem que ela chora
Nestes recintos sepulcrais,
Essa que ora nos céus anjos chamam Lenora!"
E o corvo disse: "Nunca mais."

Evito falar com Plutarch pelo resto da Turnê da Vitória. Em todos os distritos, nos quais me fazem subir em um palco, olhando para as famílias dos tributos mortos. Em todas as festas, que culminam na Capital, onde sou colocado de novo na minha gaiola confortável. Em todas as festividades tensas no Distrito 12.

Minha equipe segue para o trem. Plutarch e seu time fazem uma filmagem sobre a minha nova casa e gravam uma cena de despedida comigo no jardim. Quando estou parado ali, olhando para a minha prisão, sem querer passar pelo batente e voltar à minha sentença, ele se junta a mim.

— Tudo bem aí, Haymitch?

— Eu não tenho nada pelo que viver.

Digo isso sem o menor pingo de autopiedade. Estou só declarando um fato.

— Isso significa que não tem nada a perder, o que te coloca em uma posição de poder.

Eu gostaria de matá-lo nesse momento, mas de que adiantaria? Então, respondo:

— Você se acha uma boa pessoa, não acha, Plutarch? Acha que é bonzinho porque me contou sobre o sol e as bermas. Mas, no fim das contas, só ajudou a fazer mais campanha para a Capital e transmitiu para todo o país. Quarenta e nove adolescentes morreram por isso, mas você deu o velho toque Heavensbee e, na sua propaganda, é um herói ou coisa assim.

Plutarch leva um momento para responder.

— Ninguém jamais pensaria em mim como um herói, Haymitch. Mas pelo menos ainda estou no jogo.

"Ave ou demônio que negrejas!
Profeta, ou o que quer que sejas!
Cessa, ai, cessa!", clamei, levantando-me, "cessa!
Regressa ao temporal, regressa
À tua noite, deixa-me comigo.
Vai-te, não fique no meu casto abrigo
Pluma que lembre esta mentira tua.
Tira-me ao peito estas fatais
Garras que abrindo vão a minha dor já crua."
E o corvo disse: "Nunca mais."

E o corvo aí fica; ei-lo trepado
No branco mármore lavrado
Da antiga Palas; ei-lo imutável, ferrenho.

Parece, ao ver-lhe o duro cenho,
Um demônio sonhando. A luz caída
Do lampião sobre a ave aborrecida
No chão espraia a triste sombra; e, fora
Daquelas linhas funerais
Que flutuam no chão, a minha alma que chora
Não sai mais, nunca, nunca mais!

E assim eu sigo, preso para sempre no meu quarto.

Desesperado para esquecer. Para fugir da dor, da solidão angustiante, da saudade das pessoas que eu amo. Não guardo nada deles; qualquer lembrancinha foi queimada ou enterrada. Tento esquecer suas vozes, seus rostos, suas risadas. Mesmo na minha cabeça, suas palavras se tornam toscas e simples, desprovidas da cor e da música de antes.

O único contato humano que me permito ter chega pelo *Notícias da Capital*, que deixo passando na televisão vinte e quatro horas por dia. Dessa forma, se o fantasma de Lenore Dove me procurar um dia, posso dizer para ela que estou trabalhando numa estratégia para impedir outro amanhecer.

Não faço planos, não alimento esperanças, não tenho companhia, não falo com nenhum ser humano além de Bascom Pie quando meu nepente está acabando. Mas não posso dizer que não tenho futuro, porque sei que todo ano, no meu aniversário, vou receber um novo par de tributos, uma garota e um garoto, para mentorear até suas mortes. Outro amanhecer na colheita.

E, quando me lembro disso, ouço a voz de Sid me acordando na manhã em que o corvo bateu pela primeira vez na porta do meu quarto.

"Feliz aniversário, Haymitch!"

EPÍLOGO

Agora, quando Lenore Dove me visita, não está zangada nem morrendo, então acho que me perdoou. Ela envelheceu comigo, o rosto cheio de rugas finas, o cabelo com fios brancos. Como se estivesse vivendo comigo o passar dos anos, em vez de deitada no túmulo. Ainda peculiar e radiante. Eu cumpri minha promessa sobre a colheita, ou pelo menos contribuí para que ela se realizasse, mas ela diz que ainda não posso ir ao seu encontro. Tenho que cuidar da minha família.

Vi a garota pela primeira vez no Prego, quando ainda não passava de um bebê. Burdock tinha tanto orgulho dela que a levava para todo lado. Depois que ele morreu naquela explosão na mina, ela começou a ir sozinha, para negociar esquilos ou coelhos. Durona e inteligente, naquela época usando o cabelo preso em duas tranças, me lembrava tanto de Louella McCoy, minha antiga queridinha. E depois que ela se voluntariou como tributo, o apelido acabou escapando. Eu não queria me apegar aos dois, a ela e a Peeta, mas as muralhas no coração de ninguém são inexpugnáveis, não se a pessoa já soube o que é amor. É isso que Lenore Dove diz, pelo menos.

Eu não queria nenhum envolvimento com o livro de memórias deles, depois da guerra. Para quê? Qual o sentido em reviver toda a perda? Mas, quando chegou na parte sobre Burdock, tive que mencionar que foi ele que me mostrou o túmulo. E me senti obrigado a contar aos dois sobre Maysilee Donner, a antiga dona do broche de tordo. E que Sid amava as estrelas. Quando me dei conta, tudo saiu em uma enxurrada: família, tributos, amigos, companheiros de guerra, todo mundo, até meu amor. Eu finalmente contei nossa história.

Alguns dias depois, Katniss apareceu com uma velha cesta cheia de ovos de ganso.

– Não são para comer, são para chocar. Eu peguei de alguns ninhos diferentes, para eles poderem se reproduzir sem problemas.

Não importava que tivéssemos comido ganso assado no jantar. Ela não é uma pessoa fácil; ela é como eu, Peeta sempre diz. Só que foi mais inteligente do que eu, ou teve mais sorte. Foi ela que finalmente impediu aquele amanhecer.

Peeta criou uma espécie de incubadora, e, quando os ovos chocaram, o meu rosto foi o primeiro que os filhotes viram. Às vezes, eles ficam só no gramado, mas, em dias de sol, já fomos vistos passeando pela Campina. Lenore Dove gosta mais de lá, e eu fico feliz quando ela fica feliz. Como os gansos, nós realmente formamos um par para a vida toda.

Não sei se estarei aqui no hodierno por muito mais tempo. Meu fígado está acabado, e bebo até ficar tarde. Mas meu objetivo é diferente agora: menos para esquecer, e mais por hábito. Minha hora vai chegar quando chegar, mas não tenho ideia de quando será.

Mas sei de uma coisa: a Capital nunca mais vai poder tirar Lenore Dove de mim. Nunca conseguiram, nem na primeira vez. Nada que possam tirar de mim merecia ser guardado, e ela é a coisa mais preciosa que eu já tive.

Quando falo essas palavras, ela sempre diz:

– Eu te amo feito chama-ardente.

E eu respondo:

– Eu também te amo feito chama-ardente.

FIM

AGRADECIMENTOS

Meu querido amigo e colaborador criativo James Proimos faleceu no dia 8 de julho de 2024, quando eu estava terminando este livro. Ele era um artista e escritor incrível, e seus livros deliciosamente engraçados e criativos encorajam os leitores a pensar em construir um mundo mais gentil e caloroso, um cupcake de cada vez. Meus favoritos incluem *The Many Adventures of Johnny Mutton*, *Joe's Wish* e *Paulie Pastrami Achieves World Peace*.

Tenho certeza de que Jogos Vorazes não existiria sem Jim (é por isso que o primeiro livro foi dedicado a ele). Nós nos conhecemos em *Generation O!*, uma animação televisiva de cuja equipe de criação nós participamos. Jim achava que eu devia escrever e muitas vezes me encorajou a tentar. Ele disse que era para eu escrever alguma coisa, qualquer coisa, e que ele faria alguns desenhos, e a agente dele, Rosemary Stimola, daria uma olhada. Foi assim que começou. Nem os livros do alfabeto, nem os de números que tentamos fazer encontraram um lar, apesar de a arte de Jim ser fantástica. Mas criaram minha conexão com Rosemary, de modo que na manhã em que acordei toda animada com a ideia de *Gregor, o guerreiro da superfície*, me senti à vontade para ligar para ela num horário indecentemente cedo e contar tudo. O resto se desenrolou a partir daí. Parece improvável que eu teria encontrado meu caminho na literatura sem Jim, e sempre serei grata a ele por ter aberto aquela porta e me estimulado de forma silenciosa e persistente a atravessá-la.

Jim foi uma das pessoas de pensamento mais original com quem já tive o privilégio de trabalhar. Nós colaboramos em vários projetos de televisão, mas só em um outro livro. Eu estava com dificuldade de encontrar um jeito de transformar minhas lembranças do ano em que meu pai foi enviado para o Vietnã num livro ilustrado. Durante um almoço casual, comecei a contar a história para ele. Enquanto Jim respondia, comecei a ver o livro ganhar vida através da arte dele, não sombrio e pesado, mas pelos olhos de uma criança de seis anos. *Um ano na selva* foi uma história difícil de contar, bem mais pessoal do que as coisas que escrevo normalmente, e ter um amigo empático e de confiança ao meu lado me deu coragem para explorá-la. A arte incrível dele, que transforma a selva de um parquinho mágico num pesadelo apavorante enquanto mantém um estilo visual infantil, tornou o livro possível.

Pelo apoio, pela selva e pelos muitos anos de gentileza, humor, paciência, talento e amizade, obrigada, Jim. A essa altura, acho que é seguro dizer: "Nós nunca vamos nos afastar."

Além disso, quero agradecer ao meu ganso e meu primeiro leitor, Cap Pryor; ao meu filho, Charlie; e à minha já citada agente, Rosemary, por seus primeiros e importantes feedbacks sobre este livro. Meus bons amigos Richard Register e Michael Arndt também deram apoio e opiniões valiosas para a história.

Voltar para a Scholastic é sempre uma alegria. Ofereço minha profunda gratidão mais uma vez ao meu diretor editorial, David Levithan, que sempre é muito generoso ao compartilhar seu extraordinário conhecimento de autor; à minha primeira e eterna editora, Kate Egan, que me aconselhou lindamente desde o primeiro livro da série do Gregor; à sensível Emily Seife, cujas observações emocionadas e tocantes me deram um ânimo muito necessário quando minha bateria estava acabando; à nossa maravilhosa preparadora, Joy Simpkins, por pegar o que todos nós não pegamos; e a Elizabeth Parisi e Tim O'Brien, por outra capa linda.

Um grande agradecimento ao resto da minha fabulosa família editorial: o falecido e grandioso Dick Robinson, Iole Lucchese, Peter Warwick, Ellie Berger, Rachel Coun, Lizete Serrano, Tracy van Straaten, Katy Coyle, Madeline Muschalik, Mark Seidenfeld, Leslie Garych, Erin O'Connor, JoAnne Mojica, Melissa Schirmer, Maeve Norton, Bonnie Cutler, Nelson Gómez, Lauren Fortune, Paul Gagne, Andrea Davis Pinkney, Billy DiMichele e todo o time comercial da Scholastic.

Uma observação sobre as músicas: "O corvo", de Edgar Allan Poe, foi publicado pela primeira vez em 1845. "Ah! Girassol", de William Blake, saiu em *Canções da Experiência*, em 1794. "O ganso e o gramado" foi escrito por um autor desconhecido no século XVII ou XVIII. "Joaninha, Joaninha" é a versão do Distrito 12 de uma rima infantil que existe há séculos. Eu escrevi tanto a "Canção da arena de Wiress" e a "Canção da colheita" para esta história. "A canção de aniversário" e "Pérola de Panem" apareceram pela primeira vez no livro *A cantiga dos pássaros e das serpentes*; James Newton Howard escreveu a melodia desta última para o cinema. A letra de "A árvore-forca" se originou no livro *A esperança*, e a versão do filme foi composta por Jeremiah Caleb Fraites e Wesley Keith Schultz, da banda The Lumineers, com arranjo de James Newton Howard. "Nada que você possa tirar de mim", "A cantiga de Lucy Gray Baird" e "O nosso hodierno" apareceram pela primeira vez no *Cantiga*, e Dave Cobb compôs as melodias para o filme. Minha completa gratidão para todos esses artistas, dos mais antigos aos atuais, cujo trabalho brilhante, lúdico e tocante enriqueceu Panem.

Gerenciar esse mundo fictício é uma tarefa complexa e crescente. A Rosemary; ao meu gerente de entretenimento, Jason Dravis; às especialistas jurídicas Eleanor Lackman, Diane Golden e Sarah Lerner; e à minha filha, Izzy, que mantém o escritório do Distrito 12 organizado: obrigada pelo trabalho incrível que vocês fazem para que tudo funcione com tranquilidade.

Eu queria que meu pai estivesse aqui para ver que nossas discussões sobre David Hume inspiraram *Amanhecer na colheita*, e espero que minha mãe, que fez bacharelado em letras e compartilha comigo o amor pela literatura, goste desta história. Muito amor sempre para vocês dois.

Para todos os meus maravilhosos leitores, obrigada por voltarem mais uma vez a Panem e acompanharem esses personagens e suas lutas, mesmo sabendo do resultado inevitável. A neve pode cair, mas o sol também nasce.

Impressão e Acabamento:
GRÁFICA SANTA MARTA